古典詩歌研究彙刊

第二十輯

龔鵬程 主編

第2冊

南唐詩研究

紀千惠 著

國家圖書館出版品預行編目資料

南唐詩研究／紀千惠 著 -- 初版 -- 新北市：花木蘭文化出版社，
2016〔民 105〕
目 2+268 面：17×24 公分
（古典詩歌研究彙刊 第二十輯；第 2 冊）
ISBN 978-986-404-823-6（精裝）
1. 詩歌 2. 詩評
820.91　　　　　　　　　　　　　　　　　105015098

ISBN-978-986-404-823-6

9 789864 048236

古典詩歌研究彙刊
第二十輯　第二冊　　　　　ISBN：978-986-404-823-6

南唐詩研究

作　　者	紀千惠
主　　編	龔鵬程
總 編 輯	杜潔祥
副總編輯	楊嘉樂
編　　輯	許郁翎、王筑　美術編輯　陳逸婷
出　　版	花木蘭文化出版社
社　　長	高小娟
聯絡地址	235 新北市中和區中安街七二號十三樓
	電話：02-2923-1455／傳真：02-2923-1452
網　　址	http://www.huamulan.tw 信箱 hml810518@gmail.com
印　　刷	普羅文化出版廣告事業
初　　版	2016 年 9 月
全書字數	178939 字
定　　價	第二十輯共 18 冊（精裝）新台幣 28,800 元

南唐詩研究

紀千惠 著

作者簡介

紀千惠，台灣台中人，1974 年生，國立嘉義大學中文研究所碩士、東海大學中文研究所博士班畢業，現任國立清水高級中學國文科教師。著有：《六朝志怪巨人與侏儒之研究》(碩士論文)、《南唐詩研究》(博士論文)，發表的單篇論文有〈李煜詩析探〉(102 年 6 月第 9 期有鳳初鳴——漢學多元化領域之探索學術研討會)、〈李建勳詩歌析探〉(102 年 6 月《明道中文學報》第 4 期) 等。

提　　要

　　本文主要是對南唐詩的相關問題做研究。介於唐詩、宋詩之間的五代詩歌有著承先啓後的地位，而其中的南唐在五代十國中的文學成就最爲斐然，是故以南唐詩爲切入點，梳理此時期的詩歌主題及風格，最能探究核心。論文先探究南唐詩發展的背景：南唐政治環境的相對平穩、南唐經濟發展的繁榮昌盛、南唐尚文好士的蔚然風氣、南唐君主自身的文化涵養。再來談南唐詩人的交游關係，分別從不同的關係裡去聯繫之間的交游脈絡，從他們的詩篇中可得知互贈往來的大致情形。而後探析南唐詩人的詩作，將南唐詩人中詩作量較多的六位詩人——李煜、成彥雄、李建勳、徐鉉、伍喬和李中，分別提出來探討詩人與存詩問題、詩歌題材、詩歌特色。之後綜合討論南唐詩之主題，主題大致分爲別離、宗教、娛樂及其他類。最後論述南唐詩風，並探討這些詩風到宋初詩壇的過渡。作爲五代詩歌中的最爲璀璨的南唐詩，在動盪不安的時代中展現自身的文學活動。透過南唐詩，讓我們更了解詩歌與時代緊密相連的關係，也更能夠認識唐詩與宋詩之間的這道橋梁的特質和重要性。

目

次

第一章 緒 論

第一節 研究動機

　　在中國文學的發展史上，唐詩與宋詩各領風騷，在詩壇上分別有其重要而獨特的地位。而唐宋之際的五代十國在戰亂頻仍、改朝換代的亂象中，也默默地展開屬於自身的文學活動。雖無唐詩的璀璨亮眼、亦無宋詩的一新面目，但如同它夾縫中的存在，撐起了別樣的小天地。

一、五代十國詩有其獨特的地位

　　興起南唐（西元 937～975）詩研究的動機，其實起源自整理五代十國詩的想法。五代十國詩人幾乎是歷經朝代更迭的，大體而言，由唐入五代者有之、五代入宋者有之。若再細看小朝代的更替，比如有從楊吳入南唐的詩人；以地域環境而言，也有從北方入南方政權的詩人。在時空大幅異動之下，儘管五代十國只維持了五十幾年，卻激盪出它自身的鮮明色彩。但在文學史上，並沒有給予五代文學應有的獨立地位，如宋代計有功的《唐詩紀事》、元代辛文房的《唐才子傳》、清聖祖時期御定之《全唐詩》等將五代詩人附於唐末之後；而清代厲鶚《宋詩紀事》、陸心源《宋詩紀事補遺》則將五代詩人置於宋初。

不論是那一種劃分方法，似乎只將五代視為附屬的一節，並未將五代正式獨立出來。或許在文學史上，五代淪為唐、宋的附屬有其原因，但此時期是一個獨立的歷史劃分，畢竟五代就是五代，不是唐、也非宋可以勉強概括進來的。它有它那個時代的背景、詩歌發展的因素及呈現的悲歡情感。因此把五代十國詩獨立出來，將過去籠統粗略的劃分做較為細微的觀察是有其必要性的。

　　另外，介於唐詩、宋詩之間的五代詩歌有著承先啟後、繼往開來的地位。五代詩明顯地承繼中、晚唐詩的特色，經自身的發展變化後，影響著宋初年間的詩風。因此五代詩是唐詩邁向宋詩的過渡、是架起唐、宋詩之間的橋梁。如果少了五代詩，許多脈絡即無從細膩地梳理貫通。

二、南唐詩的研究價值

　　南唐詩正是五代十國詩歌中表現最為突出、也是成就最為可觀的。楊蔭深在《五代文學》中言：

> 南唐受吳禪而建國，擁有江淮諸地，宋史南唐世家稱為「擅魚鹽之利，即山鑄錢，物力富盛。」自建國（九三七）至滅亡（九七五），凡三十餘年，雖自元宗中興（九五八）以後，奉周正朔，國勢漸衰，但江南畢竟富庶之區，君主又重視文士，愛好文藝，故文學仍很鼎盛，可與西蜀媲美。陳世修敘馮延巳的陽春集云：「金陵盛時，內外無事；朋儕親舊，或當讌集，多運藻思為樂府新詞，俾歌者倚絲竹歌之。」即可以為明證了。[註1]

　　這段話中指出南唐是因為承繼著楊吳時代的富厚土地和物力，而致使南唐建國時就擁有比其他國家更優渥的條件，即使之後國事日衰，但得天獨厚的富庶物資以及為政者重視文人和文藝的結果，給予了南唐有利的詩歌發展。因此南唐文人閒來無事、宴集聚會則以寫詩

　　　〔註1〕楊蔭深，《五代文學》（上海：上海出版社，1996年），頁26。

作詞或構思文藻為樂。張興武先生亦言：

> 在南方諸國中，吳及南唐成績最為顯著，計有詩文二
> 百九十七卷。這不僅是江南各國望塵莫及的成就，就是整
> 個北方地區也難以與之等量齊觀。趙世延為陸游《南唐書》
> 作序時就曾說過，南唐「雖為國偏小，觀其文物，當時諸
> 國，莫與之并。」〔註2〕

　　因此由上述可知，南唐文學為五代十國之冠，則南唐詩的研究對
於認識五代十國時期的詩歌及整體發展有重要的意義。以南唐詩為切
入點，梳理此時期的詩歌主題及風格，最能探究核心，故南唐詩的研
究有其價值。

　　但誠如前文所言，歷來很少賦予五代詩獨立的地位，也就說明
相對於其他朝代的詩歌而言，五代的詩歌未能予以重視。國內並無
南唐詩的專著，亦無研究南唐詩的論文。大陸地區則有 2006 年鍾
祥的博士論文《論南唐詩》、2006 年郭倩的碩士論文《南唐詩歌研
究》、2007 年江勝兵的碩士論文《南唐詩歌研究》、2008 年李芬芬
的碩士論文《南唐詩歌研究》、2009 年馮建國的碩士論文《南唐文
學研究》，確能彌補這方面的不足。但比起唐、宋詩的浩瀚研究及
洋洋灑灑的專著，南唐詩還是有許多努力的空間尚待開拓，例如能
夠對南唐詩有更多的認識、掌握南唐詩人的特色及南唐詩歌的風格
等。

　　南唐詩就像亂世飄搖中的一首歌謠，唱出動盪時代中的人心。透
過南唐詩可以深入了解時代下人們的苦痛、視而不見的麻痺心態、封
閉的心靈、及時行樂的處世思想、淒涼感傷的嘆息，諸如此類之憂思，
可以從研究南唐詩中去發掘詩中潛藏的深刻意涵，讓我們更了解詩歌
與時代緊密相連的關係。

〔註 2〕張興武，《五代作家的人格與詩格》（北京：人民文學出版社，2000
年），頁 73。

第二節　研究對象

　　南唐文學在五代十國中稱冠一時，自然南唐詩家亦不少。以王士禎《五代詩話》的劃分爲例，其書在第三卷中整理出南唐詩人共計73 家，這其中包含不知名的詩人流傳下來的詩句，再加上第一卷中收錄的南唐三位國主——南唐烈祖、南唐元宗、李後主，則共計 76家。再看《全五代詩》收錄的南唐詩共 100 家，同樣涵蓋不知名的詩人及志怪小說中收錄的殘句。照理說這些應是本文中欲研究之對象，唯大部分的詩人保留下來的詩歌有限，甚者僅餘一、二首流傳於世，因此本論文在第四、五、六章專論南唐詩人之詩作探析時，便以詩作數量較多的六位詩人分別論述之，這六位詩人爲李煜、成彥雄、李建勳、徐鉉、伍喬、李中。

　　至於詩人王貞白在王士禎的《五代詩話》並未列入第三卷「南唐」中，而是列入第二卷「中朝」，足見《五代詩話》認爲王貞白應是奉五代爲正朔；而李調元所編的《全五代詩》則列入南唐詩家中，並有詩 67 首。王貞白於《新唐書》、《舊唐書》、馬令《南唐書》及陸游《南唐書》皆無其傳，唯《唐才子傳》卷十有記載。《唐才子傳》說王貞白：「後值天王狩於岐，迺退居著書，不復干祿，當時大獲芳譽。」〔註3〕《五代十國文學編年》中的考察後如此推論之：「貞白卒年雖難確考，頗疑其未及南唐。」〔註4〕看來並沒有證據顯示王貞白有入南唐，恐怕是李調元誤編了。另外在《五代詩話》中列入的南唐詩人沈彬及孫魴，在鍾祥的博士論文《論南唐詩》中亦列入南唐詩人的討論範圍中，但李調元的《全五代詩》將兩位詩人放在吳國的詩人裡。其實《全五代詩》如此分類是有其根據的，據《五代十國文學編年》中沈彬的年代來看：「沈彬致仕之時間在南唐代吳之前。」〔註5〕而沈彬

〔註 3〕傅璇琮，《唐才子傳校箋》（北京：中華書局，1987 年），卷 10，頁339。

〔註 4〕張興武，《五代十國文學編年》（北京：人民文學出版社，2001 年 10月），頁 108。

〔註 5〕張興武，《五代十國文學編年》（北京：人民文學出版社，2001 年 10

由楊吳入南唐時至少已經七十幾歲，離他逝世已不遠矣！而孫魴的卒年無法確定，但據《五代十國文學編年》所言：「魴之卒年無確考，然必在南唐烈祖之前。」〔註6〕可知孫魴並沒有機會入南唐，因此這兩位詩人暫不列入本文之研究對象中。另外詩人陳陶亦有一百多首詩流傳下來，但因爲唐五代期間有兩位名爲陳陶的詩人：一者爲唐末詩人，一者爲南唐詩人。張興武先生在〈南唐隱逸詩人陳陶考〉一文中言：

> 《唐詩紀事》與《唐才子傳》兩書，既已將唐五代兩陳陶混爲一人，《全唐詩》、《五代詩話》、《全五代詩》及《辭海》等書又襲其舊說，未作詳察，遂至于以訛傳訛，幾成定論。〔註7〕

> 南唐陳陶之作品，除《西川座上聽金五雲唱歌》、《續古二十九首》及《贈蓮花妓》等三十一首外，餘皆與唐之陳陶相混淆，極難分辨。〔註8〕

因此爲求謹慎，在第四、五、六章分析南唐詩人詩作時亦不專論陳陶。再有南唐文人張佖，《全五代詩》收錄其詩作 17 首，《全唐詩》收錄 19 首，鍾祥《論南唐詩》亦將張佖置入其論文中「溫李體」詩人之分析。但此係誤會，前人多將南唐詩人張佖與唐末作家張泌相混，如《全宋詩》就將張佖和張泌混爲一人，甚至收錄了唐末張泌的詩作。關於這個問題，可以參考李定廣《唐末五代亂世文學研究》一書之附錄〈千年張泌疑案斷是非〉〔註9〕一文、朱玉龍〈南唐張原泌、

〔註 6〕張興武，《五代十國文學編年》（北京：人民文學出版社，2001 年 10 月），頁 244。

〔註 7〕張興武，《五代作家的人格與詩格》（北京：人民文學出版社，2000 年），頁 244。

〔註 8〕張興武，《五代作家的人格與詩格》（北京：人民文學出版社，2000 年），頁 252。

〔註 9〕參見李定廣，《唐末五代亂世文學研究》（北京：中國社會科學出版社，2006 年 7 月），頁 285～300。

張泌、張佖實爲一人考〉〔註10〕以及顧吉辰〈南唐張原泌、張泌、張佖實爲一人考補〉〔註11〕中的考證,張佖的問題從各項證據看來已經獲得釐清。《五代作家的人格與詩格》中如此總結:

> 從時間上看,《花間》之張泌,絕不是生活于李煜時代的張泌(佖)。《全唐詩錄》已將南唐張泌與張佖混爲一人,而《詞苑叢談》所引楊愼《詞品》又誤將《花間》之張泌與南唐之張泌(按張佖未有詩作)混同爲一。若不詳察,是很難分辨清楚的。〔註12〕

> 南唐只有一個張佖……張佖的詩賦沒有流傳下來。由於南唐張佖的「佖」和唐末張泌的「泌」均讀作 bì,爲同音而形近字,因此才有將「佖」誤書作「泌」者。《全宋詩》不僅將張佖和張泌混爲一人,還將唐末張泌的詩作全部收入。〔註13〕

如此看來,南唐詩人張佖的詩作是沒有流傳於世的,因此《全五代詩》與《全唐詩》收錄的十幾首詩並不能拿來當作討論的對象。本論文除了在第四、五、六章中專論李煜、成彥雄、李建勳、徐鉉、伍喬、李中六位詩人的詩作外,其餘的南唐詩人也會在其他章節舉例說明時略論之。目前看到南唐有存詩的詩人共計 74 人,現存詩篇共 1062 首詩,茲列出南唐詩人及其存詩統計表以供參考。

〔註10〕朱玉龍,〈南唐張原泌、張泌、張佖實爲一人考〉,《安徽安徽史學》第 1 期(2001 年),頁 69~70。

〔註11〕顧吉辰,〈南唐張原泌、張泌、張佖實爲一人考補〉,《安徽安徽史學》第 4 期(2004 年),頁 93~94。

〔註12〕張興武,《五代作家的人格與詩格》(北京:人民文學出版社,2000年),頁 19。

〔註13〕李定廣,《唐末五代亂世文學研究》(北京:中國社會科學出版社,2006 年 7 月),頁 300。

南唐詩人及其存詩統計表

序號	南唐詩人	存詩（首）
1	李昇	1
2	李璟	2
3	李煜	18
4	李從善	1
5	李從謙	1
6	宋齊邱	3
7	韓熙載	4
8	馮延巳	1
9	李建勳	96
10	徐鉉	413
11	徐鍇	5
12	鍾蒨	2
13	蕭彧	2
14	孫峴	1
15	謝仲宣	1
16	王沂	1
17	喬舜	1
18	陳元裕	1
19	孟賓于	8
20	左偓	10
21	李詢	1
22	魯庶幾	1
23	李匡堯	1
24	周顗	1
25	張紹	1
26	李貞白	1
27	陳沆	1

序號	南唐詩人	存詩（首）
28	張義方	1
29	查文徽	1
30	李徵古	1
31	潘佑	3
32	馬致恭	1
33	包穎	1
34	鍾謨	3
35	何昌齡	1
36	李羽	1
37	梁藻	1
38	韓垂	1
39	朱存	1
40	陳彥	1
41	伍喬	21
42	孫咸	1
43	成彥雄	27
44	韓溉	7
45	李翶	1
46	徐道暉	1
47	李中	311
48	鄭文寶	9
49	張洎	1
50	秦南運	1
51	舒雅	3
52	王操	7
53	殷崇義（湯悅）	5
54	樂史	1
55	龔穎	1

序號	南唐詩人	存詩（首）
56	潘愼修	1
57	陳彭年	1
58	刁衎	2
59	李家明	4
60	王感化	2
61	李廷珪	1
62	唐希雅	1
63	陳陶	31
64	陳覬	1
65	江爲	8
66	劉洞	1
67	許堅	5
68	譚峭	1
69	元寂	1
70	若虛	3
71	文益	1
72	無則	3
73	行因	1
74	謙光	1
總計		1062

第三節　研究概況

　　前人專論南唐詩的研究十分有限，目前未見到研究南唐詩的專
書，臺灣地區並沒有這方面的論文，而大陸地區的碩論加上博論僅有
五篇論述之，探討此主題的單篇論文爲數亦不多。因此有些研究雖然
不是直接與南唐詩有關，但是卻能從旁了解南唐詩的背景或某些面
向，這些都能夠有助於對南唐詩歌的分析。以下將分爲南唐詩的研

究、南唐詩人及詩作研究、南唐詩的收錄、南唐史書、南唐詩的逸事及評論、五代十國詩的相關研究六個部份，列出目前看到與南唐詩有關的研究著作。

一、南唐詩的研究

鍾祥的博論《論南唐詩》、郭倩的碩論《南唐詩歌研究》、江勝兵的碩論《南唐詩歌研究》、李芬芬的碩論《南唐詩歌研究》、彭飛的碩論《南唐文學研究》；單篇論文則有江勝兵〈南唐詩的閑逸與淡泊傾向〉、何嬋娟〈南唐詩歌初探〉、鍾祥〈南唐詩研究述評〉、鍾祥〈南唐的文化政策對其詩歌發展的影響〉、鍾祥〈南唐詩人心態及詩風〉、鍾祥〈南唐詩人的崇道與宗賈之風〉、鍾祥〈南唐詩在五代十國詩壇的地位〉、鍾祥〈南唐詩的儒家文化意蘊〉、鍾祥〈南唐詩對宋初詩壇的影響〉、李艷婷〈略論南唐唱和與宋初詩風〉、王迎吉〈試論南唐詩的重要地位〉、曾艷紅〈論南唐詩歌中的「閑情」及其意義〉。

二、南唐詩人及詩作研究

吳程舜的碩論《李煜研究》、郭格婷的碩論《徐鉉詩歌研究》；單篇論文則有王曉楓的〈論李煜詩〉、王秀林的〈試論李煜詩詞中的佛教文化意蘊〉、孫江南的〈試論李煜悼亡詩的藝術特色〉、徐志華〈佛教意識對李煜詩詞的影響〉、張家君〈李煜詩詞風格比較研究〉、高峰〈徐鉉詩文的精神世界〉、高穎〈論徐鉉送別詩中的思鄉情懷〉、高穎〈論徐鉉送別詩中的歸鄉意象〉、金傳道〈徐鉉三次貶官考〉、金傳道〈論徐鉉的文學觀〉、楊希玲〈淺論徐鉉前期詩歌的清雅之風〉、楊娟娟〈試論徐鉉入宋前的詩歌創作〉、陸平〈《全宋詩》徐鉉詩補校八則〉、方孝玲〈南唐安徽廬江詩人伍喬其人其詩〉、朱玉龍〈南唐張原泌、張泌、張必實爲一人考〉、顧吉辰〈南唐張原泌、張泌、張必實爲一人考補〉、陳毓文〈略論李建勳的仕宦心態及其詩歌〉、張興武〈南唐詩人李中和他的《碧雲集》〉。

三、南唐詩的收錄

　　總集與選集有清李調元《全五代詩》、清聖祖御定的《全唐詩》、陳尚君《全唐詩補編》、北京大學古文獻研究所編的《全宋詩》；別集有南唐李建勳《李丞相詩集》、南唐徐鉉《徐公文集》、南唐李中《碧雲集》。

四、南唐史書

　　宋薛居正《舊五代史》、宋歐陽脩《新五代史》、宋司馬光《資治通鑑》、宋陸游《南唐書》、宋馬令《南唐書》、宋陶岳《五代史補》、南唐史虛白《釣磯立談》、宋鄭文寶《南唐近事》、《江南餘載》、《江表志》、宋龍袞《江南野史》、宋陳彭年《江南別錄》、宋路振《九國志》、宋無名氏《五國故事》、元辛文房《唐才子傳》、清吳任臣《十國春秋》、傅璇琮《唐才子傳校箋》、鄒勁風《南唐國史》。

五、南唐詩的逸事及評論

　　宋孫光憲《北夢瑣言》、宋吳處厚《青箱雜記》、宋魏泰《東軒筆錄》、宋文瑩《玉壺清話》及《湘山野錄》、宋劉克莊《後村詩話》、宋羅大經《鶴林玉露》、宋司馬光《涑水記聞》、宋蘇東坡《東坡志林》；宋歐陽脩《六一詩話》、宋陳師道《後山詩話》、宋葛立方《韻語陽秋》、宋吳聿《觀林詩話》、宋周必大《二老堂詩話》、宋周紫芝《竹坡詩話》、宋范晞文《對床夜話》、宋洪邁《容齋詩話》、宋胡仔《苕溪漁隱詩話》、宋魏慶之《詩人玉屑》、宋陳巖肖《庚溪詩話》、宋楊萬里《誠齋詩話》、宋嚴羽《滄浪詩話》、宋阮閱《詩話總龜》、元方回《瀛奎律髓》、清王士禎《五代詩話》及《帶經堂詩話》、清何文煥《歷代詩話》、郭紹虞《宋詩話輯軼》、池洁《唐詩彙評》。

六、五代十國詩的相關研究

　　楊蔭深《五代文學》、張興武《五代作家的人格與詩格》、《五代十國文學編年》、《五代藝文考》、何金蘭《五代詩人及其詩》、羅宗強

《隋唐五代文學思想史》、孫昌武《隋唐五代文化史》、吳庚舜、董乃斌《唐代文學史》、羅婉薇《逍遙一卷輕：五代詩人與詩風》、劉寧的博論《唐末五代詩歌研究》、吳在慶《唐五代文史叢考》、任爽《十國典制考》、任爽《五代典制考》、房銳《唐五代文化論稿》、房銳《晚唐五代巴蜀文學論稿》、張伯偉《全唐五代詩格彙考》、王小蘭《晚唐五代江浙隱逸詩人研究》、查明昊《轉型中的唐五代詩僧群體》、彭萬隆《唐五代詩考論》、李定廣《唐末五代亂世文學研究》、尙永亮《唐五代逐臣與貶謫文學研究》、胡啓文的碩論《唐五代僧詩初探》、段雙喜的博論《唐末五代江皋兩湖湘贛詩歌研究》、高羽中驊的博論《詩學背景下詞體特徵的確立——中晚唐五代詩歌和同時期文人詞關係研究》；單篇論文有彭萬隆〈引商刻羽風流未泯——五代詩歌的思想意義〉、張興武〈論五代詩在中國詩歌發展史上的位置〉、江秀麗、劉萍〈隋唐五代詩歌在體制上的發展衍變〉、胡可先〈《全宋詩》誤收唐詩考〉、王靜〈論李昉之詩〉、趙榮蔚〈唐末五代十家詩文別集提要〉、李江峰〈七十年晚唐五代詩格研究的回顧與展望〉、賀中復〈五代十國詩壇概說〉、賀中復〈論五代十國的宗白詩風〉、田曉膺〈試析唐及五代道教山水悟道詩的清虛意趣〉、周萌〈唐五代僧人詩格選詩的統計分析〉、黎孟德〈試論晚唐詩風對宋詩的影響〉、高銘銘〈淺議唐五代西蜀的浮艷詩風〉、高銘銘〈淺論五代西蜀詩歌中的特殊意象群〉。

　　由於南唐詩的研究並未有專書，茲將目前所見的五本專論南唐詩的研究，即鍾祥的博論《論南唐詩》、郭倩的碩論《南唐詩歌研究》、江勝兵的碩論《南唐詩歌研究》、李芬芬的碩論《南唐詩歌研究》、彭飛的碩論《南唐文學研究》略做優劣得失之討論，以明前賢研究南唐詩的成果。

　　鍾祥《論南唐詩》是 2006 年 6 月的博士論文，論文分四章，共101 頁。分別綜論南唐詩、白體詩人、賈島體詩人及溫李體詩人的創作。言簡意賅地將南唐詩的內容和風格的三大流派及代表詩人論述清楚。但在南唐詩的綜論方面較爲簡略，例如南唐詩對宋初詩壇的影響

只分爲苦吟詩風及恬淡風格，涵蓋性較爲不足。而在三大流派中舉例的詩人如徐鍇（白體詩人）、廖凝（賈島體詩人）、李璟和馮延巳（溫李體詩人）等人，現存的詩作都不超過五首，以這些詩作就判定他們的詩風體派，亦稍嫌武斷。另外南唐詩人張佖並無存詩，論文中卻將唐末詩人張泌的詩作引來做討論，實屬不妥。再有一些小缺失，是屬於史事上的誤謬，如介紹李建勳之父李德誠鎮守潤洲時，被烈祖李昪懷疑而遷徙至江州（頁 39 的敘述），實際上並非烈祖李昪，應是義祖徐溫爲是；且李建勳並未領「華州」節度使，實則「滑州」節度使之誤。而成彥雄之字爲文幹，也非論文中頁 95 所言「字文翰」。

郭倩《南唐詩歌研究》：是 2006 年 10 月的碩士論文，論文分三章，共 47 頁。文中概述南唐詩人群體、南唐詩歌創作的主題及詩風、南唐詩歌對宋初詩壇的影響。文中對於各項主題之前因後果論述清楚，但因爲論文篇幅短小，未能將南唐重要的詩人做完整的介紹，僅能從創作的主題中看見片斷的舉例。

江勝兵《南唐詩歌研究》：是 2007 年 5 月的碩士論文，論文分四章，共 62 頁。敘述南唐詩歌在五代十國詩歌中的地位及研究現狀、南唐詩歌興盛的時代背景、南唐詩人的類型與詩歌的特點、南唐詩歌的過渡作用。藉由此論文能了解南唐詩歌整體之概述情形。但是文中將詩人群體分爲宮廷詩人、隱逸詩人及介於二者之詩人，並分別略述每位詩人的生平，但卻未將分類及詩歌創作及藝術特質做結合，則失去如此分類之意義與目的。且其區分南唐詩的藝術特點爲：沿續以情爲主的傳統、語言典雅秀麗、偏好五七言近體等三部份，其中語言典雅秀麗則與其後分南唐詩風爲白體、姚賈、溫李有明顯的矛盾。

李芬芬《南唐詩歌研究》：是 2008 年 6 月的碩士論文，論文分四章，共 49 頁。文中分析詩人的構成、南唐詩歌的主題、探討南唐詩歌的藝術風格、對南唐詩人進行個案分析。其論文的優點是從南唐詩人的創作實績及詩人籍貫分布去分析南唐詩人的構成，此部分詳盡的介紹每位的籍貫並做了統計數字，可從中了解南唐詩歌的創作主體爲

南唐本土詩人。但於個案分析中只略述徐鉉、伍喬、李中，對於了解南唐詩歌不夠翔實且代表性不足。

彭飛《南唐文學研究》：是 2009 年 5 月的碩士論文，論文分四章，共 49 頁。由於只有 49 頁，又分述了南唐詩、南唐詞、南唐文及探討南唐文學繁榮之因，因此每個大主題之下的論述有限。於南唐詩方面，將詩人分為宮廷詩人、隱逸詩人、宗白詩人三類，宮廷詩人和隱逸詩人是以詩人身分劃分，宗白詩人則與詩歌風格有關，故分類的項目一致性不足。

踏著這些前人的研究成果，才能使後學站在已開闢的道路上擴展眼界，期許自己的研究成果也能對南唐詩歌的各方面議題討論得更加詳盡，引發出更多的想法。

第四節　研究方法

為了完成此篇研究，在論文中使用了文獻蒐集、歸納分析、統計、歷史旁證等方法，以達到研究目的。

在文獻蒐集方面，先從南唐詩人留下的個人詩集著手，但目前所存之南唐詩人的詩集僅有李建勳的《李丞相詩集》、徐鉉的《徐公文集》（徐鉉的存詩保留在《徐公文集》中）以及李中的《碧雲集》三本。因此除了詩集之外，還得從《全唐詩》、《全五代詩》、《全宋詩》這些大部書的編輯中蒐集，而這些書難免有誤收、漏收的情形，像《全唐詩補編》這類的書也可以參酌引用，善加運用這些書籍而從中去找出收錄較好較完善的版本。除了做版本的相互比對之外，即使收錄同一首詩也會有字句不同的情形，因此以完善的詩作為研究的文本是必要的。作品分析方面，因為南唐詩人的詩作並未有註解本或者詩歌的箋注本，考辨其意就成了重要的工作。而後根據內容去歸納主題，為避免內容過於細分顯其瑣碎，故處理這部份時以大體歸納之。詩作的分析有很大一部份必須藉助於歷史的旁證，所以如《舊五代史》、《新

五代史》、《資治通鑑》、《南唐書》、《南唐近事》、《江南餘載》、《江表志》、《江南野史》、《江南別錄》、《十國春秋》等書能找到相關的背景以證詩歌中所敘述的史事，尤其對於南唐史的部份更不可忽略。對於詩人的生平事蹟除了上述的史書之外，如《唐才子傳》、《五代十國編年》等書也提供了珍貴的記載。如南唐詩人李家明的〈詠皖公山〉詩：「龍舟輕颺錦帆風，正值宸游望遠空。回首皖公山色翠，影斜不到壽杯中。」﹝註14﹞若不明其歷史背景會以爲是一首閒逸的遊賞之作，但其實這是南唐元宗在失去江北十四郡即將遷南都，船舟行至趙屯時，因內心不鬱而停杯北望皖公山，元宗問李家明說：這青翠美好的山峰名稱爲何？李家明因而寫下此詩，據說元宗聽完後，心中傷痛低頭而過。但即使如此藉助許多史書，仍然有兩點難處：其一是多數詩作是找不到相應的歷史資料的；其二是南唐詩歌中大量酬贈詩所指的究竟爲何人，這都需要更多的資料才有辦法釐清。

　　本篇論文首先觀察南唐詩發展的背景；再者，探求南唐詩人的交遊關係；接著在所有南唐詩人的詩作中找出流傳詩作較多的詩人，逐一分析其詩歌題材及特色；其後歸納出南唐詩的創作主題；繼而分析南唐詩的風格，分類敘述之；接著觀察南唐詩對宋初詩風的影響；最後總結南唐詩研究。

　　是以本論文的架構如下：

一、簡要敘述研究動機、研究對象、研究概況及研究方法。

二、從歷史角度分析南唐詩發展的背景。

三、從史書或詩人的作品中探求南唐詩人的交遊情形，從中了解詩人之間的交往唱和主要來自於君臣、朋黨、師生、同學及朋友之群體，也從而影響詩歌的創作。

四、在所有南唐詩人的詩作中找出流傳詩作較多的詩人，逐一介紹其人、詩作流傳情形並分析其詩歌題材及特色。此部分探

﹝註14﹞〔清〕李調元編／何光清點校，《全五代詩》（成都：巴蜀書社，1992年），卷36，頁768。

討六位詩家：李煜、成彥雄、李建勳、徐鉉、伍喬、李中。

五、歸納南唐詩的創作主題，以闡明創作主題與當代背景的關係。

六、分析南唐詩風大要以清麗詩風、淺俗詩風及苦吟詩風三者爲主。

七、觀察南唐詩對宋初詩風的影響及吸收化用的情形。

八、總結南唐詩的研究。

通過以上方法，可以讓我們了解南唐詩人的生平並掌握南唐詩與歷史背景的關連，且能得知南唐詩的版本及流傳情形，並從題材分類中歸納創作主題，也能橫向對比出不同詩風的變化與比較，以及縱向地考察唐詩與宋詩的過渡和影響。藉著掌握南唐詩的整體概況，加深了解五代十國詩在文學史上的地位。

第二章 南唐詩發展之背景

　　五代在五十幾年中改朝換代了五次，國祚最長的後梁（907～923）只維持了十七年，而國祚最短的後漢（947～951）竟只有四年，在如此紛亂的時代，文學也難以安心發展。但與五代同期並存的十國，有些卻能遠離戰火，因此能夠在良好的環境下有顯著的文學成績。以下分為四點來談南唐詩發展之背景：一、南唐政治環境的相對平穩。二、南唐經濟發展的繁榮昌盛。三、南唐尚文好士的蔚然風氣。四、南唐君主自身的文化涵養。

第一節　南唐政治環境的相對平穩

　　南唐政治環境的相對平穩要從楊吳時期（902～937）的徐溫（862～927）開始談起，徐溫有志於奪取楊吳的政權，只是未有良好的時機自立為一國之主，但是他在政治上的卓越表現創造了楊吳及後來的南唐國勢穩定的條件：

　　　　雖然徐溫未能如願成為真正的一國之主，但他統治楊
　　吳近二十年，建樹頗多，是一個承上啟下的重要統治者。
　　徐溫以其政治才能確保楊吳政權在楊行密去世之後繼續維
　　持統一、穩定的局面。他把楊吳疆域擴展至江西全境，這
　　對楊吳及南唐發展有深遠的意義。在內政上，他繼承楊行

密晚期有意施行的息兵安民政策，開創選舉制度，確立法紀，一批文臣在吳成長起來，順應了時代要求。徐溫時代，楊吳政權順利地由戰爭過渡到和平狀態。〔註1〕

上述文字說明了遠在楊吳時期，政權一直維持穩定的局面。楊行密（852～905）是唐朝末年著名的政治家及軍事家，也是五代十國中吳國奠定基礎的人，他在唐代天復二年（902）時進中書令並封為吳王，在政治上楊行密主張息兵安民。徐溫則擔任淮南節度使及吳王楊行密帳下右衙指揮使，楊行密去世，長子楊渥（886～908）繼立，徐溫殺楊渥，又立楊行密次子楊隆演（897～920），從此大權落於徐溫之手。等到楊隆演登吳國王位，封徐溫為大丞相、都督中外諸軍事、諸道都統、鎮海、寧國節度使、守太尉兼中書令、東海郡王。徐溫的養子徐知誥正是南唐先主李昇，他順利地由楊吳受禪為南唐的國君。李昇在位期間大約是五代中後晉王朝（936～947），後晉時期北方有契丹壓境，本身內部的朝政紊亂，因此這時期北方有許多的士人往南方投奔。「契丹連歲入寇，中國疲於奔命，邊民塗地。」〔註2〕正可以說明當時因外敵犯境，百姓苦於戰亂的情形。雖然如此，李昇對於天下形勢的認知仍相當清楚，即使有朝臣力勸他抓住時機統一天下以恢復唐室過去的榮耀，但是李昇認為國家的發展必須建立在累積國家實力、建造一個和平的環境為要，因此並不主張興兵。《釣磯立談》如此記載：

> 疆場之虞，不警于外廷，則寬刑平政，得以施之于統內。男不失秉耒，女無廢機織，如此數年，國必殷足，兵旅訓練，積日而不試，則其氣必倍，有如天啓其意。〔註3〕

李昇認為在朝廷外沒有急迫的戰爭壓力下，須趁此時急修內政。

〔註1〕鄒勁風，《南唐國史》（南京：南京大學出版社，2000年，6月），頁56。

〔註2〕〔宋〕司馬光撰／（宋）胡三省注，《資治通鑑‧後晉紀五》（臺北：西南書局，1982年），卷284，頁9293。

〔註3〕〔南唐〕釣磯閒客，《釣磯立談》，筆記小說大觀（臺北：新興書局，1988年），頁7。

寬鬆刑法、治理朝政，男子不要拋卻農事、女子不要荒廢織布，如此數年下來就能累積國家的財富與實力，軍事上的訓練也不必爲急於考驗而上戰場。除了李昇想要在短時間安定國家之外，他本身對戰爭的痛恨及同情百姓的疾苦，也加深他反戰的明確態度，他這麼說：

> 吾少長軍旅，見干戈之爲民患甚矣。吾不忍復言兵革，使彼民安，則吾民亦安矣。〔註4〕

> 烈祖每言百姓皆父母所生，安用爭城廣地，使之肝腦異處，膏塗草野？是以執吳朝之政，僅將一紀，才一拒越師，所謂不得已而用之。〔註5〕

> （烈祖）暮年先理治命，引元宗而告之曰：「德昌宮凡積兵器繒帛七百餘萬，吾棄代後，汝善和鄰好，以安宗祐爲意，不宜襲隋煬帝之跡，恃食阻兵以自取亡覆也。」于時中外寢兵，耕織歲滋，文物彬煥，漸有中朝之風采。〔註6〕

從幾則資料中看到李昇能將心比心的一面，他長期在軍旅之中，眼見戰爭對於人民的禍害之深，並疼惜百姓皆父母辛苦生養。輕啓戰爭來增廣土地，相對要付出的代價就是一條條寶貴的生命身首異處、曝屍荒野，因此不到不得已的情形下絕不輕易用兵。甚至在晚年時候時常告誡兒子，在他百年之後也要與鄰國敦睦交好。南唐在李昇勤勉爲政之下，國勢日漸穩定。李昇對外的政策大致是維繫四鄰和平，不主動挑起戰事，而對內則大力改革弊政，從下列事例可見一斑：

> 唐左丞相宋齊丘固求豫政事，唐主聽入中書；又求領尚書省，乃罷侍中壽王景遂判尚書省，更領中書、門下省，以齊丘知尚書省事；其三省事並取齊王璟參決。齊丘視事

〔註4〕〔宋〕馬令，《南唐書‧先主書》，四部叢刊續編（臺北：臺灣商務印書館，1976年），卷1，頁9。
〔註5〕〔南唐〕釣磯閒客，《釣磯立談》，筆記小說大觀（臺北：新興書局，1988年），頁3。
〔註6〕〔南唐〕釣磯閒客，《釣磯立談》，筆記小說大觀（臺北：新興書局，1988年），頁4。

> 數月，親吏夏昌圖盜官錢三千緡，齊丘判貸其死；唐主大
> 怒，斬昌圖。齊丘稱疾，請罷省事，從之。〔註7〕

這是記載南唐丞相宋齊丘（887～959）的心腹官吏夏昌圖貪污官錢之事，原本宋齊丘判決赦免他的死罪，但是李昪因此大怒，認為判決太輕而斬了夏昌圖。宋齊丘大概覺得沒面子藉故稱病而請求辭知尚書省事，李昪毫不妥協，裁示應從他的請求。由此可看出這位南唐先主勵精圖治的決心，有不畏權臣且公事公辦的魄力。李昪安定民生、穩定政局的措施也獲得了後人的稱揚：

> 江表五十年間，父不哭子，兄不喪弟，四封之內，安
> 恬舒嬉，雖流離僑寓之人，亦獲案堵，弗夭弗橫，以得及
> 真人之期。吁，列祖為有大造于斯土也明矣。〔註8〕

> 由于李昪堅持其一貫政策，在其當政時，南唐與周邊
> 諸鄰國的關係較為和睦。李昪受禪，派使節赴漢、閩、吳
> 越、荊南相告，并受到諸國祝賀。在這段時間內，南方諸
> 國的疆域格局大致已定。各國統治者務實地奉行睦鄰政
> 策，使諸國得以在相對制衡中獲得與民休息、發展經濟的
> 良好環境。〔註9〕

正是南唐創造如此良好的環境，才讓文學的種子得以成長茁壯，也間接造成南唐詩歌能蓬勃發展的因素，締造五代十國的詩歌高峰。宋人陳世修《陽春集序》曾如此記事：「金陵盛時，內外無事，朋僚親舊，或當宴集，多運藻思，為樂府新詞，俾歌者倚絲竹歌之，所以娛賓而遣興也。」〔註10〕可進一步說明在政治環境穩定之下，人民安

〔註7〕〔宋〕司馬光撰／（宋）胡三省注，《資治通鑑‧後晉紀四》（台北：西南書局，1982年），卷284，頁9234。

〔註8〕〔南唐〕釣磯閒客，《釣磯立談》，筆記小說大觀（臺北：新興書局，1988年），頁4。

〔註9〕鄒勁風，《南唐國史》（南京：南京大學出版社，2000年，6月），頁78～79。

〔註10〕〔宋〕陳世修，《陽春集序》收錄於曾棗莊／劉琳主編，《全宋文》（上

居樂業、閒暇時為詩創作的現象。

第二節　南唐經濟發展的繁榮昌盛

　　南唐詩歌的高度發展也奠基於繁榮的經濟，這期間經過了楊吳時期到南唐三主的致力經營，因此從楊吳時期看到的「六七年中，兵戈競起，八州之內，鞠為荒榛，圜幅數百里，人烟斷絕。」﹝註11﹞的慘狀到楊行密開始注重休養生息：「行密既併孫儒，乃招合遺散，與民休息，政事寬閒，百姓便之，蒐兵練將，以圖霸道。」﹝註12﹞此時已經有了好的經濟基礎之發端。加上李昇執掌政權後，積極地改革賦稅制度：

　　　　先是，吳有丁口錢，又計畝輸錢，錢重物輕，民甚苦之。齊丘說知誥，以為「錢非耕桑所得，今使民輸錢，是教民棄本逐末也。請蠲丁口錢；自餘稅悉輸穀帛，紬絹匹直千錢者當稅三千。」或曰：「如此，縣官歲失錢億萬計。」齊丘曰：「安有民富而國家貧者邪！」知誥從之。由是江、淮間曠土盡闢，桑柘滿野，國以富強。﹝註13﹞

　　經由宋齊丘的建議，免去丁口錢稅賦的作法，曾引起官員的質疑，認為如此的話一年會減少億萬以上的稅賦，但是徐知誥（即後來的李昇）仍然決定從善如流，減輕人民的負擔。去除了人民苦惱的丁口錢後，重新修正稅賦的方式，這樣良好的制度再加上身體力行，獲得了人民的愛戴，上下一心並心悅誠服：

　　　　知誥悉反知訓所為，事吳王盡恭，接士大夫以謙，御眾以寬，約身以儉。以吳王之命，悉蠲天祐十三年以前逋

　　　海：上海辭書出版社，2006年），卷1661，頁144。
﹝註11﹞ 楊家駱主編，《新校本舊五代史并附編三種・僭偽列傳第一》（台北：鼎文書局，1985年），卷134，頁1781。
﹝註12﹞ 楊家駱主編，《新校本舊五代史并附編三種・僭偽列傳第一》（台北：鼎文書局，1985年），卷134，頁1781。
﹝註13﹞ 〔宋〕司馬光撰／（宋）胡三省注，《資治通鑑・後梁紀五》（台北：西南書局，1982年），卷270，頁8832。

稅，餘俟豐年乃輸之。求賢才，納規諫，除奸猾，杜請託。

於是士民翕然歸心，雖宿將悍夫無不悅服。〔註14〕

徐知訓（生年不詳～918）是徐溫的長子，行徑荒誕無禮，徐知誥（即李昇）則與他截然不同，行為謙虛有禮、侍奉吳王十分恭敬、為人民除稅、求賢納諫，不論士人或人民甚至作戰經驗豐富的老將等都對他讚譽有加。同時他自己也以身作則，強調節儉愛物：

唐主性節儉，常躡蒲屨，盥頮用鐵盎，暑則寢于青葛帷，左右使令惟老醜宮人，服飾粗略。死國事者雖士卒皆給祿三年。分遣使者按行民田，以肥瘠定其稅，民間稱其平允。自是江、淮調兵興役及它賦斂，皆以稅錢為率，至今用之。〔註15〕

《資治通鑑》記載李昇生性節儉，穿輕便的草鞋、洗手洗臉用鐵盆、睡床使用普通的青葛帷帳，連左右的宮女都僅用老醜的宮人，他對自己的吃穿用度並不講究，只求實用即可。但他對於人民卻十分體卹，因國事而死的士卒，其家人還能拿到三年的給祿；人民的農田會依照土地的富饒或貧脊制定每年該繳的稅，民間都認為公平允當。李昇登位後，鼓勵種桑及大力開墾農田，凡是配合政府策略的人民皆能得到豐厚的賞賜，或賜帛或免租稅，這些制度大大地提高了國家的生產力，《江南野史》記載：「至登位之後，遣官大定檢校，民田高下肥磽，皆獲允當。」〔註16〕 李昇初登位時就如此下詔：

民三年藝桑及三千本者，賜帛五十匹；每丁墾田及八十畝者，賜錢二萬，皆五年勿受租稅。〔註17〕

〔註14〕〔宋〕司馬光撰／〔宋〕胡三省注，《資治通鑑・後梁紀五》（台北：西南書局，1982年），卷270，頁8831。

〔註15〕〔宋〕司馬光撰／（宋）胡三省注，《資治通鑑・後晉紀三》（台北：西南書局，1982年），卷282，頁9230。

〔註16〕〔宋〕龍袞，《江南野史》，叢書集成續編（臺北：新文豐出版公司，1985年），卷1，頁6。

〔註17〕〔宋〕陸游，《南唐書・烈祖本紀》，四部叢刊續編（臺北：臺灣商

　　南唐就在這一連串的變革下，一方面休養生息、一方面鼓勵農作，且有正常合理的國家賦稅。而遷移的流民也獲得了照顧並提供生產力：

> 　　五代十國時期，中原戰亂的持續時間長于南方，南方諸政權較早脫離戰爭狀態，且其所經歷的戰爭遠不如中原激烈，戰爭波及面也不及中原地區廣，故所受戰爭摧殘較小。與此同時，戰亂也使大量中原人口南遷，他們的到來不僅為南方提供了必要的生產力，也帶來了中原的生產技術。南方本地人民及中原南遷人民共同勞動，創造了豐富的物質財富，我國經濟中心南移這一趨勢更為明顯。〔註18〕

　　有了繁榮的經濟作為基礎，自然帶給南唐的詩歌創作予穩定的發展條件。南唐在政治經濟平穩的背景下，對詩歌產生一定的正向影響。

第三節　南唐尚文好士的蔚然風氣

　　南唐詩興盛的重要因素之一在於南唐尚文好士的風氣，南唐的文風鼎盛、在位者也重用士人。這種風氣可以從南唐重視儒學、興辦學校、科舉取才、蒐集圖書、禮賢下士等方面看出端倪。

　　有鑒於唐代末年的藩鎮之禍，南唐記取武人專權的教訓，故而重視文治。《十國春秋》有李昇舉用儒吏的記載：

> 　　（昇元六年）冬十月，詔曰：「前朝失御，四方崛起者眾。武人用事，德化壅而不宣，朕甚悼焉。三事大夫其為朕舉用儒吏，罷去苛政，與民更始。」〔註19〕

　　馬令的《南唐書》對此情形描述更詳盡：

　　　　務印書館，1976年），頁6。
〔註18〕鄒勁風，《南唐國史》（南京：南京大學出版社，2000年，6月），頁
　　　　180～181。
〔註19〕〔清〕吳任臣，《十國春秋・烈祖本紀》（臺北：國光書局，1962年），
　　　　卷15，頁16。

（先主）詔曰：「前朝失御，強梗崛起，大者帝，小者
王，不以兵戈，利勢弗成；不以殺戮，威武弗行。民受其
弊蓋有年也。或有意於息民者，尚以武人用事，不能宣流
德化。其宿學巨儒，察民之故者，嵼巖之下，往往有之。
彼無路光亨，而進以拊偪爲嫌，退以清寧爲樂，則上下之
情，將何以通，簡易之政，將何所議乎？昔漢世祖，數年
之間，被堅執銳，提戈斬馘，一日晏然，而兵革之事，雖
父子之親，不以一言及之，則兵爲民患，其來尚矣。今唐
祚中興，與漢頗同，而眇眇之身，坐制元元之上，思所以
舉而錯之者，煢煢在疚，罔有所發。三事大夫，可不務乎？
自今宜舉用儒者，以補不逮。」於是稍用儒臣，漸去苛察。
〔註20〕

上文指出唐末各種勢力紛起，強權環伺，當時情形下若不用兵戈
殺戮是無法宣揚威勢的，但也造成人民長久以來受此弊端。對於武人
用事之禍端，李昇認爲只有舉用儒者才能夠彌補先前力有未逮之處。
《新五代史》中也有李昇特別好學、對儒者以禮相待的記載：

昇以功拜昇州刺史。時江淮初定，州、縣吏多武夫，
務賦斂爲戰守，昇獨好學，接禮儒者，能自勵爲勤儉，以
寬仁爲政，民稍譽之。〔註21〕

除此之外，南唐也大力興辦教育，國學和私學的設立上多方推
動。在南唐建國之後就興辦了最有名的「廬山國學」，南唐的詩人江
爲、劉洞及李中等皆曾在此就學。《十國春秋》言升元四年（937～943）
十二月正式設立學校：

建學館於白鹿洞，置田供給諸生。以李善道爲洞主，

〔註20〕〔宋〕馬令，《南唐書・先主書》，四部叢刊續編（臺北：臺灣商務
　　　印書館，1976年），卷1，頁9。
〔註21〕楊家駱主編，《新校本新五代史・南唐世家第二》（台北：鼎文書局，
　　　1985年），卷62，頁765。

掌其教，號曰「廬山國學」。〔註22〕

　　設立廬山國學後，學者多來此求學，如陳貺就長期在此收了許多學生：「陳貺，南閩人。性沉澹，志操古樸，而不苟於仕進。一臥廬山三十年，學者多師事焉。元宗以幣致之，布裘鹿幘，進止閑肆。」〔註23〕馬令的《南唐書》對此亦有記載：

　　　　南唐跨有江淮，鳩集墳典，特置學官，濱秦淮開國子
　　　　監，復有「廬山國學」，其徒各不下數百，所統州縣，往往
　　　　有學。〔註24〕

　　廬山國學裡不僅有文人學子進學深造，也招收了原本不學無術之徒，例如《江南野史》提到南昌盧絳，說他「不能治產業，每縱俠，與博徒遊……兄及母弟皆嗤鄙不齒錄，遂慚，入廬山白鹿洞國學。」〔註25〕這樣一個粗鄙無所事事的人，也曾進入廬山國學，這現象固然程度上有良莠不齊之虞，但從另一方面來看，未嘗不是提升教育的普及化。此外，私人授課的情形也相當普遍：

　　　　處士史虛白，北海人也。清泰中，客遊江表，蔔居於
　　　　潯陽落星灣，遂有終焉之誌。容貌恢廓，高尚不仕。嘗對
　　　　客奕棋，旁令學徒四五輩，各秉紙筆，先定題目，或為書
　　　　啟表章，或詩賦碑頌，隨口而書，握管者略不停綴。數食
　　　　之間，眾製皆就，雖不精絕，然詞彩磊落，旨趣流暢，亦
　　　　一代不羈之才也。〔註26〕

〔註22〕〔清〕吳任臣，《十國春秋·烈祖本紀》（臺北：國光書局，1962年），卷15，頁14。

〔註23〕〔宋〕馬令，《南唐書·隱者傳》，四部叢刊續編（臺北：臺灣商務印書館，1976年），卷15，頁3。

〔註24〕〔宋〕馬令，《南唐書·先主書》，四部叢刊續編（臺北：臺灣商務印書館，1976年），卷23，頁1～2。

〔註25〕〔宋〕龍袞，《江南野史》，叢書集成續編（臺北：新文豐出版公司，1985年），卷10，頁1。

〔註26〕〔宋〕鄭文寶撰／〔明〕陳繼儒輯刊／嚴一萍選輯，《南唐近事》，《百部叢書集成》本（臺北：藝文印書館，1965年，），卷1，頁2。

　　除了史虛白有教授學徒之外，南唐文人顏詡也有不少門下生，《南唐書》說他：「雅詞翰，謹禮法，多循先業。」〔註27〕又言：「每延賓侶，寓門下者常十數。」〔註28〕由於南唐設立各種公私立講學的興盛，致使對人才的培養發揮了不小的作用，對詩歌的發展亦貢獻良多。

　　南唐的科舉制度沒有明確的文獻記載從李昪時期就開始舉辦，且《江南別錄》記載：「烈祖初立，庶事草創，未有貢舉，至元宗始議興置。」〔註29〕若然如此，南唐應該從元宗時代才辦理科舉考試。但即便這樣，我們仍然可以從南唐文人的生平中找到南唐創辦科舉更早的痕跡：如陸游《南唐書》中紀錄南唐人陳起：「陳起，蘄州人。性剛鯁，尤惡妖異。昇元中，以進士起家爲黃梅令。」〔註30〕馬令《南唐書》：「李徵古，宜春人也。昇元末第進士。」〔註31〕昇元正是李昪的年號，因此可以確定南唐自李昪時代即有因科舉而入仕的文人。而且從上兩則資料看來，昇元中至昇元末年似乎並未中斷科舉取士的制度。不僅如此，之後繼位的元宗和後主時代，更加重視科舉，因此在南唐約十九次的科舉開考中，拔擢了不少的人才。〔註32〕而以詩賦取士的前提下，文人致力於詩歌的創作就更有動力了！

　　再者，南唐廣搜遺落民間的書籍，也有助於崇尚文學的風氣。南唐人劉崇遠記載了當時蒐集圖書的狀況：

　　　　及高皇初收金陵，首興遺教，懸金爲購墳典，職吏而

〔註27〕〔宋〕馬令，《南唐書・隱者傳》，四部叢刊續編（臺北：臺灣商務印書館，1976年），卷15，頁5。

〔註28〕〔宋〕馬令，《南唐書・隱者傳》，四部叢刊續編（臺北：臺灣商務印書館，1976年），卷15，頁6。

〔註29〕〔南唐〕陳彭年／〔清〕曹溶輯／〔清〕陶越增訂，《江南別錄》，《百部叢書集成》本（臺北：藝文印書館，1967年），頁13。

〔註30〕〔宋〕陸游，《南唐書・陳起傳》，四部叢刊續編（臺北：臺灣商務印書館，1976年），卷11，頁8。

〔註31〕〔宋〕馬令，《南唐書・黨與傳》，四部叢刊續編（臺北：臺灣商務印書館，1976年），卷21，頁2。

〔註32〕關於南唐科舉的問題可參見周臘生，〈南唐貢舉考略〉，《湖北孝感職業技術學院學報》第2期（2001年）。

寫史籍。聞有藏書者，雖寒賤必優詞以假之。或有贊獻者，雖淺近必豐厚以答之。時有以學王右軍書一軸來獻，因償十餘萬，繒帛副焉。由是六經臻備，諸史條集，古書名畫輻湊絳帷。俊傑通儒，不遠千里而家至戶到，咸慕置書，經籍道開，文武並駕。暨昇元受命，王業赫然，稱明文武，莫我跂及，豈不以經營之大基有素乎！〔註33〕

　　李昇本身大力推行，以豐厚的賞金鼓勵眾人獻書，而民間百姓也配合政策。更令人感動的是，當時廣陵人魯崇範擁有大量藏書，卻毫不吝惜地全數捐贈給當朝，即使當朝欲以重金賞之，貧困的魯崇範毅然決然拒絕了豐盛的賞賜。他說：「墳典，天下公器，世亂藏於家，世治藏於國，其實一也。吾非書肆，何估直以償耶？」〔註34〕因此在此情形下，「南唐文化的發展、繁榮保存了大量的文化財富，如宋朝官方所藏圖書中，三分之一來自南唐。」〔註35〕

　　在禮賢下士方面，南唐一向重視文人，因此招攬人才後對於這些才學之士十分禮遇，陸游《南唐書》記載：

區區江淮之地，有國僅四十年，覆亡不暇，而後世追考，猶為國有人焉。蓋自烈祖以來，傾心下士，士之避亂失職者，以唐為歸。烈祖於宋齊丘字之而不敢名，齊丘一語不合，則挈衣笥望秦淮門欲去，追謝之乃已。元宗接羣臣，如布衣交。間卿小殿，以燕服見學士，必先遣中使謝曰：「小疾不能著幘，欲冠帽可乎？」於摩，是誠足以得士矣！苟含血氣名人類者，烏得不以死報之耶！〔註36〕

〔註33〕〔南唐〕劉崇遠，《金華子雜編》（台北：宏業書局，1970年），卷上，頁1。
〔註34〕〔宋〕馬令，《南唐書・廉隅傳》，四部叢刊續編（臺北：臺灣商務印書館，1976年），卷18，頁2。
〔註35〕鄒勁風，《南唐國史》（南京：南京大學出版社，2000年，6月），頁218。
〔註36〕〔宋〕陸游，《南唐書・孫忌傳》，四部叢刊續編（臺北：臺灣商務

　　上述兩位君主的言行簡直難以想像，他們對於這些文人的寵渥已經到了可以放棄君主威儀的地步，烈祖不惜低聲下氣地道歉，元宗謹慎小心的言論，不得不說南唐眞是文人夢想的天堂，莫怪北方的文士紛紛被吸引而南遷：

　　　　（李昪）乃治府署之內，立亭號之曰「延賓」，命宋齊
　　邱爲記，以待多士。於是四方豪傑翕然歸之。或因退居休
　　沐之暇，親與之宴飲，諮訪闕失，問民疾苦，夜央而罷。
　　時中原多故，名賢风德皆亡身歸順。乃使人於淮上以厚幣
　　資之，既至縻以爵祿。故北土士人嚮風而至者迨數十人，
　　羽翼大成，禆左彌眾。〔註37〕

　　李昪在府署之內設立延賓亭，顧名思義是延攬士人的所在。在閒暇之時親自和這些士人宴飲，趁機訪察民間疾苦與施政得失，直至夜半才回去。如果有著名的賢者與飽學之士來歸順，李昪往往派人贈送貴重的禮物資助他們並授以爵位俸祿。南唐讓這些文人有機會可以施展抱負，相對地，上文所謂「四方豪傑，翕然歸之。」的盛況讓南唐的文治之風達到鼎盛。

第四節　南唐君主自身的文化涵養

　　除了前面所述的原因之外，南唐詩的興盛還在於君主自身的涵養與提倡之功。南唐三位君主本身都愛好文藝，也分別都有詩詞之創作，雖然留存下來的詩並不多，但是仍然可以從中看出心態。李昪、李璟及李煜皆收錄在《全唐詩》第八卷中。

　　　　一點分明值萬金，開時惟怕冷風侵。主人若也勤挑撥，
　　敢向尊前不盡心。（〈詠燈〉）〔註38〕

　　印書館，1976年），卷8，頁8。
〔註37〕〔宋〕龍袞，《江南野史》，叢書集成續編（臺北：新文豐出版公司，
　　　　1985年），卷1，頁4。
〔註38〕〔清〕李調元編／何光清點校，《全五代詩》（成都：巴蜀書社，1992

這是李昇唯一留存的詩，他以燈自喻，含蓄地向他的養父徐溫表示，若然能得到養父的悉心栽培，自己一定會竭盡心力報答培育之恩。據說李昇寫此詩時才九歲，徐溫也對他的胸懷大志感到驚異，而更加器重他。另外，《全五代詩》中言：「李昇十歲詠竹詩曰：『棲鳳枝梢猶軟弱，化龍形狀已依稀。』王霸之意已見。」〔註39〕如果記載屬實的話，那就說明烈祖李昇小小年紀已有不凡的表現。中主李璟亦喜作詩詞：

> 蓼花蘸水火不滅，水鳥驚魚銀梭投。
>
> 滿目荷花千萬頃，紅碧相雜數清流。
>
> 孫武已斬吳宮女，琉璃池上佳人頭。
>
> 　　　　　　　　　（〈遊後湖賞蓮花〉）〔註40〕

> 風壓輕雲貼水飛，乍晴池館燕爭泥，沈郎多病不勝衣。
>
> 沙上未聞鴻雁信，竹間時聽鷓鴣啼，此情惟有落花知。
>
> 　　　　　　　　　　　　（〈浣溪紗〉）〔註41〕

> 菡萏香銷翠葉殘，西風愁起綠波間。
>
> 還與韶光共憔悴，不堪看。
>
> 細雨夢回雞塞遠，小樓吹徹玉笙寒。
>
> 多少淚珠何限恨，倚闌干。
>
> 　　　　　　　　　（〈攤破浣溪沙〉）〔註42〕

〈遊後湖賞蓮花〉以蓮花的形象聯想至春秋時代軍事家孫武，他

年），頁 504。

〔註39〕〔清〕李調元編／何光清點校，《全五代詩》（成都：巴蜀書社，1992年），頁 503。

〔註40〕〔清〕李調元編／何光清點校，《全五代詩》（成都：巴蜀書社，1992年），頁 505。

〔註41〕〔清〕李調元編／何光清點校，《全五代詩》（成都：巴蜀書社，1992年），頁 505。

〔註42〕〔南唐〕李璟／李煜撰／王仲聞校訂，《南唐二主詞校訂》（北京：中華書局，2008 年）。

幫吳王訓練後宮女子，妃子經三申五令後仍嘻笑不已因而被斬頭，全詩設想巧妙貼切。〈浣溪紗〉寫景清新、春意鬧騰，情感則表現出幽怨黯然。〈攤破浣溪沙〉中的「細雨夢回雞塞遠，小樓吹徹玉笙寒。」是流芳百世的名句，備受名家推崇。至於李璟的其他詞作與與其子李煜的詞作皆收錄在《南唐二主詞》中，可從中得見二位君主之流風餘韻。南唐三主中尤以李後主的才學爲冠，王國維在《人間詞話》中稱讚他在詞史上的地位：「詞至李後主而眼界始大，感慨遂深，遂變伶工之詞而爲士大夫之詞。」〔註43〕《全唐詩》也收錄了李煜的詩十八首，稍後章節會專論李煜詩，在此不贅述。李煜不僅在詩詞方面有成就，他也是優秀的書畫家，他的書法兼採眾長，並自創「金錯刀」和「撮襟書」體。《十國春秋》言：「雅善屬文，工書畫。《清異錄》云：『後主善書，作顫筆樛曲之狀，遒勁如寒松霜竹，謂之金錯刀。』一云：『作大字不事筆，卷帛書之，皆能如意，世謂撮襟書。』」〔註44〕之後也有學習李煜筆法的：

> 唐希雅，嘉興人，妙于畫竹，作翎毛亦工。初學南
> 唐僞主李煜金錯書，有一筆三過之法。雖若甚瘦，而風
> 神有餘。〔註45〕

雖然李煜的書畫未能傳世於後，但是宋朝人有看過他的書法並記錄下來的：

> 予嘗見南唐李侯撮襟，書官人慶奴扇云：「風情漸老
> 見春羞，到處消魂感舊遊。多謝長條似相識，強垂煙態
> 拂人頭。」〔註46〕

〔註43〕 王國維，《人間詞話》（台南：大夏出版社，1988年12月），頁9。
〔註44〕 〔清〕吳任臣，《十國春秋·後主本紀》（臺北：國光書局，1962年），卷17，頁1。
〔註45〕 〔宋〕佚名，《宣和畫譜·花鳥三》（臺北：世界書局，1962年），卷17，頁495。
〔註46〕 〔宋〕邵博，《邵氏聞見後錄》（北京：中華書局，1983年），卷17，頁133。

　　李煜在繪畫方面也得到了宋人高度的讚揚。宋代郭若虛的《圖書見聞誌》這麼說：「江南後主李煜，才識清贍，書畫兼精。嘗觀所畫林石、飛鳥，遠過常流，高出意外。」〔註47〕而李煜本身也洞曉音律，他所立的大周后和他一樣喜愛音樂舞蹈，善彈琵琶。徐鉉如此稱讚李煜：「洞曉音律，精別雅鄭。窮先王制作之意，審風俗淳薄之原，為文論之，以續樂記。」〔註48〕南唐在各種藝術涵養、精曉詩詞的君主領導下，上有所好，下必甚焉之故，詩作傳唱自是大為興盛。

　　南唐就在政治環境的相對平穩、經濟繁榮的良好發展、尚文好士的優良風氣、以及君主自身的文化涵養下，詩歌的耀眼奪目在五代十國中是可想而見的。

〔註47〕〔宋〕郭若虛，《圖書見聞誌》收於徐娟主編，《中國歷代書畫藝術論著叢編》（北京：中國大百科全書，1997 年），卷 3，頁 2。

〔註48〕〔清〕吳任臣，《十國春秋‧後主本紀》（臺北：國光書局，1962 年），卷 17，頁 15。

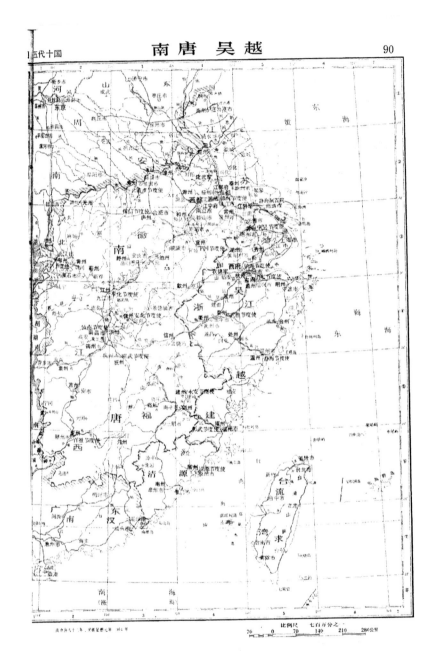

南唐地圖轉引自譚其驤主編，《中國歷史地圖集》，頁90。

第三章　南唐詩人之交遊關係

南唐詩人之間的聯繫十分密切，往來亦頻繁，因此透過考察詩人的交遊關係，以了解他們在相互唱和、贈別與應酬之際，展開豐富的文學活動。而南唐詩人的群體關係來自於君臣、朋黨、師生、同窗及朋友，這些不同群體創作的詩歌展現了不同的內容取向及表達方式。

第一節　君臣關係

南唐的君臣之間形成了一個創作群體，除了平時上朝議政之外，宴會上的唱和交際是這些朝臣展現才華的最佳場合。尤其在君王的重視下，臣子無不趁機以詩歌方式，或連繫感情、或歌功頌德、或取景獻賦，唱和的人數並不一定，有時甚至能到上百篇的規模。

保大七年（949）正月，中主李璟在元日宴請群臣賞雪，當天良辰美景、賞心樂事皆具，元宗在心情愉悅之餘，邀請諸位弟弟及臣子登樓賦詩。文臣徐鉉還爲此次詩酒盛會寫下詩前序云：

> 皇上御歷之七年，地平天成、時和歲稔……凝華接曙，光浮元會之筵。星躔既移，雲罍乃啓。太弟以龍樓之盛，入奉垂旒；齊王以鳳沼之崇，來參鑾几……筆落天波，言成帝典，七言四韻，宣示群臣。乃命太弟太傅建勳，翰林

學士給事中朱鞏、常夢錫，翰林學士中書舍人殷崇義、遊
簡言，吏部尚書毗陵郡公景運，工部尚書上饒郡公景遜，
左常侍勤政殿學士張義方，諫議大夫勤政殿學士潘處常、
魏岑制誥喬舜，主客員外郎知制誥徐鉉，膳部員外郎知制
誥張緯，光祿卿臨汝郡公景遼，鴻臚卿文安郡公景游，太
府少卿陳留郡公景道，左衛將軍樂安郡公宏茂，駕部郎中
李瞻等，或廣元首之歌，或和陽春之曲……二十一篇，咸
從奏御。〔註1〕

由上引之詩前序可知此次參加盛會的人物身分，幾乎是朝中重要
的大臣，從官職來看都是屬於文臣。而此次參加賦詩的人共十八位，
完成的詩篇有二十一篇。元宗還率先賦詩一首：

珠簾高卷莫輕遮，往往相逢隔歲華。

春氣昨宵飄律管，東風今日放梅花。

素姿好把芳姿掩，落勢還同舞勢斜。

坐有賓朋尊有酒，可憐清味屬儂家。

（〈保大五年元日大雪同太弟景遂汪王景逷齊王景達
進士李建勳中書徐鉉勤政殿學士張義方登樓賦〉）〔註2〕

「律管」是古代用來作測候季節變化的器具，詩中言「春氣昨宵
飄律管」表示春天季節剛到。大雪紛飛素白的姿態把梅花的容貌都掩
蓋住了，雪斜斜落下的樣子與舞蹈的樣子相同。在座嘉賓的杯樽中都
有濃濃的酒，而這陣令人可喜的大雪之清淡滋味卻是屬於自己的。這
首詩表達出當時熱鬧的場面以及元宗個人的賞玩心態。元宗詩成後，
將此詩傳閱並且要與會諸臣依韻唱和，一時吟詠不絕，如李建勳有〈和
元宗元日大雪登樓〉詩云：

〔註1〕〔南唐〕徐鉉，《徐公文集·御制春雪詩序》，四部叢刊本（台北：臺
灣商務，1965年），卷18，頁127。

〔註2〕〔清〕李調元編／何光清點校，《全五代詩》（成都：巴蜀書社，1992
年），卷24，頁505。

　　　　紛紛忽降當元會，著物輕明似月華。

　　　　狂灑玉墀初散絮，密黏宮樹未妨花。

　　　　迴封雙闕千尋峭，冷壓南山萬仞斜。

　　　　宸意傳來中使出，御題先賜老僧家。〔註3〕

　　李建勳依照元宗詩的韻腳唱和，將大雪紛紛降臨趕上元日聚會，附著在物體上又輕又亮如同明月的光華寫得極富美感。雪灑落在宮殿前的石階像剛散開的柳絮，有的則緊密地黏合在宮殿中的樹枝上，卻不妨礙花開。從遠處望去，供瞭望的樓臺和南山都被大雪封住了。徐鉉則作了〈春雪應制〉和〈進雪詩〉：

　　　　繁陰連曙景，瑞雪洒芳辰。勢密猶疑臘，風和始覺春。

　　　　縈林開玉蕊，飄座裛香塵。欲識宸心悅，雲謠慰兆人。

　　　　　　　　　　　　　　　　　　　　　（〈春雪應制〉）〔註4〕

　　　　欲使新正識有年，故飄輕絮伴春還。

　　　　近看瓊樹籠銀闕，遠想瑤池帶玉關。

　　　　潤逐辣麷鋪綠野，暖隨杯酒上朱顏。

　　　　朝來花萼樓中宴，數曲賡歌雅頌間。

　　　　　　　　　　　　　　　　　　　　　（〈進雪詩〉）〔註5〕

　　〈春雪應制〉詩中將雪花描摹如同花朵綻放般，表現出春意盎然的樣貌。〈進雪詩〉則從遠、近的不同角度設想美麗的雪景，並讚歎因為大雪滋潤麥苗之故，郊野鋪上一層綠色的景觀，因此席間歌頌大雪的詩篇連續不斷。張義方則作了〈奉和聖制元日大雪登樓〉：

　　　　恰當歲日紛紛落，天寶瑤花助物華。

　　　　自古最先標瑞牒，有誰輕擬比楊花。

〔註3〕〔清〕李調元編／何光清點校，《全五代詩》（成都：巴蜀書社，1992年），卷25，頁540。

〔註4〕〔清〕李調元編／何光清點校，《全五代詩》（成都：巴蜀書社，1992年），卷26，頁567。

〔註5〕〔清〕李調元編／何光清點校，《全五代詩》（成都：巴蜀書社，1992年），卷27，頁576。

密飄粉署光同冷，靜壓青松勢欲斜。

豈但小臣添興詠，狂歌醉舞一家家。〔註6〕

　　張義方的詩從這場大雪來得及時入筆，認為大雪如同上天降下的寶物增添了萬物的風華，同時也是祥瑞的徵兆，古人就曾經將雪花紛飛比擬作「柳絮因風起」，詩中並從大雪飄落的細密、顏色、寒冷及青松被雪壓得彎斜的形象加以形容之。

　　另外在開寶元年（968），元宗的第八子鄧王李從益出鎮宣州，李後主率領近臣在綺霞閣為他餞行，親自為之作〈送鄧王二十六弟牧宣城序〉：

　　　　秋山的翠，秋江澄空，揚帆迅征，不遠千里，之子于
　　　　邁，我勞如何？夫樹德無窮，太上之宏規也；立言不朽，
　　　　君子之常道也。今子藉父兄之資，享鍾鼎之貴，吳姬趙璧，
　　　　豈吉人之攸寶？矧子皆有之矣。哀淚甘言，實婦女之常調，
　　　　又我所不取也。臨歧贈別，其唯言乎，在原之心，於是而
　　　　見。噫，俗無獷順，愛之則歸懷；吏無貞汙，化之可彼此。
　　　　刑唯政本，不可以不窮不親；政乃民中，不可以不清不正。
　　　　執至公而御下，則憸佞自除；察薰蕕之褁心，則妍媸何惑？
　　　　武惟時習，知五材之難忘；學以潤身，雖三餘而忍捨？無
　　　　酣觴而敗度，無荒樂以蕩神，此言勉從，庶幾寡悔。苟行
　　　　之而願益，則有先王之明謨，具在於緗帙也。嗚呼，老兄
　　　　盛年壯思，猶言不成文，況歲晚心衰，則詞豈逮意？方今
　　　　涼秋八月，鳴根長川，愛君此行，高興可盡。況彼敬亭溪
　　　　山，暢乎遐覽，正此時也。〔註7〕

　　上引之贈序中勉勵李從益到宣城後要愛民以懷歸，且教化官吏，

〔註6〕〔清〕李調元編／何光清點校，《全五代詩》（成都：巴蜀書社，1992
　　　　年），卷31，頁650。

〔註7〕〔清〕董誥等編，《全唐文・成氏詩集序》（北京：中華書局，2001
　　　　年），卷128，頁16～17。

為政還須清廉正直。並勉勵弟弟李從益平時要時時習武、讀書潤身、不要過度飲酒而敗壞規範、不要過度作樂而搖蕩心神。除了臨別贈言殷殷叮嚀之外，李煜並寫下〈送鄧王二十弟從益牧宣州〉表達手足間的不捨之情：

> 且維輕舸更遲遲，別酒重傾惜解攜。
> 浩浪侵愁光蕩漾，亂山凝恨色高低。
> 君馳檜楫情何極？我憑闌干日向西。
> 咫尺煙江幾多地，不須懷抱重淒淒。〔註8〕

詩中描述的景色中含藏情感，滿懷對鄧王的兄弟情誼，並在詩末予以寬慰。徐鉉亦有〈御筵送鄧王〉詩：

> 禁裏秋光似水清，林煙池影共離情。
> 暫移黃閣只三載，卻望紫垣都數程。
> 滿座清風天子送。隨車甘雨郡人迎。
> 綺霞閣上詩題在，從此還應有頌聲。〔註9〕

徐鉉的詩從離情依依中跳脫出來，轉入天子對鄧王的看重與百姓對鄧王的期待，詩末的讚頌聲也暗示著對鄧王治理宣州績效的肯定。殷崇義則有〈奉和聖制送鄧王牧宣城〉詩：

> 千里陵陽同峽服，鼇門胙土寄親賢。
> 曙煙已別黃金殿，晚照重登白玉筵。
> 江上浮光宜雨後，郡中遠岫列窗前。
> 天心待報期年政，留與工師播管弦。〔註10〕

殷崇義的詩也大體從鄧王的施政期待為主軸，言天子等待鄧王的

〔註8〕〔清〕李調元編／何光清點校，《全五代詩》（成都：巴蜀書社，1992年），卷24，頁511。

〔註9〕此詩《全五代詩》於卷27頁582中作「禁裏秋光似水清，林煙池上共離情。」今據〔清〕清聖祖御定，《全唐詩》（台北：文史哲出版社，1987年），卷756，頁8600。

〔註10〕〔清〕李調元編／何光清點校，《全五代詩》（成都：巴蜀書社，1992年），卷36，頁762。

治績有成，屆時可留給樂師於管弦上傳唱美好的聲名。

北宋開寶二年（969），李後主遊北苑並在此舉行宴會，此次作下的應制詩至少有百篇以上，徐鉉奉詔作〈北苑侍宴詩序〉，敘述了當時的盛況：

> 臣聞通物情而順時令者，帝王之能事。感惠澤而發頌聲者，臣子之自然。況乎上國春歸，華林雨霽，宸遊載穆，聖藻先飛，雷動風行，君唱臣和，故可告於太史，播在薰弦。帝典皇墳，莫不由斯者已。歲躔己巳，月屬仲春，主上御龍舟，游北苑。親王舊相，至於近臣，並儼華纓，同參曲宴。時也風清景淑，物茂人和。望蔣嶠之巘，祝爲聖壽。泛潮溝之清淺，流作天波。絲簧與擊壤齊聲，醆斝共君恩竝醉。乃命即席，分題賦詩。睿思雲飄，天詞綺縟。文明所感，蹈詠皆同。既擊鉢以爭先，亦分題而較勝。長景未暮，百篇已成。自揚大雅之風，豈在道人之職。奉詔作序，冠於首篇。授以集書，藏之金匱。謹上。〔註11〕

由上文可知，即席分題是此次這些文人爭長較勝的方式，像徐鉉在這場宴會中文思敏捷，一連賦詩五首如下：

> 勁節生宮苑，虛心奉豫遊。自然名價重，不羨渭川侯。
> （〈北苑侍宴雜詠詩。竹〉）

> 細韻風中遠，寒青雪後濃。繁陰堪避雨，效用待東風。
> （〈北苑侍宴雜詠詩。松〉）

> 碧草垂低岸，東風起細波。橫汾從遊宴，何謝到天河。
> （〈北苑侍宴雜詠詩。水〉）

> 昨朝纔解凍，今日又開花。帝力無人識，誰知玩物華。
> （〈北苑侍宴雜詠詩。風〉）

〔註11〕〔清〕董誥等編，《全唐文》（北京：中華書局，2001年），卷881，頁16～17。

細麗披金彩，氛氳散遠馨。泛杯頻奉賜，緣解制頹齡。

（〈北苑侍宴雜詠詩。菊〉）〔註12〕

　　徐鉉分別詠竹、松、水、風、菊，各從其特色表現出它們的形象，這些詩句不用典故、平易淺顯。至於其他君臣之間的應制奉和活動並未見於史書及其餘資料中，但南唐詩人徐鉉的從存詩較多且又比較接近政治核心，從他的詩題中可看到應該還有類似的應制奉和的場合，只是除了徐鉉的詩歌之外，並未見到其他詩人有在同樣場合的應制詩。如〈奉和七夕應令〉、〈又和八日〉、〈奉和子龍大監與舍弟贈答之什〉、〈奉和御製茱萸〉、〈奉和官傅相公懷舊見寄四十韻〉等。

　　君臣之間因遊宴而發展出來的文學活動，可追溯自「貴遊文學」。「貴遊」一詞最早見於《周禮・地官司徒・師氏》：「掌國中失之事，以教國子弟。凡國之貴遊子弟學焉。」〔註13〕《晉書・五行志上》記載：「惠帝元康中，貴游子弟相與散髮倮身之飲，對弄婢妾，逆之者傷好，非之者負譏，希世之士恥不與焉。」〔註14〕《南齊書・劉瓛傳》云：「儒學冠於當時，京師士子貴遊莫不下席受業。」〔註15〕《梁書・王承傳》言：「時膏腴貴遊，咸以文學相尚，罕以經術為業，惟承獨好之，發言吐論，造次儒者。」〔註16〕由此可知「貴遊」即指權貴或顯要人士，貴遊文學亦可視為描寫顯貴人士之間交遊活動的文學。唐代詩人姚合有詩曰：「貴遊多愛向深春，到處香凝數里塵。紅杏花開連錦障，綠楊陰合拂朱輪。鳳凰尊畔飛金盞，絲竹聲中醉玉人。日暮

〔註12〕〔清〕李調元編／何光清點校，《全五代詩》（成都：巴蜀書社，1992年），卷28，頁608。

〔註13〕林尹註譯／王雲五主編，《周禮今註今譯・地官司徒・師氏》（臺北：台灣商務印書館 1987年9月），卷4，頁138。

〔註14〕楊家駱主編，《新校本晉書・五行志上》（台北：鼎文書局，1985年），卷27，頁820。

〔註15〕楊家駱主編，《新校本南齊書・劉瓛傳》（台北：鼎文書局，1985年），卷39，頁679。

〔註16〕楊家駱主編，《新校本梁書・王承傳》（台北：鼎文書局，1985年），卷41，頁585。

垂鞭共歸去，西園賓客附龍鱗。」（〈詠貴遊〉）〔註 17〕宋代詩人葉紹翁亦有〈貴遊〉詩：「五陵年少儘風流，十日安排一日遊。林下幽人差省事，筆床茶竈便登舟。」〔註 18〕詩中表達了顯貴人士在美好風景中的流風餘韻及彼此交遊往來的雅事。簡宗梧在〈六朝世變與貴遊賦的衍變〉一文中說：

> 建安貴遊文學的再興，與楚宮以至西漢朝廷的貴遊文學有所不同。以前只充當欣賞者與裁判者角色的帝王權貴，如今自己也成爲作品的創作者，貴遊文學遊戲的參賽者；而參與貴遊的能文之士，也不再是類似俳優的言語侍從。〔註 19〕

言下之意即是漢代所謂的貴遊活動雖然也是圍繞著帝王權貴，但真正從事文學活動的卻是俳優之類的侍從；而到了六朝，貴遊文學創作者的角色則轉爲是這些帝王權貴，如曹氏父子及建安七子等人更有提倡之功。貴遊活動基本上都是在宴遊酒酣耳熱之際，興之所至吟詩賦詠，如《文心雕龍‧時序》：「文蔚休伯之儔，于叔德祖之侶，傲雅觴豆之前，雍容衽席之上，灑筆以成酣歌，和墨以藉談笑。」〔註 20〕吟詠的題材大多如《文心雕龍‧明詩》所言：「暨建安之初，五言騰踴，文帝陳思，縱轡以騁節，王徐應劉，望路而爭驅；並憐風月，狎池苑，述恩榮，敍酣宴。」〔註 21〕

就貴遊文學的場合來看，南唐與漢代、六朝沒有什麼不同，皆是

〔註17〕〔清〕清聖祖御定，《全唐詩》（台北：文史哲出版社，1987 年），卷 502，頁 5709。

〔註18〕北京大學古文獻研究所編，《全宋詩》（北京：北京大學，1995 年），卷 2949，頁 35136。

〔註19〕簡宗梧〈六朝世變與貴遊賦的衍變〉，發表於中央研究院舉辦「第三屆國際漢學會議」論文，2000 年。

〔註20〕〔南朝梁〕劉勰著／周振甫注，《文心雕龍‧時序》（台北：里仁出版社，1994 年），頁 685。

〔註21〕〔南朝梁〕劉勰著／周振甫注，《文心雕龍‧明詩》（台北：里仁出版社，1994 年），頁 68。

與帝王權貴在歡樂遊宴時的即興創作；南唐貴遊文學的創作者則承襲六朝，都是這些顯貴人士親自參與賦詩。若就作品的特質而言，漢代的貴遊文學如《文心雕龍・事類》所言：「事類者，蓋文章之外，據事以類義，援古以證今者也。」〔註22〕喜愛引經據典來增加文章的豐厚碩美，《文心雕龍・事類》篇中並舉引許多漢代著名的詩賦家皆喜摭取古籍中的事典以美其作。至於六朝之貴遊文學，除了也用典之外，簡宗梧還認爲以駢儷音律爲審美極則，是六朝貴遊文學發展的另一項特質。〔註23〕

　　《史記》中這麼評論揚雄的漢賦：「揚雄以爲靡麗之賦，勸百風一，猶馳騁鄭衛之聲，曲終而奏雅，不已虧乎？」〔註24〕而鄴下七子之一的劉楨，對於自己詩歌的要求如此說：「投翰長歎息，綺麗不可忘。」（〈公讌〉詩）〔註25〕唐代李白於詩歌中評論鄴下詩歌：「自從建安來，綺麗不足珍。」〔註26〕（〈古風〉之一）不同於漢賦之「靡麗」，也迥異於鄴下詩歌的「綺麗」，南唐君臣之間的貴遊詩如前文所列引，走的是「清麗」的風格，沒有濃重的據事類義、援古證今，亦不像六朝那麼注重精緻的對偶、聲調音律的審美講求。南唐的顯貴人士在宴會中所歌詠的方式，不外乎同題共作及分題賦詩的方式，同題共作考驗著文人之詩思，分題賦詩一般在詩中常出現即景即情的現象。相較於漢代注重用典炫耀才學及六朝崇尚駢儷音律的貴遊文學，南唐之貴遊詩明顯地呈現出清新華美的一面。

〔註22〕　〔南朝梁〕劉勰著／周振甫注，《文心雕龍・事類》（台北：里仁出版社，1994年），頁593。

〔註23〕　參見簡宗梧〈六朝世變與貴遊賦的衍變〉，發表於中央研究院舉辦「第三屆國際漢學會議」論文，2000年。

〔註24〕　〔日〕瀧川龜太郎，《史記會注考證・司馬相如列傳》（臺北：萬卷樓圖書有限公司，1993年8月），卷117，頁105。

〔註25〕　〔南朝梁〕蕭統編／〔唐〕李善注，《昭明文選・詩・公讌》（台北：華正書局，1994年），卷20，頁14。

〔註26〕　〔清〕清聖祖御定，《全唐詩》（台北：文史哲出版社，1987年），卷161，頁1670。

　　南唐君臣頻繁的唱和活動，無形中也形成了一種特殊的群體關係，雖然這種應酬式的詩歌多為歌功頌德之作，但由君主主導的聚會唱和，亦增加他們彼此間的交遊切磋的機會。

第二節　朋黨關係

　　南唐詩人的交遊關係中，還有一種是以黨派劃分而產生的。一般南唐詩人在政治上佔有一席之地，相同立場的詩人彼此互相依存，關係自然更為緊密。不過這部分呈現在詩歌上相對來說並不明確，同一個朋黨內的詩人之間不大會藉由詩歌來表述自己的政治思想。但是我們仍然盡力釐清南唐詩人的黨派情形，從他們的賦詩中可以看到詩人欲報國明志的決心、思想層面及不同政治立場的核心詩人。

　　馬令《南唐書》有立下〈黨與傳〉，明確地指出南唐的黨派，也大抵代表了後人對南唐黨爭的看法：

> 　　南唐之士，亦各有黨，智者觀之，君子小人見矣，或曰：宋齊丘、陳覺、李徵古、馮延巳、延魯、魏岑、查文徽為一黨；孫晟、常夢錫、蕭儼、韓熙載、江文蔚、鍾謨、李德明為一黨。而或列為黨與，或各敘於傳者，何哉？蓋世衰道喪，小人阿附以消君子，而君子小人反類不合，故自小人觀之，因謂之黨與，而君子未嘗有黨也。〔註27〕

　　宋齊丘在南唐權高位重，因此形成了以宋齊丘為中心的黨與，如《南唐書》所言的陳覺、李徵古、馮延巳、延魯、魏岑、查文徽等人。宋齊丘的詩目前看來僅存〈陪遊鳳凰台獻詩〉、〈贈仰山慧度禪師〉、〈陪華林園試小妓羯鼓〉三首以及〈影詩〉殘句：「大似賢臣扶社稷，遇明則見暗還藏。」〔註28〕而馮延巳僅存〈早朝〉詩及「青

〔註27〕〔宋〕馬令，《南唐書・黨與傳》，四部叢刊續編（臺北：臺灣商務印書館，1976 年），卷 20，頁 1。

〔註28〕收錄於〔清〕清聖祖御定，《全唐詩》（台北：文史哲出版社，1987年），卷 738。

樓阿監應相笑，書記登壇又卻回。」的殘句；〔註29〕李徵古有〈登祝融峰〉詩一首；〔註30〕查文徽亦僅有〈寄麻姑仙壇道士〉詩一首、〔註31〕馮延魯有〈歸國南轅之日答撲相贈詩〉〔註32〕，至於陳覺和魏岑未見其詩。

　　而與宋齊丘敵對的孫晟、常夢錫、蕭儼、韓熙載、江文蔚、鍾謨、李德明等人，韓熙載在《全唐詩》中有〈感懷詩二章（奉使中原署館壁）〉、〈溧水無相寺贈僧〉、〈書歌妓泥金帶〉、〈送徐鉉流舒州（時鉉弟鍇亦貶烏江尉，親友臨江相送）〉四首及〈登樓〉殘句：「幾人平地上，看我半天中。」〔註33〕鍾謨在《全唐詩》有〈貽耀州將〉、〈獻周世宗〉、〈代京妓越賓答徐鉉〉三首存詩〔註34〕以及《新五代史》有錄孫晟題廬山九天使者廟的詩一首。〔註35〕而常夢錫未有存詩，《十國春秋》如此描述：「夢錫文章典雅，有承平之風，歌詩亦清麗，然絕不喜傳於人。」〔註36〕至於蕭儼見不到任何存詩，但同時期的徐鉉曾作〈送蕭尚書致仕歸廬陵〉送他，詩中云：「江海分飛二十春，重論前事不堪聞。」可見他應該也有寫詩與人互相唱和。

〔註29〕收錄於〔清〕清聖祖御定，《全唐詩》（台北：文史哲出版社，1987年），卷738。

〔註30〕收錄於〔清〕清聖祖御定，《全唐詩》（台北：文史哲出版社，1987年），卷738。

〔註31〕收錄於〔清〕清聖祖御定，《全唐詩》（台北：文史哲出版社，1987年），卷757。

〔註32〕《全唐詩》及《全五代詩》未收錄馮延魯的詩作，唯《小蓄集》錄存詩一首，《全唐詩續拾》卷44據此收錄之。

〔註33〕收錄於〔清〕清聖祖御定，《全唐詩》（台北：文史哲出版社，1987年），卷738。

〔註34〕收錄於〔清〕清聖祖御定，《全唐詩》（台北：文史哲出版社，1987年），卷757。

〔註35〕《新五代史・死事傳・孫晟》有詩云：「獨入玄宮禮至真，梵香不爲賤貧身。秦淮兩岸沙堆骨，盧阜雲　誰是主，虎溪風月屬何人？九江太守勤五事，好放天兵渡要津。」

〔註36〕〔清〕吳任臣，《十國春秋・常夢錫列傳》（臺北：國光書局，1962年），卷23，頁4。

江文蔚在上疏彈劾求斬馮延巳和魏岑未果，被李璟貶爲江州參軍前，曾作詩明志：「屈平若遇高堂在，應不懷沙獨葬魚。」以示報國有期。〔註37〕而李德明生卒年不詳，陸游的《南唐書》卷九有記載他的事蹟，但未見其存詩。

南唐黨爭的傾軋情形相當嚴重，兩大黨派涇渭分明，亦常常爲了一己之私而耽誤了國家的利益，甚者導致國家幾近覆滅。以李德明枉死之事爲例，大約可以想見南唐政治上的敵對情形：

> 會周師攻淮甸，劉彥貞等全軍陷沒，劉仁瞻固守壽
> 春。嗣主懼，遣忌與王崇質、鐘謨、李德明相次奉表稱
> 藩請和。周世宗留忌，使德明反命，請割淮南十四郡以
> 江爲界。〔註38〕

這是《江南野史》記載的一段史事，言後周軍隊攻打南唐，南唐大敗，元宗先後派人出使後周見周世宗以求罷兵之事。後來李德明、孫忌和王崇質請求獻出壽、濠、泗、楚、光、海六州請求罷兵，但周世宗並不答允。眼見壽州越來越危險即將被攻陷，李德明祈求世宗，希望能夠寬限幾日並釋放他回去，說服南唐元宗獻出淮南之地，於是周世宗放李德明和王崇質回南唐。回到金陵之後，李德明極力向元宗說明後周軍隊之強盛，務必割地來保存南唐國力，元宗十分不悅。而宋齊丘、陳覺、李徵古向來厭惡與他們不同黨派的孫忌和李德明，便私下和王崇質商量好，於是王崇質告訴元宗後周的情形完全和李德明所說的迥然不同。陳覺和李徵古藉此機會對李德明大加撻伐，誣陷李德明想要賣國。李德明又急又氣，也知道是自己被排擠的緣故，激動憤怒的情緒被激起，不顧後果地大喊後周軍隊一定戰勝南唐，元宗一怒之下就在都城中把李德明斬首了！之後發現後周軍隊已經接近金

〔註37〕〔南唐〕徐鉉，《徐公文集・唐故左諫議大夫翰林學士江君墓誌銘》，四部叢刊本（台北：臺灣商務，1965年），卷15，頁104。

〔註38〕〔宋〕龍袞，《江南野史・孫忌》，筆記小說大觀（臺北：新興書局，1984年），卷5，頁81。

陵，雙方僅隔著一條江對峙，南唐才知道情況危急。陸游《南唐書》
這麼寫：

> 元宗遣覺奉表貢方物，覺至迎鑾，見周之戰艦，陳列
> 江津，且南渡矣，大懼。請遣人取本國畫江爲界表，世宗
> 可之，覺頓首謝退，遣其屬劉承遇南還以告，畫江稱藩奉
> 正朔之議遂決，周亦班師。〔註39〕

　　之前陳覺和李徵古因爲李德明說要割地給後周，便說李德明想要
賣國，李德明因而被斬首。而今陳覺亦主張割地求和，所作所爲與之
前所言大相逕庭，宋齊丘等人只爲個人私欲權勢竟造成忠臣枉死，而
且還讓國家陷入險境，實在誤國誤民。

　　雖然這些詩人的存詩有限，不過藉由釐清朋黨間的關係，仍然可
以了解南唐詩人彼此的交遊情形，亦有助於考察因南唐政治之故而導
致這些權力中心的詩人創作之傾向。例如我們看宋齊丘和馮延巳的詩
作：

> 嵯峨壓洪泉，岧嶤撐碧落。宜哉秦始皇，不驅亦不鑿。
> 上有布政臺，八顧背城郭。山蹙龍虎健，水黑螭蜃作。
> 白虹欲吞人，赤驥相摶爆。畫棟泥金碧，石路盤境埆。
> 倒挂哭月猿，危立思天鶴。鑿池養蛟龍，栽桐棲鸑鷟。
> 梁間燕教雛，石罅蛇懸殼。養花如養賢，去草如去惡。
> 日晚嚴城鼓，風來蕭寺鐸。掃地驅塵埃，剪蒿除鳥雀。
> 金桃帶葉摘，綠李和衣嚼。貞竹無盛衰，媚柳先搖落。
> 塵飛景陽井，草合臨春閣。芙蓉如佳人，迴首似調謔。
> 當軒有直道，無人肯駐腳。夜半鼠窸窣，天陰鬼敲啄。
> 松孤不易立，石醜難安著。自憐啄木鳥，去蠹終不錯。
> 晚風吹梧桐，樹頭鳴嗼嗼。峨峨江令石，青苔何淡薄。

〔註39〕〔宋〕陸游，《南唐書・陳覺列傳》，四部叢刊續編（臺北：臺灣商務印書館，1976年），卷6，頁7。

不話興亡事，舉首思眇邈。吁哉未到此，褊劣同尺蠖。

籠鶴羨鳧毛，猛虎愛蝸角。一日賢太守，與我觀橐籥。

往往獨自語，天帝相唯諾。風雲偶不來，寰宇銷一略。

我欲烹長鯨，四海爲鼎鑊。我欲取大鵬，天地爲矰繳。

安得生羽翰，雄飛上寥廓。

（宋齊丘〈陪遊鳳凰台獻詩〉）〔註40〕

銅壺滴漏初晝，高閣雞鳴半空。

催啓五門金鎖，猶垂三殿簾櫳。

階前御柳搖綠，仗下宮花散紅。

鴛瓦數行曉日，鷺旗百尺春風。

侍臣踏舞重拜，聖壽南山永同。

（馮延巳〈早朝〉）〔註41〕

宋齊丘的獻詩中描述了鳳凰台的地勢和其間的珍禽異獸，並藉機表明自己的忠心，詩中言：「養花如養賢，去草如去惡。」、「貞竹無盛衰，媚柳先搖落。」全詩也充滿了對前程的雄心，末尾「我欲烹長鯨，四海爲鼎鑊。我欲取大鵬，天地爲矰繳。安得生羽翰，雄飛上寥廓。」更表現出恢弘的氣勢；馮延巳的〈早朝〉詩亦刻畫了早朝時殿前的威儀以及群臣拜見君王之井然有序。他們的詩一如在朝堂上的得志，具掌權者的氣勢。相對於他們的政敵韓熙載，在詩中未見霸氣剛強之氣，如：

僕本江北人，今作江南客。再去江北遊，舉目無相識。

金風吹我寒，秋月爲誰白。不如歸去來，江南有人憶。

未到故鄉時，將爲故鄉好。及至親得歸，爭如身不到。

目前相識無一人，出入空傷我懷抱。

〔註40〕〔清〕清聖祖御定，《全唐詩》（台北：文史哲出版社，1987年），卷738，頁8414。

〔註41〕〔清〕清聖祖御定，《全唐詩》（台北：文史哲出版社，1987年），卷738，頁8415。

風雨蕭蕭旅館秋，歸來窗下和衣倒。

夢中忽到江南路，尋得花邊舊居處。

桃臉蛾眉笑出門，爭向前頭擁將去。

（〈感懷詩二章（奉使中原署館壁）〉）

無相景幽遠，山屏四面開。憑師領鶴去，待我挂冠來。

藥為依時采，松宜繞舍栽。林泉自多興，不是效劉雷。

（〈溧水無相寺贈僧〉）

風柳搖搖無定枝，陽臺雲雨夢中歸。

他年蓬島音塵斷，留取尊前舊舞衣。

（〈書歌妓泥金帶〉）〔註42〕

韓熙載的詩顯現了對故鄉的感懷、退居時的嚮往及風流生活的一面。如果這些詩人有較多留存下來的詩作，將更能從中看出因他們黨爭立場而影響的詩歌創作層面。

第三節　師生關係

因師生而形成的關係亦是南唐詩人交遊關係中重要的一環，前文提及南唐建國之後大力推動教育，「廬山國學」的興辦也帶起了講學、求學的風氣。以南唐詩人陳貺為中心，劉洞、江為、夏寶松、楊徽之紛紛來此成為學子，成就了廬山國學的名聲，一時之間文人薈萃。

陳貺是南唐時隱居在廬山的隱士，許多學者都以他為師，元宗也希望網羅他為朝廷效力，《南唐書》這麼寫他：

> 陳貺，南閩人。性沈澹，志操古樸，而不苟於仕進。
> 一臥廬山三十年，學者多師事焉。元宗以幣致之，布裘鹿
> 鞾，進止閑肆。因獻景陽台懷古詩云：「景陽六朝地，運極
> 自依依。一會皆同是，到頭誰論非。酒濃沈遠慮，花好失

〔註42〕〔清〕清聖祖御定，《全唐詩》（台北：文史哲出版社，1987年），卷738，頁8416。

前機。見此尤宜戒，正當家國肥。」元宗稱善，欲授以官，
覿固不受，賜粟帛遣還舊隱，卒年七十。〔註43〕

　　陳覿平日穿著布裘鹿皮的衣服，行動舉止悠閒自然，雖然元宗用
禮物贈送陳覿，想要招致他來仕進，但陳覿堅決不接受。陳覿的存詩
僅只一首，即上引文中的〈景陽台懷古〉，收錄於《全唐詩》第七百
四十一卷中，詩中以懷古的方式鑑戒今人，警醒意味濃厚。劉洞和江
爲曾師事於陳覿，《江南野史》如此記載：

　　　　劉洞，世居建陽，少遊學入廬山，師事陳覿學詩，精
　　究其術。覿卒，而洞猶居二十年。長五言詩。後主立，以
　　詩百餘篇，因左右獻之。後主數聞其名，喜而覽之，其首
　　篇乃〈石城懷古〉詩云：「石城古岸頭，一望思悠悠。幾許
　　六朝事，不禁江水流。」後主掩卷，爲之改容，遂不復讀
　　其餘者。洞羈旅二年，俟召對，不報，遂南還廬陵。〔註44〕

　　　　江爲者，宋世淹之後。先祖仕于建陽，因家焉。世習
　　儒素，少遊廬山白鹿洞，師事處士陳覿，酷於詩句，二十
　　餘年，有風雅清麗之度，時已誦之。〔註45〕

　　劉洞對於老師陳覿的教導內容，十分精心研究，等到老師過世
後，劉洞仍然在廬山住了二十年。他最擅長五言詩，在李後主繼位後，
左右獻上一百多篇劉洞的詩，因李後主在先前已聽聞劉洞的聲名，後
主高興地閱覽其詩。讀到的第一首就是〈石城懷古〉詩，詩中望著金
陵石頭城流露出景物依舊、人事已非的慨歎，六朝的興亡史事，在悠
悠的流水中早已成過往。〈石城懷古〉詩觸動了同樣建都在金陵的南
唐後主，後主掩卷因而神色有異，於是不再讀劉洞其餘的詩篇。由《江

〔註43〕〔宋〕馬令，《南唐書‧隱者傳》，四部叢刊續編（臺北：臺灣商務
　　　　印書館，1976 年），卷 15，頁 3。
〔註44〕〔宋〕龍袞，《江南野史》，叢書集成續編（臺北：新文豐出版公司，
　　　　1985 年），卷 9，頁 3。
〔註45〕〔宋〕龍袞，《江南野史》，叢書集成續編（臺北：新文豐出版公司，
　　　　1985 年），卷 8，頁 8。

南野史》的記載中明確地知道劉洞和江爲不僅師事於陳貺，他們學習的內容更是以詩爲主，所謂「師事陳貺學詩」、「師事處士陳貺，酷於詩句」等，無不說明師生之間致力於研究詩歌的技巧。雖然目前只能看到陳貺的一首存詩，但從陸游《南唐書》中的描述可知他爲詩的態度：「陳況，閩人，性夷澹，隱于廬山四十年，衣食乏絕，不以動心，苦思于詩，得句未成章，已播遠近。」〔註46〕陳貺對詩的執著也無形中影響了學生的學習態度。當時享有盛譽的詩人夏寶松亦師事於江爲，跟著他學習作詩：

> 夏寶松，廬陵吉陽人也，少學詩於建陽江爲。爲羈旅
> 臥病，寶松躬嘗藥餌，夜不懈帶，爲德之，與處數年，終
> 就其業，與詩人劉洞俱顯名于當世。〔註47〕

夏寶松除了與江爲有濃厚的師生情誼外，與劉洞也有深厚的交情。《江南野史》說劉洞「與同門夏寶松相善。爲唱和儔侶。」〔註48〕陸游《南唐書》也記載：

> 與洞同時有夏寶松者，亦隱廬山，相與爲詩友。洞有
> 〈夜坐〉詩，寶松有〈宿江城〉詩，皆見稱一時，號「劉
> 夜坐」、「夏江城」云。〔註49〕

對此現象，當時的百勝軍節度使陳德誠曾以詩讚美夏寶松云：「建水舊傳劉夜坐，螺川新有夏江城。」〈宿江城〉詩目前僅見殘句：「鴈飛南浦砧初斷，月滿西樓酒半醒。」、「曉來羸驥依前去，目斷搖山數點青。」當時夏寶松的美名傳播情形大致如此，也因爲這樣有許多晚

〔註46〕〔宋〕陸游，《南唐書‧陳況列傳》，四部叢刊續編（臺北：臺灣商務印書館，1976年），卷4，頁8。

〔註47〕〔宋〕馬令，《南唐書‧儒者傳》，四部叢刊續編（臺北：臺灣商務印書館，1976年），卷14，頁6。

〔註48〕〔宋〕龍袞，《江南野史》，叢書集成續編（臺北：新文豐出版公司，1985年），卷9，頁3。

〔註49〕〔宋〕陸游，《南唐書‧劉洞列傳》，四部叢刊續編（臺北：臺灣商務印書館，1976年），卷12，頁4。

輩儒生不遠百里、帶著重金禮物來向他求學。〔註50〕 另外曾肄業於
潯陽廬山的楊徽之也師事於江爲，久而久之亦與江爲齊名：

> 楊徽之，字仲猷，建州浦城人。祖郜，仕閩爲義軍校。
> 家世尚武，父澄獨折節爲儒，終浦城令。徽之幼刻苦爲學，
> 邑人江文蔚善賦，江爲能詩，徽之與之遊從，遂與齊名。
> 嘗肄業于潯陽廬山。〔註51〕

《全唐詩》也保留了楊徽之的一首〈留宿廖融山齋〉詩：「清和
春尚在，歡醉日何長。谷鳥隨柯轉，庭花奪酒香。初晴岩翠滴，向晚
樹陰涼。別有堪吟處，相留宿草堂。」〔註52〕 詩中描述在廖融山中草
堂留宿所見所感，歡樂閒適之情油然而生。這些圍繞著廬山國學的師
生之間形成了緊密的交遊群體，而他們更以學習詩藝的關係互爲影
響，對南唐詩產生貢獻。

第四節　同窗關係

南唐詩人以廬山國學爲中心的，除了師生關係之外，還有以同學
關係爲群體的唱和交遊，如李中、劉鈞、左偓、孟貫、楊徽之、伍喬
等皆曾求學於廬山國學。李中、劉鈞、左偓彼此認識並有詩歌往來；
而孟貫、楊徽之、伍喬則在保大年間成爲同學。據《五代十國編年》
所言，南唐升元六年前後李中於廬山國學就讀：

> 李中《壬申歲承命之任淦陽再過廬山國學感舊寄劉鈞》
> 詩云：「三十年前共苦辛，囊螢曾寄此煙岑。」廬山國學系
> 南唐所建。《十國春秋・南唐烈祖紀》於升元四年十二月載，
> 「是時建學館于白鹿洞，置田供給諸生，以李善道爲洞主，

〔註50〕 其事見〔宋〕馬令，《南唐書・儒者傳》，四部叢刊續編（臺北：臺
　　　　灣商務印書館，1976 年），卷 14，頁 6～7。
〔註51〕 楊家駱主編，《新校本宋史・楊徽之列傳》（台北：鼎文書局，1985
　　　　年），卷 296，頁 9866。
〔註52〕 〔清〕清聖祖御定，《全唐詩》（臺北：文史哲出版社，1987 年），卷
　　　　762，頁 8652。

掌其教，號曰「廬山國學」。《江西通志》卷五四、王應麟
《玉海》卷一六七等皆載此事於「升元中」。壬申歲即宋太
祖開寶五年（972），逆推三十年，則爲南唐升元六年（942），
李中就讀於廬山國學當在此時。〔註53〕

　　在廬山國學時期，李中常與同窗有酬贈之作，其中與他往來密切
的如劉鈞，在《碧雲集》中就有六首是寫給他的：

　　　掩戶當春晝，知君志在詩。閒花半落處，幽客未來時。
　　　野鳥穿莎徑，江雲過竹籬。會須明月夜，與子水邊期。
　　　　　　　　　　　　　　　　　　（〈寄劉鈞秀才〉）

　　　昔年廬岳閒遊日，乘興因尋物外僧。
　　　寄宿愛聽松葉雨，論詩惟對竹窗燈。
　　　各拘片祿尋分別，高謝浮名竟未能。
　　　一念支公安可見，影堂何處暮雲凝。
　　　　　　　　　　　　（〈懷廬岳舊遊寄劉鈞因感鑒上人〉）

　　　閒憶詩人思倍勞，維舟清夜泥風騷。
　　　魚龍不動澄江遠，雲霧皆收皎月高。
　　　潮滿釣舟迷浦嶼，霜繁野樹叫猿猱。
　　　此時吟苦君知否，雙鬢從他有二毛。
　　　　　　　　　　　　　　　（〈秋江夜泊寄劉鈞正字〉）

　　　童稚親儒墨，時平喜道存。酬身指書劍，賦命委乾坤。
　　　秋爽鼓琴興，月清搜句魂。與君同此志，終待至公論。
　　　　　　　　　　　　　　　　　（〈言志寄劉鈞秀才〉）

　　　萬里江山斂暮煙，旅情當此獨悠然。
　　　沙汀月冷帆初卸，葦岸風多人未眠。
　　　已聽漁翁歌別浦，更堪邊雁過遙天。

〔註53〕張興武，《五代十國文學編年》（北京：人民出版社，2001 年），頁
　　　242。

與君共俟酬身了，結侶波中寄釣船。

（〈秋江夜泊寄劉鈞〉）

三十年前共苦辛，囊螢曾寄此煙岑。

讀書燈暗嫌雲重，搜句石平憐蘚深。

各歷宦途悲聚散，幾看時輩或浮沈。

再來物景還依舊，風冷松高猿狖吟。

（〈壬申歲承命之任淦陽再過
廬山國學感舊寄劉鈞明府〉）

　　這幾首詩是在不同時期的寄贈之作，由此可見李中和劉鈞的友誼始終維繫著。〈寄劉鈞秀才〉寫李中了解劉鈞的志向在於寫詩，應當要在有明月的晚上和劉鈞約定在有美好景色的水邊；〈懷廬岳舊遊寄劉鈞因感鑒上人〉是李中憶起以前在廬山閒遊的日子，亦曾尋找超然物外的僧人；〈秋江夜泊寄劉鈞正字〉寫夜晚泊舟於秋江時，特別思念劉鈞，也感慨自己鬢髮已霜白；〈言志寄劉鈞秀才〉寫心中志向與劉鈞相同，皆愛苦吟搜句；〈秋江夜泊寄劉鈞〉言泊舟於秋江的夜晚想念劉鈞，期盼將來與他結伴，共同在舟中垂釣；〈壬申歲承命之任淦陽再過廬山國學感舊寄劉鈞明府〉寫三十年後再經過廬山國學，回思這幾十年來的宦海浮沉，並想起故人劉鈞的一份眞摯友情。詩中或言兩人志向、或言相期會面、或訴說思憶之情，在在都透露著兩人深厚的友誼。另外李中與左偃也有濃厚的交情，《全唐詩》中如此記載：「左偃，南唐人，不仕，居金陵。能詩，有鍾山集一卷，今存詩十首。」〔註54〕李中寄給左偃的詩，《碧雲集》也保存了六首：

維舟蘆荻岸，離恨若爲寬。煙火人家遠，汀洲暮雨寒。

天涯孤夢去，篷底一燈殘。不是憑騷雅，相思寫亦難。

（〈寒江暮泊寄左偃〉）

〔註54〕〔清〕清聖祖御定，《全唐詩》（台北：文史哲出版社，1987年），卷740，頁8443。

每病風騷路，荒涼人莫遊。惟君還似我，成癖未能休。
舍寐緣孤月，忘形爲九秋。垂名如不朽，那恨雪生頭。

（〈寄左偓〉）

蕭條陋巷綠苔侵，何事君心似我心。
貧戶懶開元愛靜，病身才起便思吟。
閑留好鳥庭柯密，暗養鳴蛩砌草深。
況是清朝重文物，無愁當路少知音。

（〈寄左偓〉）

與君詩興素來狂，況入清秋夜景長。
溪閣共誰看好月，莎階應獨聽寒螿。
卷中新句誠堪喜，身外浮名不足忙。
會約垂名繼前哲，任他玄髮盡如霜。

（〈秋夜吟寄左偓〉）

都城分別後，海嶠夢魂迷。吟興疏煙月，邊情起鼓鼙。
戍旗風颭小，營柳霧籠低。草檄無餘刃，難將阮瑀齊。

（〈海上載筆依韻酬左偓見寄〉）

柳過清明絮亂飛，感時懷舊思凄凄。
月生樓閣雲初散，家在汀洲夢去迷。
髮白每慚清鑒啓，酒醒長怯子規啼。
北山高臥風騷客，安得同吟複杖藜。

（〈海上春夕旅懷寄左偓〉）

〈寒江暮泊寄左偓〉寫泊舟寒江的夜晚，特別有離愁的孤獨感覺入夢，因而想起左偓；〈寄左偓〉寫只有左偓還和李中一樣苦吟成癖未能休，如果可以因此成就不朽的名聲，即使是生了滿頭白髮也不遺憾了；另一首〈寄左偓〉寫李中貧病交纏的心境，也安慰左偓：如今朝廷重視文才，無須擔憂缺少識才的知音；〈秋夜吟寄左偓〉言與左偓的詩興一向熱衷瘋狂，何況進入長夜漫漫的秋天，更可提供吟賞景

色的靈感，剛作好的詩句令人可喜，詩末期盼能夠以此垂名於世；〈海上載筆依韻酬左偃見寄〉這首詩看詩題應該是左偃先寄詩給李中，李中再依韻和寄，但觀左偃的現存詩篇，並沒有見到寄給李中的詩。李中在詩中言自己寫檄文方面不夠出眾，很難與東漢時期善寫章表檄文的阮瑀相比；〈海上春夕旅懷寄左偃〉寫在清明過後的夜晚，有所感而心懷舊友，想起離家許久而白髮漸生，只能喝酒消愁，但酒醒後又怕聽見杜鵑啼叫的聲音。此時思念好友左偃正在北山高臥，不知何時才能共同拄著藜杖吟詩唱和。以上六首詩中都寄託著對左偃的思念之情及期盼一起同吟共和的渴望，足見他們這份同窗之誼的維繫，有一部份是建立在對詩歌的共同興趣上的。

至於孟貫、楊徽之和伍喬是在南唐保大年間於廬山國學學習而相善的，《江南野史》中記錄了孟貫和楊徽之的好交情，兩人時常一起寫詩：

孟貫世居嶺表，爲建陽人。少好學，出遊廬山，與江泊大諫楊徽之同學友善。故徽之詩集中多與貫爲者。〔註55〕

孟貫的存詩中有〈送江爲歸嶺南〉詩，詩中言：

舊山臨海色，歸路到天涯。此別各多事，重逢是幾時。
江行晴望遠，嶺宿夜吟遲。珍重南方客，清風失所思。

（〈送江爲歸嶺南〉）〔註56〕

從詩中可看出他們這些與廬山國學有關的詩人之間的關係是十分緊密的。至於伍喬是南唐時廬江地方的詩人，曾考取南唐進士。馬令在《南唐書》記載他自勉自勵的苦學情況：「伍喬，廬江人也。性嗜學，以淮人無出己右者，遂渡江入廬山國學，苦節自勵。」〔註57〕

〔註55〕〔宋〕龍袞，《江南野史》，叢書集成續編（臺北：新文豐出版公司，1985年），卷8，頁7。
〔註56〕〔清〕清聖祖御定，《全唐詩》（台北：文史哲出版社，1987年），卷758，頁8624。
〔註57〕〔宋〕馬令，《南唐書‧儒者傳》，四部叢刊續編（臺北：臺灣商務印書館，1976年），卷14，頁5。

陸游的《南唐書》亦言：「伍喬，廬江人。居廬山國學數年，力學于詩。」〔註58〕孟貫的存詩中有思念伍喬的詩：

> 蹉跎春又晚，天末信來遲。長憶分攜日，正當搖落時。
>
> 獨遊饒旅恨，多事失歸期。君看前溪樹，山禽巢幾枝。
>
> （〈寄伍喬〉）〔註59〕

詩中言在春晚之際書信遲遲未來，想起孟貫和伍喬分別之日，也是春末秋初草木搖落之時。獨遊引發旅途上的遺憾，歷經許多事情而錯失歸期。山中禽鳥又在溪邊的樹上築了多少窩巢呢？全詩含藏兩人分開日久之思。

伍喬與史虛白亦交好，而史虛白曾南游廬山，以詩酒自娛，伍喬有詩云：

> 白雲峰下古溪頭，曾與提壺爛熳遊。
>
> 登閣共看彭蠡水，圍爐相憶杜陵秋。
>
> 棋玄不厭通高品，句妙多容隔歲酬。
>
> 別後相思時一望，暮山空碧水空流。
>
> （〈寄洛星史虛白處士〉）〔註60〕

> 長羨閒居一水湄，吟情高古有誰知。
>
> 石樓待月橫琴久，漁浦經風下釣遲。
>
> 僻塢落花多掩徑，舊山殘燒幾侵籬。
>
> 松門別後無消息，早晚重應躡屐隨。
>
> （〈寄史處士〉）〔註61〕

〔註58〕〔宋〕陸游，《南唐書・伍喬列傳》，四部叢刊續編（臺北：臺灣商務印書館，1976年），卷12，頁4。

〔註59〕〔清〕清聖祖御定，《全唐詩》（台北：文史哲出版社，1987年），卷758，頁8621。

〔註60〕〔清〕李調元編／何光清點校，《全五代詩》（成都：巴蜀書社，1992年），卷31，頁661。

〔註61〕〔清〕李調元編／何光清點校，《全五代詩》（成都：巴蜀書社，1992年），卷31，頁662。

〈寄洛星史虛白處士〉中伍喬回憶和史虛白在白雲峰下走過的足跡，兩人曾經提著酒壺遊覽光采煥發的景色，詩末寄託別後相思之情；〈寄史處士〉中伍喬羨慕史虛白居處水畔的各種生活閑情，並稱頌史虛白的高古之風。自從在松門一別之後便無消息，伍喬期盼日後有機會能夠時時相聚。整體來看，他們對於廬山是有一份依戀的情感的，例如左偓的存詩中仍能見到他寄給廬山的方外之士：

> 潦倒門前客，閑眠歲又殘。連天數峰雪，終日與誰看。
>
> 萬丈高松古，千尋落水寒。仍聞有新作，懶寄入長安。
>
> （〈寄廬山白上人〉）〔註62〕

諸如此類的詩作，常可見於廬山詩人的詩歌中，李中的酬贈往來的對象大部分是廬山時期的學友，還有如鑑上人、白大師這樣與廬山有地緣關係的僧人。廬山詩人們不論是師生關係還是由同窗關係組成，他們之間的詩風多少互為影響。如陳貺「苦思于詩」的作風未嘗不是影響著劉洞：「常自謂得浪仙之遺態，但恨不與同時。」〔註63〕的一種傳承，南唐後輩詩人李中與伍喬明顯的苦吟詩風或許也與之有關。

第五節　朋友關係

南唐詩中屬於寄贈予朋友、並與之酬唱往來及思念朋友的詩篇佔了很大的比例，從篇名中可大致了解他們彼此的交情及交遊圈。而南唐詩人中以李建勳、徐鉉、李中留存的詩歌相對為多，因此比較可以從他們的詩篇中得知互贈往來的大致情形。

李建勳和孫魴、沈彬十分交好，因對詩歌的共同愛好還為此結為詩社。《南唐書・儒者傳上・孫魴》記載：「及吳武王據有江淮，文雅

〔註62〕〔清〕清聖祖御定，《全唐詩》（台北：文史哲出版社，1987 年），卷740，頁 8443。

〔註63〕〔宋〕龍袞，《江南野史》，叢書集成續編（臺北：新文豐出版公司，1985 年），卷9，頁 3。

之士駢集，遂與沈彬、李建勳爲詩社。」〔註64〕李建勳有〈惜花寄孫員外〉和〈闕下偶書寄孫員外〉是寫給孫魴的詩，而〈中春寫懷寄沈彬員外〉及〈重戲和春雪寄沈員外〉是寄給沈彬寄託情懷與唱和的詩篇。除此之外李建勳也喜歡和方外之士交往，如〈懷贈操禪師〉、〈送喻煉師歸茅山〉就是與禪師交遊贈別的詩作。但有些交遊對象的身分不容易考察，如〈病中書懷寄王二十六〉、〈送王郎中之官吉水〉中的王二十六和王郎中，未能得知其人，諸如此類的詩在李建勳的存詩中還有許多，在此就不一一查考。〔註65〕

　　徐鉉的交遊圈也很廣闊，從他的詩作題目上看來，與他交遊對象的關係大部分是官場上的同僚。韓王李從善唯一的存詩〈薔薇詩一首十八韻呈東海侍郎徐鉉〉就是寫給徐鉉的，詩中除了詠薔薇外，更在詩末言：「寄君十八韻，思拙愧新奇。」〔註66〕讚揚徐鉉詩思創新奇巧。韓熙載在徐鉉被貶放到舒州時亦有詩贈之：

　　　　昔年淒斷此江湄，風滿征帆淚滿衣。

　　　　今日重憐鶺鴒羽，不堪波上又分飛。

　　　　　　　　　　　　　　　　　（〈送徐鉉流舒州〉）〔註67〕

　　詩中流露出對徐鉉的不捨嘆惋之情感，可見兩人交情匪淺。保大九年，南唐詩人鍾蒨任東都少尹，徐鉉及一群交好的文人送他離京，徐鉉寫下〈與弟鍇及蕭彧、孫峴、謝仲宣、王沂奉送鍾德林少尹員外〉并序云：

　　　　歲辛亥冬十月，天子命吾友德林爲東府亞尹，大弟諭

〔註64〕〔宋〕馬令，《南唐書·儒者傳》，四部叢刊續編（臺北：臺灣商務印書館，1976年），卷13，頁6。

〔註65〕此處舉例李建勳的詩參見〔清〕李調元編／何光清點校，《全五代詩》（成都：巴蜀書社，1992年），卷25。

〔註66〕〔清〕李調元編／何光清點校，《全五代詩》（成都：巴蜀書社，1992年），卷24，頁513。

〔註67〕〔清〕李調元編／何光清點校，《全五代詩》（成都：巴蜀書社，1992年），卷24，頁518。

德蕭君洎諸客餞于石頭城。雲日蒼茫，園林搖落，尊酒將竭，征帆欲飛。處者眷眷而不能迴，行者遲遲而不忍去。煙生景夕，風靜江平。君子曰：「公足以滅私。」子當促棹。詩所以言志，我當分題。故以風、月、松、竹、山、石寄情於贈別云爾。〔註68〕

　　從序中可知因此次送別而起的唱和活動，最後以分題的方式各賦詩一首，蕭彧、孫峴、謝仲宣、王沂、鍾蒨、徐鉉分別賦上〈賦月送鍾員外〉、〈賦竹送鍾員外〉、〈賦松送鍾員外〉、〈賦風送鍾員外〉、〈賦山別諸知己〉、〈賦石奉送鍾德林少尹員外〉。而另外一次同樣是送鍾蒨，參加的人略有不同，在〈送鍾德林郎中學士赴東府〉并序云：「德林此行，宜減離戀。盍各賦一物，以為贈乎。九月十七日序。」〔註69〕因此由喬舜、徐鉉、蕭彧、徐鍇、陳元裕、鍾蒨各賦〈賦江送德林郎中學士赴東府〉、〈送鍾德林郎中學士赴東府詩。得酒〉、〈賦菊送德林郎中學士赴東府〉、〈賦遠山送德林郎中學士赴東府〉、〈賦水送德林郎中學士赴東府〉、〈賦新鴻別諸同志〉。而徐鉉與蕭彧、孫峴的交情更是長達二十幾年，徐鉉在蕭彧、孫峴過世時有詩〈文彧少卿、文山郎中，交好深至，二紀已餘。暌別數年，二子長逝。奉使嶺表，塗次南康，弔孫氏之孤於其家，覩文彧手書於僧室，慷慨悲歡留題此詩〉，其詩中有言：「二紀歡游今若此，滿衣零淚欲何如！」，〔註70〕表達沉痛的感情。喬舜亦與徐氏兄弟友好，喬舜去世時，徐鉉有〈哭刑部侍郎喬公詩〉、徐鍇有〈同家兄哭喬侍郎〉，都說明了他們深厚的友誼。徐鉉詩前有序言：

公臨終數日，舍弟往候之。怡然言曰：「吾往矣，君兄

〔註68〕〔清〕李調元編／何光清點校，《全五代詩》（成都：巴蜀書社，1992年），卷29，頁618～619。

〔註69〕〔清〕李調元編／何光清點校，《全五代詩》（成都：巴蜀書社，1992年），卷29，頁619。

〔註70〕〔清〕李調元編／何光清點校，《全五代詩》（成都：巴蜀書社，1992年），卷28，頁602。

弟可各爲一詩哭我。」翼日，復告門生曰：「吾已得徐君兄
弟許我詩，餘無事矣。」其志忘死生也如此。嗚呼！絮酒
之禮，已隔平生；掛劍之信，永昇窮壤。故以二章爲誌，
閟於九原。〔註71〕

　　喬舜至死還念念不忘要得到徐氏兄弟許諾的悼詩，足見交情非
同一般。徐氏兄弟與當時任太傅相公的殷崇義也有唱和往來的詩，
他們三人因見史館庭梅半枯敗落，觀物起興有所感觸。徐鉉做庭梅
詩三首：〈史館庭梅見其毫末歷載三十今已半枯嘗僚諸公唯相公與
鉉在耳覩物興感率成短篇謹書獻上伏惟垂覽〉、〈太傅相公深感庭梅
再成絕唱曲垂借示倍認知憐謹用舊韻攀和〉、〈太傅相公以庭梅二篇
許舍弟同賦再迂藻思曲有虛構稱謹依韻奉和庶申感謝〉；〔註72〕徐
鍇則有〈太傅相公以東觀庭梅，西垣舊植，昔陪盛賞，今獨家兄，
唱和之餘，俾令攀和，輒依本韻伏愧斐然〉、〈太傅相公與家兄梅花
酬唱許綴末篇再賜新詩俯光拙句僅奉清韻用感鈞私伏惟采覽〉二首
詩；〔註73〕殷崇義亦回以〈鼎臣學士侍郎以東館庭梅昔翰苑之毫末
今復半枯向時同僚零落都盡素垂領茲唯二人感舊傷懷發於吟咏惠
然好我不能無言輒次來韻〉、〈鼎臣學士侍郎楚金舍人學士以再傷庭
梅詩同垂寵和清絕感歡情致俱深因成四十字陳謝〉，〔註74〕三人爲
史館庭梅共成詩七首。徐鉉被貶謫舒州時，也和韓熙載及高越有書
信詩歌的互贈，如徐鉉詩有〈謫居舒州，累得韓高二舍人書，作此
寄之〉：

〔註71〕〔清〕李調元編／何光清點校，《全五代詩》（成都：巴蜀書社，1992
　　　　年），卷26，頁573。
〔註72〕〔清〕清聖祖御定，《全唐詩》（台北：文史哲出版社，1987年），卷
　　　　756，頁8601～8602。
〔註73〕〔清〕李調元編／何光清點校，《全五代詩》（成都：巴蜀書社，1992
　　　　年），卷29，頁617。
〔註74〕〔清〕李調元編／何光清點校，《全五代詩》（成都：巴蜀書社，1992
　　　　年），卷36，頁761。

三峯煙靄碧臨谿，中有騷人理釣絲。

會友少於分袂日，謫居多卻在朝時。

丹心歷歷吾終信，俗慮悠悠爾不知。

珍重韓君與高子，殷勤書札寄相思。〔註75〕

高越，字仲遠，幽州人，原來仕吳，後來歸南唐，《全唐詩》有存詩〈詠鷹〉一首。〔註76〕徐鉉的詩中殷殷叮嚀韓熙載和高越要珍重自己，亦可知他們三人之間的交遊是緊密的。徐鉉和殷崇義、游簡言、江文蔚之間又是另一友情圈，徐鉉在殷崇義、游簡言、江文蔚三人升官時寫詩祝賀：

清晨待漏獨徘徊，霄漢懸心不易裁。

閣老深嚴歸翰苑，夕郎威望拜霜臺。

青綾對覆蓬壺晚，赤棒前驅道路開。

猶有西垣廳記在，莫忘同草紫泥來。

（〈賀殷游二舍人入翰林、江給事拜中丞〉）〔註77〕

徐鉉的詩中如〈寄鍾謨〉、〈和司門郎中陳彥〉、〈陳覺放還至泰州，以詩見寄，作此答之〉、〈表弟包穎見寄（此子侍親在饒州，累年臥疾）〉、〈憶新淦觴池寄孟賓于員外〉、〈春盡日游後湖贈劉起居（劉時方燒藥）〉、〈送德邁道人之豫章〉等詩，是比較能看出他所交往的人名，可得知這些人是與徐鉉交好的。而有些人的存詩中也仍見出他們之間互相往來的痕跡：

平生中表最情親，浮世那堪聚散頻。

謝朓卻吟歸省閣，劉楨猶自臥漳濱。

舊遊半似前生事，要路多逢後進人。

〔註75〕〔清〕清聖祖御定，《全唐詩》（台北：文史哲出版社，1987年），卷754，頁8575。

〔註76〕〔清〕清聖祖御定，《全唐詩》（台北：文史哲出版社，1987年），卷741，頁8448～8449。

〔註77〕〔清〕清聖祖御定，《全唐詩》（台北：文史哲出版社，1987年），卷752，頁8558。

且喜新吟報強健，明年相望杏園春。

　　　　　（包顥〈和徐鼎臣見寄〉）〔註78〕

衡門寂寂逢迎少，不見仙郎向五旬。

莫問龍山前日事，菊花開卻爲閑人。

　　　　　（陳彥〈和徐舍人九月十一日見寄〉）〔註79〕

幾宵煙月鎖樓臺，欲寄侯門薦下才。

滿面塵埃人不識，謾隨流水出山來。

　　　　　（許堅〈上舍人徐鉉〉）〔註80〕

一幅輕綃寄海濱，越姑長感昔時恩。

欲知別後情多少，點點憑君看淚痕。

　　　　　（鍾謨〈代京妓越賓答徐鉉〉）〔註81〕

　　徐鉉與許堅往來，而許堅又與潘佑交好，潘佑有〈送許處士堅往茅山〉詩，如下：

　　天壇雲似雪，玉洞水如琴。白雲與流水，千載清人心。

　　君攜布囊去，路長風滿林。一入華陽洞，千秋那可尋。

〔註82〕

　　徐鉉與孟賓于交情深厚，有許多的詩歌唱和，而孟賓于與馬致恭也有交情，馬致恭有〈送孟賓于〉詩：

　　曾聞洛下綴神仙，火樹南棲幾十年。

　　白首自忻丹桂在，詩名已得四方傳。

〔註78〕〔清〕清聖祖御定，《全唐詩》（台北：文史哲出版社，1987年），卷757，頁8608。

〔註79〕〔清〕清聖祖御定，《全唐詩》（台北：文史哲出版社，1987年），卷757，頁8613。

〔註80〕〔清〕清聖祖御定，《全唐詩》（台北：文史哲出版社，1987年），卷757，頁8614。

〔註81〕〔清〕李調元編／何光清點校，《全五代詩》（成都：巴蜀書社，1992年），卷31，頁655。

〔註82〕〔清〕李調元編／何光清點校，《全五代詩》（成都：巴蜀書社，1992年），卷31，頁653。

行隨秋渚將歸雁，吟傍梅花欲雪天。

今日還家莫惆悵，不同初上渡頭船。〔註83〕

如此看來，以徐鉉爲中心的交往圈十分龐大。而李中的交遊關係同樣十分廣闊，茲列舉若干李中的詩題，即可大致瞭解他的交遊圈：〈寄贈致仕沈彬郎中〉、〈訪蔡文慶處士留題〉、〈寄盧岳鑒上人〉、〈依韻和智謙上人送李相公赴昭武軍〉、〈贈史虛白〉、〈贈蒯亮處士〉、〈送致仕沈彬郎中遊茅山〉、〈寄左偓〉、〈宿山店書懷寄東林令圖上人〉、〈獻張義方常侍〉、〈贈永眞杜翱少府〉、〈獻中書韓舍人〉、〈獻徐舍人〉、〈寄盧山白大師〉、〈寄劉鈞秀才〉、〈贈東林白大師〉、〈贈謙明上人〉、〈海城秋日書懷寄朐山孫明府〉、〈贈海上書記張濟員外〉、〈春晏寄從弟德潤〉、〈吉水春暮訪蔡文慶處士留題〉、〈贈海上觀音院文依上人〉、〈寄黃鵬秀才〉、〈獻喬侍郎〉、〈晉陵罷任寓居，依韻和陳銳秀才見寄〉、〈暮春有感寄宋維員外〉〈送智雄上人〉、〈宿青溪米處士幽居〉、〈維舟秋浦，逢故人張矩同泊〉、〈送虞道士〉、〈寄盧山莊隱士〉、〈送張惟貞少府之江陰〉、〈吉水縣依韻酬華松秀才見寄〉、〈送姚端先輩歸寧〉、〈杪秋夕吟懷寄宋維先輩〉、〈吉水縣酬夏侯秀才見寄〉、〈送汪濤〉、〈訪澄上人〉、〈送圓上人歸盧山〉、〈送紹明上人之毘陵〉、〈舟次吉水逢蔡文慶秀才〉、〈新喻縣偶寄彭仁正字〉、〈留題胡參卿秀才幽居〉、〈獻中書潘舍人〉……等等。從這些詩題可看到常和李中時相往來的人物身分有在職官員、方外之士以及親戚長輩，而在他的《碧雲集》中還有更多不可考的人物與他酬唱，如此就形成更龐大的一個交遊圈了！茲將南唐詩人之交遊關係列表整理如下：

〔註83〕〔清〕李調元編／何光清點校，《全五代詩》（成都：巴蜀書社，1992年），卷31，頁654。

南唐詩人交遊表——君臣關係

主導者/活動	賦詩者
李璟/大雪登樓賦詩	李璟、李建勳、徐鉉、張義方
李煜/送鄧王牧宣州	李煜、徐鉉、殷崇義
李煜/北苑遊宴	徐鉉

南唐詩人交遊表——朋黨關係

以宋齊丘為中心	以韓熙載為中心
宋齊丘、陳覺、李徵古、馮延巳、延魯、魏岑、查文徽	孫晟、常夢錫、蕭儼、韓熙載、江文蔚、鍾謨、李德明

南唐詩人交遊表——師生關係

師	生
陳貺	劉洞、江為
江為	夏寶松、楊徽之

南唐詩人交遊表——同窗關係

詩人	同窗
劉洞	夏寶松
李中	劉鈞
李中	左偃
孟貫	楊徽之
孟貫	伍喬

南唐詩人交遊表——朋友關係

詩人	朋友
伍喬	史虛白
伍喬	張泊
李建勳	孫魴、沈彬

詩人	朋友
李從善	徐鉉
韓熙載	徐鉉
鍾蒨	徐鉉、徐鍇、蕭彧、孫峴、謝仲宣、王沂、喬舜、陳元裕
徐鉉、徐鍇	殷崇義
徐鉉	韓熙載、高越
徐鉉	殷崇義、游簡言、江文蔚
徐鉉	鍾謨
徐鉉	陳彥
徐鉉	陳覺
徐鉉	包穎
徐鉉	孟賓于
徐鉉	李建勳
許堅	徐鉉
潘佑	許堅
馬致恭	孟賓于
李中	沈彬
李中	史虛白
李中	韓熙載
李中	徐鉉
李中	喬舜
李中	潘佑
李中	張義方
李中	張洎

第四章　南唐清麗詩人之詩作探析

第一節　李煜詩

一、李煜其人與存詩問題

　　李煜（937～918）是南唐中主李璟（916～961）的第六子，按理不會承繼國祚，但因李璟的五子皆早亡，李煜才按次序封爲吳王，進而被立太子。李璟死後便繼位，是爲南唐國主。《新五代史》記錄他即位的情形：

> 煜字重光，初名從嘉，景第六子也。煜爲人仁孝，善屬文，工書畫，而豐頟、駢齒，一目重瞳子。自太子冀已上，五子皆早亡，煜以次封吳王。建隆二年，景遷南都，立煜爲太子，留監國。景卒，煜嗣立於金陵。母鍾氏，父名泰章。煜尊母曰聖尊后；立妃周氏爲國后；封弟從善韓王，從益鄭王，從謙宜春王，從度昭平郡公，從信文陽郡公。〔註1〕

　　既是國主之尊，其作品理應具有王者風範，但李煜即位時就處於

─────────────────

〔註 1〕楊家駱，《新校本新五代史·南唐世家》（台北：鼎文書局，1979 年），卷 62，頁 777～778。

國勢日下的頹勢，內憂外患從未間斷，又因其性格所致，作品中自然難以呈現決決大度的風格。要討論李煜詩的內容之前，有必要先從史書中略微了解李煜的性格。

從李煜即位以來，在處理國事上大多不順遂，但在開寶四年（971），他的弟弟韓王李從善被宋太祖軟禁在京師不得回國，更令他傷感。「開寶四年，煜遣其弟韓王從善朝京師，遂留不遣。煜手疏求從善還國，太祖皇帝不許。煜嘗怏怏以國蹙爲憂，日與臣下酣宴，愁思悲歌不已。」〔註2〕從上述記載看出李煜雖憂國事，卻不思振作，反以消極的方式解憂。「酣宴」、「愁思悲歌不已」成了他暫時閃躲重責大任的避難所。而他性格上的缺失隨著治理國事的失敗，更表露無遺。「五年，……煜性驕侈，好聲色，又喜浮圖，爲高談，不恤政事。」〔註3〕李煜好佛幾乎到了不理朝政的地步，《南唐書》言：「酷好浮屠，崇塔廟度僧尼，不可勝算，罷朝輒造佛屋易服膜拜，以故頗廢政事。」〔註4〕不僅如此，李煜對於臣子的勸諫不但不接受，還將之入罪，如潘佑諍諫的下場就是不得善終。「六年，內史舍人潘佑上書極諫，煜收下獄，佑自縊死。」〔註5〕另外，李煜遇事退縮的怯懦性格，更使他亡國之後，仍願意過著苟且偷安的日子。

> 七年，太祖皇帝遣使詔煜赴闕，煜稱疾不行，王師南征，煜遣徐鉉、周惟簡等奉表朝廷求緩師，不答。八年十二月，王師克金陵。九年，煜俘至京師，太祖赦之，封煜違命侯，拜左千牛衛將軍。〔註6〕

〔註2〕楊家駱，《新校本新五代史‧南唐世家》（台北：鼎文書局，1979年），卷62，頁779。

〔註3〕楊家駱，《新校本新五代史‧南唐世家》（台北：鼎文書局，1979年），卷62，頁779。

〔註4〕〔宋〕陸游，《南唐書‧後主本紀》，四部叢刊續編（臺北：臺灣商務印書館，1976年），卷3，頁7。

〔註5〕楊家駱，《新校本新五代史‧南唐世家》（台北：鼎文書局，1979年），卷62，頁779。

〔註6〕楊家駱，《新校本新五代史‧南唐世家》（台北：鼎文書局，1979年），

後來宋太宗即位，進封李煜爲隴西郡公。太平興國三年（978）的七夕是他四十二歲生日，宋太宗因他有「故國不堪回首月明中」之詞，大爲厭恨，命人在酒中下牽機藥將他毒死。李煜死後被追封爲吳王，葬於洛陽邙山，結束了詩人絢爛又悲慘的一生。

南唐徐鉉爲李煜寫的墓誌銘中言：「酷好文辭，多所述作，一游一豫，必以頌宣，載笑載言，不忘經義。洞曉音律，精別雅鄭；窮先王制作之意，審風俗淳薄之原，爲文論之，以續《樂記》。所著《文集》三十卷，《雜說》百篇。」〔註7〕但至今我們可見的李煜詩作並不多。《全唐詩》記載：「詩一卷，失傳，今存詩十八首。」〔註8〕可知李煜的作品散佚的情況相當嚴重。至於李煜詩保存較爲完整的典籍有《全唐詩》以及李調元編輯的《全五代詩》。《全唐詩》存詩十八首；《全五代詩》存詩二十二首。以數量而言，《全五代詩》似乎收錄得較爲完善，但細審之卻發現李調元誤收了李煜詞入其存詩之中。這些誤收的作品計有七首：〈浣溪紗曲〉（原詞牌名爲〈浣溪曲〉）、〈搗練曲〉（原詞牌名爲〈搗練子令〉）、〈羅敷艷歌〉（原詞牌名爲〈采桑子〉）、〈春曉曲〉（原詞牌名爲〈玉樓春〉）、〈漁父詞〉二首（原詞牌名爲〈漁父〉）、〈望遠行〉（原詞牌名仍爲〈望遠行〉）。《南唐二主詞》將以上這些都收錄進來，可見歷來這些是被視爲詞的，〔註9〕李調元大概是將這些作品當作是樂府詩而予以收錄了！如果將這些剔除的話，《全五代詩》中實際的詩作就只有十五首，反而比《全唐詩》少三首，較爲不全。另外《全唐詩》中還保留李煜詩的殘句計三十二句，雖然不能成章，卻也可見一斑。在探討李煜詩時，亦能看出其情調。所以本

卷 62，頁 779。

〔註7〕〔南唐〕徐鉉，《徐公文集・大宋左千牛衛上將軍追封吳王隴西公墓誌銘》，四部叢刊本（台北：臺灣商務，1965 年），卷 29，頁 198。

〔註8〕〔清〕清聖祖御定，《全唐詩》（台北：文史哲出版社，1987 年），卷 8，頁 71。

〔註9〕參見〔南唐〕李璟／李煜撰／王仲聞校訂，《南唐二主詞校訂》（北京：中華書局，2008 年）。

文探討李煜詩，便以《全唐詩》第八卷中所蒐錄的詩作為探析的文本。

二、李煜詩的題材

《全唐詩》中收錄的十八首李煜詩，從歷史背景看來，幾乎是他在入宋之前的作品。雖然尚未成為亡國之君，卻似乎為他後半生傷痛愁怨的生活做了預示。按其題材將作品分成四類予以探討分析。

（一）苦病

透過苦病詩，我們見到了李煜在痛苦掙扎中尋出自己的一條路子，他大多在佛教帶給他的思路中，去解脫他現實生活裡的各種磨難，尤其在病體交纏引發各種愁緒的情況下，更能看出他的思流。

1.〈病起題山舍壁〉

> 山舍初成病乍輕，杖藜巾褐稱閒情。
>
> 爐開小火深回暖，溝引新流幾曲聲。
>
> 暫約彭涓安朽質，終期宗遠問無生。
>
> 誰能役役塵中累，貪合魚龍構強名。

（《全唐詩》）

李煜在山中另闢新居，在山舍剛蓋好之初，便覺得病體稍輕，這大概是他難得忙裡偷閒的時刻。若只看前二句「山舍初成病乍輕，杖藜巾褐稱閒情。」會以為不知是哪個山中隱士寫的詩呢！李煜此刻暫時遠離都城與國事，文人的浪漫氣息不免又顯現：「爐開小火深回暖，溝引新流幾曲聲。」爐火帶來暖意，連溝流也帶來聽覺上的享受。但或許是生病這件事讓他有所感觸，隨即又轉入另一層對生命的看法：「暫約彭涓安朽質，終期宗遠問無生。」他想到古代傳說中長生不老的仙人：彭祖和涓子，也想探問佛教所謂萬物實體無生無滅的那個「無生」境界。王維的〈登辨覺寺〉詩亦云：「空居法雲外，觀世得無生。」〔註10〕但最後李煜發出了慨歎：比起無生無滅的境界，渺小短促生命

〔註10〕〔清〕清聖祖御定，《全唐詩》（台北：文史哲出版社，1987年），卷

的人類，又有誰可以役使塵世中俗累的一切，人不免只是貪求一時的強名罷了！對李煜這個一國之主而言，山舍終非他長居之處，他也不屬於這個遠離是非紅塵的地方，他終究得回到都城去面對那魚龍混雜的世界。從詩中我們看到了充滿矛盾又身不由己的複雜情緒。

2.〈病中感懷〉

> 顦顇年來甚，蕭條益自傷。風威侵病骨，雨氣咽愁腸。
> 夜鼎唯煎藥，朝髭半染霜。前緣竟何似，誰與問空王。

（《全唐詩》）

李調元於《全五代詩》中引用方虛谷的話：「方虛谷云：李後主號能詩，集中多有病詩，憔悴衰颯，疑其亡也。如『夜鼎唯煎藥，朝髭半染霜。病態知衰弱，厭厭向五年』之類。」〔註11〕顯然和此詩有異文，而《全唐詩》收錄的殘句中有「病態如衰弱，厭厭向五年。」有將此詩看作是另一首詩的殘句。按韻腳來看，應屬《全唐詩》收錄為是。其實方回在《瀛奎律髓》中是這樣說的：

> 李後主號能詩詞，偶承先業，據有江南，亦僭稱帝，數十州之主也。集中多有病詩，先有五言律云：「病態如衰颯，厭厭已五年。」看此詩真所謂衰颯憔悴，豈大風橫汾之比乎？宜其亡也。或謂此乃已至大興之後，即不然矣！七言有云：「衰顏一病難牽複，曉殿君臨頗自羞。」又云：「冷笑秦皇經遠略，靜憐周穆苦時巡。」蓋君臨之時也。〔註12〕

同樣是病詩，李煜在這首詩中的愁苦及欲獲得解脫的想法更為強烈。他的病情應是由來已久，而這一年更加嚴重。「憔悴年來甚，蕭

126，頁 1275。
〔註11〕〔清〕李調元編／何光清點校，《全五代詩》（成都：巴蜀書社，1992年），頁 506。
〔註12〕〔元〕方回，《瀛奎律髓·疾病類》，四庫全書珍本（台北：臺灣商務，未註明年代），卷 44，頁 6。

條益自傷。風威侵病骨，雨氣咽愁腸。」遇到風雨侵襲的日子益顯憔悴，詩中以「風威」、「雨氣」道出自然氣候對他病體的傷害。「夜鼎唯煎藥，朝髭半染霜。前緣竟何似，誰與問空王。」因此除了夜晚煎藥之外，也還需要心藥來開解他的愁懷，他的滿懷心事只能問「空王」。佛家認為佛說世界一切皆空，故佛的尊稱又稱「空王」。史書言李煜「喜浮圖」，所以李煜詩中常寄託人生處境於空門中。

3.〈病中書事〉

> 病身堅固道情深，宴坐清香思自任。
> 月照靜居唯搗藥，門扃幽院只來禽。
> 庸醫懶聽詞何取，小婢將行力未禁。
> 賴問空門知氣味，不然煩惱萬塗侵。

(《全唐詩》)

由「病身堅固道情深，宴坐清香思自任。」李煜因病體纏身而更加堅信佛理。他點上一炷清香安然閒坐，任由思緒飛馳。「月照靜居唯搗藥，門扃幽院只來禽。」一聯巧妙的用上月中嫦娥（相傳嫦娥化為玉兔）搗藥的典故，月中人的寂寞映照著月下人的寂寞。大門鎖著幽靜的庭院，只有禽鳥來探望，呈現一幅孤寂的畫面。「庸醫懶聽詞何取，小婢將行力未禁。」言庸醫無法為自己治癒疾病，他也懶得聽其說詞，而小婢力氣柔弱不足以扶持李煜行走。「賴問空門知氣味，不然煩惱萬塗侵。」只能依賴佛門義理為自己排解憂愁，不然的話，煩惱便會從各種途徑侵襲，令人愁上加愁。

（二）悼亡

悼亡詩哀悼的人主要李煜的妻子大周后娥皇和其次子瑞保，這類作品共計九首，每一首都真情流露、傷痛可感。

1.〈輓辭〉二首

其一

> 珠碎眼前珍，花凋世外春。未銷心裏恨，又失掌中身。

玉笥猶殘藥，香奩已染塵。前哀將後感，無淚可沾巾。

其二

豔質同芳樹，浮危道略同。正悲春落實，又苦雨傷叢。

穠麗今何在，飄零事已空。沉沉無問處，千載謝東風。

（《全唐詩》）

《全唐詩》於詩題下有一段說明文字：「宣城公仲宣，後主子，小字瑞保，年四歲卒。母昭惠先病，哀苦增劇，遂至於殂。故後主輓辭，并其母子悼之。」〔註13〕馬令《南唐書》亦記載：「（乾德）二年，冬十月仲宣卒，追封岐王，十有一月，國后周氏殂。」〔註14〕乾德二年（964）李煜於中年喪妻又喪子，對感情豐富纖細的詩人而言，無疑是雪上加霜。「珠碎眼前珍，花凋世外春。未銷心裏恨，又失掌中身。」中的「珠碎」喻夭子；「花凋」喻亡妻，接二連三的打擊讓李煜莫大的遺憾與失落的情緒充盈心中。「玉笥猶殘藥，香奩已染塵。」兒子瑞保用過的玉笥上還有殘留的藥，妻子娥皇的香奩已染上塵埃，雖然已過了一段時日，李煜仍然傷痛難除，以致「前哀將後感，無淚可沾巾。」古人用「淚濕衣襟」、「縱橫涕泗流」都不如李煜「無淚可沾巾。」的用法更教人戚然傷感。〈輓辭〉其二亦是李煜對逝去的妻兒合悼之辭，將自己的悲苦加以抒發。其中的「正悲春落實，又苦雨傷叢。」恰恰充分顯露李煜對兩份苦楚的沉痛心思。

2.〈悼詩〉

永念難消釋，孤懷痛自嗟。雨深秋寂莫，愁引病增加。

咽絕風前思，昏濛眼上花。空王應念我，窮子正迷家。

（《全唐詩》）

《全唐詩》於詩題下陳述：「仲宣卒，後主哀甚，然恐重傷昭惠，

〔註13〕〔清〕清聖祖御定，《全唐詩》（台北：文史哲出版社，1987 年），卷8，頁 72。

〔註14〕〔宋〕馬令，《南唐書‧後主書》，四部叢刊續編（臺北：臺灣商務印書館，1976 年），卷 5，頁 4。

常默坐飲泣而已。因爲詩以寫志，吟詠數四，左右爲之泣下。」〔註15〕

這首詩是悼念其子仲宣的詩。陸游《南唐書》中記載：

> 仲宣，小字瑞保，與仲寓同日受封宣城公。三歲誦孝
> 經，不遺一字，宮中燕侍合禮，如在朝廷，昭惠后尤愛之。
> 宋乾德二年，仲宣纔四歲，一日戲，佛像前有大琉璃燈，
> 爲貓觸墮地，劃然作聲，仲宣因驚癇得疾，竟卒。追封岐
> 王，諡懷憲。時昭惠后已疾甚，聞仲宣夭，悲哀更劇，數
> 日而絕。〔註16〕

李煜對於年幼的稚子夭亡，心中對他永遠懷念、難以釋懷。他說：「永念難消釋，孤懷痛自嗟。雨深秋寂莫，愁引病增加。」在前文的苦病詩中可以得知李煜的身體一直不大好，憂愁使得他的病情又加重。他不敢放聲大哭，擔心妻子更加傷心，只能哽咽暗泣，最後連哽咽聲都斷絕了，眼前昏濛濛一片。「咽絕風前思，昏濛眼上花。」正是說他哀慟到了極點，此時的他只能求助於「空王」，但願宗教爲他指引迷津。「空王應念我，窮子正迷家。」是他自身無力承受喪子之痛的寫照。

其他悼亡詩如〈感懷〉二首、〈梅花〉二首、〈書靈筵手巾〉、〈書琵琶背〉等都是哀悼大周后的詩，各具特色，今一併列引說明。〈感懷〉其一：「又見桐花發舊枝，一樓煙雨暮淒淒。憑闌惆悵人誰會，不覺潸然淚眼低。」〈感懷〉其二：「層城無復見嬌姿，佳節纏哀不自持。空有當年舊煙月，芙蓉城上哭蛾眉。」詩題下注：「後主昭惠后周氏，小字娥皇，年二十九殂。後主哀苦骨立，杖而後起。每於花朝月夕，無不傷懷。」〔註17〕〈梅花〉其一：「殷勤移植地，曲檻小欄

〔註15〕〔清〕清聖祖御定，《全唐詩》（台北：文史哲出版社，1987年），卷8，頁72。

〔註16〕〔宋〕陸游，《南唐書》，四庫全書本（臺北，臺灣商務，1983年），卷16，頁483。

〔註17〕〔清〕清聖祖御定，《全唐詩》（台北：文史哲出版社，1987年），卷8，頁73。

邊。共約重芳日，還憂不盛妍。阻風開步障，乘月溉寒泉。誰料花前後，蛾眉卻不全。」〈梅花〉其二：「失卻煙花主，東君自不知。清香更何用，猶發去年枝。」詩題下注：「後主嘗與周后移植梅花於瑤光殿之西，及花時而后已殂，因成詩見意。」〔註18〕〈書靈筵手巾〉：「浮生共顇顇，壯歲失嬋娟。汗手遺香漬，痕眉染黛煙。」〈書琵琶背〉：「侁自肩如削，難勝數縷絛。天香留鳳尾，餘煖在檀槽。」詩題下注：「周后通書史，善音律，尤工琵琶。元宗賞其藝，取所御琵琶時謂之燒槽者賜焉。燒槽，即蔡邕焦桐之義。或謂燄材而斲之，或謂因爇而存之。后臨殂，以琵琶及常臂玉環親遺後主。」

　　李煜的九首悼亡詩中，絕大多數是哀悼大周后的，從這些詩來看，他對大周后確實情深意切。大周后的才華是十分有名的：「豐才富藝，女也克肖。采戲傳能，奕棊逞妙。媚動占相，歌縈柔調。茲觱爰質，奇器傳華。」〔註19〕因此大周后不僅是他的妻子，也是他的知音，他們在音樂藝術上又是如此相契相知，以致大周后亡故後，李煜還對她念念不忘。李煜另外為她寫了誄辭：「蒼蒼何辜，殲予伉儷？」、「茫茫獨逝。舍我何鄉？」、「昔我新婚，燕爾情好。媒無勞辭，筮無違報。歸妹邀終，咸爻協兆。俯仰同心，綢繆是道。執子之手，與子偕老。今也如何，不終往告？嗚呼哀哉！」、「今也則亡，永從遐逝。嗚呼哀哉！」、「孰謂逝者，荏苒彌疏。我思妹子，永念猶初。」、「佳名鎮在，望月傷娥。」、「天漫漫兮愁雲曀，空曖曖兮愁煙起。峨眉寂寞兮閉佳城，哀寢悲氣兮竟徒爾。」〔註20〕

　　以上就是〈昭惠周后誄〉的片斷，字裡行間滿溢著李煜對她的不捨之情，與上述李煜所作之悼亡詩中物是人非的情感不謀而合。

〔註18〕〔清〕清聖祖御定，《全唐詩》（台北：文史哲出版社，1987年），卷8，頁73。

〔註19〕〔宋〕馬令，《南唐書・女憲傳》，四部叢刊續編（臺北：臺灣商務印書館，1976年），卷6，頁5。

〔註20〕〔宋〕馬令，《南唐書・女憲傳》，四部叢刊續編（臺北：臺灣商務印書館，1976年），卷6，頁6～7。

（三）抒懷

「人生愁恨何能免，銷魂獨我情何限。」這是李煜在詞牌〈子夜歌〉中的句子，人生不免有愁恨，而李煜的愁恨似乎特別多，他的詩中幾乎是悲愁的黯淡色澤。除了前文所提，有確實言明是爲病而愁、爲悼念而愁之外，李煜還有他現實處境中的愁，這些我們將之歸納在「抒懷」一類。

1.〈九月十日偶書〉

> 晚雨秋陰酒乍醒，感時心緒杳難平。
>
> 黃花冷落不成豔，紅葉颼颼競鼓聲。
>
> 背世返能厭俗態，偶緣猶未忘多情。
>
> 自從雙鬢斑斑白，不學安仁卻自驚。

（《全唐詩》）

九月十日，時至晚秋。李煜在醉酒乍醒之際有所感觸，心緒難以平復，因此他藉深秋的景物襯托自己的心境。「晚雨秋陰酒乍醒，感時心緒杳難平。黃花冷落不成豔，紅葉颼颼競鼓聲。」紅葉的颼颼聲竟讓他聯想到鼓聲。同樣寫紅葉，晚唐詩人杜牧說：「停車坐愛楓林晚，霜葉紅於二月花。」極力描寫秋天的可愛。我們熟知的另一闋李煜詞〈相見歡〉中：「無言獨上西樓，月如鉤。」李煜望著月亮卻聯想到戰事中的兵器——吳鉤，足見國家戰事對藝術家君王而言像巨石般沉重得放不下，因此聯想物全與戰爭有關。「背世返能厭俗態，偶緣猶未忘多情。自從雙鬢斑斑白，不學安仁卻自驚。」安仁，即是西晉詩人潘岳。潘岳的才情與人生經歷頗類於李煜，同樣中年喪子，寫了傷痛幼子夭亡的詩作〈思子詩〉；之後又喪妻，有名的〈悼亡詩〉三首及〈楊氏七哀詩〉正是他表達痛不欲生的作品。李煜驚於自己和潘岳的遭遇如此相似，不免有所感慨！

2.〈秋鶯〉

> 殘鶯何事不知秋，橫過幽林尚獨遊。

老舌百般傾耳聽，深黃一點入煙流。

棲遲背世同悲魯，瀏亮如笙碎在緱。

莫更留連好歸去，露華淒冷蓼花愁。

（《全唐詩》）

　　這是詠物抒懷的一首詩。藉著秋天的一隻孤鶯獨自飛翔，來影射自己的處境。「殘鶯何事不知秋，橫過幽林尚獨遊。老舌百般傾耳聽，深黃一點入煙流。」中的第三句在《全五代詩》有異文作「嫩綠百層傾耳聽」，就對仗來說，「嫩綠百層」對上「深黃一點」較爲工整；但從其意而言，此頷聯一句狀聲、一句狀形，「老舌百般傾耳聽」反倒能突顯秋鶯的巧囀鳴啼。「棲遲背世同悲魯，瀏亮如笙碎在緱。莫更留連好歸去，露華淒冷蓼花愁。」言秋鶯停留於此卻背離世道，清朗明亮的悅耳聲像笙一樣的碎落在緱山（相傳修道成仙之處）。李煜勸秋鶯別再留戀於此，因爲如今能見到的只有「露華淒冷蓼花愁」這樣的蕭瑟景象罷了！此語何嘗不是李煜告訴自己別再紅塵俗世中徘徊，應「歸去」才能解除悲愁。

3.〈渡中江望石城泣下〉

江南江北舊家鄉，三十年來夢一場。

吳苑宮闈今冷落，廣陵臺殿已荒涼。

雲籠遠岫愁千片，雨打歸舟淚萬行。

兄弟四人三百口，不堪閒坐細思量。

（《全唐詩》）

　　《全唐詩》收錄此詩之下有注云：「江表志作吳讓皇楊溥詩，題作泰州永寧宮。」〔註21〕《江南餘載》亦有如此記載：「讓皇在泰州，賦詩曰：『江南江北舊家鄉，二十年前夢一場。吳苑宮闈今冷落，廣陵臺榭亦荒涼。煙凝遠岫愁千疊，雨滴孤舟淚萬行。兄弟四人三百口，

〔註21〕〔清〕清聖祖御定，《全唐詩》（台北：文史哲出版社，1987年），卷8，頁72。

不堪回首細思量。』」〔註22〕但從歷史背景視之，李煜和楊溥都可能
與此詩有涉，究竟誰才是此詩作者，不得而知，只好暫時將作者的問
題擱置。但是《南唐國史》中的一段話或許可以提供一些線索：

> 李昇禪代成功後，對楊氏家族的看守遠甚於宋對諸降
> 王的看守，不許其與外界往來，甚至令其男女自相匹配，
> 根本不可能讓這樣留戀故國的詩作流出丹楊宮外。因此，
> 這首詩最有可能是李煜在亡國時，借楊吳舊事抒發自己的
> 心情。〔註23〕

開寶七年（974），宋太祖兩詔遣李煜北上到京師，李煜推託不去，
宋太祖一怒之下，派遣大將曹彬、潘美等人渡江攻到石頭城下，迫使
李煜家族約三百人北遷。李煜在渡江時回望南唐國都金陵——即石頭
城，不禁潸然淚下，寫下了此詩。「江南江北舊家鄉，三十年來夢一
場。吳苑宮闈今冷落，廣陵台殿已荒涼。」亡國奴的悽惻躍然紙上，
李煜在此時正式結束了他在南唐苟且偷安、醉生夢死的國主時代，如
大夢初醒般要面對的是現實中更難堪的「違命侯」時期。「雲籠遠岫
愁千片，雨打歸舟淚萬行。兄弟四人三百口，不堪閒坐細思量。」句
中以景寓情，自此愁雲淚雨的哀愁即是李煜的人生，他只能坐在船中
細細思量自己和三百人口家族未來的處境了！

（四）題贈

除了「苦病」、「悼亡」、「抒懷」這一類愁苦之作，李煜尚有一些
脫離這種悲傷情緒的特殊詩作，皆與題贈有關，如〈送鄧王二十弟從
益牧宣城〉、〈賜宮人慶奴〉、〈題金樓子後〉三首。

1.〈送鄧王二十弟從益牧宣城〉

且維輕舸更遲遲，別酒重傾惜解攜。

〔註22〕〔宋〕鄭文寶，《江南餘載》，四庫全書本（臺北：臺灣商務，1983
年），卷下，頁157。
〔註23〕鄒勁風，《南唐國史》（南京：南京大學出版社，2000年，6月），頁
152。

浩浪侵愁光蕩漾，亂山凝恨色高低。

君馳檜楫情何極，我憑闌干日向西。

咫尺煙江幾多地，不須懷抱重淒淒。

（《全唐詩》）

此詩的詩題下注云：「後主自為詩序以送之，其略云：秋山滴翠，暮靆澄空。愛公此行，暢乎遐覽。」〔註24〕詩的前二句以輕快的舟舸遲遲不行以及再次倒酒話別，凸顯臨別依依之感。此刻在李煜眼中的山水都成了他移情的對象：「浩浪侵愁光蕩漾，亂山凝恨色高低。」山水因染上愁恨而有不同的色調。「君馳檜楫情何極，我憑闌干日向西。」分別以兄弟的視角表達各自的情份。最後雖然因別離而生愁，但卻能跳脫感傷，寬慰鄧王李從益。「咫尺煙江幾多地，不須懷抱重淒淒。」言相隔未遠，日後相見有期，不須為此耿耿於懷、徒增愁懷。

2.〈賜宮人慶奴〉

風情漸老見春羞，到處消魂感舊遊。

多謝長條似相識，強垂煙態拂人頭。

（《全唐詩》）

此詩詩題下注云：「墨莊漫錄云：煜嘗書黃羅扇上，至今藏在貴人家。」〔註25〕可知原題在扇面上以贈宮人，言宮人因男女風月之情不再而感傷。「消魂」二字形容出宮人極度悲傷的樣貌，對於舊遊之處總觸景傷情。「多謝長條似相識，強垂煙態拂人頭。」詩中以柳條拂人似安慰宮人的擬人用法，生動地對照出在宮人身上刻畫的歲月痕跡。

3.〈題金樓子後〉

牙籤萬軸裏紅綃，王粲書同付火燒。

〔註24〕〔清〕清聖祖御定，《全唐詩》（台北：文史哲出版社，1987年），卷8，頁72。

〔註25〕〔清〕清聖祖御定，《全唐詩》（台北：文史哲出版社，1987年），卷8，頁74。

不於祖龍留面目，遺篇那得到今朝。

（《全唐詩》）

這是一首借史事抒發李煜對焚書一事的想法之詩。詩前有序言：「梁元帝謂：王仲宣昔在荊州，著書數十篇。荊州壞，盡焚其書，今在者一篇，知名之士咸重之，見虎一毛，不知其斑。後西魏破江陵，帝亦盡焚其書，曰：文武之道，盡今夜矣。何荊州壞焚書二語，先後一轍也。詩以慨之。」〔註26〕梁元帝焚書是史上有名的大事，當時西魏派遣常山公于謹、大將軍楊忠率兵南下攻梁。當魏軍攻破江陵時，梁元帝認為自己讀書破萬卷，竟然免不了亡國的命運，留書無益，於是就把十幾萬的藏書全燒毀。李煜於詩中對古書保存不易發出慨歎，珍貴的古籍總是在戰火中難逃祝融之災。他認為若非秦始皇焚書時仍舊有書籍被盡力的保存下來，今日又何來古人遺留的藏書可觀看？李煜詩風多吟詠傷愁之作，難得見到如此平鋪直敘，就史事論述自己見解的評論，也讓我們從詩中認識另一個不一樣的李煜。

總的而言，李煜詩的題材分成苦病、悼亡、抒懷、題贈四類。苦病詩表現出憔悴蒼白及將病中苦悶託付於宗教的心情；悼亡詩是哀悼大周后和次子仲宣的早逝，其詩感傷悲痛；抒懷詩則是平日遇事見物引發的惆悵寄託之作；題贈詩則跳脫他一貫的悲傷情緒，分別寫詩贈送鄧王李從益和宮人慶奴，以及題詩於書後借史提出個人觀點。李煜的詩作大多著眼於平日切身的生活。

三、李煜詩的特色

（一）寄託佛門

江勝兵於《南唐詩歌研究》中分析了南唐詩歌在內容上的特點，他歸納其中特點之一是南唐詩歌具有「亂世末代的感傷」，他這麼分析：

〔註26〕〔清〕清聖祖御定，《全唐詩》（台北：文史哲出版社，1987年），卷8，頁74。

　　　　五代時期，悲傷的情緒伴隨著每一位詩人，即使是
冷眼旁觀的咏史與懷古詩，也難擺脫無奈、傷感乃至悲
哀的時代心理。於是在五代作家的筆下，歷史以及歷史
上不朽的人物，都成了灰色一片。南唐詩歌也有濃重的
感傷色彩。〔註27〕

　　五代時期因著亂世而帶來的不確定感及傷懷，致使詩人必得尋求
一個安身立命的寄託。張興武先生在分析五代作家的人格與詩格時曾
下了一個結論：「在死亡的種種威脅面前，五代作家只能靠修禪和學
道的方式來尋求解脫。」〔註28〕而李煜的禮佛心態已嚴重到耽溺之程
度，史書記載他和小周后跪拜誦經以至受傷長瘤。鄒勁風《南唐國史》
言：「國難當頭，李煜已束手無策，他渾然不理政事，卻沉溺於浮屠，
以祈求神佑。」〔註29〕李煜詩作中可看出他對佛門依戀之深：

　　　暫約彭涓安朽質，終期宗遠問無生。

　　　　　　　　　　（《全唐詩》〈病起題山舍壁〉）

　　　前緣竟何似，誰與問空王。

　　　　　　　　　　（《全唐詩》〈病中感懷〉）

　　　賴問空門知氣味，不然煩惱萬塗侵。

　　　　　　　　　　（《全唐詩》〈病中書事〉）

　　　空王應念我，窮子正迷家。

　　　　　　　　　　（《全唐詩》〈悼詩〉）

　　　詩中說在「役役塵中累」的生活中，李煜探求著佛家所謂「無生
無滅」的境界。或者在病情日益嚴重之下，他只能轉而問空王，前定

〔註27〕江勝兵，《南唐詩歌研究》（南京：南京師範大學碩士學位論文，2007
　　　　年），頁3。
〔註28〕張興武，《五代作家的人格與詩格》（北京：人民文學出版社，2000
　　　　年），頁112。
〔註29〕鄒勁風，《南唐國史》（南京：南京大學出版社，2000年，6月），頁
　　　　141。

的緣分究竟如何才導致如此？而相對的，在李煜病體纏身之際，他對宗教的信念愈深，因此他依賴著佛門義理來排遣各種途徑而來的煩惱。在極度悲傷時，他也希望空王能夠顧念迷途的他，引領出人生的道路。只要遇到不順遂的事，李煜就躲入他的寄託中，得到一些心靈慰藉，發而為詩，形成李煜詩的特色。雖然王曉楓於〈論李煜詩〉一文中說：

> 這些詩體現了禪宗哲學思想，參破時空，破除我執，使主體進入無意識無目的的無生狀態，而超逸生靈和輪回。把握永恆，解脫病苦，正是中國古代詩人病苦生死意識的歸宿，李煜的這些詩也正是他人生觀的一個寫照。〔註30〕

但是從李煜的生平傳記看他的為人處事，卻看不出他有參破時空、破除我執的超脫思想。相反的，他執著情愛、眷戀人世，從這些寄託心靈於佛門思想的詩中看見的，是一國之主對現實情況的逃避心態。

（二）律絕皆擅

李煜詩保存下來的共有十八首，從這現存十八首中，看出李煜的詩不論是律詩或絕句，皆有可觀之處。五言絕句有〈梅花〉其二、〈書靈筵手巾〉、〈書琵琶背〉三首；七言絕句有〈感懷〉其一、〈感懷〉其二、〈賜宮人慶奴〉、〈題金樓子後〉四首；五言律詩有〈輓辭〉其一、〈輓辭〉其二、〈悼詩〉、〈梅花〉其一、〈病中感懷〉五首；七言律詩有〈九月十日偶書〉、〈秋鶯〉、〈病起題山舍壁〉、〈送鄧王二十弟從益牧宣城〉、〈渡中江望石城泣下〉、〈病中書事〉六首。如〈書琵琶背〉：「侁自肩如削，難勝數縷條。天香留鳳尾，餘煖在檀槽。」寫琵琶上還殘餘人的香氣，體制雖小，卻餘韻不絕。又如「玉笥猶殘藥，

〔註30〕王曉楓，〈論李煜詩〉，《山西太原師範學院學報》第 5 卷第 6 期（2006 年 11 月），頁 79。

香奩已染塵。」用盛裝藥物的玉箱「猶殘」和女子常用的香奩「染塵」，暗示使用的人已不在。「汗手遺香漬，痕眉染黛煙。」手巾上遺留的漬痕仍在，人卻已逝去。「天香留鳳尾，餘暖在檀槽。」寫琵琶上還殘餘人的香氣，而李煜對於這些平常之物捨不得丟棄，仍舊保存在原來的地方。令人感受到其詞淡，其情深。足見李煜對於作品總能挑選最適切的體裁來增加其表現力。〈隋唐五代詩歌在體制上的發展衍變〉一文中言：

> 隋唐五代詩不僅發展了各種流派，還形成了多樣化的體制。……豐富多樣的形式，爲詩歌反映現實生活提供了充分的便利。總體說來「長篇以敘事，短篇以寫意。七言以浩歌，五言以穆誦。」唐代詩人大多注意到各種詩體的不同表現功能，對各種詩體的流衍變化作了一番探索。〔註31〕

雖然如此，但是彭萬隆先生在《唐五代詩考論》一書中曾評論南唐詩人李中：「不但創作五律，還擅長七律，絕句亦多佳什，不似其他詩人五律之外，諸體一無可觀。」〔註32〕言下之意是指五代諸家大多獨擅一體，並未能充分運用各種體裁來發揮其作品。李煜的存詩雖不多，但十八首詩中卻能看出他對於各體運用自如的才能。順帶一提的是：李煜除了律絕兼擅外，在選用詩和詞的形式上也有所區分。例如上文所言李煜對佛門的依戀就沒有反映在他的詞作上，他的詞作當然不乏愁恨哀嘆的句子，如〈浪淘沙〉：「獨自莫憑欄，無限江山。別時容易見時難。流水落花春去也，天上人間！」〈相見歡〉：「剪不斷，理還亂，是離愁，別是一般滋味在心頭。」〈虞美人〉：「問君能有幾多愁，恰似一江春水向東流。」〈破陣子〉：「最是倉皇辭廟日，教坊

〔註31〕江秀麗／劉萍，〈隋唐五代詩歌在體制上的發展衍變〉，《大慶師範學院學報》第 26 卷第 3 期（2006 年 6 月），頁 102。

〔註32〕彭萬隆，《唐五代詩考論》（杭州：浙江大學出版社，2006 年），頁 439。

猶奏別離歌。垂淚對宮娥。」但是這些表現方式就是莫憑欄式的無限深愁，看不出想要寄託愁悶心情於宗教上的意圖，推測李煜在表現內容之前同時選擇了欲表現的形式。諸如言病痛及哀悼心情的具體內容一律以詩歌形式表達，而無可奈何的朦朧式美感與深愁則轉為詞作的表現，可知李煜對於不同題材所選擇的表現方式是講究的。

（三）詩句清麗

李煜的詩讀來清新淡雅、秀麗唯美。例如在〈送鄧王二十弟從益牧宣城〉中言：「且維輕舸更遲遲，別酒重傾惜解攜。浩浪侵愁光蕩漾，亂山凝恨色高低。」（《全唐詩》）配合離情依依的心境，點染波光蕩漾與山色高低，藉而營造出離愁別恨的思緒。〈病起題山舍壁〉中的：「爐開小火深回暖，溝引新流幾曲聲。」（《全唐詩》）則隨著病勢減弱，心境隨之輕鬆而暫時有閒適的悠情，其中藉由爐中開著小火帶來暖意以及溝中引來不斷流動的水之潺潺聲響，予人清新之感。〈秋鶯〉中的：「老舌百般傾耳聽，深黃一點入煙流。」（《全唐詩》）亦分別從聽覺和視覺摹寫，勾勒出明豔輕巧的秋鶯形象。〈九月十日偶書〉的：「黃花冷落不成豔，紅葉颼颼競鼓聲。」（《全唐詩》）即使是深秋時節，地上處處有黃花凋零的破敗景象，但抬頭卻能見到紅葉茂盛，而風吹過的颼颼聲響宛如競賽的擊鼓聲，詩中塑造了俯首抬眼間，景象截然不同，自成一幅具美感的畫面。

即便是寫自己心傷難排的詩篇，李煜亦不失其清麗的風格。如〈書靈筵手巾〉中言：自己「浮生共顦顇，壯歲失嬋娟。」繼而詩句一轉，將畫面集中在大周后用過的手巾上：「汗手遺香漬，痕眉染黛煙。」（《全唐詩》）讓人覺得伊人彷彿未曾遠去，以「香漬」與「黛煙」想像其美。〈挽辭〉一詩是哀悼妻子娥皇和兒子仲宣的哀輓之詞，詩中以「玉笥猶殘藥，香奩已染塵。」（《全唐詩》）抒發了心中最深沉的悲痛，而「玉」字與「香」字的適當點綴恰如其分地指出妻兒在心中的份量與美好形象。〈梅花〉詩是寫李煜和大周后曾經在瑤光殿西邊

移植梅花，無奈梅花開時，周后已歿，其中「阻風開步障，乘月溉寒泉。」（《全唐詩》）寫兩人小心翼翼地爲梅花阻風而架設屏障，乘著月光澆灌寒泉水，凸顯帝后情深的唯美畫面。〈感懷〉詩則是周后殂逝，李煜每在花朝月夕的傷懷之作：「層城無複見嬌姿，佳節纏哀不自持。空有當年舊煙月，芙蓉城上哭蛾眉。」其中的「芙蓉城」是現在四川省成都市的別名，因爲後蜀孟昶曾在宮苑城上到處種植木芙蓉，由此得名，也簡稱「蓉城」。「芙蓉城上哭蛾眉」的詞彙運用也在傷痛的心情中塑造了美感。

四、結語

　　李煜生平一向爲人所熟知，本文中將李煜的生平大要擷取出來，除了顧及敘述完整性之外，只摘取與他性格相關的資料，一方面有知人論世的目的，一方面也得以瞭解其怯懦退縮性格投射到詩作，而影響的詩歌取向。因而我們便不難理解，李煜的詩歌何以始終在苦病、悼亡、抒懷、題贈這幾類中表情達意，而對切身的政治態度如此逃避。「按照一般的想像，生活在五代亂世的詩人，必定要著力表現那個時代裡無處不在的戰亂與災禍，因爲分裂割據是該時期最爲核心的主題。但事實卻並非如此。」〔註33〕李煜身爲一國之主，沒有關心外在環境的離亂，也未展現君王應有的眼界，只著眼自身的遭故。對於外界因戰爭而顛沛流離或自然界壯麗奇景的讚嘆，在李煜眼中仿佛是不存在的。他侷限在自己封閉的宮廷圈圈中，所有情緒也只隨著身邊的事而悲喜。就取材和表現出來的氣象而言，是較爲悲弱貧乏的。其詩表現出寄託佛門、律絕兼擅及詩句清麗的特色，在五代詩中有其代表意義。李煜詩除了前文所引述之外，尚有一些殘句留存。如《石林燕語》記載：

　　　　江南李煜既降，宋太祖嘗因曲燕。問：「聞卿在國中

〔註33〕張興武，《五代作家的人格與詩格》（北京：人民文學出版社，2000年），頁186。

好作詩。」因使舉其得意者一聯，煜沉吟久之，誦其《詠扇》云：「揖讓月在手，動搖風滿懷。」上曰：「滿懷之風，卻有多少？」他日復燕煜，顧近臣曰：「好個翰林學士！」〔註34〕

宋太祖言下之意是李煜有如此才華與心思，不用在國家大事上，只用在吟詠風月，終究只能成爲翰林學士，而非一國之君。味其詩幾乎屬憂戚傷懷爲多。《文心雕龍・時序》曰：「故知文變染乎世情，興廢系乎時序，原始以要終，雖百世可知也。」〔註35〕李煜生長在一個戰亂頻仍的時代，其特殊的地位與天生的性格影響著詩的取向及風格。清代趙翼的〈題元遺山集〉言：「國家不幸詩家幸，賦到滄桑句便工。」〔註36〕李煜個人的滄桑經歷，化作詩歌中的獨特養分，也讓我們從詩作中印證李煜的愁苦人生。

第二節　成彥雄詩

一、成彥雄其人與存詩問題

成彥雄（生卒年不詳）是南唐時代的詩人，在史書中沒有他的傳記，因此生平不詳。唯一找的到的資料是《全唐詩》中記載的：「字文幹，南唐進士。《梅嶺集》五卷，今編詩一卷。」〔註37〕《全五代詩》的介紹也大致如此。〔註38〕再者，能找到有關的評論，屬南唐詩

〔註34〕〔清〕李調元編／何光清點校，《全五代詩》（成都：巴蜀書社，1992年），頁506。

〔註35〕〔南朝梁〕劉勰著／周振甫注，《文心雕龍・時序》（台北：里仁出版社，1994年），頁686。

〔註36〕徐世昌輯，《晚清簃詩匯》（北京：北京出版社，1996年3月），卷90，頁10。

〔註37〕〔清〕清聖祖御定，《全唐詩》（臺北：文史哲出版社，1987年），卷759，頁8626。

〔註38〕〔清〕李調元編／何光清點校，《全五代詩》（成都：巴蜀書社，1992年），卷31，頁665。

人徐鉉爲成彥雄的詩集所作的詩序最爲詳盡，引文如下：

> 詩之旨遠矣，詩之用大矣。先王所以通政教，察風
> 俗，故有采詩之官，陳詩之職。物情上達，王澤下流。
> 及斯道之不行也，猶足以吟詠性情，黼藻其身，非苟而
> 已矣。若夫嘉言麗句，音韻天成，非徒積學所能，蓋有
> 神助者也。羅君章、謝康樂、江文通、邱希範，皆有影
> 響發於夢寐。今上谷成君亦有之，不然者，何其朝捨鷹
> 犬，夕味風雅，雖世儒積年之勤，曾不能及其門者耶？
> 逮予之知，已盈數百篇矣。觀其詩如所聞，接其人如其
> 詩。既賞其能，又貴其異。故爲冠篇之作，以示好事者
> 云。戊戌歲正月日序。〔註39〕

徐鉉認爲成彥雄在詩歌方面的成就，不僅僅是努力累積學問而致，更有天賦神助才得以有「嘉言麗句，音韻天成」之特色。因此徐鉉欣賞他的能力，又看重他獨特的才華。

《全唐詩》在卷759中收錄了成彥雄的詩共計二十七首，分別是〈杜鵑花〉、〈江上楓〉、〈夜夜曲〉、〈村行〉、〈煎茶〉、〈松〉、〈新燕〉、〈會友不至〉、〈惜花〉、〈中秋月〉、〈暮春日宴溪亭〉、〈曉〉、〈夕〉、〈露〉、〈游紫陽宮〉、〈除夜〉、〈元日〉、〈寒夜吟〉、〈柳枝辭〉九首。而《全五代詩》則將成彥雄的詩收錄在卷31中，但並未正式收錄〈除夜〉詩，卻在〈元日〉詩之下另作註解曰：

> 《詩話》：彥雄有《除夜》詩云：「銅龍看却送春來，
> 莫惜顛狂酒百杯。吟鬢就中專擬白，那堪更被二更催。」
> 又見《元日》詩云云。〔註40〕

如此看來，《全唐詩》和《全五代詩》對成彥雄詩歌的收錄整理

〔註39〕〔清〕董誥等編，《全唐文‧成氏詩集序》（北京：中華書局，2001年），卷882，頁1。

〔註40〕〔清〕李調元編／何光清點校，《全五代詩》（成都：巴蜀書社，1992年），卷31，頁666。

是一樣的。除了以上所述的二十七首之外，另有殘句「莎草放茵深護砌，海榴噴火巧橫牆。」以及「紋鱗引子跳銀海，紫燕呼雛語畫梁。」可供參考，因此以《全唐詩》第七百五十九卷和《全五代詩》第三十一卷蒐集的資料作爲研究的文本。

二、成彥雄詩的題材

成彥雄的詩作目前僅有 27 首。就題材來說可以明確地分爲詠物、時序、閒適、懷人四類。

（一）詠物

成彥雄的詩作中有一半以上皆屬詠物詩，花、楓、松、燕、月、露、柳等皆入其詩，表現出他的審美樂趣。

1.〈杜鵑花〉

> 杜鵑花與鳥，怨艷兩何賒。疑是口中血，滴成枝上花。
>
> 一聲寒食夜，數朵野僧家。謝豹出不出，日遲遲又斜。

（《全唐詩》）

題爲杜鵑花，詩的開頭卻從杜鵑花和杜鵑鳥兩方做聯想，指出花與鳥，一者艷，一者怨，給人的形象相去甚遠。詩人設想杜鵑花是由杜鵑鳥口中的血，滴成樹枝上艷麗的花朵。詩人在春天三月的寒食節夜裡，耳裡聽的是杜鵑聲啼，眼中見到的是杜鵑花在山野僧舍中錯落有致的綻放。《禽經》：「鶬，鷜周，子規也，啼必北嚮。江介曰子規，蜀右曰杜宇。」晉張華於其下注曰：「啼苦則倒懸於樹，自呼曰謝豹。」〔註41〕宋陸游《老學庵筆記》卷三曰：「吳人謂杜宇爲『謝豹』。杜宇初啼時，漁人得蝦曰『謝豹蝦』，市中賣筍曰『謝豹筍』。唐顧況〈送張衛尉〉詩曰：『綠樹村中謝豹啼。』若非吳人，殆不知謝豹爲何物也。」〔註42〕因此成彥雄詩中所謂「謝豹」即指杜鵑鳥。詩人期待看

〔註41〕舊題〔周〕詩曠撰／〔晉〕張華注，《禽經》，景印文淵閣四庫全書本（臺北：臺灣商務印書館，1983 年），頁 8～9。

〔註42〕〔宋〕陸遊撰／李劍雄／劉德權點校，《老學庵筆記》（北京：中華

見杜鵑鳥的蹤影，在日復一日的等待中，時間緩緩而過，眼看又已是日斜時分。全詩在日斜、野僧家的清淡背景中放入鮮明艷紅的景象及清晰怨苦的鳥啼聲，自成突兀的美感。

2.〈新燕〉

> 纔離海島宿江濱，應夢笙歌作近鄰。
>
> 減省雕梁並頭語，畫堂中有未歸人。

（《全唐詩》）

詩人才離開海島宿於江濱之上，按理說還應命見當時離別筵席上笙歌宴舞。詩人還沒有從離愁的感傷中抽離出來時，卻想到原來住處的一對新燕。他叮嚀新燕要減少在雕樑上的呢喃細語，免得畫堂中等待的那個人觸景生情，詩題雖為〈新燕〉，但只是借題發揮，主要還是寓含依依離情。

3.〈柳枝辭九首〉之五

> 綠楊移傍小亭栽，便擁穠煙撥不開。
>
> 誰把金刀為刪掠，放教明月入窗來。

（《全唐詩》）

將楊柳移近小亭旁栽種，不久之後就擁有一大片的盎然綠意，如穠重的煙霧般撥不開。詩人此時發揮了想像力設問，究竟是誰拿著金刀替楊柳修剪刪掠？以致濃密的枝葉間有了空隙，天上一輪明月透過枝葉間的空隙將月光灑入窗來。詩中用一「放」字頓顯生動，而金刀刪掠的虛幻想像亦具畫面感。

（二）時序

這類詩與時間或季節的特色有關，成彥雄分別寫了〈曉〉、〈夕〉、〈除夜〉、〈元日〉等詩，突顯不同時序所帶來的景象或感觸。

1.〈夕〉

臺榭沉沉禁漏初，麝煙紅蠟透蝦鬚。

雕籠鸚鵡將棲宿，不許丫鬟轉轆轤。

（《全唐詩》）

所謂「漏初」在詩詞中常使用，指的是夜晚時分。如白居易的〈禁中夜作書與元九〉：「心緒萬端書兩紙，欲封重讀意遲遲。五聲宮漏初鳴後，一點窗燈欲滅時。」〔註 43〕閻選的〈虞美人〉道：「偷期錦浪荷深處，一夢雲兼雨。臂留檀印齒痕香，深秋不寐漏初長，盡思量。」〔註 44〕而詩中所謂「蝦鬚」意指窗簾。唐陸暢〈簾〉詩：「勞將素手捲蝦鬚，瓊室流光更綴珠。」〔註 45〕南唐李煜〈采桑子〉：「畫雨新愁，百尺蝦鬚上玉鉤。」〔註 46〕因此上引成彥雄的〈夕〉詩是指在臺榭一片暗沉的夜晚時刻，燃有麝煙的紅蠟燭之光亮穿透簾子。如此靜謐的夜，精雕細琢的鳥籠中，鸚鵡正要棲止休息，爲免打擾這份寧靜，不許丫鬟轉動水井上用來汲水的轆轤。詩中充分展現詩人爲禽類設想、憐惜鸚鵡的一份心意。

2.〈除夜〉

銅龍看卻送春來，莫惜顛狂酒百杯。

吟鬢就中專擬白，那堪更被二更催。

（《全唐詩》）

詩中的「銅龍」是以銅製成龍首形狀的刻漏器。唐戴叔倫〈白苧詞〉也說：「大家爲歡莫延佇，頃刻銅龍報天曙。」〔註 47〕隨著龍形

〔註43〕〔清〕清聖祖御定，《全唐詩》（台北：文史哲出版社，1987 年），卷437，頁 4844。

〔註44〕〔後蜀〕趙崇祚編／華鍾彥校注，《花間集》（河南：河南大學出版社，2008 年），卷9，頁 305～306。

〔註45〕〔清〕清聖祖御定，《全唐詩》（台北：文史哲出版社，1987 年），卷478，頁 5442。

〔註46〕〔南唐〕李璟／李煜撰／王仲聞校訂，《南唐二主詞校訂》（北京：中華書局，2008 年），頁 52。

〔註47〕〔清〕清聖祖御定，《全唐詩》（台北：文史哲出版社，1987 年），卷273，頁 3072。

的刻漏器的移動，春天就這樣無聲無息的被送來了。在除夕夜晚，詩人說不要吝惜能顛狂的歲月，即便痛飲百杯亦無妨。詩中的「吟」有嘆息之意，《戰國策·楚策一》寫：「雀立不轉，晝吟宵哭。」〔註48〕而「就中」意指其中，例如唐李白〈憶舊遊寄譙郡元參軍〉詩言：「海內賢豪青雲客，就中與君心莫逆。」〔註49〕因此成彥雄在詩裡嘆息著兩鬢其中已然有白髮，在如此的情境下，哪能承受二更鼓的催促呢？全詩沒有即將迎接新春的喜悅，僅有歲月催人老的憂慮貫串其中。

（三）閒適

成彥雄的閒適心情，在〈村行〉、〈煎茶〉、〈暮春日宴溪亭〉及〈游紫陽宮〉中表露無遺。

1.〈煎茶〉

> 岳寺春深睡起時，虎跑泉畔思遲遲。
> 蜀茶倩箇雲僧碾，自拾枯松三四枝。

（《全唐詩》）

詩人說在春意正濃的佛寺睡醒，到了虎跑泉邊思慮益顯舒緩閒逸。「虎跑泉」位於西湖之南的大慈山定慧禪寺內，據說唐代性空大師遊此山時見到此處風景優美，但是沒有水源可用。本已決定去別處，忽然有神仙說即將會有兩隻老虎來挖泉。果然在隔天有兩隻老虎來刨山以致湧出泉水，而且泉水甘醇清冽，從此西湖盛產的龍井茶與虎跑泉就被稱為「西湖雙絕」。詩人想：有了清醇冷冽的泉水，當然得有好茶來相映成輝。詩人請個雲水僧幫忙碾茶，自個兒撿拾三、四枝枯松準備煎茶。全詩充滿閒逸自適的悠哉情趣，頗有山中歲月長的況味。

2.〈游紫陽宮〉

〔註48〕〔漢〕劉向，《戰國策·楚策一》（台北：里仁出版社，1980年），卷14，頁517。
〔註49〕〔清〕清聖祖御定，《全唐詩》（台北：文史哲出版社，1987年），卷172，頁1769。

> 古殿煙霞簇畫屏，直疑蹤跡到蓬瀛。
> 碧桃滿地眠花鹿，深院松窗搗藥聲。

（《全唐詩》）

　　紫陽宮的煙霞簇擁著美麗的畫屏，令人懷疑此處是否直通到蓬萊瀛洲那般的仙境。殿外碧色桃樹下滿地的花鹿正安心地睡著；深院的松樹窗下傳來搗藥的聲音。全詩氣氛合諧，人與物各得其宜互不相擾，人與大自然間充滿默契與平衡。

　　成彥雄其他的閒適詩如〈村行〉：「曖曖村煙暮，牧童出深塢。騎牛不顧人，吹笛尋山去。」以及〈暮春日宴溪亭〉：「寒食尋芳遊不足，溪亭還醉綠楊煙。誰家花落臨流樹，數片殘紅到檻前。」亦有自在自適的景象和心境，呈現清淡平和的雅懷。

（四）懷人

　　懷人的詩篇僅有〈夜夜曲〉和〈會友不至〉兩首，兩首詩的風格迥然不同。〈夜夜曲〉是從女子角度設想，把郎君離開後的寂寞心情，透過物象與琴聲表達出來。〈會友不至〉則是傳達出對友人的辜負佳期和無法見面的悵然。

1.〈夜夜曲〉

> 自從君去夜，錦幌孤蘭麝。欹枕對銀釭，秦箏綠窗下。

（《全唐詩》）

　　此詩頗有古詩〈自君之出矣〉的情味，詩的開頭以「自從君去夜」為起始，其後以各種物象襯托出等待的人孤寂之感。如詩中的「錦幌」（指錦繡窗簾）、「蘭麝」、「欹枕」、「銀釭」（指銀白色的燈盞燭臺）等，皆是房中的擺設用物，與平日相較並無不同。但自從郎君離去後，這些東西的存在卻更顯人的孤寂。於是只得在綠窗之下夜夜彈奏秦箏，訴說相思離愁。

2.〈會友不至〉

> 王孫還是負佳期，玉馬追遊日漸西。

　　　　　獨上郊原人不見，鷓鴣飛過落花溪。

（《全唐詩》）

　　全詩訴說與友相期，友人因故失約的悵惘之情。詩句雖明白如話，卻深具情感。詩中的「獨上郊原人不見」以郊外平原之寬闊反襯內心的失落，詩末在「鷓鴣飛過落花溪」下以景含情作結。傳說鷓鴣鳥的叫聲悲悽，因此常以「鷓鴣啼」、「聞鷓鴣」去襯托人的愁緒，有時也以鷓鴣抒發離愁，例如唐代張籍的〈湘江曲〉中說：「湘水無潮秋水闊，湘中月落行人發。送人發，送人歸，白蘋茫茫鷓鴣飛。」〔註50〕愁苦之聲盡顯。

三、成彥雄詩的特色

　　成彥雄的詩擅長以華麗的藻彙表達細膩的情感，時而清婉，時而憂悽。而他選用的形式大多以絕句為主，精練短小，形象鮮明，某些詩句表現出生動的趣味性。以下從三點來分述之：

（一）靈動成趣

　　成彥雄在詩中呈現出俏皮可愛的一面。例如〈元日〉：「戴星先捧祝堯觴，鏡裏堪驚兩鬢霜。好是燈前偷失笑，屠蘇應不得先嘗。」（《全唐詩》）詩中的「戴星」是指頭頂著星宿，比喻極早出門或極晚回家，這裡應指晚回家之意。「堯觴」指的是酒杯，古人在元日當天飲屠蘇酒以消災除病。按慣例飲屠蘇酒應從年少者先飲，年長者後飲，因為與增壽有關，所以亦有避忌諱之意。成彥雄在詩中言從鏡裏看到鬢髮已白而感受到歲月的增長，本來情緒是驚愕的，但轉念一想不禁在燈下失笑。原來他未按規矩先飲了屠蘇酒，詩中情緒的轉折與原因令人備覺可愛。另一首〈寒夜吟〉也呈現趣味十足的畫面：「洞房脈脈寒宵永，燭影香消金鳳冷。猧兒睡魘喚不醒，滿窗撲落銀蟾影。」（《全唐詩》）在寒冷的夜晚，獨自吟詠詩篇，詩中的「脈脈」、「寒宵永」、

〔註50〕〔清〕清聖祖御定，《全唐詩》（台北：文史哲出版社，1987年），卷382，頁4290。

「香消」、「金鳳冷」更帶來濃濃寒夜冷寂之感。第三句突然將鏡頭轉到「猧兒」作特寫,「猧兒」指的是小狗,詩人寫家中的小狗睡覺作惡夢,如何喚都叫喚不醒,有趣的畫面躍然紙上。這時乍然抬頭看見滿窗的月光撲落在房中,詩末的氣氛急起直下,一掃先前陰霾。

(二)擅長絕句

成彥雄現存的二十七首詩中僅有一首是律詩,其他都是以絕句的形式呈現;而絕句之中也僅有一首是五言絕句,因此可說他的詩幾乎都是以七言絕句描景敘情,形式單一化。也因絕句的形式短小,所以成彥雄亦善長在最精簡的句式中去突顯剎那的形象。例如他的〈江上楓〉:「江楓自蓊鬱,不競松筠力。一葉落漁家,殘陽帶秋色。」(《全唐詩》)蓊鬱的江上楓樹無法與松竹之類的植物之生命力相比,但是突然間一片楓葉飄落在打漁人家之處,殘餘的夕陽便點染了秋天的色調。前二句敘述平淡,卻在末二句因著一葉飄落而使得全詩翻奇出勝、境界全出。〈松〉詩亦有同樣手法之妙:「大夫名價古今聞,盤屈孤貞更出羣。將謂嶺頭閒得了,夕陽猶挂數枝雲。」(《全唐詩》)前二句僅是以松被秦始皇封為大夫之典,說明古今皆知道松樹的名氣與價值,而松樹出眾的品德更為後代文人所讚賞。三、四句指出松樹在山嶺之上能夠悠閒的生長,松枝卻仍在夕陽下掛著幾朵雲。詩末突出奇語,更添畫面上的美感。還有〈曉〉詩:「列宿回元朝北極,爽神晞露滴樓臺。佳人卷箔臨階砌,笑指庭花昨夜開。」(《全唐詩》)詩末以佳人面對台階捲簾,微笑指著庭中在昨夜才綻放的花朵作結。在瞬間最美的影像,成彥雄化作詩句保留了鮮明而生動的圖像。

(三)穠麗精巧

成彥雄在詩中常以穠麗的物象敘景,如前文提及過的〈夕〉詩:「臺樹沉沉禁漏初,麝煙紅蠟透蝦鬚。雕籠鸚鵡將棲宿,不許鴉鬟轉轆轤。」(《全唐詩》)詩中運用「臺樹」、「麝煙」、「紅蠟」、「雕籠」等鋪陳出豔麗的感覺。而在〈中秋月〉一詩中則以豐富的想像力,

將中秋月設想爲王母娘娘的妝鏡:「王母妝成鏡未收,倚欄人在水精樓。笙歌莫占清光盡,留與溪翁一釣舟。」(《全唐詩》)王母娘娘化妝完卻沒有收起妝鏡,即成了人們眼中晶亮皎潔的明月。「水精樓」指四面環水的屋宇,前二句鋪設了一個如夢似幻的場景。而看末二句彷如水面上傳來美妙笙歌,以及舟上釣翁的悠閒畫面,全詩構思別具匠心。

〈露〉詩中亦運用穠麗的物象、精巧的詩句及奇絕的想像架構而成。「銀河昨夜降醍醐,灑遍坤維萬象蘇。疑是鮫人曾泣處,滿池荷葉捧眞珠。」(《全唐詩》)說的是昨夜從銀河降下甘霖,灑遍大地讓萬物景象復甦。詩人想像有鮫人落淚,才讓滿地荷葉上都捧著如眞珠般的露水。晉張華《博物志》記錄:「南海外有鮫人,水居如魚,不廢織績,其眼能泣珠。」〔註51〕圓潤晶透的露珠被詩人精巧的手法與想像描述地如此可愛。

另外《全唐詩》收錄兩則成彥雄的殘句:「莎草放茵深護砌,海榴噴火巧橫牆。」、「紋鱗引子跳銀海,紫燕呼雛語畫梁。」更有濃艷華麗的風格。這兩句就內容而言不過是描述臺階綠草和牆上榴花、游泳的海魚和樑上的燕子。在成彥雄筆下卻精心鍛鍊,有如濃妝佳人。

四、結語

詩人成彥雄雖然史書無傳、生平事蹟不詳、評論他作品的專文也十分不足,但畢竟留下二十幾首詩供後人來認識他,也大致能夠看出他的詩風。正因爲他只留下詩作二十七首,大致又以寫景居多,因此在題材的分類可以再細分爲詠物、時序、閒適、懷人四種。在這四種題材之下,其詩作表現出靈動成趣和擅長絕句及穠麗精巧的特色。鍾祥在《論南唐詩》中指出:

〔註51〕〔晉〕張華╱唐久寵導讀,《博物志》(臺北:金楓出版有限公司,1987年),卷2,頁53。

　　　　成彥雄的詩雖然詞艷境濃，却沒有表現出李商隱詩所
　　　具有的一種感人至深、深遠悠長的情愫與韻味，倒有點像
　　　溫庭筠的詩風，那即是比較直露、膚淺。〔註52〕

　　雖然成彥雄的詩確實有所謂「詞艷境濃」的風格，但綜觀他所有
的詩卻不覺得有「直露、膚淺」之弊。看他的〈柳枝辭九首〉之二與
之四：「鵝黃剪出小花鈿，綴上芳枝色轉鮮。飲散無人收拾得，月明
階下伴鞦韆。」、「句踐初迎西子年，琉璃爲簟掃溪煙。至今不改當時
色，留與王孫繫酒船。」（《全唐詩》）皆能從不同的角度去設思。反
而從大體的詩風來說，在刻意爲之的精巧下，呈現一種情思悠長與某
種程度的趣味性。

〔註52〕鍾祥，《論南唐詩》（蘭州：西北師範大學博士學位論文，2006年），
　　　頁96。

第五章　南唐淺俗詩人之詩作探析

第一節　李建勳詩

一、李建勳其人與存詩問題

在南唐的政壇及詩壇上，李建勳（生年不詳～952）無疑是舉足輕重的人物。李建勳在南唐烈祖李昇（889～943）、中主李璟（916～961）在位時身居顯位，在五代十國朝政更迭頻繁的背景下，李建勳過著生活優渥的日子，亂世中的穩定地位加上內在平淡的心境決定了他的詩歌內容及風格。他的詩歌內容呈現出來的大多是對春天的感懷詠嘆、與友人之間的來往酬唱、飲宴游賞尋歡作樂、追求閒適情懷的樂趣以及藉著詠物寄託情感心志。他刻意追求清淡平易的風格，帶有一定的影響力。《湘山野錄》中記載：「李建勳罷相江南，出鎮豫章。一日，與賓僚遊東山，各事寬履輕衫，攜酒餚，引步於漁溪樵塢間，遇佳處則飲。」〔註 1〕《南唐近事》曰：「李建勳鎮臨川，方與僚屬會飲郡齋，有送九江帥周宗書至者，訴以赴鎮日近，器用儀注或闕，求輳於臨川。李無復報簡，但乘醉大批其書一絕云：

〔註 1〕〔宋〕文瑩，《湘山野錄》（北京：中華書局，1997 年），頁 12。

『偶罷阿衡來此郡，固無閒物可應官。憑君爲報臺胥道，莫作循州刺史看。』」〔註 2〕從資料上看來，李建勳與僚屬宴游同樂、飲酒賦詩是時有的事情，而他的地位自然也引領著一部分當代的詩歌走向。他和沈彬、孫魴等詩人結爲詩社，互相酬唱，他的九十幾首存詩呈現著通俗平淡閒雅的風格。

李建勳，字致堯，廣陵人，其父李德誠在楊吳時代（902～937）被封爲南平王，後來用其子建勳的謀略，率領大臣們建言李昇代吳建立南唐，因此李建勳以推戴之功在烈祖和中主二朝備受寵遇。《十國春秋》說他：「少好學，能屬文，尤工詩。」〔註 3〕他的詩集目前存有二卷。以下是李建勳在楊吳時期以及南唐時期所任的官職：

> 吳時起家升洲巡官，徐知誥鎮金陵，用爲副使，預禪代之謀。南唐開國，拜中書侍郎、同平章事，加左僕射、監修國史，領滑州節度使。元宗嗣位，謂爲史館而不名，出爲昭武軍節度使。後拜司空，以司徒致仕，賜號鍾山公。〔註 4〕

其父李德誠在楊吳時代鎮守潤州時，常秉燭夜遊，有人把這件事告訴徐溫，徐溫懷疑李德誠有異心欲叛變，便改徙李德誠鎮守江州。李德誠心中不安，派李建勳謁見徐溫，徐溫一見李建勳就讚嘆說：「有子如是，非惡人也。」〔註 5〕並把女兒嫁給他。《南唐書》又言李建勳：「博覽經史，民情政體，無不詳練。」〔註 6〕足見李建勳的才情受時人肯定。除了前面所言，勸其父助李昇代吳一事能夠看出他善於觀察時勢外，另有幾件事亦可以表現他的政治敏銳度。

〔註 2〕 〔宋〕鄭文寶撰／〔明〕陳繼儒輯刊／嚴一萍選輯，《南唐近事》，《百部叢書集成》本（臺北：藝文印書館，1965 年），頁 23。

〔註 3〕 〔清〕吳任臣，《十國春秋》（臺北：中華書局，1983 年），卷 21，頁 3。

〔註 4〕 張興武，《五代藝文考》（成都：巴蜀書社，2003 年），頁 235。

〔註 5〕 〔宋〕馬令，《南唐書·李建勳傳》，四部叢刊續編（臺北：臺灣商務印書館，1976 年），卷 10，頁 1。

〔註 6〕 〔宋〕馬令，《南唐書·李建勳傳》，四部叢刊續編（臺北：臺灣商務印書館，1976 年），卷 10，頁 1。

徐溫卒，知詢代鎮，而建勳仍佐幕府。及知詢被徵，

僚屬皆受譴，獨建勳自全。〔註7〕

在徐知詢（生年不詳～934）和徐知誥（即李昪889～943）的權利鬥爭裡，李建勳選擇按兵不動，沒有隨著其他幕府離去，反而在這場鬥爭中保全自身，延續了日後的政治生命。

元宗聽朝之暇，多開延英殿，召公卿議當世事，皆欣

然望治，建勳獨謂所親曰：「上寬仁大度，優于先帝，但性

習未定，宜得方正之士，朝夕獻替。不然，恐未必能守先

朝基業也。」〔註8〕

此則資料正可說明李建勳慧眼獨具，日後證實元宗治理朝政確實不如烈祖的謹慎決斷，而造成南唐國勢急轉直下，終至不可挽回之局。

馮延魯、陳覺出討閩中，徵督軍糧，急於星火。李建

勳以詩寄延魯曰：「粟多未必全爲計，師老須防有援兵。」

既而福州之軍果爲越人所敗。〔註9〕

及出師平湖南，國人相賀，建勳獨以爲憂，曰：「禍始

此矣！」〔註10〕

以上兩則材料在在說明李建勳識見不凡，不但有長遠的顧慮且看待事情總能有全面的考量。不僅如此，史書記載他臨死之際，亦能預料到身後之事，讓自己死後得以安寧。

疾革，遺令曰：「時事如此，吾得全歸幸矣！吾死，斂

以布素，勿封樹立碑，貽它日毀斷之禍。」保大十年五月

〔註7〕〔宋〕馬令，《南唐書‧李建勳傳》，四部叢刊續編（臺北：臺灣商務印書館，1976年），卷10，頁1。

〔註8〕〔清〕吳任臣，《十國春秋》（臺北：中華書局，1983年），卷21，頁4。

〔註9〕傅璇琮，《唐才子傳校箋》（北京：中華書局，1987年），卷10，頁382。

〔註10〕〔清〕吳任臣，《十國春秋》（臺北：中華書局，1983年），卷21，頁4。

卒，贈太保，諡曰靖。國亡時，公卿塋域，吳越人發掘殆

盡，惟建勳不知葬所獲免。〔註11〕

　　從以上資料看來，李建勳確實有政治家的眼光及軍事家的才能，
而且他也具有活躍於政壇的條件，在烈祖和中主二朝，李建勳始終高
居相位。按理可以帶領南唐走向穩定的國勢，但實際上卻不是這樣。
李建勳刻意避開南唐政黨的爭鬥，儘可能保持中立，這與當時君王欲
集權於一身而疑忌丞相有關。南唐開元五年因烈組忌諱之故，李建勳
罷相，不久之後又恢復相位。

　　　唐主自以專權取吳，尤忌宰相權重，以右僕射兼中書
　　侍郎、同平章事李建勳執政歲久，欲罷之。會建勳上疏言
　　事，意其留中；既而唐主下有司施行。建勳自知事挾愛憎，
　　密取所奏改之；秋，七月，戊辰，罷建勳歸私第。〔註12〕

　　李昇的用意在於告誡示威，藉故適度提醒李建勳安分守己。保大
元年元宗在四月時，罷黜他中書侍郎、同平章事的職位，外放為昭武
軍節度使，鎮守撫州。

　　　李建勳謂人曰：「主上寬仁大度，優於先帝；但性習未
　　定，苟旁無正人，但恐不能守先帝之業耳。」……唐以中
　　書侍郎、同平章事李建勳為昭武節度使，鎮撫州。〔註13〕

　　兩度被罷黜，使李建勳更認清現實，因此他雖居相位，卻隱藏鋒
芒，他的明哲保身甚至讓權臣宋齊邱（887～959）稱道推許：「宋齊
邱當國，深忌同列，少所推遜，獨稱建勳曰：『李相清談，不待潤色，
自成文章。』」〔註14〕之後雖然又恢復相位，在心態上早已無心為政。

〔註11〕〔清〕吳任臣，《十國春秋》（臺北：中華書局，1983年），卷21，
　　　　頁4～5。
〔註12〕〔宋〕司馬光撰／〔宋〕胡三省注，《資治通鑑》（臺北：西南書局，
　　　　1982年），卷282，頁9225。
〔註13〕〔宋〕司馬光撰／〔宋〕胡三省注，《資治通鑑》（臺北：西南書局，
　　　　1982年），卷283，頁9248~9250。
〔註14〕〔清〕吳任臣，《十國春秋》（臺北：中華書局，1983年），卷21，

《南唐書》評論「惜乎怯而無斷，未嘗忤旨，故雖有蘊藉，而卒不得行。」〔註15〕而他這樣淡然的性格當然也直接影響其詩風：「其為詩，少時猶浮靡，晚年頗清淡平易，見稱於時。」〔註16〕也因此李建勳和他詩風相近的詩人結為詩社，往來酬唱。《南唐書・儒者傳上・孫魴》記載：「及吳武王據有江淮，文雅之士駢集，遂與沈彬、李建勳為詩社。」〔註17〕李建勳在保大八年前後以司徒致仕，賜號「鍾山公」，退居在蔣山別墅，於保大十年去世。

《五代藝文考》考訂《李建勳集》二十卷、《詩》二卷。〔註18〕《唐代文學史》則言李建勳「原有《鍾山集》二十卷，今僅傳《李丞相詩集》二卷。」因此李建勳的文集今已不傳，僅存詩集二卷。李建勳目前收錄較完整的有《全唐詩》、《全五代詩》、《李丞相詩集》。《全唐詩》收錄九十五首、《全五代詩》收錄七十八首、《李丞相詩集》收錄八十五首〔註19〕。另外《全唐詩外編》補收一首〈謝賜待詔御苑〉，

頁5。

〔註15〕〔宋〕馬令，《南唐書・李建勳傳》，四部叢刊續編（臺北：臺灣商務印書館，1976年），卷10，頁1～2。

〔註16〕〔宋〕馬令，《南唐書・李建勳傳》，四部叢刊續編（臺北：臺灣商務印書館，1976年），卷10，頁2。

〔註17〕〔宋〕馬令，《南唐書・隱者傳》，四部叢刊續編（臺北：臺灣商務印書館，1976年），卷13，頁6。

〔註18〕顧櫰三，《補五代史藝文志》，《二十五史補編》（臺北：臺灣開明書社，1959年），頁11。原著錄「《李建勳集》二十卷、《詩》一卷。」張興武先生改訂為《詩》二卷為是。參見張興武，《五代藝文考》（成都：巴蜀書社，2003年），頁235。楊蔭深《五代文學》言：「建勳本有集二十卷，但今只傳詩一卷。」亦誤，見楊蔭深，《五代文學》，《民國叢書》（上海：上海商務印書館，1935年），頁38。

〔註19〕《全五代詩》中比《全唐詩》少收的詩篇有以下17篇：〈柏梁隔句韻詩〉、〈春日尊前示從事〉、〈尊前〉、〈薔薇二首〉、〈殘牡丹〉、〈春雨二首〉、〈醉中惜花更書與諸從事〉、〈和判官喜雨〉、〈細雨遙懷故人〉、〈答湯悅〉、〈金山〉、〈送李冠〉、〈批周宗書後〉、〈題信果觀壁〉、〈送八分書與友人繼以詩〉。《李丞相詩集》中比《全唐詩》少收的詩篇有以下10篇：〈送喻鍊師歸茅山〉、〈和元宗元日大雪登樓〉、〈遊棲霞寺〉、〈答湯悅〉、〈金山〉、〈送李冠〉、〈遊宋興寺東巖〉、〈批周宗書後〉、〈題信果觀壁〉、〈送八分書與友人繼以詩〉。

因此目前能看到的李建勳詩作共計九十六首。本文探討李建勳的作品以《全唐詩》七百三十九卷收錄的詩爲探析的文本較爲完整。

二、李建勳詩歌的題材

從李建勳現存的詩作來看，很難區分那些是早期的作品、那些是晚期之作。將其詩歌題材分爲悲愁、酬寄、宴游、閒適、詠物和其他六大類。

（一）悲愁

李建勳的詩歌中，時常藉由春天容易消逝的寄託惋惜悲愁之情。在〈早春寄懷〉中，他抒發了時光飛逝卻未能歸家的愁懷：「家山歸未得，又是看春過。老覺光陰速，閒悲世路多。風和吹岸柳，雪盡見庭莎。欲向東溪醉，狂眠一放歌。」（《全唐詩》）這大約是李建勳貶謫在外時期的作品。〈正月晦日〉同樣在初春料峭時節，爲杏花是否得以承受寒意而憂：「莫倦尋春去，都無百日遊。更堪正月過，已是一分休。泉暖聲纔出，雲寒勢未收。晚來重作雪，翻爲杏花愁。」（《全唐詩》）而晚春落花滿地的淒清帶給李建勳的感觸更爲強烈：「愁見清明後，紛紛蓋地紅。惜看難過日，自落不因風。蝶散餘香在，鶯啼半樹空。堪悲一尊酒，從此似西東。」（《全唐詩》〈金谷園落花〉）非關外在的風勢，正如〈秋聲賦〉所言：「草木無情，有時凋零。」由花木聯想到人的生命也是這樣。〈惜花寄孫員外〉一詩如此描述：「朝始一枝開，暮復一枝落。只恐雨淋漓，又見春蕭索。侵晨結駟攜酒徒，尋芳踏盡長安衢。思量少壯不自樂，他日白頭空歎吁。」（《全唐詩》）年復一年的清明時節最是引發李建勳的惜花之情，因此他總會和朋友或同僚約賞花作詩，還擔憂客人遲了來不及觀看花的風采：「淡淡西園日又垂，一尊何忍負芳枝。莫言風雨長相促，直是晴明得幾時。心破只愁鶯踐落，眼穿唯怕客來遲。年年使我成狂叟，腸斷紅牋幾首詩。」（《全唐詩》〈惜花〉）〈落花〉一詩亦呈顯李建勳對難以挽回的自然現象無能爲力而心傷：「惜花無計又花殘，獨遶芳叢不忍看。暖豔動隨

鶯翅落,冷香愁雜燕泥乾。綠珠倚檻魂初散,巫峽歸雲夢又闌。忍把一尊重命樂,送春招客亦何歡。」(《全唐詩》) 若說早春與晚春的蕭索景況容易引人惆悵,那麼盛春的美好應不致惹人感傷,但從李建勳的詩歌看來卻不是這樣的:「白髮今如此,紅芳莫更催。預愁多日謝,翻怕十分開。點滴無時雨,荒涼滿地苔。閒階一杯酒,惟待故人來。」(《全唐詩》〈惜花〉) 若在盎然的春意中抱病,更不免辜負大好春光了!〈春日病中〉這麼寫:「纔得歸閒去,還教病臥頻。無由全勝意,終是負青春。綠柳漸拂地,黃鶯如喚人。方為醫者勸,斷酒已經旬。」(《全唐詩》) 這些悲愁的詩表現出淡淡哀愁,時而點染在李建勳的作品中,不至於令人痛心疾首,卻別有韻致。

(二)酬寄

在李建勳的詩中有一類別可看到他與友人、同僚及方外之士相互酬唱、寄贈、和詩或送行的軌跡,這些統歸在「酬寄」的類別,藉由這些詩句也可以瞭解李建勳的交游脈絡。

在〈中酒寄劉行軍〉中,李建勳敘述了因酒傷身導致精神不佳、嗜睡怕光的狀況:「甚矣頻頻醉,神昏體亦虛。肺傷徒問藥,髮落不盈梳。戀寢嫌明室,修生愧道書。西峯老僧語,相勸合何如。」(《全唐詩》)〈柳花寄宋明府〉一詩點出柳花紛飛的季節,江城一派清新舒爽的樣貌:「每愛江城裏,青春向盡時。一迴新雨歇,是處好風吹。破石黏蟲網,高樓撲酒旗。遙知陶令宅,五樹正離披。」(《全唐詩》) 其中的描景涵蓋了壯美與細緻美,十分有動態感。〈贈趙學士〉讚嘆趙學士地位雖高,卻有古人的持心,天性喜愛到偏遠荒僻處與野外僧交往:「常欽趙夫子,遠作五侯賓。見面到今日,操心如古人。醉同華席少,吟訪野僧頻。寂寂長河畔,荒齋與廟鄰。」(《全唐詩》) 另,李建勳自己也喜歡和方外之士交游,如祥公、松公時常來拜訪他,在詩句中他流露出發自內心的謝意:「多謝空門客,時時出草堂。從容非有約,淡薄不相忘。池映春篁老,簷垂夏果香。西峯正清霽,自與

拂吟牀。」(《全唐詩》〈夏日酬祥松二公見訪〉)在另一首〈閑居秋思
呈祥松二公〉中表達眞心期盼二公再訪之意:「秋光雖即好,客思轉
悠哉。去國身將老,流年雁又來。葉紅堆晚徑,菊冷藉空罍。不得師
相訪,難將道自開。」(《全唐詩》)除了祥松二公,李建勳也有懷憶
禪師之作:「嘗憶曹溪子,龕居面碧嵩。杉松新夏後,雨雹夜禪中。
道匪因經悟,心能向物空。秋來得音信,又在剡山東。」(《全唐詩》
〈懷贈操禪師〉)六祖慧能的眞身保存在曹溪的南華寺,因而「曹溪」
一詞也成爲禪宗的別號,因此詩中的曹溪子即指禪師而言。李建勳說
禪師之悟道並非從經書而得,心即使面對萬物也能保持空明,由詩中
可知他與禪師常保持音信的來往。

　　此外,李建勳和孫魴、沈彬相善,結爲詩社互相酬唱。但現存的
孫魴詩及沈彬詩數量太少,並沒有找到他們酬贈給李建勳的詩作,所
幸在李建勳的存詩中有幾首是寄贈給孫魴及沈彬的。〈惜花寄孫員外〉
在前文提過,借花開花落的蕭索春景,對孫魴抒發及時行樂的想法,
所謂「思量少壯不自樂,他日白頭空歎吁。」正說明李建勳何以侵晨
時分就尋伴賞花,並將這樣惜花的心情寄予孫魴。〈闕下偶書寄孫員
外〉中面對長安城中人的驅馳不休感發了人生終日勞苦的興嘆,另一
方面慶幸有好友時相問候相談:「長安驅馳地,貴賤共悠悠。白日誰
相促,勞生自不休。鳳翔雙闕曉,蟬噪六街秋。獨有南宮客,時來話
釣舟。」(《全唐詩》)禮部員外又號稱「南宮舍人」,詩中的「南宮客」
即指當時任員外郎的孫魴。至於沈彬也和李建勳交情匪淺,從〈重戲
和春雪寄沈員外〉的詩題可知兩人亦時相唱和,詩中內容這樣寫:「誰
道江南要雪難,半春猶得倚樓看。卻遮遲日偷鶯暖,密灑西風借鶴寒。
散漫不容梨豔去,輕明應笑玉華乾。和來瓊什雖無敵,且是儂家比興
殘。」(《全唐詩》)漫天飄散的雪在春天中與梨花爭豔,春雪比起華
麗的玉石還輕盈明淨。詩句的結尾讚揚沈彬美好的詩篇無人匹敵,並
謙稱自己缺乏詩作的比興。〈中春寫懷寄沈彬員外〉中嘆息自己從小
學習作詩以來,每日不得悠閒,並將這樣的心情和沈彬分享:「省從

騎竹學謳吟，便殢光陰役此心。寓目不能閒一日，閉門長勝得千金。窗懸夜雨殘燈在，庭掩春風落絮深。唯有故人同此興，近來何事懶相尋。」（《全唐詩》）詩末有希望沈彬造訪的期待。此外，在〈寄魏郎中〉詩裡，李建勳表述自己以碌碌隨羣、好壞不分的心態應對現處的環境：「碌碌但隨羣，蒿蘭任不分。未嘗矜有道，求遇向吾君。逸駕秋尋寺，長歌醉望雲。高齋紙屏古，塵暗北山文。」（《全唐詩》）詩中有苟且隨俗的無奈，這種無奈感加上疾病纏身，不免萌生隱退之意，他這麼寫給王二十六：「落葉滿山州，閒眠病未瘳。窗陰連竹枕，藥氣染茶甌。路匪人遮去，官須自覓休。焉宜更羸老，扶杖作公侯。」（《全唐詩》〈病中書懷寄王二十六〉）

從這些詩句中可以推斷，雖然李建勳位極人臣，但待人誠摯，不論仕宦者或方外人，他都給予適時的關切。他交遊廣闊加上得體的態度，也難怪在南唐日趨尖銳的黨爭中，始終對權力鬥爭保持一定的距離，反而得到大家一致的讚譽。

（三）宴游

李建勳詩歌中常見悲愁之意，他對於春天的消逝、花開花謝的歲月催人特別顯得不捨。因此他的作品中也出現了為歡須及時的心態，他時常率眾依同尋芳宴游，如〈踏青罇前〉言：「期君速行樂，不要旋還家。永日雖無雨，東風自落花。詩毫黏酒淡，歌袖向人斜。薄暮忘歸路，垂楊噪亂鴉。」（《全唐詩》）在〈春陰〉中，李建勳言老雨和東風加速了花的蕭索，而浮生事是苦勞妨礙行樂，不如喝酒為歡：「老雨不肯休，東風勢還作。未放草蒙茸，已遣花蕭索。浮生何苦勞，觸事妨行樂。寄語達生人，須知酒勝藥。」（《全唐詩》）《莊子・達生篇》言：「達生之情者，不務生之所無以為。」〔註20〕詩中的「達生人」意指不受世務牽累的人，因此詩中及時行樂的思想濃厚。有時興

〔註20〕〔戰國〕莊周／〔晉〕郭象註，《莊子・達生》（臺北：藝文印書館，1990 年），卷 7，頁 1。

致一來，李建勳甚至急召親朋嘉賓歡游，不肯辜負良辰美景，如〈春日金谷園〉：「火急召親賓，歡游莫厭頻。日長徒似歲，花過即非春。晚雨來何定，東風自不勻。須知三箇月，不是負芳晨。」（《全唐詩》）以上幾首詩都有珍惜好景、尋歡作樂之意；而有些詩句是勸酒消愁、或酒後詩興大發之作，如〈春日尊前示從事〉：「州中案牘魚鱗密，界上軍書竹節稠。眼底好花渾似雪，甕頭春酒漫如油。東君不為留遲日，清鏡唯知促白頭。最覺此春無氣味，不如庭草解忘憂。」（《全唐詩》）面對滿堆的案牘與軍書而讓春風催白了髮，這個公務繁忙的春天最令李建勳感到沒有春天的氣息。隨著年紀增長，他更加把握春光與客為歡醉飲的日子：「官為將相復何求，世路多端早合休。漸老更知春可惜，正歡唯怕客難留。雨催草色還依舊，晴放花枝始自由。莫厭百壺相勸倒，免教無事結閒愁。」（《全唐詩》〈尊前〉）而〈醉中惜花更書與諸從事〉中更有古人秉燭夜遊之意：「公退尋芳已是遲，莫因他事更來稀。未經旬日唯憂落，算有開時不合歸。歌檻宴餘風裏裏，閒園吟散雨霏霏。高樓鼓絕重門閉，長為拋迴恨解衣。」（《全唐詩》）李建勳與同僚之間的飲宴歌吟可見一斑。不獨春日尋歡，在飄雪的冬天，李建勳與同僚酒足飯飽後，醉詠梅花之姿，亦寄託與朋友親戚相見不易的遺憾：「十月清霜尚未寒，雪英重疊已如摶。還悲獨詠東園裏，老作南州刺史看。北客見皆驚節氣，郡僚癡欲望盃盤。交親罕至長安遠，一醉如泥豈自歡。」（《全唐詩》〈醉中詠梅花〉）從〈賦得冬日青溪草堂四十字〉知李建勳常和眾人到某定點賦詩：「莫道無幽致，常來到日西。地雖當北闕，天與設東溪。疏葦寒多折，驚鳧去不齊。坐中皆作者，長愛覓分題。」（《全唐詩》）所謂「分題」指詩人聚會時分探題目而賦詩。

這些宴游尋歡的詩句，表面上似乎與眾人同歡暢飲、無限快活，但每首詩卻都可以找到李建勳在歡樂中夾雜的感傷情懷。張興武先生說：

> 宰相之於朝政，本不該如此若即若離，督察百官，

使之勤於王政乃是其天職所在；勸導從事不要爲「他事」
所纏而誤了「尋芳」樂事，無疑是有悖於這種天職的。
雖說爲官與作詩的態度有時並不一致，但聯繫李建勳「碌
碌但隨眾」的仕宦實際，即可知他詩中的自白也並非全
是放曠之辭。〔註21〕

及時行樂的主題在中國古代詩歌中久已有之，其深層
的內涵乃是生命不永的憂患意識。而像李建勳那樣，身居
相位，面對危機四伏的國家不能有所建樹，卻一味地尋歡
作樂，這恐怕不僅僅是在憂患生命的短促吧。〔註22〕

上文所指「面對危機四伏的國家不能有所建樹」，應該和當時君
王爲了不使宰相權力過於強大，因此將相權分散轉移有關。《十國典
制考》言：

宰相這一職位，既是皇帝轉動國家機器的槓桿支
點，也是士大夫在專制體制下所能獲得的最高位置。君
王爲加強個人的權力，不斷地以各種方式調控相權，使
之逐漸虛化。〔註23〕

在十國時期動盪不安之中，南唐是一個相對穩定的國
家，制度的發展也相對成熟一些。因此，南唐歷朝君主頻
頻以他官取代宰相的部分職權，實際上可以反映十國時期
相權逐漸虛化的傾向。〔註24〕

南唐開國君主李昪是以臣子身分而踐登天子之位，因此對臣下更
多了一份戒心。在前文中已提過李建勳常期居相位，亦有幾度被罷
黜，君王對他的警告意味是明顯的，從這裡更進一步可以瞭解何以「尋

〔註21〕張興武，《五代作家的人格與詩格》（北京：人民學出版社，2000 年），
　　　　頁 168～169。
〔註22〕張興武，《五代作家的人格與詩格》（北京：人民學出版社，2000 年），
　　　　頁 169。
〔註23〕任爽，《十國典制考》（北京：中華書局，2004 年），頁 258。
〔註24〕任爽，《十國典制考》（北京：中華書局，2004 年），頁 270。

芳」、「速行樂」、「歡游」等在李建勳詩中頻繁出現。既然在政治上不能積極有爲，只得轉移心思走上消極逸樂的路子，以降低君主對他的注意力！

（四）閒適

李建勳的詩表達愛好閒適之意，也許是他看遍了宦海浮沉，對顯位並不介懷。《南唐書》如此記載：

> 乃營亭榭於鍾山，適意泉石，累表乞骸骨，以司徒致
> 仕，賜號鍾山公。先是宋齊丘退居青陽，號九華先生，未
> 幾一徵而起，時論薄之。建勳年齒未衰，時望方重，或謂
> 曰：「公未及老，無大疾苦，遽有是命，欲復爲九華先生耶？」
> 建勳曰：「平生常笑宋公輕出處，吾豈敢違素心，自知非壽
> 考者，欲求數年閒適爾。」因爲詩以見志曰：「桃花流水須
> 相信，不學劉郎去又來。」〔註25〕

另外《唐代文學史》中認爲：

> 詩中每言「閒人」、「歸閒」、「閒地」、「閒游」、「閒看」、
> 「閒憶」、「閒悲」、「閒愁」，處處不離「閒」字。其實他並
> 非就是愛閒，這不過是他身居要職卻難得信用、時遇紛亂
> 難有作爲的反響而已。〔註26〕

綜觀以上兩則資料可知李建勳詩中的那份閒適自得，實則與他豐富的人生經驗和外在動盪不安環境交互影響下，所投射出的反映有關。

〈溪齋〉一詩寫溪邊廬舍的幽靜和慵懶的心境：「水木遶吾廬，搴簾晚檻虛。衰條寒露鵲，幽果落驚魚。愛酒貧還甚，趨時老更疏。乖慵自有素，不是忽簪裾。」（《全唐詩》）〈小園〉寫李建勳平日喜好

〔註25〕〔宋〕馬令，《南唐書》，四部叢刊續編（臺北：臺灣商務印書館，1976 年）卷 10，頁 1。

〔註26〕吳庚舜／董乃斌，《唐代文學史》（北京：人民文學出版社，2000 年），頁 689。

植栽、佈置庭園的樂趣：「小園吾所好，栽植忘勞形。晚果經秋赤，寒蔬近社青。竹籬荒引蔓，土井淺生萍。更欲從人勸，憑高置草亭。」（《全唐詩》）〈宿山房〉是李建勳夜宿山中，興致所趨往山中步行所見所聞：「石窗燈欲盡，松檻月還明。就枕渾無睡，披衣卻出行。巖高泉亂滴，林動鳥時驚。倏忽山鐘曙，喧喧僕馬聲。」（《全唐詩》）〈金陵所居青溪草堂閒興〉寫李建勳在金陵熱鬧處的草堂鬧中取靜，反而有閒情逸致和僧友往來及欣賞秋天的山景：「窗外皆連水，杉松欲作林。自憐趨競地，獨有愛閒心。素壁題看遍，危冠醉不簪。江僧暮相訪，簾卷見秋岑。」（《全唐詩》）另外李建勳寫採菊的樂趣，彷彿從詩中也聞到菊花的馨香：「簇簇竟相鮮，一枝開幾番。味甘資麴蘗，香好勝蘭蓀。古道風搖遠，荒籬露壓繁。盈筐時採得，服餌近知門。」（《全唐詩》〈採菊〉）李建勳眼中的田家也充滿太平豐年之樂，如〈田家〉詩三首：

> 畢歲知無事，兵銷復舊丁。竹門桑徑狹，春日稻畦青。
> 犬吠隈籬落，雞飛上碓桯。歸田起□思，蛙叫草冥冥。
> （《全唐詩》）

> 不識城中路，熙熙樂有年。木槃擎社酒，瓦鼓送神錢。
> 霜落牛歸屋，禾收雀滿田。遙陂過秋水，閒閣釣魚船。
> （《全唐詩》）

> 長愛田家事，時時欲一過。垣籬皆樹槿，廳院亦堆禾。
> 病果因風落，寒蔬向日多。遙聞數聲笛，牛晚下前坡。
> （《全唐詩》）

詩中以青青稻畦、犬吠籬落、蛙鳴草間、社酒神錢、牛歸雀躍、釣魚聞笛等豐收閒適之景，勾勒出自在自適的農家圖像。但就當時南唐內憂外患的情形來看，百姓的農家生活恐怕不是如李建勳筆下描寫的那麼恬然自適。《南唐國史》云：

> 保大年間，江淮之間出現了嚴重旱災，為解災情，李璟

下令于楚州修築白水塘，但主管白水塘的官員乘機大興力

役，以從中謀利，引起民怨沸騰，白水塘終未修成。〔註27〕

此後，南唐的國力只有日漸衰頹，保大八年之後的對外用兵都處於劣勢，南唐甚至發生大旱導致災民流離失所，如保大十一年所記：「唐大旱，井泉涸，淮水可涉，飢民渡淮而北者相繼。」〔註28〕雖然李建勳於保大八年左右致仕，但從史料可知：南唐從他任官的保大年間以降，並非都是國泰民安的景象，更何況田家生活本就有苦有樂，李建勳只選擇看熙熙和樂的田家事，在他的作品中全不見家園殘破的一面。

〈東樓看雪〉寫在高樓遠眺江雪，並想起舊日在廬山的情景：「一上高樓醉復醒，日西江雪更冥冥。化風吹火全無氣，平望惟松少露青。臘內不妨南地少，夜長應得小窗聽。因思舊隱匡廬日，開看杉檉掩石扄。」(《全唐詩》)詩中的「匡廬」即指江西省的廬山，李建勳在保大元年四月外放到撫州（即江西）去鎮守，當時他被罷黜相位，改出為昭武節度使。〈春雨〉二首皆表達清新可愛的雨景：

> 春霖未免妨遊賞，唯到詩家自有情。
> 花徑不通新草合，蘭舟初動曲池平。
> 淨緣高樹莓苔色，飢集虛廊燕雀聲。
> 閒憶昔年為客處，悶留山館阻行行。
>
> （《全唐詩》）
>
> 蕭蕭春雨密還疏，景象三時固不如，
> 寒入遠林鶯翅重，暖抽新麥土膏虛。
> 細濛臺榭微兼日，潛漲漣漪欲動魚。
> 唯稱乖慵多睡者，掩門中酒覽閒書。
>
> （《全唐詩》）

〔註27〕郁勁風，《南唐國史》（南京：南京大學出版社，2000 年，6 月），頁 182。

〔註28〕〔宋〕司馬光撰／〔宋〕胡三省注，《資治通鑑》（臺北：西南書局，1982 年），卷 291，頁 9496。

　　此外，到寺院住宿或步行，更讓李建勳能放下政務，容易有浮生半日閒的逸興。如〈道林寺〉：「雖向鐘峯數寺連，就中奇勝出其間。不教幽樹妨閒地，別著高窗向遠山。蓮沼水從雙澗入，客堂僧自九華還。無因得結香燈社，空向王門玷玉班。」（《全唐詩》）描寫道林寺的奇特美景，確為山水勝地。〈鐘山寺避暑勉二三子〉：「樓臺雖少景何深，滿地青苔勝布金。松影晚留僧共坐，水聲閒與客同尋。清涼會擬歸蓮社，沈涵終須棄竹林。長愛寄吟經案上，石窗秋霽向千岑。」（《全唐詩》）道出喜歡和僧友共看松影、循水聲、愛吟詠及遠觀秋晴的高山。

　　從此類詩中的「閒心」、「閒閣」、「閒看」、「閒憶」、「閒書」、「閒地」、「閒遊」等，發現李建勳喜歡直接以「閒」字表達他的閒適情懷。他的性格高雅，愛好閒適，據《玉壺清話》記載：

> 　　鍾山相李建勳，少好學，風調閒粹。徐溫以女妻之，奩橐之外，復賜田沐邑，歲入巨萬。雖極富盛，不喜華靡，屏斥世務，喜從方外之游。徧覽經史，資稟純儒，故所以常居重地，寡斷不振。……嘗畜一玉磬，尺餘，以沈香節安柄，叩之，聲極清越，客有談及猥俗之語者，則擊玉磬數聲於耳。客或問之，對曰：「聊代洗耳。」一軒，榜曰「四友軒」。以琴為嶧陽友，以磬為泗濱友，《南華經》為心友，湘竹簞為夢友。〔註29〕

　　以玉磬和沉香節去除俗語之穢，也可說是性格上的一種潔癖，但也看出他不喜世務煩擾，他的大量閒適詩正說明了這個傾向。

（五）詠物

　　詩人寫詠物詩在透過細膩描摹的同時，也寄托自己的感情。李建勳在這類詩中除了表露人生態度，也展現了他的生活情趣及當下的心

〔註29〕〔宋〕文瑩撰／鄭世剛、楊立揚點校，《玉壺清話》（北京：中華書局，1997 年），卷 10，頁 96。

境。〈白雁〉詩寫一隻棲息在東溪的白雁形單影隻、顧影自憐，強烈的孤寂感油然而生：「東溪一白雁，毛羽何皎潔。薄暮浴清波，斜陽共明滅。差池失羣久，幽獨依人切。旅食賴菰蒲，單棲怯霜雪。邊風昨夜起，顧影空哀咽。不及牆上烏，相將繞雙闕。」(《全唐詩》)同樣寫禽鳥，〈歸燕詞〉表現一種壯志凌霄的志向：「羽翼勢雖微，雲霄亦可期。飛翻自有路，鴻鵠莫相嗤。待侶臨書幌，尋泥傍藻池。衝人穿柳徑，捕蝶遶花枝。廣廈來應徧，深宮去不疑。雕梁聲上下，煙浦影參差。舊地人潛換，新巢雀謾窺。雙雙暮歸處，疏雨滿江湄。」(《全唐詩》)〈蝶〉則寫出南園粉蝶的翩翩起舞，卻容易因外在力量而消失蹤影：「粉蝶翩翩若有期，南園長是到春歸。閒依柳帶參差起，困傍桃花獨自飛。潛被燕驚還散亂，偶因人逐入簾幃。晚來欲雨東風急，迴看池塘影漸稀。」(《全唐詩》)李建勳詠竹的詩有兩首，他對竹子充滿親近和讚嘆：

> 瓊節高吹宿鳳枝，風流交我立忘歸。
>
> 最憐瑟瑟斜陽下，花影相和滿客衣。
>
> (《全唐詩》〈竹〉)

> 嫋嫋薰風軟，娟娟湛露光。參差仙子仗，迤邐羽林槍。
>
> 迴去侵花地，斜來破蘚牆。擇乾猶抱翠，粉膩若塗裝。
>
> 徑曲莖難數，陰疏葉未長。懶嫌吟客倚，甘畏夏蟲傷。
>
> 映水如爭立，當軒自著行。北亭尊酒興，還爲此君狂。
>
> (《全唐詩》〈新竹〉)

歷來詠竹慣從「高節」的角度切入，李建勳筆下的竹卻增添一份親切感和柔弱感，反令李建勳爲之痴狂。在植物方面，除了詠竹之外，薔薇、牡丹、梅花、蓮都入他的詩句中。〈薔薇〉二首中盡是光采照人、濃艷爛漫的熱鬧場景：

> 萬蕊爭開照檻光，詩家何物可相方。
>
> 錦江風撼雲霞碎，仙子衣飄黼黻香。
>
> 裛露早英濃壓架，背人狂蔓暗穿牆。

彩棧蠻樺旬休日，欲召親賓看一場。

（《全唐詩》）

拂簷拖地對前墀，蝶影蜂聲爛熳時。

萬倍馨香勝玉蕊，一生顏色笑西施。

忘歸醉客臨高架，恃寵佳人索好枝。

將並舞腰誰得及，惹衣傷手盡從伊。

（《全唐詩》）

〈殘牡丹〉詩將晚春花落遍地、殘敗的春意闌珊景象刻劃得很成功：「腸斷題詩如執別，芳茵愁更繞闌鋪。風飄金蕊看全落，露滴檀英又暫蘇。失意婕妤妝漸薄，背身妃子病難扶。迴看池館春休也，又是迢迢看畫圖。」（《全唐詩》）〈梅花寄所親〉詩則在大地瀰漫一片霜雪中，寄託自己病中所感：「一氣才新物未知，每慚青律與先吹。雪霜迷素猶嫌早，桃杏雖紅且後時。雲鬢自黏飄處粉，玉鞭誰指出牆枝。老夫多病無風味，只向尊前詠舊詩。」（《全唐詩》）〈重臺蓮〉中力讚蓮花的出塵祥瑞，將親近蓮花而贏得馨香滿懷的欣喜之情表露無遺：「斜倚秋風絕比倫，千英和露染難勻。自為祥瑞生南國，誰把丹青寄北人。明月幾宵同綠水，牡丹無路出紅塵。憐伊不算多時立，贏得馨香暗上身。」（《全唐詩》）

一般而言，李建勳的詩作大多採平易曉暢、明白淺近的方式抒發心志，但在詠物托情這類詩中，李建勳因觀察物類之故，反而較有細膩描摹及比擬的技巧。如形容殘敗的牡丹為「失意婕妤妝漸薄，背身妃子病難扶。」形容新生的竹子為「參差仙子仗」、「粉膩若塗裝」，一反李建勳多數詩中平淡敘述的風格。

（六）其他

除了以上分類的悲愁、酬寄、宴游、閒適、詠物之外，李建勳詩作的題材尚有宮詞之作、惜別、題字、懷人、感恩、批評、迎神等等，各類數量不多，故統歸於「其他」一類。

《唐代文學史》中如此評論：「李建勳詩有的托物寄情，耐人尋味，也有的只記閑游自樂，未免淺薄，「花酒風味」較濃。也有〈毆妓〉那樣纖巧的香奩體詩，不過極少。」〔註30〕〈毆妓〉詩正是李建勳詩中較為獨特的艷綺之作：「自為專房甚，匆匆有所傷。當時心已悔，徹夜手猶香。恨枕堆雲鬢，啼襟搵月黃。起來猶忍惡，剪破繡鴛鴦。」（《全唐詩》）前半寫李建勳因女妓憑專寵做了過分之事而毆傷她，後半寫被毆之妓含怒剪毀繡好的鴛鴦圖。〈春詞〉寫女子春天閑步折花的心情：「日高閑步下堂階，細草春莎沒繡鞋。折得玫瑰花一朵，憑君簪向鳳皇釵。」（《全唐詩》）〈宮詞〉則從宮女的角度著墨皇宮中備受冷落年華老去的慨歎：「宮門長閉舞衣閒，略識君王鬢便斑。卻羨落花春不管，御溝流得到人間。」（《全唐詩》）另一首〈宮詞〉亦然，以「草色深濃封輦路，水聲低咽轉宮牆。」婉轉道出君王不再寵幸的悲哀。（《全唐詩》）〈獨夜作〉也難得地抒發李建勳的相思之情：「佳人一去無消息，夢覺香殘愁復入。空庭悄悄月如霜，獨倚闌干伴花立。」（《全唐詩》）這幾首詩皆與女性有關，在李建勳現存的詩中算是少見之作。〈題魏壇〉二首則興起魏壇經過歲月風霜，如今香火不再，一片蕭條荒涼的樣貌：

> 不遇至真傳道要，曾看真誥亦何為。
> 舊碑經亂沈荒澗，靈篆因耕出故基。
> 蛙黽自喧澆藥井，牛羊閒過放生池。
> 蕭條夕景空壇畔，朽檜枝斜綠蔓垂。

（《全唐詩》）

> 一尋遺跡到仙鄉，雲鶴沉沉思渺茫。
> 丹井歲深生草木，芝田春廢臥牛羊。
> 雨淋殘畫摧荒壁，鼠引飢蛇落壞梁。

〔註30〕吳庚舜／董乃斌，《唐代文學史》（北京：人民文學出版社，2000年），頁690。

　　薄暮欲歸仍佇立，菖蒲風起水決決。

（《全唐詩》）

　　魏壇是在臨川附近的一個道觀，其地曾有顏魯公的碑文。詩中的
「舊碑經亂沈荒澗」應指顏魯公之碑經戰亂已消失在荒僻山野之間，
全詩處處見魏壇破敗景象從而引發嘆息。〈離闕下日感恩〉應是李建
勳二度罷官要離開京城的心情，詩中提到雖遭罷黜卻心喜南歸，對皇
上和皇子的殷殷關切感恩在心。〈迎神〉詩具體紀錄迎神過程中的各
種儀式、祀具及女巫傳遞神言的形象、祈求神祈降幅的熱鬧畫面：「攄
蠻鼉，吟塞笛，女巫結束分行立。空中再拜神且來，滿奠椒漿齊獻揖。
陰風窣窣吹紙錢，妖巫瞑目傳神言。與君降福爲豐年，莫教賽祀虧常
筵。」〈《全唐詩》）送八分書與友人繼以詩〉是李建勳贈友人自己寫
的八分書以及贈詩，詩中言：「肥䟫爲詩肥䟫書，不封將去寄仙都。
仙翁拍手應相笑，得似秦朝次仲無。」（《全唐詩》）八分書是一種漢
字的書體名，字體像隸書而體勢多波磔，相傳是秦朝上谷人王次仲所
造的。詩中的「肥䟫」是匍匐而前的意思，突顯李建勳書寫時緩慢而
盡力的樣子。另外〈和判官喜雨〉詩是李建勳詩中唯一一首稍微關懷
百姓疾苦，樂百姓所樂的詩：「去禱山川尙未還，雲雷尋作遠聲寒。
人情便似秋登悅，天色休勞夜起看。高檻氣濃藏柳郭，小庭流擁沒花
壇。須知太守重牆內，心極農夫望處歡。」（《全唐詩》）

　　雖然李建勳的詩大多仍以悲愁、酬寄、宴游、閒適、詠物爲主，
但在「其他」這個類別中確實有特殊之處，也因爲有這些詩才不至於
使李建勳的詩太過偏限，從而擴大了詩作的題材範圍。

三、李建勳詩歌的特色

（一）及時行樂的思想

　　唐朝在西元 907 年滅亡，開始了五代十國的局面，朝代的更迭變
遷也造成文人朝秦暮楚的心態。雖然南唐相較於其他國家而言，政局
相對穩定，是比較不受戰亂影響的，但儒家的傳統倫常觀念，早已無

法維繫君臣之間的關係，居高位者背主棄君之事屢見不鮮，處於高位的李建勳亦不例外。他原受徐溫賞識而成為徐溫的女婿，之後又審度情勢，轉而建議李昪禪代而建立南唐政權，在此情形下，南唐的君主自然對臣子們是充滿戒備的。朝不保夕的年代中，及時行樂的思想就很容易產生。李建勳詩歌的及時行樂思想主要是由歲月消逝的感慨加上欲擺脫官職束縛、回歸自由，而表現在喝酒宴遊的具體行動上。例如：「惜花無計又花殘，獨遶芳叢不忍看。」(《全唐詩》〈落花〉)、「東君不為留遲日，清鏡唯知促白頭。」(《全唐詩》〈春日尊前示從事〉)、「漸老更知春可惜，正歡唯怕客難留。」(《全唐詩》〈尊前〉)這些憂心美好歲月與事物的流逝，都讓他更珍惜當下的時光。

　　而居處顯位導致案牘勞形，一心想回歸自由逍遙之身的想法也充滿在詩句中。如〈閒遊〉：「扁舟動歸思，高處見滄浪。」(《全唐詩》)動了歸去的念頭，希望洗淨世俗塵埃，保有崇高的節操及純樸自然的品格。〈春陰〉：「浮生何苦勞，觸事妨行樂。」(《全唐詩》)嘆息生活是勞苦的，因事而妨害可以行樂的人生。〈留題愛敬寺〉：「野性竟未改，何以居朝廷。空為百官首，但愛千峯青。」(《全唐詩》)更直言性格未改其野性，如何居處於朝廷？徒然成為百官之首，但自己只愛山青水綠的閒適生活。〈金陵所居青溪草堂閒興〉：「自憐趨競地，獨有愛閒心。」(《全唐詩》)悲憐自己長在汲汲營營的競爭之處，獨有一顆愛好閒逸的心。〈闕下偶書寄孫員外〉：「白日誰相促，勞生自不休。」(《全唐詩》)言人生在世好像被催促著，始終無法停歇下這勞苦的生活。〈寄魏郎中〉：「碌碌但隨羣，蒿蘭任不分。」(《全唐詩》)指出在這樣的生活中只能庸庸碌碌地跟隨大眾，任由好壞賢愚雜然處之。〈尊前〉：「官為將相復何求，世路多端早合休。」(《全唐詩》)為官已致將相的李建勳覺得世間路太多思緒困擾，只期盼早點歇止目前的處境。

　　就因為這樣，縱放逸樂、安排飲宴、遊賞尋芳、行樂消愁的結群攜酒之行幾乎是他人生的重心。如：〈早春寄懷〉：「欲向東溪醉，狂

眠一放歌。」（《全唐詩》）〈春日東山正堂作〉：「從此唯行樂，閒愁奈我何。」（《全唐詩》）〈春日小園晨看兼招同舍〉：「可容排飲否，兼折贈頭冠。」（《全唐詩》）〈惜花寄孫員外〉：「侵晨結駟攜酒徒，尋芳踏盡長安衢。思量少壯不自樂，他日白頭空歎吁。」（《全唐詩》）〈踏青罇前〉：「期君速行樂，不要旋還家。」（《全唐詩》）〈正月晦日〉：「莫倦尋春去，都無百日遊。」（《全唐詩》）〈閒遊〉：「攜酒復攜觴，朝朝一似忙。」（《全唐詩》）〈春陰〉：「寄語達生人，須知酒勝藥。」（《全唐詩》）〈春日金谷園〉：「火急召親賓，歡游莫厭頻。」（《全唐詩》）〈留題愛敬寺〉：「南風新雨後，與客攜觴行。」（《全唐詩》）〈尊前〉：「莫厭百壺相勸倒，免教無事結閒愁。」（《全唐詩》）〈晚春送牡丹〉：「借問少年能幾許，不須推酒厭杯盤。」（《全唐詩》）〈醉中惜花更書與諸從事〉：「公退尋芳已是遲，莫因他事更來稀。未經旬日唯憂落，算有開時不合歸。歌檻宴餘風裊裊，閒園吟散雨霏霏。高樓鼓絕重門閉，長爲拋迴恨解衣。」（《全唐詩》）不難從以上詩句中看出李建勳急著把握時光行樂的心態。

南唐時期，具有影響力的一位丞相主導了多次的結駟享樂的活動，自然也帶起了及時行樂的風氣。張興武說：

> 李建勳生活的時代，江南文人生活平靜，待遇優厚，社會政治地位也很優越，但他們大多只關心個人的名利得失，追求享樂，偷安混世，對國家興衰、時政利弊并不十分關心。身處亂世而不思危機，缺乏應有的責任感和憂患意識，這是當日士人群體人格中最爲突出的時代特點。李建勳一生的仕宦經歷，便是這種混世人格的典型寫照。〔註31〕

如此看來，李建勳的仕宦生活反而爲他的行樂歡遊人生造就了最佳條件，其生活的感思發而爲詩，就反映出與現實脫軌的行樂思

〔註31〕張興武，《五代作家的人格與詩格》（北京：人民學出版社，2000年），頁165。

想。

（二）既定模式的創作

李建勳除了少數詩作刻意地錘鍊字句外，大部分仍是用白描方式直接敘述。例如李建勳對於春天容易消逝特別傷感，寫了許多傷春主題的詩歌，但這些詩歌卻呈現十分相似的既定模式。例如：「家山歸未得，又是看春過。老覺光陰速，閒悲世路多。」（《全唐詩》〈早春寄懷〉）、「須知一春促，莫厭百迴看。」（《全唐詩》〈春日小園晨看兼招同舍〉）、「只恐雨淋漓，又見春蕭索。」（《全唐詩》〈惜花寄孫員外〉）、「無由全勝意，終是負青春。」（《全唐詩》〈春日病中〉）、「更堪正月過，已是一分休。」（《全唐詩》〈正月晦日〉）、「日長徒似歲，花過即非春。」（《全唐詩》〈春日金谷園〉）同是寫春光匆促、歲月易流的內容。再如「朝始一枝開，暮復一枝落。」（《全唐詩》〈惜花寄孫員外〉）、「預愁多日謝，翻怕十分開。」（《全唐詩》〈惜花〉）、「愁見清明後，紛紛蓋地紅。」（《全唐詩》〈金谷園落花〉）、「未放草蒙茸，已遣花蕭索。」（《全唐詩》〈春陰〉）、「惜花無計又花殘，獨遶芳叢不忍看。」（《全唐詩》〈落花〉）都是以花落的概念去寫無力挽回的憂愁。而「永日雖無雨，東風自落花。」（《全唐詩》〈踏青罇前〉）、「老雨不肯休，東風勢還作。」（《全唐詩》〈春陰〉）、「晚雨來何定，東風自不勻。」（《全唐詩》〈春日金谷園〉）、「莫言風雨長相促，直是晴明得幾時。」（《全唐詩》〈惜花〉）、「風雨數來留不得，離披將謝忍重看。」（《全唐詩》〈晚春送牡丹〉）皆因風雨催促之故而留不住美好的事物。「火急召親賓，歡游莫厭頻。」（《全唐詩》〈春日金谷園〉）、「彩牋蠻榼旬休日，欲召親賓看一場。」（《全唐詩》〈薔薇〉）則寫賞花之時固定地找親賓來歡游觀看一番。

這些詩句圍繞著傷春、惜春而感懷，但詩句的作法、感喟的方式極為類似，並沒有為傷春作更細膩的具體形象描摹，反而從大體言之，粗略概說風雨摧花的急迫、花謝的不捨以及春光的匆促消逝。另

外寫攜帶酒觴或結伴喝酒之類，如「閒階一杯酒，惟待故人來。」（《全唐詩》〈惜花〉）、「堪悲一尊酒，從此似西東。」（《全唐詩》〈金谷園落花〉）、「攜酒復攜觴，朝朝一似忙。」（《全唐詩》〈閒遊〉）、「南風新雨後，與客攜觴行。」（《全唐詩》〈留題愛敬寺〉）、「侵晨結駟攜酒徒，尋芳踏盡長安衢。」（《全唐詩》〈惜花寄孫員外〉）、「他皆攜酒尋芳去，我獨關門好靜眠。」（《全唐詩》〈清明日〉）、「攜觴邀客遶朱闌，腸斷殘春送牡丹。」（《全唐詩》〈晚春送牡丹〉）這些則清一色寫遊賞時攜酒為伴、尋芳送花的內容。還有用字遣詞上的相近處，如：「愁看挂帆處，鷗鳥共遲遲。」（《全唐詩》〈送人〉）和「風䰀倚檻誰家子，愁看鴛鴦望所之。」（《全唐詩》〈春水〉）、「君王一去不迴駕」（《全唐詩》〈宮詞〉）和「佳人一去無消息」（《全唐詩》〈獨夜作〉）「莫倦尋春去，都無百日遊。」（《全唐詩》〈正月晦日〉）和「莫道便為桑麥藥，亦勝焦涸到春殘。」（《全唐詩》〈春雪〉）以及「莫言風雨長相促，直是晴明得幾時。」（《全唐詩》〈惜花〉）

　　由此可見在李建勳的詩歌中，常發現詩中的句式、用詞、內容多有雷同之處，這也或許是因為詩歌創作的主題相近，只關注在狹小的範圍之故。如學者評論：「李詩或花間尊前寓目緣情，或與友人酬答慰藉，極少反映社會現實，他幾乎所有的詩篇都是吟詠性情之作。」〔註32〕正因如此，大大局限了李建勳的創作模式。

（三）清淡平易的風格

　　《南唐書》記載：「其為詩，少時猶浮靡，晚年頗清淡平易，見稱於時。」〔註33〕《十國春秋》亦有類似的記錄：「建勳博覽經史，少時詩涉浮靡，晚年頗清淡平易，見稱于時。」〔註34〕兩本史書都直

〔註32〕吳庚舜／董乃斌，《唐代文學史》（北京：人民文學出版社，2000年），頁689。

〔註33〕〔宋〕馬令，《南唐書・李建勳傳》，四部叢刊續編（臺北：臺灣商務印書館，1976年），卷10，頁2。

〔註34〕〔清〕吳任臣，《十國春秋》（臺北：中華書局，1983年），卷21，頁5。

指李建勳的詩作有早、晚期不同趨向的風格，但就目前看到的存詩，所謂「浮靡」之作是非常有限的，絕大多數還是屬「清淡平易」的作品。如〈送人〉：「相見未逾月，堪悲遠別離。非君誰顧我，萬里又南之。雨逼清明日，花陰杜宇時。愁看挂帆處，鷗鳥共遲遲。」（《全唐詩》）全詩明白如話，連送人的悲愁都是淺淺淡淡的。〈贈送致仕郎中〉稱讚某退休郎中時，以直陳的方式讚許郎中氣貌異於常人，並愛好山林野僧，詩中言：「鶴立瘦稜稜，髭長白似銀。衣冠皆古製，氣貌異常人。聽雪添詩思，看山滯酒巡。西峯重歸路，唯許野僧親。」（《全唐詩》）再如下列所舉的詩：

> 閒遊何用問東西，寓興皆非有所期。
> 斷酒只攜僧共去，看山從聽馬行遲。
> 溪田雨漲禾生耳，原野鶯啼黍熟時。
> 應有交親長笑我，獨輕人事鬢將衰。
>
> （《全唐詩》〈閒出書懷〉）

> 他皆攜酒尋芳去，我獨關門好靜眠。
> 唯有楊花似相覓，因風時復到牀前。
>
> （《全唐詩》〈清明日〉）

> 休糧知幾載，臉色似桃紅。半醉離城去，單衣行雪中。
> 水聲茅洞曉，雲影石房空。莫學秦時客，音書便不通。
>
> （《全唐詩》〈送喻鍊師歸茅山〉）

> 勻如春澗長流水，怨似秋枝欲斷蟬。
> 可惜人間容易聽，清聲不到御樓前。
>
> （《全唐詩》〈送李冠〉）

這些詩句鮮少用典，即是用典也是耳熟能詳又常見的典故，更不用說運用艱澀的字詞。在李建勳的詩歌中，幾乎是走這樣淺白平淡的風格。鍾祥在《論南唐詩》中將李建勳歸類為「白體」詩人（論文中將南唐詩人分為白體詩人、賈島體詩人、溫李體詩人三類），其

原因是：「白體」詩人基本上師法白居易的閒適詩，其詩的內容多爲歌咏日常生活的閑情逸致，風格則表現爲自然淡泊，語言淺切平易。」〔註35〕而羅婉薇在《逍遙一卷輕：五代詩人與詩風》中則將李建勳劃分在「姚賈派」中（其書將五代詩人分爲姚賈派、元白派、張籍派、溫李派、孟郊派五個派別）〔註36〕，其根據是《詩源辨體》的評論：「（李建勳）七律……皆清新峭拔，另爲一種。就其所自，乃賈島、張、王之餘。」〔註37〕雖然各學者歸類方式不同，但看來卻不相違背，因爲李建勳的詩既有白居易的淺顯特色，一部分的詩也包含了賈島的精緻工整。因此大體而言在「清淡平易」的特色上，更有一種清雅的風格。《唐代文學史》這麼融合兩種派別：

> 他雖和吳地詩人鄭谷一樣，主學白居易并兼及賈島的精工，卻少鄭詩的民歌風味，而更多古詩的淡雅，因此李建勳詩尤顯平淡淺易，文從字順。既善用單行素筆直抒胸襟（如〈和致仕沈郎中〉），又擅長白描，無藻飾豐縟之習。「草色深濃封輦路，水聲低咽轉宮墙。」（〈宮詞〉），「丹井歲深生草木，芝田春廢臥牛羊。」（〈題魏壇二首〉），「歌檻宴餘風裊裊，閒園吟散雨霏霏。」（〈醉中惜花更書與諸從事〉），都以對句寫景而能自然流轉，亦可見其琢煉頗工。〔註38〕

李建勳的詩如以上所言有其琢煉頗工的詩句，而細審之這些琢磨過的詩句，表現出來的整體仍不失自然平易之風。

〔註35〕鍾祥，《論南唐詩》（蘭州：西北師範大學博士學位論文，2006 年），頁 34。

〔註36〕羅婉薇，《逍遙一卷輕：五代詩人與詩風》（廣州：暨南大學出版社，2009 年），頁 158。

〔註37〕〔明〕許學夷／杜維沫校點，《詩源辨體》（北京：人民文學出版社，1998 年），卷 33，頁 311～312。

〔註38〕吳庚舜／董乃斌，《唐代文學史》（北京：人民文學出版社，2000 年），頁 690。

四、結語

《五代作家的人格與詩格》中將五代詩的主流分爲通俗詩風、苦
吟詩風和學人之詩,其書言:「通俗淺切的元白詩風,是五代詩的主
流。前人所謂五代詩『鄙淺不足道』者,多是指這一詩風而言,宋人
則稱之爲『白體』。」〔註39〕書中雖然沒有明確地把李建勳列入白體
詩人中,但究其淺近平易的特色,是較爲接近白體詩人的。如果粗疏
的劃分,大體言之是沒問題的,但在細細審味李建勳的詩會發現,他
其實有異於一般的白體詩人。以下兩則資料可提供一些線索:

> 他(李建勳)的詩在感受的細膩和抒發的自然方面,
> 有近似李煜詞的地方……李建勳與李煜不同的地方,是他
> 于感情細膩的自然抒發中追求平淡。〔註40〕

> (李建勳)詩格雖顯軟弱,深警未足,但其清婉淡雅
> 的詩風,卻給南唐徐鉉等人詩以有力影響。〔註41〕

第一則資料將李建勳和李煜相提並論,認爲他某些詩的風格近似
李煜詩;第二則資料認爲李建勳詩歌影響了徐鉉的詩歌,而徐鉉在《五
代作家的人格與詩格》中被歸類於「學人之詩」。〔註42〕把這兩則資
料並列對照更可以看出李建勳在清淡平易的基礎上,多了細膩和清婉
淡雅,如「幽榭凍黏花屋重,短簷斜溼燕巢寒。」(《全唐詩》〈春雪〉)、
「雲渡瑣窗金牓溼,月移珠箔水精寒。」(《全唐詩》〈登昇元閣〉)可
以這麼說,李建勳的詩傳承自中晚唐以來白居易的通俗詩風,也受到
了同時期宗白詩人孫魴和沈彬的影響,在擷取前人的特色外,並發展

〔註39〕張興武,《五代作家的人格與詩格》(北京:人民學出版社,2000 年),
頁 220。
〔註40〕羅宗強,《隋唐五代文學思想史》(北京:中華書局,2003 年),頁
288。
〔註41〕吳庚舜,董乃斌,《唐代文學史》(北京:人民文學出版社,2000 年),
頁 690。
〔註42〕參見張興武,《五代作家的人格與詩格》(北京:人民學出版社,2000
年),第八章。

詩歌精工的一面，也影響了南唐詩人徐鉉清雅的詩歌特色。

第二節　徐鉉詩

一、徐鉉其人與存詩問題

　　徐鉉（916～991），字鼎臣，會稽人，是南唐到宋初之間的名臣和文學家。他十歲就能寫文章，之後與韓熙載齊名，兩人在江南並稱「韓徐」。徐鉉歷任南唐三代，《十國春秋》云：「起家吳校書郎，已事烈祖父子，試知制誥。」〔註43〕徐鉉爲人「簡淡寡欲，質直無矯飾。」〔註44〕但宦海浮沉，命數難卜，他仍舊在官場生涯中遭貶三次。首次遭貶是在保大四年（946）時，宰相宋齊邱與之不和，而藉機誣陷徐鉉、徐鍇兄弟洩漏軍機：「時有得軍中檄者，鉉與弟鍇評其援引不當，檄故殷崇義筆也，由事崇義與齊邱誣鉉鍇洩機事。」〔註45〕也因此徐鉉被貶爲泰州司戶掾，弟弟徐鍇貶爲烏江尉。之後雖然蒙召還京擔任祠部郎中、知制誥，但於保大十一年（953），因事觸怒中主，坐貶舒州。

> 　　時景命内臣車延規、傅宏營屯田於常、楚州，處事苛
> 　　細，人不堪命，致盜賊羣起。命鉉乘傳巡撫。鉉至楚州，
> 　　奏罷屯田，延規等懼，逃罪，鉉捕之急，權近側目。及捕
> 　　得賊首，即斬之不俟報，坐專殺流舒州。〔註46〕

　　由此事可以看出徐鉉憂國憂民之心切，卻因此得罪權貴，流放舒州。韓熙載爲此作〈送徐鉉流舒州（時鉉弟鍇亦貶烏江尉）〉詩：「昔

〔註43〕〔清〕吳任臣，《十國春秋》（臺北：中華書局，1983 年），卷 28，頁 4。

〔註44〕〔清〕吳任臣，《十國春秋》（臺北：中華書局，1983 年），卷 28，頁 6。

〔註45〕〔清〕吳任臣，《十國春秋》（臺北：中華書局，1983 年），卷 28，頁 4～5。

〔註46〕楊家駱，《新校本宋史》（臺北：鼎文書局，1983 年），卷 441，頁 13045。

年淒斷此江湄，風滿征帆淚滿衣。今日重憐鶬鴿羽，不堪波上又分飛。」
〔註47〕徐鉉自己在這期間也有詩作：

> 三峯煙靄碧臨谿，中有騷人理釣絲。
> 會友少於分袂日，謫居多卻在朝時。
> 丹心歷歷吾終信，俗慮悠悠爾不知。
> 珍重韓君與高子，殷勤書札寄相思。
>
> （《全唐詩》
> 〈謫居舒州，累得韓高二舍人書，作此寄之〉）
>
> 羈游白社身雖屈，高步辭場道不卑。
> 投分共爲知我者，相尋多愧謫居時。
> 離懷耿耿年來夢，厚意勤勤別後詩。
> 今日谿邊正相憶，雪晴山秀柳絲垂。
>
> （《全唐詩》〈印秀才至舒州見尋，別後寄詩依韻和〉）

〈謫居舒州，累得韓高二舍人書，作此寄之〉詩中表達與朋友分別和謫居的心情，且對自己一顆丹心充滿信心，最後叮嚀韓熙載和高越二位朋友保重身體，並期待以書信往返寄託思念之情。〈印秀才至舒州見尋，別後寄詩依韻和〉是印秀才至舒州尋找徐鉉，讓徐鉉有感於這份殷情厚意，因此依韻和詩。寫下這首詩時，徐鉉正在雪霽天晴、垂著柳絲的秀麗山景中思念印秀才。

保大十四年（956），徐鉉由舒州移徙饒州。《十國春秋》言：「周師南侵，元宗徙鉉饒州。」〔註48〕保大十五年（957）被召回京，復知制誥、拜中書舍人。之後在後主在位期間頗受重用，只是此時的南唐國勢已是江河日下岌岌可危了！開寶八年（975）奉後主之命，兩次出使宋，以求緩兵。《十國春秋》記錄：

〔註47〕〔清〕李調元，《全五代詩》（成都：巴蜀書社，1992 年），卷 24，頁 518。
〔註48〕〔清〕吳任臣，《十國春秋》（臺北：中華書局，1983 年），卷 28，頁 5。

　　鉉言：「江南事大禮甚恭，且無王祭不共之罪，徒以被
病，未任朝謁，非敢拒詔，乞緩兵以全一邦之命。」宋太
祖與語，反覆數四，鉉辭氣愈壯，曰：「李煜無罪，陛下出
師無名。」宋太祖大怒，命畢其說。鉉曰：「陛下如天如父，
天乃能蓋地，父乃能庇子，煜效貢賦二十餘年，以小事大，
如子事父，未有過失，何以見伐？」宋太祖曰：「爾謂父子
者，為兩家可乎？」鉉語塞。〔註49〕

　　雖然徐鉉盡力挽救亡國的危機，但還是無力回天，南唐終究滅亡
了。徐鉉在入宋之後，遇事謹慎，故而官運亨通，從太子率更令、遷
給事中、直學士院、右散騎常侍、左散騎常侍等，積階至金紫光祿大
夫，又累封至東海開國侯。淳化二年（991）為檢校工部尚書，但也在
這一年遭受陷害，被貶為靜難軍節度行軍司馬，隔年病疾發作。〔註50〕

　　晨時起，方冠帶，遽命筆硯，語左右曰：「吾疾作矣。」
手書一幅約束後事；又別書一幅：「道者天地之母。」書訖
而終，年七十六。〔註51〕

　　徐鉉遂在宋太宗淳化三年（992）以七十六歲之齡告別人世。

　　徐鉉的詩作於《全唐詩》、《全五代詩》、《全宋詩》皆有收錄。《全
唐詩》收錄六卷，共254首。相較之下《全五代詩》較為不全，少了
21首。而《全宋詩》從卷四到卷十都是徐鉉的詩，分卷與《全唐詩》
不同，但是次序幾乎相同。然而《全宋詩》的卷九及卷十的所收錄的
詩幾乎是《全唐詩》未有的，傅璇琮等在編錄徐鉉詩時說明如下：

　　徐鉉詩今存七卷見於三十卷本《徐公文集》（一名《騎
省集》）卷一卷二卷三卷四卷五卷二一卷二二今以《四部叢

〔註49〕〔清〕吳任臣，《十國春秋》（臺北：中華書局，1983年），卷28，
　　　　頁5～6。
〔註50〕關於徐鉉貶官之細節，可參見金傳道，〈徐鉉三次貶官考〉，《上海：
　　　　重慶郵電大學學報》第19卷第3期（2007年5月）。
〔註51〕張興武，《五代十國文學編年》（北京：人民出版社，2001年），頁
　　　　361。

刊》影印清黃丕烈校宋本（《徐公文集》三十卷）爲底本校
以影印文淵閣《四庫全書》本（《騎省集》三十卷簡稱四庫
本）《四部備要》排印宋明州本（《騎省集》三十卷簡稱備
要本）徐乃昌影宋重刊本（《徐公文集》三十卷簡稱徐本）
參校《全唐詩》（中華書局排印本）《玉壺清話》（中華書局
排印本）所收詩并從《東軒筆錄》（中華書局排印本）等錄
得集外詩編附卷末。〔註52〕

　　如此看來《全宋詩》的版本是較爲完善且齊全的，本文以《全唐
詩》第七百五十一到第七百五十六卷和《全宋詩》的第四卷到第十卷
中所收錄的徐鉉詩互爲參照，當作研究的文本。

二、徐鉉詩的題材

　　在南唐諸家中，徐鉉的詩作相對爲多。茲將題材分爲羈旅、戰亂、
侍宴、思舊、哀挽、閒適及其他類。

（一）羈旅

　　徐鉉一生遭遇三次貶官，此類詩中記錄了他貶謫當下的心境以及
離鄉背井的愁緒。大多圍繞著去國懷鄉、憂國憂民、心志不移以及無
奈傷痛的心情來抒發。

　　1.〈貶官泰州出城作〉

> 浮名浮利信悠悠，四海干戈痛主憂。
> 三諫不從爲逐客，一身無累似虛舟。
> 滿朝權貴皆曾忤，繞郭林泉已徧游。
> 惟有戀恩終不改，半程猶自望城樓。

（《全宋詩》）

南唐保大二年（944），徐鉉二十七歲，因事坐貶泰州司戶掾，他

〔註52〕請參考北京大學古文獻研究所編，《全宋詩》（北京：北京大學，1995
年），卷4，頁10。

一連寫下了幾首詩，詩中流露出他擔憂國事及戀戀不捨的情懷。一句「滿潮權貴皆曾忤」隱約透露出此次坐貶之主因與當權者有關，雖然身遭誣謗，但於詩中看不出徐鉉的怨天尤人，反而充滿憂心國家身陷戰爭，主上為此煩惱的一片真誠。在「半程猶自望城樓」中彷如見到徐鉉不忘初衷的身影。

2. 〈過江〉

> 別路知何極，離腸有所思。登艫望城遠，搖櫓過江遲。
> 斷岸煙中失，長天水際垂。此心非橘柚，不為兩鄉移。
>
> （《全宋詩》）

〈過江〉中「別路知何極，離腸有所思。登艫望城遠，搖櫓過江遲。」前四句離情的意味濃厚，離別之路漫長似無盡頭，引起滿復愁腸。徐鉉在登上船後回首，城樓離他越來愈遠，過江時不自覺地放慢搖櫓的速度。詩的後半以「斷岸煙中失，長天水際垂。此心非橘柚，不為兩鄉移。」寫自己回望至看不見岸邊為止，才放眼此去的路途，就在長天水際間，寄託此心不移改的堅定心志。

另外如〈經東都太子橋〉、〈贈維揚故人〉都是此次事件的抒發詩作：「綸閣放逐知何道，桂苑風流且暫歸。莫問升遷橋上客，身謀疏拙舊心違。」（《全宋詩》〈經東都太子橋〉）其中「綸閣」是中書省的代稱，是撰擬制誥之所，徐鉉在被貶官後經過東都太子橋，不免心生感慨，歸咎於自己謀畫不夠細密且笨拙，才導致今日違背原有心意的處境。「東京少長認維桑，書劍誰教入帝鄉。一事無成空放逐，故人相見重凄涼。樓臺寂寞官河晚，人物稀疏驛路長。莫怪臨風惆悵久，十年春色憶維揚。」（（《全宋詩》〈贈維揚故人〉）全詩在惆悵凄涼的感傷中寄贈予維揚的老朋友，訴說思念。以上兩首都在詩中直指「放逐」一事對徐鉉造成的衝擊，其羈旅在外的離愁不言可喻。

（二）戰亂

南唐於元宗期間就屢有戰亂，徐鉉身歷其境，除了所見所感，也

在這類詩中將對百姓生活的同情與自身的無奈記錄下來。

1.〈謝文靖墓下作〉

> 越徼稽天討，周京亂虜塵。蒼生何可奈，江表更無人。
> 豈憚尋荒壟，猶思認後身。春風白楊裏，獨步淚霑巾。

（《全宋詩》）

南唐保大四年（946）徐鉉寫下〈謝文靖墓下作〉。這是指保大四年的十一月，南唐和吳越爭奪福州，南唐在此次戰役中失敗。不僅如此，經此一役，南唐的府庫耗損嚴重。契丹此時亦大舉入侵後晉，於是十二月時，後晉的將領紛紛投降契丹。

> 壬申，始聞杜威、李守貞等以此月十日率諸軍降於契
> 丹。相州節度使張彥澤受契丹命，率先鋒二千人，自封丘
> 門斬關而入。〔註53〕

後晉少帝石重貴因此出降，後晉正式滅亡。詩中的「越徼稽天討，周京亂虜塵。」指的就是這個歷史事件，徐鉉眼見戰爭帶來的影響，大嘆蒼生又能奈何？江表無人可用，因此只能在搖曳著白楊樹的和暖春風中獨自步行，淚沾衣襟。

2.〈觀人讀春秋〉

> 日覺儒風薄，誰將霸道羞。亂臣無所懼，何用讀春秋。

（《全宋詩》）

保大四年（946）他寫下了〈觀人讀春秋〉詩，此詩對亂世中正道式微的現象發出慨歎。徐鉉有感於儒風日漸澆薄，在這個時代中，還有誰將行使霸道看成是羞愧的呢？昔人有所謂「孔子作春秋，而亂臣賊子懼。」徐鉉則言現今的亂臣皆無所懼，春秋早已不具備惕厲之意，如今讀來又有何用？

3.〈移饒州別周使君〉

〔註53〕楊家駱，《新校本舊五代史》（臺北：鼎文書局，1985 年），卷 85，
頁 1123～1124。

　　　　正憐東道感賢侯，何幸南冠脫楚囚。

　　　　皖伯臺前收別宴，喬公亭下艤行舟。

　　　　四年去國身將老，百郡徵兵主尚憂。

　　　　更向鄱陽湖上去，青衫憔悴淚交流。

（《全宋詩》）

　　南唐保大十四年（956），徐鉉從舒州被遷徙至饒州。《十國春秋》云：「周師南侵，元宗徙鉉饒州。」〔註54〕同書第十六卷記載：「本年三月，周師攻陷舒州，刺史周宏祚赴水死。」〔註55〕正是在這樣的情況之下，徐鉉寫下了〈移饒州別周使君〉一詩，詩中寫道：在舒州期間有感於周使君對他的照顧，也何其慶幸可暫時脫離如楚囚般的身分，但在此時卻必須在皖伯臺前結束離別的筵席，將船停靠在喬公亭下。徐鉉回想從第二次被貶舒州，至今已過四年，有感於年歲已老，而這期間戰爭不斷，朝廷四處徵兵。君王尚且憂心不已，如今欲前往鄱陽湖，想到此處，面容憔悴，眼淚縱橫交流。

　　饒州在舒州的南方，由於周師南侵之故，徐鉉必須往更南方遷徙。事實上就地理位置來看，是離都城南京更遠了，當時他從皖口渡船一路往南至鄱陽湖──即饒州所在之處，才算安全。〔註56〕但心中仍牽掛國家大事，憂思之情溢於言表。

4.〈避難東歸，依韻和黃秀才見寄〉

　　　　感感逢人問所之，東流相送向京畿。

　　　　自甘逐客紉蘭佩，不料平民著戰衣。

　　　　樹帶荒村春冷落，江澄霽色霧霏微。

　　　　時危道喪無才術，空手徘徊不忍歸。

〔註54〕〔清〕吳任臣，《十國春秋》（臺北：中華書局，1983 年），卷 28，頁 5。

〔註55〕〔清〕吳任臣，《十國春秋》（臺北：中華書局，1983 年），卷 16，頁 23。

〔註56〕關於南唐地理位置問題，可參見譚其驤主編，《中國歷史地圖集》（上海：中國地圖出版社，1989 年）。

（《全宋詩》）

　　南唐保大十四年（956）徐鉉也寫下〈避難東歸，依韻和黃秀才見寄〉詩，詩中更可看出人民紛紛逃難的情形，人民在戰亂之際只能往東逃向最安全的城都——南京。〈離騷〉有言：「扈江離與辟芷兮，紉秋蘭以為佩。」〔註57〕因此他想起同為遷客騷人的屈原，雖是逐客卻甘心守著貞潔的心志。只是當平民無法安心度日，也身著戰衣時，村落景色就顯得荒涼。徐鉉自傷時局混亂危險，偏偏自身沒有能力扶危濟世，只得空手徘徊，不忍歸去。也看出徐鉉心繫黎民蒼生的苦難，卻空有一份濟世情懷的無力感。

（三）侍宴

　　徐鉉常參加宮廷的宴會，凡是侍宴為文的場合，往往即景即情一揮而成，展現過人的才氣。無論詠景或敘事，皆有可觀。

1.〈春雪應制〉

　　　　繁陰連曙景，瑞雪灑芳辰。勢密猶疑臘，風和始覺春。

　　　　縈林開玉蕊，飄座裛香塵。欲識宸心悅，雲謠慰兆人。

（《全宋詩》）

　　保大七年（949），徐鉉任主客員外郎、知制誥，參加元日賦詩，徐鉉有詩序云：

　　　　皇上御曆之七年，地平天成、時和歲稔……凝華接曙，光浮元會之筵。星躔既移，雲罍乃啟。太弟以龍樓之盛，入奉垂旒；齊王以鳳沼之崇，來參鑾几……筆落天波，言成帝典，七言四韻，宣示群臣。乃命太弟太傅建勳，翰林學士給事中朱鞏、常夢錫，翰林學士中書舍人殷崇義、游簡言，吏部尚書毗陵郡公景運，工部尚書上饒郡公景遜，左常侍勤政殿學士張義方，諫議大夫勤政殿學士潘處常、

〔註57〕傅錫壬註譯，《新譯楚辭讀本・離騷》（臺北：三民書局，1995年），頁29。

魏岑制誥喬舜，主客員外郎知制誥徐鉉，膳部員外郎知制
誥張緯，光祿卿臨汝郡公景遼，鴻臚卿文安郡公景游，太
府少卿陳留郡公景道，左衛將軍樂安郡公宏茂，駕部郎中
李瞻等，或廣元首之歌，或和陽春之曲……二十一篇，咸
從奏御。〔註58〕

　　從詩序中可知此次宴會盛大，參加者各自賦詩呈上。當時正逢下
雪，徐鉉即景寫下了春雪和宴席所見：在天色剛亮的景色及最佳的時
辰中，灑下了祥瑞的雪。大雪紛飛的樣子讓人以為仍是臘月，但溫和
的風一吹，才感覺有春意。雪花纏繞在林間，彷彿花朵綻放；飄落在
座席間，大家都這芳香的塵埃沾濕了。想讓每個人都知道君心愉悅，
故創作了大量的詩歌來安慰百姓。詩中生動地描摹雪花飄落的美感，
讀來彷有春花綻放的豐富意象，而非單調的銀白世界。

　　同時期的作品尚有〈進雪詩〉，可一併參考之：「欲使新正識有年，
故飄輕絮伴春還。近看瓊樹籠銀闕，遠想瑤池帶玉關。潤逐麩麪鋪綠
野，暖隨杯酒上朱顏。朝來花蕚樓中宴，數曲賡歌雅頌間。」（《全宋
詩》）在元日這樣的佳節，上天飄下了雪花伴隨著春天而來，詩中分
別從遠、近的距離想像雪景的姿態，藉由「麩麪鋪綠野」令人感受到
盎然的春天氣息。

　　2.〈御筵送鄧王〉

　　　　禁裏秋光似水清，林煙池影共離情。

　　　　暫移黃閣只三載，卻望紫垣都數程。

　　　　滿座清風天子送。隨車甘雨郡人迎。

　　　　綺霞閣上詩題在，從此還應有頌聲。

　　　　　　　　　　　　　　　　　　　　　　（《全宋詩》）

　　北宋開寶元年（968），徐鉉寫下了〈御筵送鄧王〉詩，《南唐書·

〔註58〕〔南唐〕徐鉉，《徐公文集·御制春雪詩序》，四部叢刊本（台北：
　　　　臺灣商務，1965年），卷18，頁127。

鄧王傳》記載 ：

> 鄧王從益，元宗第八子也，警敏有文，初封舒公進王
> 鄧。開寶初，出鎮宣州，後主率近臣餞綺霞閣，自爲詩序
> 以送之。〔註59〕

李煜亦有詩〈送鄧王二十弟從益牧宣州〉：「且維輕舸更遲遲，別
酒重傾惜解攜。浩浪侵愁光蕩漾，亂山凝恨色高低。君馳檜楫情何極，
我憑闌干日向西。咫尺煙江幾多地，不須懷抱重淒淒。」（《全唐詩》）
不同於李煜的手足之情刻畫，徐鉉的詩由景入手。在秋光似水、林煙
池影中，感受到依依離情。雖然離開只是暫時的三年，但距離王都卻
有數程之遙。在滿座清風中，天子親自送別，隨車遠行，降下甘霖，
郡中百姓齊歡迎鄧王。現今綺霞閣上存留送別鄧王的詩題，但徐鉉想
此後鄧王去宣州掌理，定是治績良好。屆時百姓還會讚頌不斷，詩末
隱含對鄧王的肯定與祝福。

3.〈納后夕侍宴〉

> 天上軒星正，雲間湛露垂。禮容過渭水，宴喜勝瑤池。
> 彩霧籠花燭，升龍肅羽儀。君臣歡樂日，文物盛明時。
> 簾捲銀河轉，香凝玉漏遲。華封傾祝意，觴酒與聲詩。

> （《全宋詩》）

言星星正高掛天空，雲間濃重的露水滴落下來，詩中的「湛露」
也有比喻君恩深厚之意。一切的禮制儀容均備妥，喜宴之盛更勝過天
上的瑤池。「彩霧籠花燭」給人華美又喜氣之感，「升龍肅羽儀」則突
顯天子后妃出遊時陳列的儀仗旌旄之隆重。在君臣如此歡樂的節日，
徐鉉以華州封人以長壽、富貴及多男子三願贈堯傳說的「華封三祝」
典故，〔註60〕在杯酒和聲詩中毫無保留地獻出祝福之意。這是指北宋

〔註59〕〔宋〕馬令，《南唐書‧鄧王傳》，四部叢刊續編（臺北：臺灣商務
印書館，1976 年），卷 7，頁 6。

〔註60〕《莊子‧天地》：「堯觀乎華，華封人曰：『嘻！聖人！請祝聖人，使
聖人壽。』堯曰：『辭。』『使聖人富。』堯曰：『辭。』『使聖人多

開寶元年（968）李後主再度納后，徐鉉參加此次婚禮，作詩〈納后夕侍宴〉。馬令《南唐書・繼室周后傳》對於此次納后過程中的臣子間之異議，有詳盡的描述：

> 南唐享國日淺，而三世皆娶于藩邸，故國主婚禮，議者不一。詔中書舍人徐鉉、知制誥潘佑與禮官參議。鉉曰：「婚禮古不用樂。」佑以爲今古不相沿襲，固請用樂。鉉曰：「案古房樂無鐘鼓。」佑曲引詩：「窈窕淑女，鐘鼓樂之。」則房樂宜有鐘鼓矣。〔註61〕

就在眾人爭議下，李後主裁決使用潘佑建議以鐘鼓之樂的禮節娶了小周后。另外徐鉉以這次納后侍宴爲題還寫了〈納后侍宴三絕〉來慶賀：「時平物茂歲功成，重翟排雲到玉京。四海未知春色至，今宵先入九重城。」、「銀燭金爐禁漏移，月輪初照萬年枝。造舟已似文王事，卜世應同八百期。」、「漢主承乾帝道光，天家花燭宴昭陽。六衣盛禮如金屋，彩筆分題似柏梁。」（《全宋詩》）詩中對於天家納后的華美佈置及筵席的熱鬧加以描述，呈現一派歡樂景象。

北宋開寶二年（969），徐鉉跟隨後主遊北苑，在侍宴場合中作下許多應制詩，全以詠物爲主，例如〈北苑侍宴雜詠詩・竹〉：「勁節生宮苑，虛心奉豫遊。自然名價重，不羨渭川侯。」（《全宋詩》）《史記・貨殖列傳》中說：「齊魯千畝桑麻，渭川千畝竹……此其人皆與千戶侯等。」〔註62〕詩中以「渭川侯」盛讚竹之繁茂，但徐鉉說北苑中的竹子以勁節和虛心爲德，名價自然顯貴，並不需要去羨慕渭川有名的茂盛竹子。〈北苑侍宴雜詠詩・松〉：「細韻風中遠，寒青雪後濃。繁

男子。』堯曰：『辭。』封人曰：『壽、富、多男子，人之所欲，女獨不欲何邪？』」語見〔戰國〕莊周／〔晉〕郭象註，《莊子・天地》（臺北：藝文印書館，1990 年），卷 5，頁 4。

〔註61〕〔宋〕馬令，《南唐書・繼室周后傳》，四部叢刊續編（臺北：臺灣商務印書館，1976 年），卷 6，頁 8。

〔註62〕〔日〕瀧川龜太郎，《史記會注考證・貨殖列傳》（臺北：萬卷樓圖書有限公司，1993 年 8 月），卷 69，頁 31～32。

陰堪避雨，效用待東封。」（《全宋詩》）帝王行封禪事，昭告天下太平謂之「東封」。《史記·秦始皇本紀》記載：

> 二十八年，始皇東行郡縣，上鄒嶧山。立石與魯諸儒生議，刻石頌秦德，議封禪望祭山川之事。乃遂上泰山，立石封祠祀。下，風雨暴至，休於樹下，因封其樹爲五大夫。〔註63〕

徐鉉在詩中巧用秦始皇二十八年封禪泰山之典故，秦始皇在風雨暴至時避於樹下，因爲此樹護駕有功，於是按秦代的官爵封松樹爲五大夫。除此之外，徐鉉也吟詠「水」、「風」、「菊」等，〈北苑侍宴雜詠詩·水〉：「碧草垂低岸，東風起細波。橫汾從遊宴，何謝到天河。」（《全宋詩》）、〈北苑侍宴雜詠詩·風〉：「昨朝纔解凍，今日又開花。帝力無人識，誰知玩物華。」（《全宋詩》）、〈北苑侍宴雜詠詩·菊〉：「細麗披金彩，氛氳散遠馨。汎杯頻奉賜，緣解制頹齡。」（《全宋詩》）這些詩皆以絕句來表現，分別吟詠竹、松、水、風、菊，在小巧的詩句中充分掌握不同物象的特色。此次宴會中，徐鉉大發詩興，又作〈柳枝詞（座中應制）〉十首，皆有可觀。〔註64〕

〔註63〕〔日〕瀧川龜太郎，《史記會注考證·秦始皇本紀》（臺北：萬卷樓圖書有限公司，1993年8月），卷6，頁32～33。

〔註64〕《全宋詩》中收錄〈柳枝詞〉十首，今摘引如下：「金馬辭臣賦小詩，梨園弟子唱新詞。君恩還似東風意，先入靈和蜀柳枝。」、「百草千花共待春，綠楊顏色最驚人。天邊雨露年年在，上苑芳華歲歲新。」、「長愛龍池二月時，毿毿金線弄春姿。假饒葉落枝空後，更有梨園笛裏吹。」、「綠水成文柳帶搖，東風初到不鳴條。龍舟欲過偏留戀，萬縷輕絲拂御橋。」、「百尺長條婉麴塵，詩題不盡畫難眞。憑君折向人間種，還似君恩處處春。」、「風暖雲開晚照明，翠條深映鳳皇城。人間欲識靈和態，聽取新詞玉管聲。」、「醉折垂楊唱柳枝，金城三月走金羈。年年爲愛新條好，不覺蒼華也似絲。」、「新春花柳競芳姿，偏愛垂楊拂地枝。天子徧教詞客賦，宮中要唱洞簫詞。」、「凝碧池頭蘸翠漣，鳳皇樓畔簇晴煙。新詞欲詠知難詠，說與雙成入管弦。」、「侍從甘泉與未央，移舟偏要近垂楊。櫻桃未綻梅花老，折得柔條百尺長。」

（四）思舊

徐鉉的交遊廣闊，從徐鉉的詩題中可以看出他的友情圈，而較之應制詩，徐鉉思舊憶友之作的情感顯得濃厚而眞摯。

1.〈泰州道中卻寄東京故人〉

> 風緊雨淒淒，川迴岸漸低。吳州林外近，隋苑霧中迷。
>
> 聚散紛如此，悲歡豈易齊。料君殘酒醒，還聽子規啼。

（《全宋詩》）

保大二年（944），徐鉉因事貶謫至泰州。泰州在南京的東北方，距離不算遠，但這是他在政治上第一次遭受挫折，於是在前往泰州的途中寄詩給友人。詩中言在風雨淒淒的氣候下登船前往泰州，隨著川水迂迴河岸漸低，可知徐鉉的眼光始終回首岸邊。吳州就在樹林之外的近處，隋苑卻在霧中漸漸迷失。聚散本就如此紛紛難測，每個人悲歡那裡都能一樣呢？料想故人酒醒後仍舊會聽到子規鳥的啼叫。全詩在悲淒的風雨聲起始，在哀切的杜鵑聲中作結。

2.〈孟君別後相續寄書，作此酬之〉

> 多病怯煩暑，短才憂近職。跂足北窗風，遙懷浩無極。
>
> 故人易成別，詩句空相憶。尺素寄天涯，淦江秋水色。

（《全宋詩》）

保大十一年（953）十二月，徐鉉坐貶舒州，相繼作了幾首詩給好友，皆能表現濃厚的情感。此詩言自身多病卻怕煩溽的夏暑，才能不夠而擔憂新的職位。提起腳跟迎著北窗吹來的風，心中遙想著無窮的心事。老朋友總容易分別，唯有以寫詩的方式思念對方。將書信寄到天涯的另一端，此時淦江的水色沉浸在一片秋景之中，詩句末尾以浩渺之景拉長了心中的情思。

徐鉉還寫了〈憶新淦觴池寄孟賓于員外〉和〈送孟賓于員外還新淦〉給孟賓于，「往年淦水駐行軒，引得清流似月圓。自有谿光還碧甃，不勞人力遞金船。潤滋苔蘚欺茵席，聲入杉松當管弦。珍重詩人

頻管領，莫教塵土咽潺潺。」。(《全宋詩》〈憶新淦觴池寄孟賓于員外〉)「暫來城闕不從容，卻佩銀魚隱玉峯。雙澗水邊歌醉石，九仙臺下聽風松。題詩翠壁稱逋客，采藥春畦狎老農。野鶴乘軒雲出岫，不知何日再相逢。」(《全宋詩》〈送孟賓于員外還新淦〉)兩首詩在寫景之外寄託了思憶之情及叮嚀朋友孟賓于要多加珍重。

（五）哀挽

徐鉉在哀歌挽辭的詩作中以典故委婉地指其修道成仙，或稱揚死者的功績，哀痛與頌揚兼具。

1.〈文獻太子挽歌辭〉之五

採仗清晨出，非同齒冑時。愁煙鎖平甸，朔吹繞寒枝。

楚客來何補，緱山去莫追。迴瞻飛蓋處，掩袂不勝悲。

(《全宋詩》)

後周顯德六年（959），南唐太子弘冀卒，徐鉉爲此作了〈文獻太子挽歌辭〉五首，以示哀悼，上列爲第五首。「採仗清晨出，非同齒冑時。愁煙鎖平甸，朔吹繞寒枝。」中的「齒冑」是指太子入學時與公卿之子依年齡爲序，但此時天家的儀仗在清晨出行，不同於一般齒冑之順序。廣平的郊野間彌漫一大片的愁懷，北風繞著寒枝打轉。「楚客來何補，緱山去莫追。迴瞻飛蓋處，掩袂不勝悲。」中的「緱山」是相傳王子喬乘鶴成仙處，後用作歌詠仙家的典故。徐鉉意指文獻太子如今已修道成仙。莫再戀戀不捨地將他追回。回頭看那高大車子停留的地方，有人正掩著衣袖，承受不住失去太子的悲傷。其他四首挽歌，有的盛讚太子的德行，有的描述君臣們哀凄的情緒，各有所記。〔註65〕

〔註65〕《全宋詩》中收錄的其他四首〈文獻太子挽歌辭〉，摘引如下：「國有承祧重，人知秉哲尊。清風來望苑，遺烈在東藩。此日昇緱嶺，何因到寢門。天高不可問，煙靄共昏昏。」、「夏啓吾君子，周儲上帝賓。音容一飄忽，功業自紛綸。露泣承華月，風驚麗正塵。空餘商嶺客，行淚下宜春。」、「出處成交讓，經綸有大功。淚碑瓜步北，

2.〈光穆皇后挽歌〉之一

　　仙馭期難改，坤儀道自光。閟宮新表德，沙麓舊膺祥。

　　素帟堯門掩，凝笳畢陌長。東風慘陵樹，無復見親桑。

　　　　　　　　　　　　　　　　　　　　（《全宋詩》）

北宋乾德三年（965），李後主之母鍾氏卒，徐鉉寫下了〈光穆皇后挽歌〉三首。詩中「仙馭期難改，坤儀道自光。」指駕鶴成仙的日期是難以改變的，她的德行光輝可為婦女的表率。「閟宮新表德，沙麓舊膺祥。」的「閟宮」典出《詩經・魯頌・閟宮》：「閟宮有侐，實實枚枚。赫赫姜嫄，其德不回。」〔註66〕閟宮原指姜嫄廟之名，在《詩經》中是一首讚頌的詩，因此在此詩引用典故目的在頌揚光穆皇后生前的品德和散發的祥和之氣。「素帟堯門掩，凝笳畢陌長。」的「堯門」借指唐朝王室，而南唐自認為是唐朝的延續。因此這二句言唐朝王室被素白的帳幕遮掩住，在停止的笳聲中道路顯得特別長。末二句「東風慘陵樹，無復見親桑。」是指在即將到來的春天季節裡，無法再見到光穆皇后主持「親桑」的習俗。《淮南子・時則訓》記載：「后妃齋戒，東鄉親桑。」〔註67〕古代帝王祭祀農桑，按照男耕女織的傳統慣例，在每年春天時節，皇帝親耕，皇后親桑，以作為天下百姓勤勉之表率。另外兩首〈光穆皇后挽歌〉同樣在詩中兼含頌揚之意和哀慟之情。〔註68〕

棠樹蒜山東。百揆方時敘，重離遂不融。故臣偏感咽，曾是歎三窮。」、「甲觀光陰促，園陵天地長。簫笳咽無韻，賓御哭相將。盛烈傳彝鼎，遺文被樂章。君臣知己分，零淚亂無行。」

〔註66〕屈萬里，《詩經註釋・魯頌・閟宮》（臺北：聯經出版事業有限公司，2009年），頁609。

〔註67〕熊禮匯，《新譯淮南子・時則訓》（臺北：三民書局，2001年），頁220。

〔註68〕《全宋詩》中收錄的其他兩首〈光穆皇后挽歌〉，摘引如下：「永樂留虛位，長陵啓夕扉。返虞嚴吉仗，復土掩空衣。功業投三母，光靈極四妃。唯應彤史在，不與露花晞。」、「隱隱閶門路，煙雲曉更愁。空瞻金輅出，非是濯龍游。德感人倫正，風行內職修。還隨偶物化，同此思軒丘。」

（六）閒適

徐鉉在政治現實環境之餘暇，也盡情體驗生活之美。山路上不起眼的小花、江上的一片風景，都能寄託他的閒適情懷。

1.〈山路花〉

> 不共垂楊映綺寮，倚山臨路自嬌饒。
>
> 游人過去知香遠。谷鳥飛來見影搖。
>
> 半隔煙嵐遙隱隱，可堪風雨暮蕭蕭。
>
> 城中春色還如此，幾處笙歌按舞腰。

（《全宋詩》）

詩中以欣賞的角度，寫山路上看見的不知名小花。山路花沒有和垂楊共同點綴綺麗的小窗，雖是倚靠在山邊、面對小路，卻自有嬌媚之處。遊人經過許久後仍聞到花香，這才知它的香味可飄散得很遠。谷中鳥兒飛過來就能見到搖曳的花影，隔著山間飄動的雲氣，隱隱看見它遙遠的身影。它也能承受暮色裡蕭蕭的風雨，對比出城中的花，只固定在幾處有笙歌舞腰的宴會之處擺放，不如山花之清新天然。

2.〈京口江際弄水〉

> 退公求靜獨臨川，揚子江南二月天。
>
> 百尺翠屏甘露閣，數帆晴日海門船。
>
> 波澄瀨石寒如玉，草接汀蘋綠似煙。
>
> 安得乘槎更東去，十洲風外弄潺湲。

（《全宋詩》）

公餘之暇獨自面對川水，求取一份安靜，時值揚子江南的二月天。甘露閣上有百尺的翠色屏風，有幾隻船在晴日裡揚起風帆。水波澄澈、石寒如玉，一眼望去一大片的綠草連接汀上的蘋花。徐鉉想：如何能乘船更往東去，在十洲之外的天地中盡情地玩賞美麗的潺潺流水。

（七）其他

徐鉉詩的題材除了羈旅、戰亂、侍宴、思舊、哀挽、閒適之外，還有一些特殊的類別，例如與工作職責有關的任務以及崇尚神仙道家，將這些統歸在其他類中。

1.〈北使還襄邑道中作（九月三十日）〉

> 九月三十日，獨行梁宋道。河流激似飛，林葉翻如掃。
> 程遙苦晝短，野迥知寒早。還家亦不閒，要且還家了。
>
> （《全宋詩》）

北宋開寶八年（975），徐鉉奉李後主之命，兩次使宋，以求宋緩師而存其國。但並未達成任務，後來金陵城陷，徐鉉隨後主歸降宋。詩中前兩句直白如話，明確點出出使歸來的日期和地點：在九月三十日獨自行走於梁宋道上，一路上眼見河流激湍如飛馳、林中樹葉翻飛如橫掃般，或許也正如徐鉉當下未能平復的情緒。路途遙遠而苦於白日短暫，行於郊野更比別人早感於天寒。雖然就要回到家園，但也無法清閒，回家後許多重要的事才正要開始處理呢！這也點出了此次任務未果的憂心，及暗示了未來南唐即將面臨的一場腥風血雨。

2.〈步虛詞〉之四

> 何處求玄解，人間有洞天。勤行皆是道，謫下尚爲仙。
> 蔽景乘朱鳳，排虛駕紫煙。不嫌園吏傲，願在玉宸前。
>
> （《全宋詩》）

何處求得玄奧的解答呢？其實在人間已別有洞天，只要勤奮修行，處處皆是道。即使是從天下貶謫下來，尚且能成仙。乘坐巨大能遮蔽景色的朱鳳座騎，駕著紫氣排空而來，不會嫌棄園中吏的傲慢，只希望能在北極星前修道。「紫氣」是相傳老子過函谷關之前，函谷關的關令尹喜見有紫氣從東而來，他知道有聖人將要過關。果然沒多久老子騎著青牛而來。後來「紫氣」一詞就有吉祥徵兆的意思，也成爲歌詠老子的用詞。

三、徐鉉詩的特色

（一）用典表達心志

詩人在詩歌中用典乃司空見慣，但是觀察徐鉉的兩百多首詩中的典故中提及的人物，傾向不得志的古人及隱逸之士。

例如徐鉉用蘇武和李陵之典故寫下〈聞查建州陷賊寄鍾郎中〉一詩：

> 聞道將軍輕壯圖，螺江城下委犀渠。
> 旌旗零落沉荒服，簪履蕭條返故居。
> 皓首應全蘇武節，故人誰得李陵書。
> 自憐放逐無長策，空使盧諶淚滿裾。

> （《全宋詩》）

詩題中的「查」指的是查文徽。《十國春秋》記載查文徽在南唐保大八年二月兵敗福州，被吳越的軍隊虜獲。[註69] 徐鉉聽聞此事，寫下此詩，詩中以蘇武到匈奴出使，儘管到皓首之年才得以歸鄉，但畢竟成全了其節操及歸鄉的心願，且蘇武還能夠收到李陵的書信。一方面期待查文徽能守節、表現忠誠度，一方面也擔憂查文徽何時得以歸來。但是何時得歸尚無定論，更不要說以書信相慰問。徐鉉自嘆沒有好的計策可以應對，只能消極地流下眼淚。史書上記載查文徽在同年的十月就被放歸回南唐，但在被執的當下，徐鉉寫下這首詩確實可感。除此之外，他寫〈送楊郎中唐員外奉使湖南〉時聯想到了屈原：

> 江邊微雨柳條新，握節含香二使臣。
> 兩綬對懸雲夢日，方舟齊汎洞庭春。
> 今朝草木逢新律，昨日山川滿戰塵。

[註69]〔清〕吳任臣，《十國春秋》（臺北：中華書局，1983 年），卷 16，頁 12。
　　另，福州屬於吳越的領土，建州屬於南唐國土，兩州恰在兩國的邊界，南唐保大八年兩國當在建州、福州一帶開戰。

同是多情懷古客，不妨爲賦吊靈均。

　　　　　　　　　　　　　　　　　　（《全宋詩》）

　　楊郎中及唐員外出使湖南，湖南洞庭湖屬於十國中的楚國境內，徐鉉送別時提醒二位使臣，既然同爲多情的懷古客，不妨趁出使的機會，作賦爲屈原憑弔一番。徐鉉在〈和蕭郎中午日見寄〉詩中也提到屈原：

細雨輕風采藥時，褰簾隱几更何爲。

豈知澤畔紉蘭客，來赴城中角黍期。

多罪靜思如刲蘗，赦書纔聽似含飴。

謝公制勝常閒暇，願接西州敵手棋。

　　　　　　　　　　　　　　　　　　（《全宋詩》）

　　詩中的「澤畔紉蘭客」指涉之人正是屈原，〈離騷〉篇所謂：「扈江離與辟芷兮，紉秋蘭以爲佩。」〔註70〕〈漁父〉篇說：「屈原既放，游於江潭，行吟澤畔。」〔註71〕徐鉉以屈原自比，巧的是來到城中正是角黍之期——即端午佳節。詩中感念蕭郎中寄贈篇什與閒暇時抽空相陪，消解了他在貶謫中的苦悶，故和詩一首以贈。另外，徐鉉的詩中也一再提及賈誼：

賈生三載在長沙，故友相思道路賒。

已分終年甘寂寞，豈知今日返京華。

麟符上相恩偏厚，隋苑留歡日欲斜。

明旦江頭倍惆悵，遠山芳草映殘霞。

　　　（《全宋詩》〈還過東都，留守周公筵上贈座客〉）

天子尚應憐賈誼，時人未要嘲揚雄。

曲終筆閣緘封已，翩翩驛騎行塵起。

〔註70〕傅錫壬註譯，《新譯楚辭讀本·離騷》（臺北：三民書局，1995年），頁29。

〔註71〕傅錫壬註譯，《新譯楚辭讀本·離騷》（臺北：三民書局，1995年），頁141。

寄向中朝謝故人，爲説相思意如此。

（節錄自《全宋詩》
〈亞元舍人不替深知猥貽佳作三篇清絶不敢輕酬因爲長歌
聊以爲報未竟復得子喬校書示問故兼寄陳君庶資一笑耳〉）

貫生去國已三年，短褐閒行皖水邊。
盡日野雲生舍下，有時京信到門前。
無人與和投湘賦，愧子來浮訪戴船。
滿袖新詩好迴去，莫隨騷客醉林泉。

（《全宋詩》〈送彭秀才〉）

古來賢達士，馳騖唯羣書。非禮誓弗習，違道無與居。
儒家若迂闊，遂將世情疏。吾友嗣世德，古風藹有餘。
幸遇漢文皇，握蘭佩金魚。俯視長沙賦，悽悽將爲如。

（《全宋詩》〈奉酬度支陳員外〉）

　　徐鉉是因爲自己和賈誼有相同的處境——貶謫遠方，因而一再引
用。在〈還過東都，留守周公筵上贈座客〉是慶幸自己還得以歸回京
城，因此經過東都時在周公的筵席上贈詩與在座賓客。在〈亞元舍人
不替深知猥貽佳作三篇清絶不敢輕酬因爲長歌聊以爲報未竟復得子
喬校書示問故兼寄陳君庶資一笑耳〉詩中則是感謝喬亞元在自己遷謫
惆悵、思念故人之際，及時來信慰問、情深意切。〈送彭秀才〉詩中
以賈誼自比，過著閒適的謫居生活，像賈誼〈弔屈原賦〉那樣悲悽的
作品，是無人與自己相附和的，幸賴彭秀才有王徽之夜訪戴安道的友
誼。《世說新語・任誕》記載：

王子猷居山陰，夜大雪，眠覺，開室命酌酒，四望皎
然。因起彷徨，詠左思招隱詩。忽憶戴安道。時戴在剡，
即便夜乘小舟就之。經宿方至，造門不前而返。人問其故，
王曰：「吾本乘興而行，興盡而返，何必見戴？」〔註72〕

〔註72〕〔南朝宋〕劉義慶撰／楊勇校箋，《世說新語校箋・任誕》（北京：

在〈奉酬度支陳員外〉詩中稱讚陳員外如同古代的賢達之士，深具禮節、不違世道，有古來的德行與風範。也慶幸他遇到如漢文帝那樣的賢德帝王，才能使他一展長才。詩中的「握蘭佩金魚」是指唐代以降親王及三品以上的官員可佩帶的金魚符，是官階的區分。

徐鉉除了引用以上不得志的古人入詩，也喜用隱逸之士，如接輿、嵇康、莊子和陶潛。如：

新安從事舊臺郎，直氣多才不可忘。
一旦江山馳別夢，幾年簪紱共周行。
岐分出處何方是，情共窮通此義長。
因附鄰州寄消息，接輿今日信爲狂。

（《全宋詩》〈附池州薛郎中書因寄歙州張員外〉）

詩題爲〈附池州薛郎中書因寄歙州張員外〉，池州與歙州相鄰，徐鉉藉由池州薛郎中的書信，順道寄信給歙州的張員外。詩中敘述他與張員外幾年之間爲官都是同出同行，之後不論困窮或通達，情義總是長久存在。詩中提到的接輿，是春秋時代楚國著名的隱士。傳說他不滿於當時社會，因此剪去了頭髮，佯狂不仕，一般稱他爲「楚狂接輿」。徐鉉爲表達狂喜的心情故言「接輿今日信爲狂」。他也運用「嵇康懶修書」的典故寄給江都路員外：

吾兄失意在東都，聞說襟懷任所如。
已縱乖慵爲傲吏，有何關鍵制豪胥。
縣齋曉閉多移病，南畝秋荒憶遂初。
知道故人相憶否，嵇康不得懶修書。

（《全宋詩》〈寄江都路員外〉）

歷代詩人以嵇康的〈與山巨源絕交書〉加以運用入詩作，如：吳筠〈舟中遇柳伯存歸潛山因有此贈〉：「況觀絕交書，兼睹箴隱文。」[註73] 杜甫〈贈李八秘書別三十韻〉：「文園多病後，中散舊交疏。」

中華書局，2007年），頁682。
〔註73〕〔清〕清聖祖御定，《全唐詩》（臺北：文史哲出版社，1987年），卷

〔註74〕白居易〈答馬侍御見贈〉:「淺薄求賢思自代,嵇康莫寄絕交書。」

〔註75〕皇甫冉〈送元晟歸潛山所居〉:「別後空相憶,嵇康懶寄書。」

〔註76〕耿湋〈送胡校書秩滿歸河中〉:「音書須數附,莫學晉嵇康。」

〔註77〕顧況〈閑居懷舊〉:「騷客空傳成相賦,晉人已負絕交書。」

〔註78〕因此嵇康不修書已成常用且特定的用法,徐鉉提醒路員外千萬別效仿嵇康懶修書信,如此才能傳達故人相憶之情。

　　徐鉉也寫莊子,如:「何以寬吾懷,老莊有微詞。達士無不可,至人豈偏爲。」(〈迴至南康題紫極宮裏道士房〉)而且不僅提及莊子,他還運用莊子的思想表達心境。

> 浮名浮利信悠悠,四海干戈痛主憂。
>
> 三諫不從爲逐客,一身無累似虛舟。
>
> 滿朝權貴皆曾忤,繞郭林泉已徧游。
>
> 惟有戀恩終不改,半程猶自望城樓。
>
> 　　　　　(《全宋詩》〈貶官泰州出城作〉)

> 身遙上國三千里,名在朝中二十春。
>
> 金印不須辭入幕,麻衣曾此歎迷津。
>
> 卷舒由我眞齊物,憂喜忘心即養神。
>
> 世路風波自翻覆,虛舟無計得沉淪。
>
> 　　　　　(《全宋詩》〈和江西蕭少卿見寄二首〉之一)

853,頁 9650。

〔註74〕〔清〕清聖祖御定,《全唐詩》(臺北:文史哲出版社,1987年),卷230,頁 2515。

〔註75〕〔清〕清聖祖御定,《全唐詩》(臺北:文史哲出版社,1987年),卷437,頁 4847。

〔註76〕〔清〕清聖祖御定,《全唐詩》(臺北:文史哲出版社,1987年),卷250,頁 2825。

〔註77〕〔清〕清聖祖御定,《全唐詩》(臺北:文史哲出版社,1987年),卷268,頁 2987。

〔註78〕〔清〕清聖祖御定,《全唐詩》(臺北:文史哲出版社,1987年),卷266,頁 2927。

「齊物」一詞從《莊子‧齊物論》而來。「虛舟」一詞則出自《莊子‧山木》的：「方舟而濟於河，有虛船來觸舟，雖有惼心之人不怒。」〔註79〕意指捨棄自我而順應自然及外界的變化，對任何的事物，都要保持內心的虛靜，就不會被外物傷害。下列詩句的典故亦與莊子有關：

> 昔從岐陽狩，簪纓滿翠微。十年勞我夢，今日送師歸。
>
> 曳尾龜應樂，乘軒鶴謾肥。含情題小篆，將去挂嚴扉。
>
> （《全宋詩》〈明道人歸西林，求題院額，作此送之〉）

在〈明道人歸西林，求題院額，作此送之〉詩中用「曳尾龜」之典表達明道人昔日繁華，今日歸去如同曳尾之龜一般的逍遙自在。《莊子‧秋水》有言：

> 莊子釣於濮水。楚王使大夫二人往先焉，曰：「願以竟
> 內累矣！」莊子持竿不顧，曰：「吾聞楚有神龜，死已三千
> 歲矣。王巾笥而藏之廟堂之上。此龜者，寧其死為留骨而
> 貴乎？寧其生而曳尾於塗中乎？」二大夫曰：「寧生而曳尾
> 塗中。」莊子曰：「往矣！吾將曳尾於塗中。」〔註80〕

對照世俗之人汲汲營營於金錢、權力、名位等，莊子看待這些如同敝屣般的不屑一顧，他認為過多的物質生活只帶來束縛，令人失去逍遙自適的本性。徐鉉送明道人時告訴他雖然往日冠蓋滿京華，但是能夠復得返自然才能擁有「曳尾龜應樂」無拘無束的日子。徐鉉還提到「物我兩忘」的概念：

> 刻燭知無取，爭先素未精。本圖忘物我，何必計輸贏。
>
> 賭墅終規利，焚囊亦近名。不如相視笑，高詠兩三聲。
>
> （《全宋詩》〈棋賭賦詩輸劉起居（奐）〉）

沈約〈郊居賦〉也說：「惟至人之非己，固物我而兼忘。」〔註81〕

〔註79〕〔戰國〕莊周／〔晉〕郭象註，《莊子‧山木》（臺北：藝文印書館，1990年），卷7，頁11。

〔註80〕〔戰國〕莊周撰／〔晉〕郭象註，《莊子‧秋水》（臺北：藝文印書館，1990年12月），卷6，頁18～19。

〔註81〕〔南朝梁〕沈約，〈郊居賦〉收於〔清〕嚴可均輯，《全上古三代秦

這概念源出於《莊子・齊物論》：

> 昔者莊周夢爲胡蝶，栩栩然胡蝶也，自喻適志與，不
> 知周也。俄然覺，則遽遽然周也。不知周之夢爲胡蝶與，
> 胡蝶之夢爲周與？〔註82〕

這是一種不分物我，即物我兩忘的境界。徐鉉言與劉起居下棋本來打算忘卻物我，不須計較輸贏。但是兩人下了賭注，輸者須賦詩，於是不自覺地有了競爭的心態，最後兩人相視而笑，放聲吟詠詩句。字裡行間道出一種閒適自樂的心境。

徐鉉十分喜愛陶潛，〈送薛少卿赴青陽〉詩句中曾言：「我愛陶靖節，吏隱從弦歌。」（《全宋詩》）〈奉命南使經彭澤（值王明府不在，留此）〉詩則以「遠使程途未一分，離心常要醉醺醺。那堪彭澤門前立，黃菊蕭疏不見君。」（《全宋詩》）來表達未遇友人之憾。〈和尉遲贊善秋暮僻居〉則在登高時節喝菊花酒與尉遲贊善詩歌唱和，詩中曰：「登高節物最堪憐，小嶺疏林對檻前。輕吹斷時雲縹緲，夕陽明處水澄鮮。江城秋早催寒事，望苑朝稀足晏眠。庭有菊花尊有酒，若方陶令愧前賢。」（《全宋詩》）

徐鉉引用典故主要是表達個人心志。寫不得志的古人，一方面有寬慰朋友之意，一方面亦有自身政治遭遇的比況。而他本身個性也有閒適淡泊的傾向，寫起隱逸之士自然有特別的感觸。整體而言，徐鉉用典淺白，並不刻意運用艱澀之典故。

（二）設問突顯詩意

徐鉉在詩中大量運用設問，或強調或刻意拋出問句突顯全詩意涵。如〈京口江際弄水〉中的「安得乘槎更東去，十洲風外弄潺湲。」（《全宋詩》）頗有孔子「乘桴浮於海」的況味，揚子江再往東去，即遠離南唐國土、出了中國地區了。徐鉉藉著問句想要遨遊十洲之外，

漢三國六朝文・全梁文》（北京：中華書局，1999年），卷25，頁2。

〔註82〕〔戰國〕莊周撰／〔晉〕郭象註，《莊子・齊物》（臺北：藝文印書館，1990年12月），卷1，頁30～31。

表達遠離是非的嚮往，充分展現徐鉉的閒適愜意的生活。〈重游木蘭亭〉詩：「繚繞長堤帶碧潯，昔年游此尚青衿。蘭橈破浪城陰直，玉勒穿花苑樹深。宦路塵埃成久別，仙家風景有誰尋。那知年長多情後，重憑欄干一獨吟。」(《全宋詩》)藉由「宦路塵埃成久別，仙家風景有誰尋。」感嘆日月增長，久經塵世宦途，不再像年輕時游木蘭亭那樣的單純無憂。景色仍在，今日非昨，心境也不同於往昔，只能獨自憑欄吟哦傷感。在〈贈王貞素先生〉中也藉著：「三十六天皆有籍，他年何處問歸程。」(《全宋詩》)讚嘆王貞素先生學道有成，進而突顯「先生嘗已佩真形，紺髮朱顏骨氣清。道秘未傳鴻寶術，院深時聽步虛聲。」(《全宋詩》)的先生形象。〈景陽臺懷古〉：「後主忘家不悔，江南異代長春。今日景陽臺上，閒人何用傷神。」(《全宋詩》)雖言何用傷神，但「傷神」之意不言而喻，讓歷經改朝換代的臣子感觸更深而心懷悽惻。〈聞雁寄故人〉同樣表達思鄉思故人的情懷：「久作他鄉客，深慚薄宦非。不知雲上雁，何得每年歸。夜靜聲彌怨，天空影更微。往年離別淚，今夕重霑衣。」(《全宋詩》)表面以問句不解雲上雁如何得以年年歸鄉，實則是對比出自己長年羈旅在外、無由回鄉，而流下離別淚。〈送歐陽太監游廬山〉詩中寫歐陽太監難得有假期休憩，暫拋案牘公文等繁瑣事務。「此去蕭然好長往，人間何事不悠悠。」(《全宋詩》)而廬山正是蕭然常往之處，因此人間那有何事不悠然以對的呢？〈遊方山宿李道士房〉：「從來未面李先生，借我西窗臥月明。二十三家同願識，素驃何日暫還城。」(《全宋詩》)詩中除了表示借宿之謝意外，從「何日」的問句中也有期盼與李道士相見之意。〈柳枝辭十二首〉之十：「暫別揚州十度春，不知光景屬何人。一帆歸客千條柳，腸斷東風揚子津。」(《全宋詩》)揚州春日的光景究竟屬於何人呢？年年有人在這兒乘船離開、有人在這兒折柳贈別、有人在這兒肝腸寸斷。那麼此處的春光又有誰能細細欣賞，也許年年的滿眼春色都被辜負了吧！徐鉉的「光景屬何人」著實問的巧！〈陶使君挽歌二首〉之一則以「太守今何在，行春去不歸。筵空收管吹，

郊迥儼驂騑。」(《全宋詩》)道出陶使君已逝,筵席散去、絲竹聲停的蕭瑟之情。〈和張先輩見寄二首〉之一:「去國離羣擲歲華,病容憔悴愧丹砂。谿連舍下衣長潤,山帶城邊日易斜。幾處垂鉤依野岸,有時披褐到鄰家。故人書札頻相慰,誰道西京道路賒。」(《全宋詩》)言自己離開京城又在病中,幸賴有故人書信時相慰聊,如此一想,離西京的道路又那能說是遠的呢?「誰道西京道路賒」恰以問句對友人的慰問之情表達心中的感動。〈送黃秀才姑孰辟命〉以世道紛亂之下,幕府才急著徵召人才,然而徐鉉仍然對黃秀才寄予厚望與祝福:「世亂離情苦,家貧色養難。水雲孤櫂去,風雨暮春寒。幕府才方急,騷人淚未乾。何時王道泰,萬里看鵬搏。」(《全宋詩》)何時能有政治清明的一天呢?屆時黃秀才就能像大鵬鳥直飛於萬里藍天中,問句中兼含無奈和盼望之情。〈題碧巖亭贈孫尊師〉中的「絕境何人識,高亭萬象含。」(《全宋詩》)以碧巖亭之所在襯出孫尊師的出塵不凡,而這樣的絕妙仙境又有幾人能欣賞?〈和陳洗馬山莊新泉〉詩中以「何日煎茶醞香酒,沙邊同聽暝猿吟。」(《全宋詩》)道出山中生活的閒適之情。〈送禮部潘尚書致仕還建安〉:「名遂功成累復輕,鱸魚因起舊鄉情。履聲初下金華省,帆影看離石首城。化劍津頭尋故老,同亭會上問仙卿。冥鴻高舉真難事,相送何須淚滿纓。」(《全宋詩》)詩中肯定潘尚書一輩子對朝廷的貢獻,如今欲退休還鄉,「相送何須淚滿纓」則言此次的送別是件喜事,又何須淚淫纓帶?〈和王明府見寄〉:「時情世難消吾道,薄宦流年危此身。莫歎京華同寂寞,曾經兵革共漂淪。對山開戶唯求靜,賈酒留賓不道貧。善政空多尚淹屈,不知誰是解憂民。」(《全宋詩》)詩中對於政績優良卻始終屈居下位的官員,只能感嘆世道艱難難以行吾道,一聲「不知誰是解憂民」帶有悲天憫人、關心民生的情懷。

　　徐鉉在詩句中,不論描景、敘事、議論等,常常不直接陳述自己的想法,而以問句的形式來表達意見,如此能引起注意、啓發思考、凸出論點、加深印象,這一點他運用自如,因此其詩具變化,讀來有味。

（三）詩句平易清婉

　　整體而言，徐鉉的詩歌通俗平易，自然成文。方回在《瀛奎律髓》說徐鉉：「在江東與韓熙載齊名，詩有白樂天之風。」〔註83〕就是從他淺近平易的詩風來評論的。《欽定四庫全書總目》亦云：

> 《讀書志》稱其文思敏速，凡有撰述，常不喜預作。有欲從其求文者，必戒臨事即來請，往往執筆立就，未嘗沉思。常曰：「文速則意思敏壯，緩則體勢疎慢。」故其詩流易有餘，而深警不足。然如臨漢《隱居詩話》所稱〈喜李少保卜隣詩〉：「井泉分地脈，砧杵共秋聲。」之句，亦未嘗不具有思致。蓋其才高而學博，故振筆而成，時出名雋也。當五季之末，古文未興，故其文沿溯燕、許，不能嗣韓、柳之音。而就一時體格言之，則亦迥然孤秀。〔註84〕

　　《欽定四庫全書總目》所謂「流易」、「具有思致」，意指徐鉉詩的流暢易懂，卻別具巧思有韻致。以下的詩篇可以明顯地看出徐鉉的平易詩風，如〈寒食宿陳公塘上〉：

> 垂楊界官道，茅屋倚高坡。月下春塘水，風中牧豎歌。
> 折花閒立久，對酒遠情多。今夜孤亭夢，悠揚奈爾何。
>
> 　　　　　　　　　　　　　　　　　（《全宋詩》）

　　徐鉉於寒食節的夜晚宿於陳公塘上，此詩的前半部份以描景為主。官道以垂楊為分界，茅屋倚靠著高坡，道出夜宿的地點。三、四句運用列景方式，分別以三個名詞組成句子，雖不見動詞卻別有韻味。月下、春塘、水、風中、牧豎、歌，這六個詞彙為平日常見之物，在此排列而成句，組成悠閒淡雅之感，聲色兼備。詩的後半部主要在抒發情感，攀折花朵、佇立良久，面對酒杯、平添許多遠

思的情懷。「今夜孤亭夢，悠揚奈爾何。」筆鋒一轉，落寞地想起心事，無奈之情油然而生。全詩曉暢明白，不見滯澀。再如〈寄外甥苗武仲〉一詩：

> 放逐今來漲海邊，親情多在鳳臺前。
> 且將聚散為閒事，須信華枯是偶然。
> 蟬噪疏林村倚郭，鳥飛殘照水連天。
> 此中唯欠韓康伯，共對秋風詠數篇。

（《全宋詩》）

這首詩是徐鉉在貶謫期間給外甥苗武仲的寄詩，詩中言如今放逐在漲潮的海邊，但親戚大多遠在鳳臺（安徽省一帶）之處。至此，徐鉉才將一切世事看開，將相聚分離看成等閒之事，也才相信人間的繁華、失意都只是偶然。「蟬噪疏林村倚郭，鳥飛殘照水連天。」以蟬噪反襯出疏林的安靜，整座村莊倚靠著外城，鳥兒高飛在落日殘照前，水色與天色相連接。詩中的動態描寫卻給人靜謐蕭瑟的美感。《世說新語・德行》有一篇故事：

> 吳道助、附子兄弟，居在丹陽郡。後遭母童夫人艱，朝夕哭臨。及思至，賓客弔省，號踊哀絕，路人為之落淚。韓康伯時為丹陽尹，母殷在郡，每聞二吳之哭，輒為悽惻。語康伯曰：「汝若為選官，當好料理此人。」康伯亦甚相知。韓後果為吏部尚書。大吳不免哀制，小吳遂大貴達。〔註85〕

徐鉉引用韓康伯的典故，言下之意是欠缺一個知人善用的韓康伯，因此徐鉉的放逐生涯仍要繼續下去，只得對著秋風吟詠詩篇。全詩不論抒發人生哲思或描景抒情，用詞自然無斧鑿之迹，看出徐鉉平易流暢的特色。再如〈九日落星山登高〉和〈又題白鷺洲江鷗送陳君〉兩首詩：

〔註85〕〔南朝宋〕劉義慶撰／楊勇校箋，《世說新語校箋・德行》（北京：中華書局，2007 年），頁 45。

秋暮天高稻穟成，落星山上會諸賓。

黃花汎酒依流俗，白髮滿頭思古人。

巖影晚看雲出岫，湖光遙見客垂綸。

風煙不改年長度，終待林泉老此身。

（《全宋詩》〈九日落星山登高〉）

白鷺洲邊江路斜，輕鷗接翼滿平沙。

吾徒來送遠行客，停舟為爾長歎息。

酒旗漁艇兩無猜，月影蘆花鎮相得。

離筵一曲怨復清，滿座銷魂鳥不驚。

人生不及水禽樂，安用虛名上麟閣。

同心攜手今如此，金鼎丹砂何寂寞。

天涯後會眇難期，從此又應添白髭。

願君不忘分飛處，長保翩翩潔白姿。

（《全宋詩》〈又題白鷺洲江鷗送陳君〉）

　　〈九日落星山登高〉是寫重陽節登上落星山與賓客相聚，依慣例喝菊花酒懷想古人。詩中的「黃花汎酒依流俗，白髮滿頭思古人。巖影晚看雲出岫，湖光遙見客垂綸。」儘管是頷聯和頸聯須對仗工整，但仍舊一如徐鉉平易曉暢的風格，自然地點染巖影湖光的眼前景色，且詩末有終老林泉之意。〈又題白鷺洲江鷗送陳君〉詩則即景即情，從白鷺洲及江鷗入手，為陳君送行。除了寄寓離別難捨之情，詩末期勉陳君莫忘潔身自愛，保有翩翩潔白姿。

　　徐鉉詩在平易特色之外，它的詩歌還呈現清婉之風。盧文弨在〈徐常侍文集跋〉中評論徐鉉云：

　　　詩致清婉，在昆體未興之前，故無豐縟之習。其文儷體為多，亦雅淡有餘，為組織之學者見之，或不盡喜。然沖瀜演迤，自能成家，不可得而廢也。〔註86〕

<hr>

〔註86〕〔清〕盧文弨，《抱經堂文集・徐常侍文集跋》，《四部叢刊》初編本

　　且看他的〈秋日汎舟賦蘋花〉：

　　　　素豔擁行舟，清香覆碧流。遠煙分的的，輕浪汎悠悠。
　　　　雨歇平湖滿，風涼運瀆秋。今朝流詠處，即是白蘋洲。

（《全宋詩》）

　　「素豔擁行舟，清香覆碧流。」從色、香兩方面分別形容蘋花，彷彿整隻舟子被蘋花簇擁前進，整條河流充滿在蘋花的清香中。「遠煙分的的，輕浪汎悠悠。」兩句兼敘遠景和近景，放眼望去，遠處的輕煙分明可見，悠閒地泛舟在輕拍的浪潮裡。「雨歇平湖滿，風涼運瀆秋。」兩句突顯一派清新乾淨的秋景，增添秋日泛舟於白蘋洲的雅興。徐鉉詩句中的清婉雅淡風格俯拾即是，茲舉例如下：如〈晚歸〉中的「風清飄短袂，馬健弄連環。水靜聞歸櫓，霞明見遠山。」（《全宋詩》）、〈陪王庶子游後湖涵虛閣（東宮園）〉的「輕鷗的的飛難沒，紅葉紛紛晚更稠。風卷微雲分遠岫，浪搖晴日照中洲。」（《全宋詩》）、〈和鍾大監汎舟同游見示〉中「谿橋樹映行人渡，村徑風飄牧豎歌。谿橋樹映行人渡，村徑風飄牧豎歌。」（《全宋詩》）、〈又和游光睦院〉有「日華穿竹靜，雲影過階閒。」（《全宋詩》）、〈茱萸詩〉的「芳排紅結小，香透夾衣輕。宿露霑猶重，朝陽照更明。」（《全宋詩》）還有〈奉和御制茱萸〉詩如此描寫：「柔條細葉妝治好，紫蒂紅芳點綴勻。幾朵得陪天上宴，千株長作洞中春。」（《全宋詩》）而〈題梁王舊園〉則有「梁王舊館枕潮溝，共引垂藤繫小舟。樹倚荒臺風淅淅，草埋歊石雨修修。」（《全宋詩》）這些詩句讀來澄淨秀美、有含蓄不盡之意，自有一番清雅恬淡，不見濃重氣息之累，如清風宜人、曠遠有致。

四、結語

　　徐鉉在寫詩序或詩集序時，充分地表達了他對詩的功能以及著重的藝術表現。例如他在〈成氏詩集序〉中有一段話：

　　（台北：臺灣商務印書館，1965 年），卷 13，頁 121。

　　　　詩之旨遠矣，詩之用大矣。先王所以通政教，察風
　　俗，故有采詩之官，陳詩之職。物情上達，王澤下流。
　　及斯道之不行也，猶足以吟詠性情，黼藻其身，非苟而
　　已矣。若夫嘉言麗句，音韻天成，非徒積學所能，蓋有
　　神助者也。〔註87〕

　　雖然徐鉉重視詩歌的「通政教，察風俗」的功能，但是徐鉉在
五代十國的亂世背景下，自身的創作實踐很難維持詩歌的傳統功
能，只能說是理想化的空談。不過他另外在〈文獻太子詩集序〉中
所表達的觀點，就比較能找到與他相應的詩歌特色，例如文中言：
「夫機神肇於天性，感發由於自然。被之管弦，故音韻不可不和。」
〔註88〕就呈現徐鉉詩歌中一慣的自然清淺、不造作雕琢而且重視音
韻的詩風。而「取譬小而其指大，故禽魚草木無所遺。連類近而及
物遠，故容貌俯仰無所隱。」〔註89〕強調的是簡潔凝鍊的工夫，景
物中寓有含蓄不絕之情感。「深遠莫窺其際，喜慍不見於容。唯奮
藻而摛華，則緣情而致意。」〔註90〕則是言徐鉉在詩歌中順應感情
而達意的自然抒發。

　　清代王士禎說徐鉉的作品：「詩文都雅，有唐代承平之風。」
〔註91〕胡克順〈徐公年七十六行狀〉：「公之為文，長於典雅，直而不
迂，以理勝為貴。」〔註92〕都是從徐鉉詩的清雅特色來評論的，也說

〔註87〕　〔清〕董誥等編，《全唐文・成氏詩集序》（北京：中華書局，2001
　　　　年），卷882，頁1。
〔註88〕　〔清〕董誥等編，《全唐文・文獻太子詩集序》（北京：中華書局，
　　　　2001年），卷881，頁17。
〔註89〕　〔清〕董誥等編，《全唐文・文獻太子詩集序》（北京：中華書局，
　　　　2001年），卷881，頁17。
〔註90〕　〔清〕董誥等編，《全唐文・文獻太子詩集序》（北京：中華書局，
　　　　2001年），卷881，頁18。
〔註91〕　〔清〕王士禎，《帶經堂詩話》（北京：人民文學出版社，1963年），
　　　　卷9，頁202。
〔註92〕　〔南唐〕徐鉉，《徐公文集・徐公年七十六行狀》，四部叢刊本（臺
　　　　北：臺灣商務印書館，1965年），卷30，頁211。

明了徐鉉能夠繼承唐代以來詩歌的脈絡。木齋在《宋詩流變》中下了結論：「初宋的白體，是承五代十國而來，開端于徐鉉，而徐鉉等正是五代十國詩體流變的結束。」〔註93〕徐鉉跨越五代及北宋詩壇，作為一個詩人，這段文字正說明了徐鉉在詩史中的重要地位。

〔註93〕木齋，《宋詩流變》（北京：京華出版社，1999年），頁30。

第六章　南唐苦吟詩人之詩作探析

第一節　伍喬詩

一、伍喬其人與存詩問題

　　伍喬（生卒年不詳）是五代南唐時廬江地方的詩人，曾考取南唐進士。《新五代史》、《舊五代史》都沒有他的傳記，馬令《南唐書》卷 14、陸游《南唐書》卷 12、《十國春秋》卷 31 及《唐才子傳》卷 7 均有傳，然而著墨並不多，其生卒年也無從查考。馬令在《南唐書》記載他刻苦爲學的情況：

> 伍喬，廬江人也。性嗜學，以淮人無出己右者，遂
> 渡江入廬山國學，苦節自勵。一夕見人掌自牖隙入，中
> 有「讀易」二字，倏爾而却。喬默審其祥，取易讀之，
> 探索精微。〔註1〕

　　《唐才子傳》也說：「喬，少隱居廬山讀書，工爲詩。」而《唐才子傳校箋》在此條下說明此時伍喬並非隱居，而是入廬山國學苦讀

〔註 1〕〔宋〕馬令，《南唐書・儒者傳》，四部叢刊續編（臺北：臺灣商務印
　　　　書館，1976 年），卷 14，頁 5。

力學，因此辛文房所謂「隱居」之說是有誤的，[註2] 其實並沒有明顯的證據證明他隱居。從伍喬的詩中看出他雖然有淡泊之志，但他卻積極求仕。《南唐書》記載他參加春試的細節：

> 是歲，同試數百人，初中有司之選者必延之陛堂，而加慰飲焉。先是宋貞觀登坐，張洎續至，主司覽程文，遂揖貞觀南坐。而引洎西首。酒數行，喬始上卷。主司讀之驚嘆，乃以貞觀處席北，辟洎居南，登喬爲賓首。覆考牓出，喬果第一，洎第二，貞觀第三，時稱主司精於衡鑑。[註3]

可見他的才華在當時備受肯定。《十國春秋》甚至寫：「元宗大愛喬文，命勒石以爲永式。」[註4] 連君王都異常喜愛伍喬的文章，命人刻於石上當做效法的典範。但其後只擔任歙州司馬，無緣升遷。《唐才子傳》言：

> 初，喬與張洎少友善，洎仕爲翰林學士，眷寵優異，喬時任歙州司馬，自傷不調，作詩寄洎，戒去僕曰：「俟張游宴，即投之。」洎得緘云：「不知何處好銷憂？公退攜樽即上樓。職事久參侯伯幕，夢魂長達帝王州。黃山向晚盈軒翠，黟水含春遠郡流。遙想玉堂多暇日，花時誰伴出城遊？」洎動容久之，爲言於上，召還爲考功員外郎，卒官。[註5]

伍喬與張洎年輕時就交好，張洎的仕途順遂，特別獲得君主的眷

〔註 2〕傅璇琮主編，《唐才子傳校箋》（北京：中華書局，1987 年 5 月），卷7，頁 258。

〔註 3〕〔宋〕馬令，《南唐書·儒者傳》，四部叢刊續編（臺北：臺灣商務印書館，1976 年），卷 14，頁 5。

〔註 4〕〔清〕吳任臣，《十國春秋》（臺北：中華書局，1983 年），卷 31，頁3。

〔註 5〕傅璇琮主編，《唐才子傳校箋》（北京：中華書局，1987 年 5 月），卷7，頁 260。

寵，也因為張洎的說情，才讓伍喬回到京城任考功員外郎，最後卒於任上。

　　《唐才子傳》說伍喬「今有詩二十餘篇傳于世」。《唐才子傳校箋》則本條下說明：

　　　　《直齋書錄解題》卷二〇：「《伍喬集一卷》。」《十國
　　　　春秋》卷三一《伍喬集》云：「有集一卷行世。」清人顧槐
　　　　三《補五代史藝文志》詩文集類亦著錄：「「《伍喬集一卷》。」
　　　　今《全唐詩》卷七四四存詩一卷，共二十一首，殘句二。
　　　　殆元世所傳者亦此數。〔註6〕

　　再查考《全五代詩》同樣收錄二十一首詩，與《全唐詩》相同，因此伍喬的詩僅留存一卷是無疑的。他留存的二十一首詩分別為〈僻居謝何明府見訪〉、〈冬日道中〉、〈僻居酬友人〉、〈遊西山龍泉禪寺〉、〈宿灃山〉、〈遊西禪〉、〈寄史處士〉、〈僻居秋思寄友人〉、〈寄落星史虛白處士〉、〈九江旅夜寄山中故人〉、〈聞杜牧赴闕〉、〈題西林寺水閣〉、〈林居喜崔三博遠至〉、〈觀華夷圖〉、〈廬山書堂送祝秀才還鄉〉、〈暮冬送何秀才毘陵〉、〈龍潭張道者〉、〈晚秋同何秀才溪上〉、〈送江少府授延陵後寄〉、〈觀山水障子〉、〈寄張學士洎〉。另有殘句「積靄沈諸壑，微陽在半峰。」（〈省試霽後望鐘山〉）本文探討伍喬詩以《全唐詩》第七百四十四卷和《全五代詩》第三十一卷的版本為文本。

二、伍喬詩的題材

　　就伍喬的存詩而言，其詩作題材，主要是酬寄及遊賞時的吟詠。除此，並無其他類別的題材，因此以下就這兩類分別介紹之。

（一）酬寄

　　伍喬詩中大多屬於與朋友相互應和、酬詩與友人、寄贈和送別之作，這樣的內容有十四首之多，以下舉例說明之。

〔註6〕傅璇琮主編，《唐才子傳校箋》（北京：中華書局，1987年5月），卷
　　　　7，頁261。

1.〈僻居酬友人〉

> 僻居雖愛近林泉，幽徑閑居碧蘚連。
> 向竹掩扉隨鶴息，就溪安石學僧禪。
> 古琴帶月音聲亮，山果經霜氣味全。
> 多謝故交憐朴野，隔雲時復寄佳篇。

（《全唐詩》）

　　整首詩呈現居處僻靜之地的閑適之情。伍喬點出雖在荒僻幽靜中，卻有許多閑情雅興可堪玩味。山林泉水、碧蘚相連、竹林野鶴、溪石禪坐、月色下的古琴樂聲、經霜後的香甜山果，無不顯其天然之美。但即便如此，他還是稍稍興起身在樸野孤寂之感，因此詩末酬謝友人寄贈佳篇。

2.〈九江旅夜寄山中故人〉

> 弱柳風高遠漏沈，坐來難便息愁吟。
> 江城雪盡寒猶在，客舍燈孤夜正深。
> 塵土積年粘旅服，關山無處寄歸心。
> 此時遙羨閑眠侶，靜掩雲扉臥一林。

（《全唐詩》）

　　全詩寫客居在外的愁思。正值柳樹衰殘、強風入侵的深夜裡，一個人獨坐在九江的城中，愁思難以排解。大雪消融後的寒氣與深夜下的孤燈，都增添客舍他鄉的鬱悶淒寒感受。「塵土積年粘旅服，關山無處寄歸心。」更突顯滿面風霜、漂泊不定的旅居生活。在此際他反而羨慕起遙遠山中悠閑睡眠的故人，能安安靜靜的掩門臥擁整個山林。詩人的滿腹愁思與故人的閑臥自適成了強烈的對比。

3.〈聞杜牧赴闕〉

> 舊隱匡廬一草堂，今聞攜策謁吾皇。
> 峽雲難卷從龍勢，古劍終騰出土光。
> 開翅定期歸碧落，濯纓寧肯問滄浪。

他時得意交知仰，莫忘裁詩寄釣鄉。

（《全唐詩》）

詩中爲友人杜牧欲赴天闕朝見皇帝而感到欣喜，肯定杜牧昔年在匡廬草堂奮發的努力，如今才得以攜策謁見天子。頷聯更以峽雲從龍和古劍出土盛讚杜牧的才華終不可掩，因此展翅歸往碧落天際，而所謂「滄浪之水清兮，可以濯吾纓；滄浪之水濁兮，可以濯吾足。」〔註7〕意指杜牧能夠心懷壯志，又何須問滄浪之水的清濁？言下之意是不論世道的好壞，杜牧都可以保有初衷、大展長才。詩末提醒杜牧：他年得意時，莫忘了寫詩寄回故鄉。《唐才子傳校箋》考證此詩中的杜牧並非知名的晚唐詩人杜牧，原因是伍喬擢第的那一年大約在中主保大十二年左右，與杜牧及第相差了一百二十多年。因此斷定「此應係另一杜牧，喬與詩人杜牧時代固不相及，且牧之亦無築草堂於匡廬之事，否則即是題中名字有誤。」〔註8〕爲避免誤解，特此說明之。

（二）遊賞

這一類的詩是伍喬在閒暇時遊歷山水禪寺之作，詩中抒發了悠閒的心情或從景物中獲得的美感經驗，最能看出伍喬詩的描述景物氛圍的感染力。

1.〈宿灃山〉

一入仙山萬慮寬，夜深寧厭倚虛欄。

鶴和雲影宿高木，人帶月光登古壇。

芝朮露濃溪塢白，薜蘿風起殿廊寒。

更陪羽客論眞理，不覺初鐘叩曉殘。

（《全唐詩》）

〔註7〕傅錫壬註譯，《新譯楚辭讀本・漁夫》（臺北：三民書局，1995年），頁141。

〔註8〕傅璇琮主編，《唐才子傳校箋》（北京：中華書局，1987年5月），卷7，頁260。

此詩是伍喬敘述夜宿灃山的所見及心緒。將灃山比喻爲仙山，認爲入此山及能屏除萬般雜念、放寬胸懷，因此即使在深夜倚著欄杆也不須擔憂惆悵頓起。詩作的中間四句塑造出清冷幽靜的美感：鶴和著雲影宿於高木之上，人帶著月光登上古壇，一高一低的層次鋪寫，加上鶴與月在色系上皆屬清冷的白色，而隨即五、六句的「溪塢白」、「殿廊寒」都帶著淒清冷寂，彷彿整片大地都籠罩在這樣的情境之下。脫俗出塵的一夜與羽客談論眞理中度過，直至曉鐘初鳴。

2.〈遊西山龍泉禪寺〉

疊巘層峯坐可觀，枕門流水更潺湲。

曉鐘聲徹洞溪遠，夏木影籠軒檻寒。

幽徑乍尋衣屨潤，古堂頻宿夢魂安。

因嗟城郭營營事，不得長遊空鬢殘。

(《全唐詩》)

這是伍喬到西山龍泉禪寺遊賞後的吟詠，詩中以描景爲主，言此地山水的可觀之處。「曉鐘聲徹洞溪遠，夏木影籠軒檻寒。幽徑乍尋衣屨潤，古堂頻宿夢魂安。」兼具聽覺、視覺、觸覺的感受。禪寺鐘聲的「徹」、「遠」予人遼闊寧靜，在夏木影子的籠罩下而致清涼生寒。「幽徑」、「古堂」的物象則用以「潤」、「安」來表現其特性，切合造訪古刹尋幽探勝的心境。末尾筆觸一轉，嗟嘆己身因公務繁忙，不得空閒長遊此處做結。

3.〈題西林寺水閣〉

竹翠苔花遶檻濃，此亭幽致詎曾逢。

水分林下清冷派，山崿雲間峭峻峯。

怪石夜光寒射燭，老杉秋韻冷和鐘。

不知來往留題客，誰約重尋蓮社蹤。

(《全唐詩》)

此詩是在遊賞西林寺水閣時的題詠之作，詩的開頭極言亭閣的清

幽景致。伍喬在頷聯頸聯刻意鍊句：如「水分林下清泠派」一句中有七個字就有四個字從水部；「山峙雲間峭峻峯」則是有五個字從山部，刻意塑造山水繚繞、山重水複的美感。「怪石夜光寒射燭，老杉秋韻冷和鐘。」用字拗口、想像奇特。「怪」、「寒」、「老」、「冷」的形容強化了寒苦淒清的意境。

三、伍喬詩的特色

　　陸游的《南唐書》說伍喬：「力于學詩，調寒苦，每有瘦童羸馬之嘆。」〔註9〕之所以有如此的評語是因為伍喬力追賈島的苦吟風格而致。因此，取材於殘敗灰黯的景象以及重視頷聯頸聯，正是效法賈島的詩人們共有的特色，以下分述之。

（一）殘敗灰黯的取景

　　前文引用《南唐書》所謂「瘦童羸馬」之語，其實是出自伍喬的〈冬日道中〉詩：「去去天涯無定期，瘦童羸馬共依依。暮煙江口客來絕，寒葉嶺頭人住稀。帶雪野風吹旅思，入雲山火照行衣。釣臺吟閣滄洲在，應為初心未得歸。」（《全唐詩》）詩中所用的物象「瘦童」、「羸馬」營造出一幅淒楚哀嘆的畫面，在暮煙、寒葉中客絕人稀更顯天涯無依之感。

　　其它詩作也大有如此類選擇殘敗衰頹景物的情形，如：「公退琴堂動逸懷，閒披煙靄訪微才。馬嘶窮巷蛙聲息，轍到衡門草色開。風引柳花當坐起，日將林影入庭來。滿齋塵土一牀蘚，多謝從容水飯回。」（《全唐詩》〈僻居謝何明府見訪〉）全詩在隱居閒淡的氣氛中，因著「馬嘶窮巷」一語而益顯馬匹的嘶叫聲在偏僻簡陋巷中的蒼茫殘敗感。「疊巘層峯坐可觀，枕門流水更潺湲。曉鐘聲徹洞溪遠，夏木影籠軒檻寒。幽徑乍尋衣屨潤，古堂頻宿夢魂安。因嗟城郭營營事，不得長遊空鬢殘。」（《全唐詩》〈遊西山龍泉禪寺〉）詩中的龍泉禪寺座

〔註9〕〔宋〕陸游，《南唐書‧伍喬列傳》，四部叢刊續編（臺北：臺灣商務印書館，1983年），卷12，頁4。

落在在疊巘層峯和枕門流水之間，也因爲有「幽徑」、「古堂」而隱然有古刹氣息，詩中的「鬢殘」更增添徒然虛度光陰之感。「一入仙山萬慮寬，夜深寧厭倚虛欄。鶴和雲影宿高木，人帶月光登古壇。芝朮露濃溪塢白，薜蘿風起殿廊寒。更陪羽客論眞理，不覺初鐘叩曉殘。」（《全唐詩》〈宿灃山〉）伍喬筆下的灃山如同仙山般能夠使人滌除萬慮，而「溪塢白」、「殿廊寒」、「扣曉殘」則令人籠罩在一片凄清冷寂之中。「長羨閒居一水湄，吟情高古有誰知。石樓待月橫琴久，漁浦經風下釣遲。僻塢落花多掩徑，舊山殘燒幾侵籬。松門別後無消息，早晚重應躡屐隨。」（《全唐詩》〈寄史處士〉）前四句道出史虛白處士的居處，一幅閒逸隱居的畫面躍然而出，詩中的「僻塢落花」、「舊山殘燒」以稀疏寥落之景，暗指隱居地方僻靜、閒雜世俗之人罕至之意。「門巷秋歸更寂寥，雨餘閒砌委蘭苗。夢迴月夜蟲吟壁，病起茅齋藥滿瓢。澤國舊遊關遠思，竹林前會負佳招。身名未立猶辛苦，何許流年晚鬢凋。」（《全唐詩》〈僻居秋思寄友人〉）言在秋天的季節思念友人，詩中用「蟲吟壁」、「藥滿瓢」更顯雨後月夜的寂寥之意，「鬢凋」則盡顯身名未立的含酸辛苦。「弱柳風高遠漏沈，坐來難便息愁吟。江城雪盡寒猶在，客舍燈孤夜正深。塵土積年粘旅服，關山無處寄歸心。此時遙羨閒眠侶，靜掩雲扉臥一林。」（《全唐詩》〈九江旅夜寄山中故人〉）則以「弱柳」、「燈孤」、「塵土」表達旅夜途中的客愁，並遙寄對山中故人靜謐生活的羨慕之情。「匹馬嘶風去思長，素琴孤劍稱戎裝。路塗多是過殘歲，杯酒無辭到醉鄉。雲傍水村凝冷片，雪連山驛積寒光。毗陵城下饒嘉景，回日新詩應滿堂。」（《全唐詩》〈暮冬送何秀才毘陵〉）詩中的「匹馬嘶風」、「孤劍」、「殘歲」、「凝冷片」、「積寒光」等點出暮冬時節及送別場景，取材殘敗益顯孤寂。還有如〈題西林寺水閣〉中的「寒射燭」與「冷和鐘」、〈晚秋同何秀才溪上〉詩中的「殘蟬」等，大量的殘敗灰黯景物構成詩中衰頹之氣，這些在在都深化了孤苦、愁寂、悲歎的情懷，隱含了凄清冷寂的意蘊。

（二）頷聯頸聯的重視

以伍喬現存的二十一首詩來看，全爲近體詩。張興武先生說：

> 五代作家在詩歌體式的選擇上，集中于五、七言近體。
> 從唐詩發展的總體趨勢看，中唐以後，近體詩在詩歌總數
> 中所占的比重越來越大。沈祖棻先生曾對《全唐詩》中存
> 詩在一卷以上的詩人的作品作過統計，七絕的數量，初唐
> 僅七十七篇，盛唐爲四百七十二篇，至晚唐竟劇增至三千
> 五百九十一篇。我們也對七位唐末五代代表作家的詩集，
> 作過一個體式方面的統計，……在被統計的全部作品中，
> 五、七言律絕竟達到了 90% 以上。這說明五代詩在體式上
> 基本是由近體詩一統天下的。〔註10〕

由上文可以知道五代作家對於詩作體式的選擇傾向，可以更精確
的說，伍喬在現存詩作的體式方面全部選用了七言律詩。而詩人在七
律中又特別重視頷聯與頸聯的造語精工。例如：「馬嘶窮巷蛙聲息，
轍到衡門草色開。風引柳花當坐起，日將林影入庭來。」(《全唐詩》
〈僻居謝何明府見訪〉)、「暮煙江口客來絕，寒葉嶺頭人住稀。帶雪
野風吹旅思，入雲山火照行衣。」(《全唐詩》〈冬日道中〉)、「向竹掩
扉隨鶴息，就溪安石學僧禪。古琴帶月音聲亮，山果經霜氣味全。」
(《全唐詩》〈僻居酬友人〉)、「曉鐘聲徹洞溪遠，夏木影籠軒檻寒。
幽徑乍尋衣屨潤，古堂頻宿夢魂安。」(《全唐詩》〈遊西山龍泉禪寺〉)、
「鶴和雲影宿高木，人帶月光登古壇。芝朮露濃溪塢白，薜蘿風起殿
廊寒。」(《全唐詩》〈宿灊山〉)、「碧松影裏地長潤，白藕花中水亦香。
雲自雨前生淨石，鶴于鐘後宿長廊。」(《全唐詩》〈遊西禪〉)、「石樓
待月橫琴久，漁浦經風下釣遲。僻塢落花多掩徑，舊山殘燒幾侵籬。」
(《全唐詩》〈寄史處士〉)、「夢迴月夜蟲吟壁，病起茅齋藥滿瓢。」
(《全唐詩》〈僻居秋思寄友人〉)、「姿容雖有塵中色，巾屨猶多嶽上

〔註10〕張興武，《五代作家的人格與詩格》(北京：人民文學出版社，2000
年)，頁205。

清。野石靜排爲坐榻，溪茶深煮當飛觥。」（《全唐詩》〈林居喜崔三博遠至〉）、「關路欲伸通楚勢，蜀山俄聳入秦青。」（《全唐詩》〈觀華夷圖〉）、「雲傍水村凝冷片，雪連山驛積寒光。」（《全唐詩》〈暮冬送何秀才毘陵〉）、「石徑掃稀山蘚合，竹軒開晚野雲深。」（《全唐詩》〈龍潭張道者〉）、「雲吐晚陰藏霽岫，柳含餘靄咽殘蟬。」（《全唐詩》〈晚秋同何秀才溪上〉）、「雲勢似離巖底石，浪花如動岸邊蘋。」（《全唐詩》〈觀山水障子〉）、「黃山向晚盈軒翠，黟水含春繞檻流。」（《全唐詩》〈寄張學士泊〉）

　　這些聯句的敘述全是圍繞著景色來設寫的，設語精致、對仗工整，看的出詩人刻意鍛鍊，而非渾然天成的詩句。伍喬在〈龍潭張道者〉詩中言：「他年功就期飛去，應笑吾徒多苦吟。」（《全唐詩》）正道出他對於詩句搜腸刮肚的用心經營之狀。

四、結語

　　綜觀伍喬的現存詩，其題材十分接近、取材也幾乎雷同，有狹隘之虞。歐陽脩在《六一詩話》中有一段記錄：

> 國朝浮屠，以詩名於世者九人，故時有集號九僧詩，今不復傳矣。余少時聞人多稱。其一曰惠崇，餘八人者忘其名字也。余亦略記其詩，有云：「馬放降來地，雕盤戰後雲。」又云：「春生桂嶺外，人在海門西。」其佳句多類此，其集已亡，今人多不知有所謂九僧者矣，是可嘆也。當時有進士許洞者，善爲詞章，俊逸之士也。因會諸詩僧分題，出一紙，約曰：「不得犯此一字」，其字乃山、水、風、雲、竹、石、花、草、雪、霜、星、月、禽、鳥之類，於是諸僧皆閣筆。〔註11〕

這段記載正說明詩人取材之偏狹、運用物象的刻板，若以此段記

〔註11〕〔宋〕歐陽脩，《六一詩話》，《四庫全書》本（臺北：臺灣商務印書館，1983年），頁4～5。

載中所言的「山、水、風、雲、竹、石、花、草、雪、霜、星、月、禽、鳥」之字眼來看伍喬的二十一首詩，恰恰全「犯此一字」了。以下以表格方式陳列出伍喬的詩作，將這些「所犯」之字特別標示出來：

伍喬詩作常用字整理表

編號	題目	詩作內容	犯字
1	〈僻居謝何明府見訪〉	公退琴堂動逸懷，閒披煙靄訪微才。 馬嘶窮巷蛙聲息，轍到衡門草色開。 風引柳花當坐起，日將林影入庭來。 滿齋塵土一牀蘚，多謝從容水飯回。	草 風 花 水
2	〈冬日道中（一作冬日送人）〉	去去天涯無定期，瘦童羸馬共依依。 暮煙江口客來絕，寒葉嶺頭人住稀。 帶雪野風吹旅思，入雲山火照行衣。 釣臺吟閣滄洲在，應為初心未得歸。	雪 風 雲
3	〈僻居酬友人〉	僻居雖愛近林泉，幽徑開居碧蘚連。 向竹掩扉隨鶴息，就溪安石學僧禪。 古琴帶月音聲亮，山果經霜氣味全， 多謝故交憐朴野，隔雲時復寄佳篇。	竹 石 月 山
4	〈遊西山龍泉禪寺〉	疊巘層峯坐可觀，枕門流水更潺湲。 曉鐘聲徹洞溪遠，夏木影籠軒檻寒。 幽徑乍尋衣屨潤，古堂頻宿夢魂安。 因嗟城郭營營事，不得長遊空鬢殘。	水
5	〈宿灊山〉	一入仙山萬慮寬，夜深寧厭倚虛欄。 鶴和雲影宿高木，人帶月光登古壇。 芝朮露濃溪塢白，薜蘿風起殿廊寒。 更陪羽客論眞理，不覺初鐘叩曉殘。	山 雲 月
6	〈遊西禪〉	遠岫當軒列翠光，高僧一衲萬緣忘。 碧松影裏地長潤，白藕花中水亦香。 雲自雨前生淨石，鶴于鐘後宿長廊。 遊人戀此吟終日，盛暑樓臺早有涼。	花 水 雲 石
7	〈寄史處士〉	長羨閒居一水湄，吟情高古有誰知。 石樓待月橫琴久，漁浦經風下釣遲。 僻塢落花多掩徑，舊山殘燒幾侵籬。 松門別後無消息，早晚重應躡屐隨。	水 石 月 風 花 山

編號	題目	詩作內容	犯字
8	〈僻居秋思寄友人〉	門巷秋歸更寂寥，雨餘開砌委蘭苗。 夢迴月夜蟲吟壁，病起茅齋藥滿瓢。 澤國舊遊關遠思，竹林前會負佳招。 身名未立猶辛苦，何許流年晚鬢凋。	月 竹
9	〈寄落星史虛白處士〉	白雲峯下古溪頭，曾與提壺爛熳遊。 登閣共看彭蠡水，圍爐相憶杜陵秋。 棋玄不厭通高品，句妙多容隔歲酬。 別後相思時一望，暮山空碧水空流。	雲 水 山 水
10	〈九江旅夜寄山中故人〉	弱柳風高遠漏沈，坐來難便息愁吟。 江城雪盡寒猶在，客舍燈孤夜正深。 塵土積年粘旅服，關山無處寄歸心。 此時遙羨閒眠侶，靜掩雲扉臥一林。	風 雪 山 雲
11	〈聞杜牧赴闕〉	舊隱匡廬一草堂，今聞攜策謁吾皇。 峽雲難卷從龍勢，古劍終騰出土光。 開翅定期歸碧落，濯纓寧肯問滄浪。 他時得意交知仰，莫忘裁詩寄釣鄉。	草 雲
12	〈題西林寺水閣〉	竹翠苔花遶檻濃，此亭幽致詎曾逢。 水分林下清泠派，山峙雲間峭峻峯。 怪石夜光寒射燭，老杉秋韻冷和鐘。 不知來往留題客，誰約重尋蓮社蹤。	竹 花 水 山 石
13	〈林居喜崔三博遠至〉	幾日區區在遠程，晚煙林徑喜相迎。 姿容雖有塵中色，巾屨猶多嶽上清。 野石靜排為坐榻，溪茶深煮當飛觥。 留連話與方經宿，又欲攜書別我行。	石
14	〈觀華夷圖〉	別手應難及此精，須知攢簇自心靈。 始於毫末分諸國，漸見圖中列四溟。 關路欲伸通楚勢，蜀山俄聳入秦青。 筆端盡現寰區事，堪把長懸在戶庭。	山
15	〈廬山書堂送祝秀才還鄉〉	束書辭我下重巓，相送同臨楚岸邊。 歸思幾隨千里水，離情空寄一枝蟬。 園林到日酒初熟，庭戶開時月正圓。 莫使蹉跎戀疏野，男兒酬志在當年。	水 月

編號	題目	詩作內容	犯字
16	〈暮冬送何秀才毘陵〉	匹馬嘶風去思長，素琴孤劍稱戎裝。 路塗多是過殘歲，杯酒無辭到醉鄉。 雲傍水村凝冷片，雪連山驛積寒光。 毗陵城下饒嘉景，回日新詩應滿堂。	雲　水 雪　山
17	〈龍潭張道者〉	碧洞幽巖獨息心，時人何路得相尋。 養生不說憑諸藥，適意惟聞在一琴。 石徑掃稀山蘚合，竹軒開晚野雲深。 他年功就期飛去，應笑吾徒多苦吟。	石　山 竹　雲
18	〈晚秋同何秀才溪上〉	閒步秋光思杳然，荷藜因共過林煙。 期收野藥尋幽路，欲探溪菱上小船。 雲吐晚陰藏翠岫，柳含餘靄咽殘蟬。 倒尊盡日忘歸處，山磬數聲敲暝天。	雲　山
19	〈送江少府授延陵後寄〉	五老雲中勤學者，遇時能不困風塵。 束書西上謁明主，捧檄南歸慰老親。 別館友朋留醉久，去程煙月入吟新。 莫因官小慵之任，自古鶯棲有異人。	雲　風 月
20	〈觀山水障子〉	功績精妍世少倫，圖時應倍用心神。 不知草木承何異，但見江山長帶春。 雲勢似離巖底石，浪花如動岸邊蘋。 更疑獨泛漁舟者，便是其中舊隱人。	草　山 雲　石 花
21	〈寄張學士泊〉	不知何處好消憂，公退攜壺即上樓。 職事久參侯伯幕，夢魂長遶帝王州。 黃山向晚盈軒翠，野水含春繞檻流。 遙想玉堂多暇日，花時誰伴出城遊。	山　水 花

　　由上可知，無一例外，每一首詩都有常用的字詞，而詩人有其慣用字，也正是其生活圈狹隘、閉門苦思的結果，造成取材物象的單調刻板。但是誠如陳伯海評論苦吟派詩人：

　　　　在詩歌境界上雖未突破狹隘，語言上精工警麗也有不
　　　　足，但却打通了詩格與人品，其所體現的平淡中見清高的
　　　　藝術品味明白地昭示了這一流派對唐代詩歌範型的獨立
　　　　選擇。〔註12〕

〔註12〕陳伯海主編，《歷代唐詩評論選》（保定：河北大學出版社，2002年

　　從另一角度來思索，詩句中要避開這些字來作詩，確實有其難度。加上伍喬本身是隱居的詩人，常年與山水等自然景象爲伍，這些也恰是伍喬身邊隨處可見之景物。上引文中所言，正可以說明像伍喬這類苦吟詩人在詩歌上個人的獨特取向。

第二節　李中詩

一、李中其人與存詩問題

　　李中（生卒年不詳），字有中，南唐詩人孟賓于在《碧雲集序》中說：「淦陽宰隴西李中，字有中。」﹝註13﹞而《唐才子傳》云：「中字有中，九江人也。」﹝註14﹞李中究竟是隴西人還是九江人，關於這個問題，張興武先生在〈南唐詩人李中和他的《碧雲集》〉一文中有詳盡的考證，其結論爲：

> 中之籍貫當以隴西爲是……孟賓于與李中同時，且與中友善，其稱李中爲隴西人，必有可靠之依據，或即爲李中自述，不可輕疑。《唐才子傳》稱李中爲九江人，或爲辛氏誤讀李中《思九江舊居三首》所致，實則九江僅爲其南遷之後一段時間的寓居之地（詳下），並非其祖籍。﹝註15﹞

　　張興武先生的考證詳實合理，本文不再贅述。在李中的詩作中常常提到他離鄉與思鄉的情懷，如〈子規〉詩：「暮春滴血一聲聲，花落年年不忍聽。帶月莫啼江畔樹，酒醒遊子在離亭。」（《全唐詩》）詩中刻畫杜鵑鳥在暮春時節的啼血形象，並言自己年年都不忍心聽其

﹝註13﹞〔南唐〕李中，《碧雲集》，《四部叢刊》本（台北：臺灣商務印書館，1965 年），序頁 2。

12 月），頁 217。

﹝註14﹞傅璇琮主編，《唐才子傳校箋》（北京：中華書局，1987 年 5 月），卷 10，頁 471。

﹝註15﹞張興武，〈南唐詩人李中和他的《碧雲集》〉，《福建漳州師院學報》第 2 期（1998 年），頁 13。

啼鳴的叫聲，儘管喝酒消愁，但酒醒之後，李中這個遊子仍然在異地未得歸鄉。〈客中春思〉言：「又聽黃鳥綿蠻，目斷家鄉未還。春水引將客夢，悠悠遶遍關山。」（《全唐詩》）「綿蠻」泛指鳥語，《詩經‧小雅》有〈黃鳥〉篇三章：

> 黃鳥黃鳥，無集于穀，無啄我粟。
> 此邦之人，不我肯穀。言旋言歸，復我邦族。
> 黃鳥黃鳥，無集于桑，無啄我梁。
> 此邦之人，不可與明。言旋言歸，復我諸兄。
> 黃鳥黃鳥，無集于栩，無啄我黍。
> 此邦之人，不可與處。言旋言歸，復我諸父。〔註16〕

屈萬里先生說：「此流寓者思歸之詩。」〔註17〕李中以「黃鳥綿蠻」訴說離家路遠、做客他鄉的心情，並言春水引領異鄉客之夢，能夠悠悠遶遍遙遠的故鄉。而即便是暫時的居處，他在詩中也寓含了思念與喜愛的感情，如〈思溢渚舊居〉：「昔歲曾居溢水頭，草堂吟嘯興何幽。迎僧常踏竹間蘚，愛月獨登溪上樓。寒翠入簷嵐岫曉，冷聲縈枕野泉秋。從拘宦路無由到，昨夜分明夢去遊。」（《全唐詩》）寫他常在溢渚舊居的草堂吟嘯、樂於在竹林間迎接友僧、喜愛登上溪邊樓賞月，不論曉晝昏夜都別有一番景色，令他流連眷戀。再如〈思九江舊居三首〉：「結茅曾在碧江隈，多病貧身養拙來。雨歇汀洲垂釣去，月當門巷訪僧迴。靜臨窗下開琴匣，悶向牀頭潑酒醅。遊宦等閒千里隔，空餘魂夢到漁臺。」（《全唐詩》）、「門前煙水似瀟湘，放曠優遊興味長。虛閣靜眠聽遠浪，扁舟閒上泛殘陽。鶴翹碧蘚庭除冷，竹引清風枕簟涼。犬吠疏籬明月上，鄰翁攜酒到茅堂。」（《全唐詩》）、「無機終日狎沙鷗，得意高吟景且幽。檻底江流偏稱月，簷前山朵最宜秋。遙村處處吹橫笛，曲岸家家繫小舟。別後再遊心未遂，設屏惟畫白蘋

〔註16〕屈萬里，《詩經詮釋‧小雅‧鴻鴈之什‧黃鳥》（台北：聯經出版事業股份有限公司，2009 年 9 月），頁 338。
〔註17〕同上註。

洲。」(《全唐詩》)詩中懷念起他在九江各種的悠閒生活，如垂釣、
訪僧、開琴匣、潑酒醅、聽浪、泛舟、聽犬吠、狎沙鷗、高吟、吹笛
等，可以看出他對九江的牽念之情油然而生。

　　關於李中的生平記載十分有限，《新五代史》、《舊五代史》及《南
唐書》皆無其傳，唯《唐才子傳》卷十大略記載，內容如下：

　　　　中字有中，九江人也。唐末嘗第進士，爲新塗、淦陽、
　　吉水三縣令，仕終水部郎中。孟賓于賞其工吟，絕似方干、
　　賈島，時復過之。如「暖風醫病草，甘雨洗荒村」，又「貧
　　來賣書劍，病起憶江湖」，又「閒花半落處，幽鳥未來時」，
　　又「千里夢隨殘月斷，一聲蟬送早秋來」，又「殘陽影裏水
　　東注，芳草煙中人獨行」，又「閒尋野寺聽秋水，寄睡僧窗
　　到夕陽」，又「香入肌膚花洞酒，冷浸魂夢石床雲」，又「西
　　園雨過好花盡，南陌人稀芳草深」等句，驚人泣鬼之語也。
　　有《碧雲集》，今傳。〔註18〕

　　從《唐才子傳》中的記載僅能看出他曾經在唐末時考中進士，擔
任過新塗、淦陽、吉水三個地方的縣令，最後仕宦於水部郎中。而孟
賓于賞識他擅於吟詩，認爲李中的詩像方干、賈島兩位詩人，甚至有
時能超過他們。如此看來，李中的生卒年是無從查考的。另外在《碧
雲集序》中亦可見李中的零星資料，如：

　　　　公負勤苦，值干戈，從軍之後，受命以來，上表中朝，
　　乞歸故國。以同氣沒世，二親在堂，棄一宰於淮西，獲安
　　家於都邑，公之忠孝彰矣，賢彥稱之。〔註19〕

　　按照上文資料，李中應該本在淮西當縣令，恰好遇到戰爭，結果
不得歸鄉。之後上表朝廷（當時奉後周爲正朔），後周世宗允許他棄

〔註18〕傅璇琮主編，《唐才子傳校箋》（北京：中華書局，1987年5月），卷
　　　　10，頁471～475。
〔註19〕〔南唐〕李中，《碧雲集》，《四部叢刊》本（台北市：臺灣商務印書
　　　　館，1965年），序頁3。

淮西縣宰、歸鄉探親，李中才得以忠孝兩全。《唐才子傳校箋》如是推測：

> 中似本在淮西任縣令，值干戈，陷於周師，復受新命；
> 至顯德六年得周帝恩准，棄官歸南唐覲親，此即所謂「忠
> 孝彰矣」。〔註20〕

至於李中留下來的詩，完整地保存在《碧雲集》中，共有三卷，《唐才子傳校箋》做了整理：

> 按《碧雲集》云：「以公五、七兼六言三百篇，目曰《碧
> 雲集》，癸酉年八月五日序。」則是集編成於宋開寶六年癸
> 酉，共收詩三百篇。《新唐書‧藝文志》未著錄中集，《郡
> 齋讀書志》卷四中集部別集類錄爲二卷。今存《碧雲集》
> 三卷，《全唐詩》編爲四卷（卷七四七——七五○）。元時
> 傳世，當可信。〔註21〕

《全唐詩》與《碧雲集》的收詩大致相同，唯《全唐詩》比之《碧雲集》少收錄一首〈夕陽〉詩，而《碧雲集》比之《全唐詩》少收錄一首〈祀風師迎神曲〉。因此探討李中詩的文本，以《全唐詩》第七百四十七卷到第七百五十卷中收錄的李中詩和《碧雲集》相互參照並用。

二、李中詩的題材

《全唐詩》中收錄李中的詩作共四卷，就題材類別可以分爲離思、興嘆、投獻、閒適、寫景及其他類。

（一）離思

李中長年漂泊在外，對於故鄉的思念縈繞於懷，正如前文中所

〔註20〕傅璇琮主編，《唐才子傳校箋》（北京：中華書局，1987 年 5 月），卷
　　　10，頁 472。
〔註21〕傅璇琮主編，《唐才子傳校箋》（北京：中華書局，1987 年 5 月），卷
　　　10，頁 475。

言，不論是他的祖籍隴西還是寓居地九江，對他而言都有著不可磨滅的情感，他不時將這份離情憂思吐露於詩中。

1.〈途中聞子規〉

> 春殘杜宇愁，越客思悠悠。雨歇孤村裏，花飛遠水頭。
>
> 微風聲漸咽，高樹血應流。因此頻迴首，家山隔幾州。

（《全唐詩》）

〈途中聞子規〉是在春天三月、百花將落之時的思鄉慨歎。「春殘杜宇愁，越客思悠悠。」點出全詩的主題——作客他鄉的離愁。「雨歇孤村裏，花飛遠水頭。」兩句即景即情，分別呈現一靜一動之景觀。雨初歇已是蕭瑟，又逢孤村更顯凄清，安安靜靜的懷藏思客的情緒。花飄飛到遠水頭的動態感點染出一片邈遠迷濛，符合詩人當下幽微的感情。「微風聲漸咽，高樹血應流。」藉由子規鳥的哽咽聲音和啼血形象，帶出哀傷悲痛的心情。末尾在詩人頻頻迴首中，慨歎離家愈遠、望鄉不得的無奈。

2.〈所思〉

> 離思春來切，誰能慰寂寥。花飛寒食過，雲重楚山遙。
>
> 耿耿夢徒往，悠悠鬢易凋。那堪對明月，獨立水邊橋。

（《全唐詩》）

比之〈途中聞子規〉一詩，〈所思〉詩表達的情感更為直白而急切、憂思愈甚。離愁思念在春天時節更深切了，「誰能慰寂寥」一語讓人聯想到的是李中的仕途不遂，偏偏身邊無人可勸慰自己寂寥的心境。「花飛寒食過，雲重楚山遙。」分別從時間和空間著墨，盡顯時光易逝、與家相隔的苦楚。「耿耿夢徒往，悠悠鬢易凋。」即言白日裡的所思延續到夜晚的夢境。「耿耿」、「悠悠」的疊字恰如其分地形容了心中掛懷煩燥不安的憂思樣貌，在夢裡向著心目中的雲重楚山前往，但終究是徒然夢一場，只換得鬢髮易凋。「那堪對明月，獨立水邊橋。」本欲對明月傾訴衷情，偏偏無法承受月是故鄉明的愁懷，而

「獨立水邊橋」的無語將那份落寞靜靜的吞下。

　　除了以上兩首，〈客中春思〉、〈登下蔡縣樓〉、〈下蔡春偶作〉、〈送戴秀才〉、〈離家〉等，無一不是李中離思的寄託：「長涯煙水又含秋，吏散時時獨上樓。信斷蘭臺鄉國遠，依稀王粲在荊州。」（《全唐詩》〈登下蔡縣樓〉）東漢王粲在荊州依附劉表，仕途難進且傷痛家國喪亂，遂以「登樓」為題作賦，借寫眼前之景來抒發胸中鬱悶之情，後來詞曲中就常用王粲登樓的典故比喻士人不得志而懷歸。李中在此借用同樣登樓之舉，比擬當時王粲在荊州不遇且思懷故土的秋思。「旅館飄飄類斷蓬，悠悠心緒有誰同。一宵風雨花飛後，萬里鄉關夢自通。多難不堪容鬢改，沃愁惟怕酒杯空。採蘭扇枕何時遂，洗慮焚香叩上穹。」（《全唐詩》〈下蔡春偶作〉）詩中言自己因多難而容貌鬢髮改變，只怕酒不足以澆灌愁思，滄桑落魄之情不言可喻，最後只能以一炷馨香祈求蒼天得以遂己願。「已是殊鄉客，送君重慘然。河橋乍分首，槐柳正鳴蟬。短櫂離幽浦，孤帆觸遠煙。清朝重文物，變化莫遷延。」（《全唐詩》〈送戴秀才〉）藉由送戴秀才發自己的鄉愁，離鄉又因著送別而有雙重之苦楚。「送別人歸春日斜，獨鞭羸馬指天涯。月生江上鄉心動，投宿匆忙近酒家。」（《全唐詩》〈離家〉）羸馬天涯的離家生活，讓李中在見到月出於江上時觸動鄉心。

　　這些詩句中有「關山難越，誰悲失路之人？萍水相逢，盡是他鄉之客。」的惆悵、有王粲登樓的思鄉寄託、有為親人扇枕心願的期待，這都是李中這位動了鄉心的殊鄉客，心中痛而不可得的希冀。

（二）興嘆

　　李中一生展轉飄零，因而在詩作中流露出離鄉背井的情懷，身當亂世的他仕途並不顯達，更多的是懷才不遇的艱辛生活及惋嘆，因事因物而興起的嘆息、自苦頹喪的情緒顯露無遺。

　　1.〈感興〉

　　　　漁休渭水興周日，龍起南陽相蜀時。

不遇文王與先主，經天才業擬何爲。

（《全唐詩》）

首句「漁休渭水興周日」直指殷末賢人呂尚，傳聞呂尚至渭水釣魚，期能得遇明主，其後周文王出巡至渭水發現呂尚而拜爲師。《史記‧齊太公世家》如此記載：

於是周西伯獵，果遇太公於渭之陽，與語大説，曰：「自吾先君太公曰『當有聖人適周，周以興。』子眞是邪？吾太公望子久矣。」〔註22〕

「龍起南陽相蜀時」則指諸葛亮，諸葛亮年輕時耕讀於河南南陽，人稱「臥龍」，因劉備三顧茅廬而受邀出仕輔佐蜀漢。李中引用兩位在當代起著決定性的人物，主要是興發自己懷才卻未受伯樂賞識之嘆。「不遇文王與先主，經天才業擬何爲。」言若此二人不得周文王與劉先主的提拔，那縱有一身經世濟民的才能，又如何施展抱負、建功立業？詩中欣羨與落寞之感觸不言而喻。

2.〈病中作〉

閒齋病初起，心緒復悠悠。開篋羣書蠹，聽蟬滿樹秋。

詩魔還漸動，藥債未能酬。爲憶前山色，扶持上小樓。

（《全唐詩》）

「閒齋病初起，心緒復悠悠。」言詩人久病未癒惹得心緒又染上憂思。「開篋羣書蠹，聽蟬滿樹秋。」指出因病情之故，久未開書篋以至於書蟲滋生。而這一病，時序悄移、夏去秋來，已聽聞滿樹的秋蟬聲起。頷聯一則取於視覺上的近景、一則拉開聽覺上的遠聲，卻同時含藏朽蠹的病愁及陰暗之氣息。「詩魔還漸動，藥債未能酬。」兩句呼應詩題〈病中作〉，雖在病中亦壓不住心中詩興，但久病積欠的藥債至今未得償還，徒然愁上加愁。「爲憶前山色，扶持上小樓。」

〔註22〕〔日〕瀧川龜太郎，《史記會注考證‧齊太公世家》（臺北：萬卷樓圖書有限公司，1993年8月），卷32，頁4。

為追憶之前美好的山色，勉力扶持登上小樓。全詩在詩人眺望中作結，「悠」、「秋」、「酬」、「樓」四個韻腳帶來悠遠繚繞的聲響效果，似有惆悵不絕之餘韻。

在李中一系列的興嘆詩中，時而抒發自己病中心情，如〈秋夕病中作〉：「臥病當秋夕，悠悠枕上情。不堪拋月色，無計避蟲聲。煎藥惟憂澀，停燈又怕明。曉臨清鑑裏，應有白髭生。」道盡病臥枕上導致白髮悄生的憂思。李中不僅疾病纏身，他的生活更是窮困潦倒。如：

> 蕭條陋巷綠苔侵，何事君心似我心。
> 貧戶懶開元愛靜，病身纔起便思吟。
> 閒留好鳥庭柯密，暗養鳴蛩砌草深。
> 況是清朝重文物，無愁當路少知音。
>
> （《全唐詩》〈寄左偓〉）
>
> 茅舍何寥落，門庭長綠蕪。貧來賣書劍，病起憶江湖。
> 對枕暮山碧，伴吟涼月孤。前賢多晚達，莫歎有霜鬚。
>
> （《全唐詩》〈書王秀才壁〉）

詩中一再提及自身的貧病交集，時而擔憂缺少知音，時而又自我寬慰前賢多是晚年才發達，不須嘆息有如霜的髭鬚，夾雜的矛盾心理，正顯出詩人的窮愁失意。

（三）投獻

《唐才子傳》言李中：「為新塗、淦陽、吉水三縣令，仕終水部郎中。」〔註23〕從中得知李中任職的官位並不高。而《唐才子傳校箋》考證李中並非擔任吉水縣令，只是任職官位更小的吉水縣尉；而唐五代並無新塗縣，李中曾擔任新淦縣令，新淦的別名為淦陽，《唐才子傳校箋》因此推論《唐才子傳》或即誤為新塗、淦陽二縣。而「仕終水部郎中」之說法也是存疑的，李中至開寶六年尚且仕南唐為縣令，

〔註23〕傅璇琮主編，《唐才子傳校箋》（北京：中華書局，1987 年 5 月），卷10，頁 472。

開寶八年國亡前恐怕未能仕至水部郎中。〔註24〕如此看來李中眞正擔任的官職只有吉水縣尉和淦陽縣令。再從他存詩中對名利的熱烈追求來看，他是急於有一番作爲的。「正作趨名計，如何得見君。」（《全唐詩》〈懷王道者〉詩）、「干祿趨名者，迢迢別故林。」（《全唐詩》〈春日途中作〉詩）、「垂名如不朽，那恨雪生頭。」（《全唐詩》〈寄左偃〉詩）等，都顯示他求仕的積極熱切，因此他的存詩中有不少的投獻詩，希望有力人士可以賞識他並積極提拔之。

1.〈獻徐舍人〉

> 清名喧四海，何止並南金。奧學羣英伏，多才萬乘欽。
> 秩參金殿峻，步歷紫微深。顧問承中旨，絲綸演帝心。
> 襃雄饒義路，賈馬避詞林。下直無他事，開門對遠岑。
> 軒窗來晚吹，池沼歇秋霖。蘚點生棋石，茶煙過竹陰。
> 希夷元已達，躁競豈能侵。羽客閒陪飲，詩人伴靜吟。
> 自慚爲滯物，多幸辱虛襟。此日重遭遇，心期出陸沈。

（《全唐詩》）

徐舍人即徐鉉，詩中稱讚徐鉉的名聲揚名天下，學識和才能令所有英才和帝王嘆服欽佩，因而在朝堂上有舉足輕重的地位。李中在此詩中提到了王襃、揚雄、賈誼、司馬相如四位著名的辭賦家，用此極力來讚揚徐鉉之才學。「軒窗來晚吹，池沼歇秋霖。蘚點生棋石，茶煙過竹陰。」一轉爲閒適的氛圍，頗具美感。「希夷元已達，躁競豈能侵。羽客閒陪飲，詩人伴靜吟。」言自己本已虛空玄妙的「希夷」境界，任何的焦躁爭競之心早已平息，只願閒來陪飲、靜坐吟詩。「自慚爲滯物，多幸辱虛襟。此日重遭遇，心期出陸沈。」詩人最後言自身慚愧仍爲紅塵俗人，幸能得到徐鉉的賞識，因此心中重新燃起壯志。「陸沉」指陸地無水而沉。《莊子·則陽》：「方且與世違而心不屑

〔註24〕參見傅璇琮主編，《唐才子傳校箋》（北京：中華書局，1987 年 5 月），卷 10，頁 472～474。

與之俱，是陸沉者也。」〔註25〕因而「陸沉」比喻隱居之意。李中言下之意是願能擺脫隱居生活、有一番作爲，暗示之意不言而喻。

2.〈獻喬侍郎〉

> 位望誰能並，當年志已伸。人間傳鳳藻，天上演龍綸。
> 賈馬才無敵，褒雄譽益臻。除奸深繫念，致主迴忘身。
> 諫疏縱橫上，危言果敢陳。忠貞雖貫世，消長豈由人。
> 慷慨辭朝闕，迢遙涉路塵。千山明夕照，孤櫂渡長津。
> 杜宇聲方切，江蘺色正新。卷舒唯合道，喜慍不勞神。
> 禪客陪清論，漁翁作近鄰。靜吟窮野景，狂醉養天眞。
> 格論思名士，輿情渴直臣。九霄恩復降，比戶意皆忻。
> 卻入鵷鸞序，終身顧問頻。漏殘丹禁曉，日暖玉墀春。
> 鑒物心如水，憂時鬢若銀。惟期康庶事，永要敍彝倫。
> 貴賤知無間，孤寒必許親。幾多沈滯者，拭目望陶鈞。

> （《全唐詩》）

　　喬侍郎即喬匡舜，詩中言喬侍郎在昔年早已位高志伸，民間廣爲流傳他美好的文辭，而殿堂上又有龍綸詔旨顯示他的地位。李中再次引用賈、馬、褒、雄四位辭賦家，稱許喬侍郎無與倫比的才華和益加美好的稱譽。「除奸深繫念，致主迴忘身。諫疏縱橫上，危言果敢陳。忠貞雖貫世，消長豈由人。慷慨辭朝闕，迢遙涉路塵。」直接形塑一個除奸忠貞、慷慨陳言、果敢諫疏的大臣風範。「千山明夕照，孤櫂渡長津。杜宇聲方切，江蘺色正新。」一如李中在〈獻徐舍人〉詩中的風格，在大力讚揚後，轉而舒緩詩的氣氛，給予清新景色之描寫，也藉此讚嘆喬侍郎公餘之暇的另一面：「卷舒唯合道，喜慍不勞神。禪客陪清論，漁翁作近鄰。靜吟窮野景，狂醉養天眞。」此詩的末尾言大眾的言論與意向都是渴望朝廷擁有有名望的士人和正直的臣

〔註25〕〔戰國〕莊周撰／〔晉〕郭象註，《莊子・則陽》（臺北：藝文印書館，1990 年 12 月），卷 8，頁 26。

子，因此聖恩再降於喬侍郎，家家戶戶都爲之歡欣。「鴛鴦」爲《詩經·小雅》中的篇名，「此蓋頌禱天子之詩。」﹝註26﹞言下之意是慶幸天子能任用賢人。李中亦期盼政事一切順遂，永遠能維繫彝倫常道。而「貴賤知無間，孤寒必許親。幾多沈滯者，拭目望陶鈞。」卻是此詩最重要的目的：暗示自己能夠得到「陶鈞」──即指藉以施展治國之才的權位。

除此之外，李中另有〈獻張義方常侍〉、〈獻中書韓舍人〉、〈獻中書張舍人〉、〈石棋局獻時宰〉、〈獻中書潘舍人〉等投獻詩。如同張興武先生所說：「喬侍郎即喬匡舜，潘舍人即潘佑，張舍人即張洎，徐舍人即徐鉉，這些都是當日南唐頗有名望的文臣。或許是由于他們的舉薦提攜，李中才得以重新出仕。」﹝註27﹞而李中對潘佑所言的：「而今諧顧遇，尺蠖願求伸。」（《全唐詩》〈獻中書潘舍人〉詩）正是當時的他心裡最熱切的願望！

（四）閒適

李中的詩大部分是以孤獨哀傷的感情爲基調，但也時有清新之作，這部份反映在他的閒適詩中。

〈春日作〉中的春雨、春草、春光等無一不明媚動人：「和氣來無象，物情還暗新。乾坤一夕雨，草木萬方春。染水煙光媚，催花鳥語頻。高臺曠望處，歌詠屬詩人。」（《全唐詩》）〈江南春〉：「千家事勝遊，景物可忘憂。水國樓臺晚，春郊煙雨收。鷓鴣啼竹樹，杜若媚汀洲。永巷歌聲遠，王孫會莫愁。」（《全唐詩》）其中的水鄉澤國、春天郊野、鷓鴣鳥啼、杜若花媚確實令人忘卻煩憂。〈村行〉詩點染出的情調，增添幾分閒情逸致：「極目青青壟麥齊，野塘波闊下鳧鷖。陽鳥景暖林桑密，獨立閒聽戴勝啼。」（《全唐詩》）〈江村晚秋作〉：「高

﹝註26﹞屈萬里，《詩經詮釋·小雅·甫田之什·鴛鴦》（台北：聯經出版事業股份有限公司，2009年9月），頁419。

﹝註27﹞張興武，〈南唐詩人李中和他的《碧雲集》〉，《漳州師院學報》第2期（1998年），頁15。

秋水村路，隔岸見人家。好是經霜葉，紅於帶露花。臨罾魚易得，就店酒難賒。吟興胡能盡，風清日又斜。」（《全唐詩》）除了寫出「霜葉紅於二月花」的豔色，也兼含釣魚和沽酒的平凡樂趣。〈春雲〉：「陰去為膏澤，晴來媚曉空。無心亦無滯，舒卷在東風。」（《全唐詩》）中的陰去晴來影響不了春雲之心情，雲卷雲舒任由東風的率然，自有波瀾不驚的心性。

　　從以上諸詩，可以認識另一面向的李中，儘管他的一生貧病交加、官運不亨，但仍有少許一部分的閒情逸致留存在他的生活中。

（五）寫景

　　李中的《碧雲集》有不少是描述景色的詩，這些詩以描寫植物或自然景觀為主，最能看出李中刻意鍛鍊的詩作。

1.〈秋雨〉

> 竟日散如絲，吟看半掩扉。秋聲在梧葉，潤氣逼書幃。
> 曲澗泉承去，危簷燕帶歸。寒蛩悲旅壁，亂蘚滑漁磯。
> 爽欲除幽簟，涼須換熟衣。疏篷誰夢斷，荒徑獨遊稀。
> 偏稱江湖景，不妨鷗鷺飛。最憐為瑞處，南畝稻苗肥。

（《全唐詩》）

　　「竟日散如絲，吟看半掩扉。秋聲在梧葉，潤氣逼書幃。」言秋雨縣長如細絲的景致，引發詩人半掩門扉且吟且觀賞的興致。雨打在梧桐葉上發出的聲響和書幃上的潤澤之氣，從聽覺和觸覺上皆帶來秋天的氣息。「曲澗泉承去，危簷燕帶歸。寒蛩悲旅壁，亂蘚滑漁磯。」四句對仗工穩而巧妙，曲澗的泉上順勢承接了秋雨潺潺而去，高簷下的燕子帶著雨水歸巢。寒蛩兒在壁中對著雨水鳴叫，增添旅途中的悲傷；漁磯中不整齊的苔蘚在秋雨密布下更顯濕滑。「爽欲除幽簟，涼須換熟衣。疏篷誰夢斷，荒徑獨遊稀。」言爽利的秋天令人想除去清新雅致的竹蓆，天涼時節也須換上「熟衣」——指煮煉過的絲織品製成的衣服。如白居易的〈感秋詠意〉言：「炎涼遷次速如飛，又脫生

衣著熟衣。」〔註28〕而稀稀疏疏的船隻伴隨著秋雨的時分，誰爲之打斷了美夢呢？荒徑上人煙稀少只有自己獨遊。「偏稱江湖景，不妨鷗鷺飛。最憐爲瑞處，南畝稻苗肥。」詩意一轉，詩人認爲這樣的情景偏偏十分符合江湖況味，細雨並不妨害鷗鳥鷺鳥的飛翔。而詩人最愛的是在雨水降下甘霖之處，南畝的稻苗因此肥沃。詩末隱含悲憫百姓、關懷民生的胸襟可見一斑。

2.〈泉〉

> 潺潺青嶂底，來處一何長。漱石苔痕滑，侵松鶴夢涼。
> 泛花穿竹塢，瀉月下蓮塘。想得歸何處，天涯助渺茫。

（《全唐詩》）

「潺潺青嶂底，來處一何長。」寫泉水在青山底下潺潺流過，此泉水的源頭多麼綿長。「漱石苔痕滑，侵松鶴夢涼。」描寫泉水輕巧地滑過、洗漱了石上的苔痕，也滋潤了松樹，讓站立的鶴鳥在夢裡產生涼意。「泛花穿竹塢，瀉月下蓮塘。」敘泉水漂過花叢、穿過竹塢，流瀉的月影映照至蓮塘。「想得歸何處，天涯助渺茫。」言思考泉水究竟歸向何處？想來是流入天之涯更增添它渺茫的歸向！李中的〈泉〉詩寫得極美，整首詩似泉水般靈動蜿蜒。

至於其他的詩作也各具姿態，如〈雲〉：「高行四海雨，暖拂萬山春。靜與霞相近，閒將鶴最親。」（《全唐詩》）、〈題柳〉：「折向離亭畔，春光滿手生。羣花豈無豔，柔質自多情。夾岸籠溪月，兼風撼野鶯。隋堤三月暮，飛絮想縱橫。」（《全唐詩》）、〈夕陽〉：「影未沈山水面紅，遙天雨過促征鴻。魂銷舉子不回首，閒照槐花驛路中。」（《全唐詩》）、〈對竹〉：「懶穿幽徑衝鳴鳥，忍踏清陰損翠苔。不似閉門欹枕聽，秋聲如雨入軒來。」（《全唐詩》）、〈桃花〉：「祇應紅杏是知音，灼灼偏宜間竹陰。幾樹半開金谷曉，一溪齊綻武陵深。豔舒百葉時皆

〔註28〕〔清〕清聖祖御定，《全唐詩》（台北：文史哲出版社，1987 年），卷458，頁 5206。

重，子熟千年事莫尋。誰步宋牆明月下，好香和影上衣襟。」(《全唐詩》) 李中的寫景詩寫得意境閑遠，皆能表現出描寫景物的特色。如寫夕陽以「影未沈山水面紅」(《全唐詩》〈夕陽〉) 描寫出夕陽西下映照在水面上紅豔豔的亮度、寫泉水用「潺潺青嶂底」(《全唐詩》〈泉〉) 襯托出泉水蜿蜒的背景、寫雲則用「不滯濃還淡，無心卷復伸。」、「會作五般色，爲祥覆紫宸。」(《全唐詩》〈雲〉) 道出雲的深淺變化。詩中的色澤或明豔或清雅或斑爛，都能恰如其分地配合欲描述的景致。

（六）其他

除了以上所述，李中還有其他類別的詩作，因類別分散且每一類的數量不多，因此總的歸類在「其他」一類。

李中有幾首春閨辭，設想思婦意緒難排的幽怨情懷，我們可從中感受到綿密的相思衷情：

> 卷簾遲日暖，睡起思沈沈。遼海音塵遠，春風旅館深。
> 疏篁留鳥語，曲砌轉花陰。寄語長征客，流年不易禁。
>
> (《全唐詩》〈春閨辭其一〉)
>
> 不得遼陽信，春心何以安。鳥啼窗樹曉，夢斷碧煙殘。
> 綠鑑開還懶，紅顏駐且難。相思誰可訴，時取舊書看。
>
> (《全唐詩》〈春閨辭其二〉)
>
> 塵昏菱鑑懶修容，雙臉桃花落盡紅。
> 玉塞夢歸殘燭在，曉鶯窗外囀梧桐。
>
> (《全唐詩》〈春閨辭其一〉)
>
> 邊無音信暗消魂，茜袖香裙積淚痕。
> 海燕歸來門半掩，悠悠花落又黃昏。
>
> (《全唐詩》〈春閨辭其二〉)
>
> 沈沈樓影月當午，冉冉風香花正開。
> 芳草迢迢滿南陌，王孫何處不歸來。
>
> (《全唐詩》〈鍾陵春思〉)

　　這類春閨辭大體是訴說征客或王孫音信杳然，以致思婦懶起畫蛾眉，無悅己者可以爲之妝容打扮的心情。窗外的鳥鳴花紅只是更添愁緒，重重相思無處訴說，只能看著花開花落日復一日。雖然這類主題的主角是春閨思婦，但於李中而言，又何嘗不是他藉以抒發愁苦哀怨人生的一種出口。另外《碧雲集》有狎妓類的詩，這在李中的集子裡僅出現這麼一首：

> 暮春欄檻有佳期，公子開顏乍拆時。
> 翠幄密籠鶯未識，好香難掩蝶先知。
> 願陪妓女爭調樂，欲賞賓朋預課詩。
> 只恐卻隨雲雨去，隔年還是動相思。
>
> 　　　　　　　　（《全唐詩》〈柴司徒宅牡丹〉）

　　唐人狎妓風氣的盛行，自然也影響了五代，在《全唐詩》中，關於吟詠妓女的詩就佔了二千多首。不難想見韓愈會有「艷姬踏筵舞，清眸射劍戟」、「銀燭未消窗送曙，金釵半醉座添香」的詩句，又或者像杜牧的「十年一覺揚州夢，贏得青樓薄倖名。」的浪蕩生涯。除了風氣使然，也許仕途上的不順遂也造成了士人在這方面尋求安慰。雖然李中只留存了這麼一首狎妓詩，卻也可以看出他另外一層面的生活面貌。另外，李中的輓歌也僅留存以下幾首：

> 誰解叩乾關，音容去不還。位方尊北極，壽忽殞南山。
> 鳳輦應難問，龍髯不可攀。千秋遺恨處，雲物鎖橋山。
>
> 　　　　　《全唐詩》（〈烈祖孝高挽歌其一〉）
>
> 仙馭歸何處，蒼蒼問且難。華夷喧道德，陵壠葬衣冠。
> 御水穿城咽，宮花泣露寒。九疑消息斷，空望白雲端。
>
> 　　　　　（《全唐詩》〈烈祖孝高挽歌其二〉）
>
> 鴻雁離羣後，成行憶日存。誰知歸故里，只得奠吟魂。
> 蟲蠹書盈篋，人稀草擁門。從茲長慟後，獨自奉晨昏。
>
> 　　　　　（《全唐詩》〈哭舍弟其一〉）

浮生多夭枉，惟爾最堪悲。同氣未歸日，慈親臨老時。

舊詩傳海嶠，新塚枕江湄。遺稚鳴鳴處，黃昏繞總帷。

（《全唐詩》〈哭舍弟其二〉）

十年孤跡寄侯門，入室升堂忝厚恩。

遊遍春郊隨茜旆，飲殘秋月待金尊。

車魚鄭重知難報，吐握周旋不可論。

長慟裴回逝川上，白楊蕭颯又黃昏。

（《全唐詩》〈哭故主人陳太師〉）

　　〈烈祖孝高挽歌兩首〉是李中在南唐保大元年所作，也是《碧雲集》中寫作時間可以確考最早的一首詩。不難看出爲應制敷陳之作，雖是如此，李中也寫得四平八穩、具有皇家的威儀，「御水穿城咽，宮花泣露寒。」一聯情景交融、聲情並茂。〈哭舍弟兩首〉的背景是因位後周顯德六年時，其弟夭亡，李中上書後周朝廷因而獲准回到南唐。李中在此詩下自注云：「舍弟有詩云：『夢斷海山遠，夜長風雨多。』傳至海上。」〔註29〕兩首詩情眞意切，頗爲動人。〈哭故主人陳太師〉言自己難以報答陳太師的收留恩情，末尾的「白楊蕭颯又黃昏」難掩沉痛之情。李中另寫了幾首詠史懷古詩，雖然數量不多，但可以從中看出他對史事的觀點：

鼎分天地日，先主力元微。魚水從相得，山河遂有歸。

任賢無間忌，報國盡神機。草昧爭雄者，君臣似此稀。

（《全唐詩》〈讀蜀志〉）

蛾眉翻自累，萬里陷窮邊。滴淚胡風起，寬心漢月圓。

飛塵長翳日，白草自連天。誰貢和親策，千秋污簡編。

（《全唐詩》〈王昭君〉）

闔閭興霸日，繁盛復風流。歌舞一場夢，煙波千古愁。

〔註29〕〔清〕清聖祖御定，《全唐詩》（台北：文史哲出版社，1987年），卷748，頁8525。

樵人歸野徑，漁笛起扁舟。觸目牽傷感，將行又駐留。

蘇臺蹤跡在，曠望向江濱。往事誰堪問，連空草自春。

花疑西子臉，濤想伍胥神。吟盡情難盡，斜陽照路塵。

（《全唐詩》〈姑蘇懷古〉）

〈讀蜀志〉一詩李中讚賞劉備和諸葛亮君臣之間互相不猜忌的信任感，是古往今來的君臣無可比擬的，詩中的欣羨之意不言而喻。〈王昭君〉詩是以同情昭君出塞的命運爲主筆，最後批判和親策略是歷史的敗筆。「誰貢和親策，千秋污簡編。」對和親政策表達了強烈的反對之意。〈姑蘇懷古〉詩則遙想吳越時代的人物，歷史蹤跡仍在，只是當年往事如夢似煙，隨著時間消逝成空。而李中的詩集裡〈臘中作〉，在《碧雲集》中是頗爲特殊的一首詩：

冬至雖云遠，渾疑朔漠中。勁風吹大野，密雪翳高空。

泉凍如頑石，人藏類蟄蟲。豪家應不覺，獸炭滿爐紅。

（《全唐詩》〈臘中作〉）

〈臘中作〉是在寒冷的臘月中有所感而作下的詩篇，前部分寫天氣冷冽的情景，後半部寫人民無法承受寒冷只能像蟄蟲一樣躲藏起來過冬。末尾以「豪家應不覺，獸炭滿爐紅。」作結，將豪門的奢華與百姓的疾苦做了強烈的對比，頗有「朱門酒肉臭，野有凍死骨。」的況味，是李中的詩集裡難得關懷貧民之作。另外〈紅花〉頗有宋詩之議論化特色：

紅花顏色掩千花，任是猩猩血未加。

染出輕羅莫相貴，古人崇儉誡奢華。

（《全唐詩》）

紅花的顏色鮮豔勝過其他的花，「猩猩血」是借指鮮紅色，詩中意即就算是猩猩的血液那麼鮮紅也未能超過紅花之豔紅。紅花在古代是當作染料使用的，因此李中說儘管以紅花染出質地輕軟的絲織品非常鮮艷美麗，但並不用將之視爲貴重物品，因爲古人崇尚節儉而戒除奢華。詩中勸戒意味濃厚，直接說理，是南唐詩中特殊之作。

三、李中詩的特色

（一）淒涼感傷的基調

　　李中的《碧雲集》中充滿了淒涼感傷的基調，是因為他的詩中呈現了送別離愁、抒發感懷、對名利的追求和失落、貧病交集的困擾、懷鄉思人、渴望知音等情緒，這些都使他的詩集染上一層淒清的苦楚。

　　有些詩作訴說著李中離情的黯然神傷，例如〈贈別〉：「行杯酌罷歌聲歇，不覺前汀月又生。自是離人魂易斷，落花芳草本無情。」（《全唐詩》）以花木無情反襯離人情深的別離之苦。〈離亭前思有寄〉：「酒醒江亭客，纏綿恨別離。笙歌筵散後，風月夜長時。耿耿看燈暗，悠悠結夢遲。若無騷雅分，何計達相思。」（《全唐詩》）同樣寫在笙歌筵席散後，更添別離之惆悵感，詩末自言如若沒有寫詩文之才能，要如何表達滿腔的相思情意呢？

　　李中亦常藉著不同的季節、投詩、勉人、詠物等抒發個人落寞的情懷。如〈海上從事秋日書懷〉：「悠悠旅宦役塵埃，舊業那堪信未迴。千里夢隨殘月斷，一聲蟬送早秋來。壺傾濁酒終難醉，匣鎖青萍久不開。唯有搜吟遣懷抱，涼風時復上高臺。」（《全唐詩》）在唧唧的蟬叫聲中送來了早秋，也帶來漫長旅宦途中的哀愁。陳琳的〈答東阿王箋〉中：「君侯體高世之才，秉青萍、干將之器，拂鐘無聲，應機立斷，此乃天然異稟，非鑽仰者所庶幾也。」〔註30〕因此「青萍」指寶劍，李中藉著「匣鎖青萍久不開」言自己無法大展長才，如寶劍鎖在劍匣中一般。〈投所知〉：「孤琴塵翳劍慵磨，自顧泥蟠欲奈何。千里交親消息斷，一庭風雨夢魂多。題橋未展相如志，叩角誰憐寧戚歌。唯賴明公憐道在，敢攜簑笠釣煙波。」（《全唐詩》）「題橋未展相如志」是指漢代司馬相如離蜀赴長安時，曾經於成都城北昇仙橋在橋柱題句，自述求取功名致顯之志，後來就以「題橋志」指求取功名榮顯的

〔註30〕〔南朝梁〕蕭統編／〔唐〕李善注，《昭明文選・彈事牋奏記・牋・答東阿王牋》（台北：華正書局，1994 年），卷 40，頁 17。

壯志。「叩角誰憐寧戚歌」是春秋時候的寧戚在齊桓公經過之路,以敲擊牛角唱歌來引起桓公的注意,最後得以施展自己的才能成就功業,後來就以「寧戚歌」指懷才不遇的士人欲求世用。李中在詩中表達不想過著穿蓑戴笠釣於煙波的平淡生活,而想要達成建功立業的志向,但「未展」與「誰憐」卻顯露了不得志的情懷。〈勉同志〉:「讀書與磨劍,旦夕但忘疲。儻若功名立,那愁變化遲。塵從侵硯席,苔任滿庭墀。明代搜揚切,升沈莫問龜。」(《全唐詩》)李中藉詩勉勵同志:在聖明的時代朝廷求才之切,成就功業自有期,定不須求卜占龜才能知道仕途之升沉。〈落花〉:「年年三月暮,無計惜殘紅。酷恨西園雨,生憎南陌風。片隨流水遠,色逐斷霞空。悵望叢林下,悠悠飲興窮。」(《全唐詩》)落花帶給李中很深的感觸,惋惜留不住美好之物,正是一種無計留春住的悵然。〈所思〉:「門掩殘花寂寂,簾垂斜月悠悠。縱有一庭萱草,何曾與我忘憂。」(《全唐詩》)萱草又名「忘憂草」,相傳可忘憂,李中言縱使是種植滿庭院的忘憂草也無法忘卻心中的煩惱。〈對酒招陳昭用〉:「花開葉落堪悲,似水年光暗移。身世都如夢役,是非空使神疲。良圖有分終在,所欲無勞妄思。幸有一壺清酒,且來閒語希夷。」(《全唐詩》)見到花開葉落使得李中著急於年華似流水般的流逝,只能招友喝酒談談道家的虛空玄妙之理來暫解悲愁。

　　在作品中李中從不掩飾自己對名利的追求,但李中不是未能如意就是嘆息自己爲了名利而犧牲友人的聚會。如〈懷王道者〉:「閒思王道者,逸格世難羣。何處眠青嶂,從來愛白雲。酒沽應獨醉,藥熟許誰分。正作趨名計,如何得見君。」(《全唐詩》)李中思念朋友王道者,並讚揚他不與世俗同羣的高蹈逸格,但雖然很想與他相見,偏偏自己正在爲求取名聲而急於謀畫,致使相見無期。〈寄廬山白大師〉:「長憶尋師處,東林寓泊時。一秋同看月,無夜不論詩。泉美茶香異,堂深磬韻遲。鹿馴眠蘚徑,猿苦叫霜枝。別後音塵隔,年來鬢髮衰。趨名方汲汲,未果再遊期。」(《全唐詩》)李中懷憶著當年與廬山白

大師看月論詩的閒逸生活，但自從分別後與白大師音信隔絕，「趨名方汲汲」正是李中未能與廬山白大師相約遊期的原因。〈春晚招魯從事〉：「袞袞利名役，常嗟聚會稀。有心遊好景，無術駐殘暉。南陌草爭茂，西園花亂飛。期君舉杯酒，不醉莫言歸。」（《全唐詩》）李中嘆息浮沉在名利的役使中，使得自己很少參加友人的聚會，雖然有心要暢遊美景，卻又擔心沒有方法留住將逝去的夕陽餘暉，詩中可以感受到李中對時間消逝的焦慮感。

貧病或老病也帶給李中蕭條疲倦的慨歎，詩中有濃濃的倦怠味。如〈書王秀才壁〉：「茅舍何寥落，門庭長綠蕪。貧來賣書劍，病起憶江湖。對枕暮山碧，伴吟涼月孤。前賢多晚達，莫歎有霜鬚。」（《全唐詩》）貧病交集的生活致使李中賣掉最珍視的書劍，偏又得安慰自己：以前的賢能之士大多很晚才顯達，故無須慨歎霜鬚已生。〈贈東林白大師〉：「虎溪久駐靈蹤，禪外詩魔尚濃。卷宿吟銷永日，移牀坐對千峯。蒼苔冷鎖幽徑，微風閒坐古松。自說年來老病，出門漸覺疏慵。」（《全唐詩》）因老病之故，李中也漸漸懶於出門，只在家中移動床位便於觀看千峯、由著蒼苔佈滿幽徑，凄清的景象如同自己的心境。〈閒居言懷〉：「未達難隨眾，從他俗所憎。閒聽九秋雨，遠憶四明僧。病後倦吟嘯，貧來疏友朋。寂寥元合道，未必是無能。」（《全唐詩》）李中生病後，連他最熱衷的吟詩也倦怠下來，他自述因為貧窮之故，朋友也漸漸疏遠，詩末不忘安慰自己這樣寂寥的生活原來就是合道的。

漂泊在外的孤寂引起的客中思鄉，也為李中的客況凄然增添一抹凄涼。如前文已引的〈客中春思〉：「又聽黃鳥綿蠻，目斷家鄉未還。春水引將客夢，悠悠遶遍關山。」（《全唐詩》）又如〈新秋有感〉：「門巷涼秋至，高梧一葉驚。漸添衾簟爽，頓覺夢魂清。暗促蓮開豔，乍催蟬發聲。雨降炎氣減，竹引冷煙生。戍客添歸思，行人怯遠程。未逢征雁下，漸聽夜砧鳴。張翰思鱸興，班姬詠扇情。音塵兩難問，蛩砌月空明。」（《全唐詩》）張翰是晉人，因秋風起而思念家鄉吳中的

菰菜、蒓羹、鱸膾等菜餚，於是就決然歸鄉。漢成帝的妃子班婕妤失寵之後，作了〈怨歌行〉以紈扇自比抒發幽怨之情，自此「班姬詠扇」就比喻失寵的人或廢棄之物。李中引用典故一則述說思鄉之情、一則述說悵然之意，「成客添歸思」與前途之間拉鋸著他的心思。

李中對知音的渴望及思念友人不時流露在詩中，孤寂之感油然而生。如〈書小齋壁〉：「其誰肯見尋，冷淡少知音。塵土侵閒榻，煙波隔故林。竹風醒晚醉，窗月伴秋吟。道在唯求己，明時豈陸沈。」（《全唐詩》）李中自傷知音難尋，只能期盼自己有一番作為，他認為在聖明的時代中豈能「陸沉」、甘於隱居。〈所思代人〉：「巫峽雲深湘水遙，更無消息夢空勞。夢迴深夜不成寐，起立閒庭花月高。」（《全唐詩》）李中言所思之人在雲深水遙之處，兼含沒有消息往來，只能徒然地空自夢一場，致使夜深難眠，「起立閒庭花月高」借由庭中花月之景寄託思念的孤寂。〈秋夕書事寄友人〉：「信斷關河遠，相思秋夜深。砌蛩聲咽咽，簷月影沈沈。未遂青雲志，那堪素髮侵。吟餘成不寐，徹曙四鄰砧。」（《全唐詩》）因著詩中言自己「未遂青雲志，那堪素髮侵。」，將這樣的愁緒遙寄友人，在秋天深夜裡，聽著臺階上的低低蛩鳴、望著廊簷上的沉沉月影，亦添增對友人的思念。

同屬南唐的其他詩人不免也會在詩中抒發傷春感懷、羈旅離愁、懷人憶友之作，但那都只是其中一部分罷了，大部份的南唐詩人還是會去享受生活帶來的樂趣。像李中這樣時而不歡、無處不愁，想見平日的拮据困境與不得志應是他真實生活的寫照，因而淒涼感傷就成了李中詩歌的基調。

（二）清冷殘破的物象

成就李中詩淒涼感傷基調的很重要的一個構成因素，即是李中在物象上的選擇大多以清冷之景、殘破之物為主要的取材。張興武先生曾對此現象做如下歸納：

> 從總體上看，唐末五代詩人在物象選擇上，普便側重

于色調灰黯、具有淒涼意味的的景象、物態。諸如荒墳、
野廟、古觀、破城、廢宅、殘村、敗濠、古原、空巷、暮
色、殘陽、野風、孤月、秋景、枯葉、落花、亂鴉、昏蟬、
殘鬢等等。由這些物象構成的藝術境界大多淒清蒼涼，從
中透露出亂世無爲的寂寞和空虛之情。〔註31〕

李中詩歌中清冷殘破的物象處處可見，例如：「半夜風雷過，一
天星斗寒。潮平沙觜沒，霜苦雁聲殘。」（《全唐詩》〈江行夜泊〉）、「野
雲生晚砌，病鶴立秋庭。」（《全唐詩》〈訪山叟留題〉）、「野渡帆初落，
秋風蟬一聲。江浮殘照闊，雲散亂山橫。」（《全唐詩》〈江行晚泊寄
湓城知友〉）、「枕上不堪殘夢斷，壁蛩窗月夜悠悠。」（《全唐詩》〈秋
夕書懷〉）、「煙冷暮江濱」（《全唐詩》〈漁父〉）、「蒼苔冷鎖幽徑」（《全
唐詩》〈贈東林白大師〉）、「殘燭猶存月尙明」（《全唐詩》〈春曉〉）、「遙
天疏雨過，列岫亂雲收。」（《全唐詩》〈秋日途中〉）、「莎階應獨聽寒
螿」（《全唐詩》〈秋夜吟寄左偓〉）、「影堂何處暮雲凝」（《全唐詩》〈懷
廬岳舊遊寄劉鈞因感鑒上人〉）、「夢斷碧煙殘」（《全唐詩》〈春閨辭二
首〉）、「門掩殘花寂寂，簾垂斜月悠悠。」（《全唐詩》〈所思〉）、「得
詩書落葉，煮茗汲寒池。」（《全唐詩》〈贈胊山楊宰〉）、「淮靜寒煙斂，
村遙夜火明。」（《全唐詩》〈送孫霽書記赴壽陽辟命〉）、「夢歸殘月曉，
信到落花時。」（《全唐詩》〈得故人消息〉）、「眷戀殘花惹」（《全唐詩》
〈芳草〉）、「花殘月又西」（《全唐詩》〈悼亡〉）、「水國春寒在，人家
暮雨昏。」（《全唐詩》〈春晏寄從弟德潤〉）、「杜若菰蒲煙雨歇」（《全
唐詩》〈憶溪居〉）、「長涯煙水又含秋」（《全唐詩》〈登下蔡縣樓〉）、「旅
館飄飄類斷蓬」（《全唐詩》〈下蔡春偶作〉）、「虛窗從燕入，壞屐任苔
封。」（《全唐詩》〈贈海上觀音院文依上人〉）、「斜飄虛閣琴書潤，冷
逼幽窗夢寐清。」（《全唐詩》〈對雨寄胊山林番明府〉）、「風吹幾世樹，
雲暗暮秋燈。」（《全唐詩》〈宿山中寺〉）、「永巷苔深戶半開，牀頭書

〔註31〕張興武，《五代作家的人格與詩格》（北京：人民學出版社，2000 年），
頁 192。

劍積塵埃。」(《全唐詩》〈書夏秀才幽居壁〉)、「臥聽寒螿莎砌月,行衝落葉水村風。」(《全唐詩》〈安福縣秋吟寄陳銳秘書〉)、「園林月白秋霖歇,一夜泉聲似故山。」(《全唐詩》〈宿韋校書幽居〉)、「夕風庭葉落」(《全唐詩》〈依韻和友人秋夕見寄〉)、「郵舍殘燈在」(《全唐詩》〈郵亭早起〉)、「枕欹獨聽殘春雨,夢去空尋五老雲。」(《全唐詩》〈吉水縣依韻酬華松秀才見寄〉)、「松軒睡覺冷雲起,石磴坐來春日西。」(《全唐詩》〈貽廬山清溪觀王尊師〉)、「紅蓼白蘋消息斷,舊溪煙月負漁舟。」(《全唐詩》〈感秋書事〉)、「花飛當野渡,猿叫在煙岑。」(《全唐詩》〈送汪濤〉)、「石渠堆敗葉,莎砌咽寒螿。」(《全唐詩》〈訪澄上人〉)、「遶塔堆黃葉,沿階積綠苔。」(《全唐詩》〈經古寺〉)、「飲殘秋月待金尊」(《全唐詩》〈哭故主人陳太師〉)、「萬里江山斂暮煙」(《全唐詩》〈秋江夜泊寄劉鈞〉)、「落壁燈花碎,飄窗雪片粗。」(《全唐詩》〈冬日書懷寄惟眞大師〉)

又如李中的詩偏愛詠嘆夕陽,予人一種沉鬱感傷的情懷。〈夕陽〉詩:「影未沈山水面紅,遙天雨過促征鴻。魂銷舉子不回首,閒照槐花驛路中。」(《全唐詩》)、「啓鑑悠悠兩鬢蒼,病來心緒易凄涼。知音不到吟還懶,鎖印開簾又夕陽。」(《全唐詩》〈吉水縣酬夏侯秀才見寄〉)、「最稱收殘雨,偏宜帶夕陽。」(《全唐詩》〈徐司徒池亭〉)、「廕來砌蘚經疏雨,引下溪禽帶夕陽。」(《全唐詩》〈竹〉)、「戀君清話難留處,歸路迢迢又夕陽。」(《全唐詩》〈吉水春暮訪蔡文慶處士留題〉)、「滿徑苔紋疏雨後,入簷山色夕陽中。」(《全唐詩》〈海上太守新創東亭〉)、「芳草千里路,夕陽孤客心。」(《全唐詩》〈送汪濤〉)、「卷簾疏雨後,鎖印夕陽中。」(《全唐詩》〈和毘陵尉曹昭用見寄〉)、「艤櫂夕陽在,聽鴻秋色深。」(《全唐詩》〈舟次吉水逢蔡文慶秀才〉)、「飲興共憐芳草岸,吟情同愛夕陽山。」(《全唐詩》〈和胊陽載筆魯裕見寄〉)殘照斜暉的清冷衰敗氣息大大了增加容易凋殘的感傷情緒。

王國維在《人間詞話》有言:「昔人論詩詞,有景語、情語之別,

不知一切景語，皆情語也。」〔註32〕看李中的《碧雲集》確實可從這些破敗冷殘的「景語」感受到孤寂傷懷和詩人莫大的空虛苦情。

（三）豐富多變的體制

彭萬隆在《唐五代詩考論》一書中這麼評論李中：「南唐李中，是存詩較多、在五代賈島詩風中稍顯特殊的詩人，不但創作五律，還擅長七律，絕句亦多佳什，不似其他詩人五律之外，諸體一無可觀。」〔註33〕不僅如此，縱觀李中的詩歌發現：李中的詩歌體裁確實豐富多變，除了五絕、七絕、五律、七律之外，他還創作長律、六言詩及四言詩，可說是眾體兼善。

李中的五言絕句大多以詠物，如鶴、柳、花、雲、春等，例如：「警露精神異，沖天羽翼新。千年一歸日，誰識令威身。」（《全唐詩》〈鶴〉）、「翠色晴來近，長亭路去遙。無人折煙縷，落日拂溪橋。」（《全唐詩》〈途中柳〉）、「顏色尤難近，馨香不易通。朱門金鎖隔，空使怨春風。」（《全唐詩》〈隔牆花〉）、「羣木方憎雪，開花長在先。流鶯與舞蝶，不見許因緣。」（《全唐詩》〈梅花〉）、「年年二月暮，散亂雜飛花。雨過微風起，狂飄千萬家。」（《全唐詩》〈柳絮〉）、「一種和風至，千花未放妍。草心並柳眼，長是被恩先。」（《全唐詩》〈早春〉）、「陰去爲膏澤，晴來媚曉空。無心亦無滯，舒卷在東風。」（《全唐詩》〈春雲〉）有時也用以詠人，例如〈劍客〉一詩：「恩酬期必報，豈是輒輕生。神劍沖霄去，誰爲平不平。」（《全唐詩》〈劍客〉）李中對事情有所感時也藉以抒發，如〈感事呈所知〉：「競愛松篁翠，皆憐桃李芳。如求濟世廣，桑柘願商量。」（《全唐詩》〈感事呈所知〉）、〈貽青陽宰〉：「徵賦常登限，名山管最多。吏閒民訟少，時得訪煙蘿。」（《全唐詩》）言人民爭執訴訟少時，身爲青陽宰則多空閒，就可時常

〔註32〕〔清〕王國維，《人間詞話》（台南：大夏出版社，1988 年 12 月），頁 51。
〔註33〕彭萬隆，《唐五代詩考論》（杭州：浙江大學出版社，2006 年），頁 439。

訪造草樹茂密，煙聚蘿纏的幽居之處。

　　五律的數量相當多，也藉此表現在不同題材上，如：「青春終日雨，公子莫思晴。任阻西園會，且觀南畝耕。最憐滋隴麥，不恨溼林鶯。父老應相賀，豐年兆已成。」（《全唐詩》〈喜春雨有寄〉）、「年年三月暮，無計惜殘紅。酷恨西園雨，生憎南陌風。片隨流水遠，色逐斷霞空。悵望叢林下，悠悠飲興窮。」（《全唐詩》〈落花〉）、「忽起游方念，飄然不可留。未知攜一錫，乘興向何州。古岸春雲散，遙天晚雨收。想應重會面，風月又清秋。」（《全唐詩》〈送智雄上人〉）不論是對春雨來得及時之喜愛、對落花的憐惜還是送別友人的詩篇，李中對詩歌體裁的掌握恰到好處。

　　七絕的形式雖然短小，李中善於在詩篇的末句勾勒出具美感的畫面，如「千峯雪盡鳥聲春，日永孤吟野水濱。霄漢路岐昇未得，花時空拂滿衣塵。」（《全唐詩》〈春日書懷〉）、「危言危行是男兒，倚伏相牽豈足悲。莫向汀洲時獨立，悠悠斜日照江蘺。」（《全唐詩》〈送仙客〉）、「功名未立誠非晚，骨肉分飛又入秋。枕上不堪殘夢斷，壁蛩窗月夜悠悠。」（《全唐詩》〈秋夕書懷〉）、「香塵未歇暝煙收，城滿笙歌事勝遊。自是離人睡長早，千家簾卷月當樓。」（《全唐詩》〈都下寒食夜作〉）、「門外塵飛暑氣濃，院中蕭索似山中。最憐煮茗相留處，疏竹當軒一榻風。」（《全唐詩》〈夏日書依上人壁〉）、「春霖催得鎖煙濃，竹院莎齋徑小通。誰愛落花風味處，莫愁門巷襯殘紅。」（《全唐詩》〈春苔〉）詩中借景抒懷、頗有餘韻。

　　七律同五律一般，都是李中最常表現的詩歌體裁，他在頷聯頸聯的用功最深。如：「祇應紅杏是知音，灼灼偏宜間竹陰。幾樹半開金谷曉，一溪齊綻武陵深。豔舒百葉時皆重，子熟千年事莫尋。誰步宋牆明月下，好香和影上衣襟。」（《全唐詩》〈桃花〉）、「遠公遺跡在東林，往事名存動苦吟。杉檜已依靈塔老，煙霞空鎖影堂深。入簾輕吹催香印，落石幽泉雜磬音。十八賢人消息斷，蓮池千載月沈沈。」（《全唐詩》〈題廬山東寺遠大師影堂〉）、「寥寥陌巷獨扃門，自樂清虛不厭

貧。數局棋中消永日，一罇酒裏送殘春。雨催綠蘚鋪三徑，風送飛花入四鄰。羨爾朗吟無外事，滄洲何必去垂綸。」（《全唐詩》〈春晚過明氏閒居〉）、「重向煙蘿省舊遊，因尋遺跡想浮丘。峯頭鶴去三清遠，壇畔月明千古秋。泉落小池清復咽，雲從高嶠起還收。自慚未得沖虛術，白髮無情漸滿頭。」（《全唐詩》〈再遊洞神宮懷邵羽人有感〉）詩中煉句之工可見於此。

李中的長律皆用於投獻、寄贈與寫景。目前能見到的有〈獻徐舍人〉、〈新秋有感〉、〈秋雨〉、〈寄廬山白大師〉、〈雲〉、〈徐司徒池亭〉、〈廬山〉、〈送孫霽書記赴壽陽辟命〉、〈獻喬侍郎〉、〈獻中書張舍人〉、〈題徐五教池亭〉、〈冬日書懷寄惟眞大師〉、〈獻中書潘舍人〉、〈海上太守新創東亭〉等十四首，其中〈獻徐舍人〉、〈秋雨〉、〈獻喬侍郎〉於前文已述。

六言詩是全篇每句六字的詩體，也有古體和近體之分別，現在所見以漢末孔融的六言詩爲最早，目前見到使用六言體裁的情形亦不多。李中的詩集裡保存著七首六言詩：「虎溪久駐靈蹤，禪外詩魔尚濃。卷宿吟銷永日，移牀坐對千峯。蒼苔冷鎖幽徑，微風閒坐古松。自說年來老病，出門漸覺疏慵。」（《全唐詩》〈贈東林白大師〉）、「又聽黃鳥綿蠻，目斷家鄉未還。春水引將客夢，悠悠遶遍關山。」（《全唐詩》〈客中春思〉）、「殘紅引動詩魔，懷古牽情奈何。半落銅臺月曉，亂飄金谷風多。悠悠旋逐流水，片片輕黏短莎。誰見長門深鎖，黃昏細雨相和。」（《全唐詩》〈落花〉）、「豪家五色泥香，銜得營巢太忙。喧覺佳人畫夢，雙雙猶在雕梁。」（《全唐詩》〈燕〉）、「羽毛特異諸禽，出谷堪聽好音。薄暮欲棲何處，雨昏楊柳深深。」（《全唐詩》〈鶯〉）、「仙翁別後無信，應共煙霞卜鄰。莫把壺中秘訣，輕傳塵裏遊人。浮生日月自急，上境鶯花正春。安得一招琴酒，與君共泛天津。」（《全唐詩》〈寄楊先生〉）、「花開葉落堪悲，似水年光暗移。身世都如夢役，是非空使神疲。良圖有分終在，所欲無勞妄思。幸有一壺清酒，且來閒語希夷。」（《全唐詩》〈對酒招陳昭用〉）六言詩的讀法與絕句、律

詩迥異，增添詩篇中變化的感覺。

　　李中詩保留了與迎神有關的四言詩，〈祀風師迎神曲〉：「太皥御氣，勾芒肇功。蒼龍青旗，爰候祥風。律以和應，□以感通。鼎俎修響，時惟禮崇。」(《全唐詩》) 這是李中詩裡唯一的四言詩。

　　從以上可以得知李中並不像其餘的南唐詩人大多只專力於律詩，從他的作品中我們看到了不同的詩歌體裁，豐富多變的詩歌運用。

（四）苦吟搜句的癖好

　　李中在他的詩句中一再提及自己苦吟、樂於吟詩及愛好搜句的癖好，如：「唯有搜吟遣懷抱，涼風時復上高臺。」(《全唐詩》〈海上從事秋日書懷〉)、「故人不可見，倚杖役吟魂。」(《全唐詩》〈春日野望懷故人〉)、「遠公遺跡在東林，往事名存動苦吟。」(《全唐詩》〈題廬山東寺遠大師影堂〉)、「每病風騷路，荒涼人莫遊。惟君還似我，成癖未能休。」《全唐詩》(〈寄左偓〉)、「千峯雪盡鳥聲春，日永孤吟野水濱。」(《全唐詩》〈春日書懷〉)、「愛靜不嫌官況冷，苦吟從聽鬢毛蒼。」(《全唐詩》〈贈永真杜翱少府〉)、「貧戶懶開元愛靜，病身纔起便思吟。」(《全唐詩》〈寄左偓〉)、「與君詩興素來狂，況入清秋夜景長。溪閣共誰看好月，莎階應獨聽寒螿。卷中新句誠堪喜，身外浮名不足忙。會約垂名繼前哲，任他玄髮盡如霜。」(《全唐詩》〈秋夜吟寄左偓〉)、「客思雖悲月，詩魔又愛秋。」(《全唐詩》〈江館秋思因成自勉〉)、「老去詩魔在，春來酒病深。」(《全唐詩》〈贈致仕沈彬郎中〉)、「誰知苦吟者，坐聽一燈殘。」(《全唐詩》〈秋雨〉)、「開戶只添搜句味，看山還阻上樓情。」(《全唐詩》〈對雨寄胊山林番明府〉)、「殘紅引動詩魔，懷古牽情奈何。」(《全唐詩》〈落花〉)、「詩魔還漸動，藥債未能酬。」(《全唐詩》〈病中作〉)、「初吟塵慮息，再味古風生。」(《全唐詩》〈覽友人卷〉)、「秋爽鼓琴興，月清搜句魂。」(《全唐詩》〈言志寄劉鈞秀才〉)、「無奈詩魔且夕生，更堪芳草滿長汀。」(《全唐詩》〈暮春吟懷寄姚端先輩〉)、「讀書燈暗嫌雲重，搜句石平憐蘚深。」

（《全唐詩》〈壬申歲承命之任淦陽再過廬山國學感舊寄劉鈞明府〉）、「成僻成魔二雅中，每逢知己是亨通。」（《全唐詩》〈敘吟〉）

　　從上引詩句中不難看出李中對於苦吟搜句以至如癡如魔的地步，仿佛這是他生命中最重要的事情。他開戶觀景也只為搜句，甚至病體初癒就想著苦吟一事，只要搜吟就可以讓他排遣胸中苦悶、平息塵世間的俗慮。即使秋景讓他引發愁緒，但卻也是苦吟搜句的靈感來源。在這樣苦思蒐羅的鍛字練句之下，不乏有精彩的詩句產生，而這些詩句幾乎放在頷聯或頸聯。姑列舉之：「半夜風雷過，一天星斗寒。潮平沙觜沒，霜苦雁聲殘。」（《全唐詩》〈江行夜泊〉）、「野雲生晚砌，病鶴立秋庭。茶美睡心爽，琴清塵慮醒。」（《全唐詩》〈訪山叟留題〉）、「野渡帆初落，秋風蟬一聲。江浮殘照闊，雲散亂山橫。」（《全唐詩》〈江行晚泊寄溢城知友〉）、「一面雨初歇，九峯雲正開。」（《全唐詩》〈舟中望九華山〉）、「遼海音塵遠，春風旅館深。疏簜留鳥語，曲砌轉花陰。」（《全唐詩》〈春閨辭〉）、「臥聽寒蚕莎砌月，行衝落葉水村風。」（《全唐詩》〈安福縣秋吟寄陳銳秘書〉）、「依經煎綠茗，入竹就清風。」（《全唐詩》〈晉陵縣夏日作〉）、「鎖徑青苔老，鋪階紅葉新。」（《全唐詩》〈吉水作尉時酬閻侍御見寄〉）、「一聲來枕上，孤客在天涯。木末風微動，窗前月漸斜。」（《全唐詩》〈旅夜聞笛〉）、「月出沙汀冷，風高葦岸秋。」（《全唐詩》〈送紹明上人之毘陵〉）、「迎僧常踏竹間蘚，愛月獨登溪上樓。寒翠入簷嵐岫曉，冷聲縈枕野泉秋。」（《全唐詩》〈思溢渚舊居〉）、「漱石苔痕滑，侵松鶴夢涼。泛花穿竹塢，瀉月下蓮塘。」（《全唐詩》〈泉〉）、「驚魚跳藻荇，戲蝶上菰蒲。漲痕山雨過，翠積岸苔鋪。」（《全唐詩》〈題徐五教池亭〉）、「露濃小徑蛩聲咽，月冷空庭竹影閒。」（《全唐詩》〈和胸陽載筆魯裕見寄〉）、「默坐煙霞散，閒觀水月明。竹深風倍冷，堂迴磬偏清。」（《全唐詩》〈貽毘陵正勤禪院奉長老〉）、「落壁燈花碎，飄窗雪片粗。」（《全唐詩》〈冬日書懷寄惟真大師〉）、「庭冷鋪苔色，池寒浸月輪。竹風來枕簟，藥氣上衣巾。」（《全唐詩》〈獻中書潘舍人〉）

　　這些詩句中有些用字獨特巧妙，讀來別有一番美感，如「鎖徑青苔老，鋪階紅葉新。」把一條佈滿青苔、鮮少行人路過的小徑，僅用一「鎖」字更顯其幽深荒僻。「驚魚跳藻荇，戲蝶上菰蒲。」擷取了水中及陸上的剎那活潑畫面。「江浮殘照闊，雲散亂山橫。」為夕陽西下的殘照亂影映下一抹淒涼之美。而這些正是李中苦苦思吟、致力於創新的特色。

四、結語

　　南唐詩人孟賓于在《碧雲集》的序中稱讚李中：「緣情入妙，麗則可知，出示全編，備多奇句。」〔註34〕《唐才子傳》亦云：「孟賓于賞其工吟，絕似方干、賈島，時復過之。」〔註35〕可見李中在求奇巧工吟下了很大的工夫。而《詩學淵源》中卻給出了不一樣的評價：「（中）為詩略似元、白，辭旨蘊藉，文采內映，五代之際，得此殊不易矣。」〔註36〕從這段評論可以得知《詩學淵源》的作者從另一個不同的角度去審視李中的詩。而綜觀《碧雲集》的詩篇確實都可以找到以上評論的特點，除了上文舉出苦吟的詩句之外，李中也有所謂「辭旨蘊藉」的詩篇。如：「竹軒臨水靜無塵，別後鳧鷺入夢頻。杜若菰蒲煙雨歇，一溪春色屬何人。」（《全唐詩》〈憶溪居〉）、「豪家五色泥香，銜得營巢太忙。喧覺佳人晝夢，雙雙猶在雕梁。」（《全唐詩》〈燕〉）

　　不論如何，李中是南唐時期頗被看重的詩人，後代文人對他的評價相當高。如《載酒園詩話又編》如此說：

　　　　李中《碧雲集》，孟賓于歷舉其佳句於序，今讀之殊
　　多平平。余更喜其「竹風醒晚醉，窗月伴秋吟」、「虛閣

〔註34〕〔南唐〕李中，《碧雲集》，《四部叢刊》本（台北市：臺灣商務印書館，1965年），序，頁2。

〔註35〕傅璇琮主編，《唐才子傳校箋》（北京：中華書局，1987年5月），卷10，頁474。

〔註36〕轉引自池潔等編撰，《唐詩彙評‧李中》（杭州市：浙江教育出版，1996年），頁3018。

　　靜眠聽遠浪，扁舟閑上泛斜陽」、「步月怕傷三徑蘚，取
　　琴因拂一床塵」、「江近好聽菱荇雨，徑香偏愛蕙蘭風」、
　　「公署靜眠思水石，古屏閑展看瀟湘」，雖輕淺，尚有閑
　　澹之致。〔註37〕

《近體秋陽》也如是評價：

　　　　中詩澄夐、微摯，出口聳人心目，費人留連，如《昭
　　君》、《聞笛》等篇，真堪卓絕終古。晚唐作者林立，吾于
　　張、鄭之外，又得李君，其人於戲觀斯止矣。〔註38〕

　　李中見證了南唐的興衰史，雖然未寫家國之仇、戰亂現況、社會
現象，但整體呈現的無奈心境，未嘗不與時代脈動息息相關，從《碧
雲集》正可見出時代對詩人的影響。

〔註37〕轉引自池洁等編撰，《唐詩彙評・李中》（杭州市：浙江教育出版，
　　　　1996年），頁3018。
〔註38〕轉引自池洁等編撰，《唐詩彙評・李中》（杭州市：浙江教育出版，
　　　　1996年），頁3018。

第七章　南唐詩之主題

　　南唐較之中原地區，政治經濟相對穩定，但是整體而言，全中國在這個時期仍然籠罩在一個戰亂頻仍的時代。時代下的詩人理應與這樣的背景息息相關，進而表現出時代的脈動與對時代的關心。可惜的是這樣的作品反而少見。《唐代文學史》對此現象如是明言：

　　　　此期詩較晚唐更少正面反映廣闊社會現實，以曲折暴
　　　　露醜惡、針砭時弊顯示特徵。抒寫性情，展示一代文人的
　　　　多種精神生活成了此期詩歌的基本內容，堅守其道、潔身
　　　　自好以及出與處的心理矛盾和苦悶，是詩人經常表現的主
　　　　題。不僅喜用「言懷」、「自遣」詩直訴肺腑，就連大力創
　　　　作的咏物小詩，也常寓有作者的人格。這一時期，寄贈酬
　　　　答詩為數眾多，以詩代箋，互訴情懷。〔註1〕

　　因此，這個時期的詩歌幾乎集中在別離、宗教、娛樂等主題。至於懷古、詠史、憂患的主題偶爾有之，卻不是南唐詩歌主要展現的主題了，以下分節敘述之。

〔註 1〕吳庚舜／董乃斌，《唐代文學史》(北京：人民文學出版社，2000 年)，
　　　　頁 678。

第一節　別離

　　陳向春在《中國古典詩歌主題研究》一書中將「孤客千里的悠悠鄉愁」、「依依離情」、「懷遠與贈答」都納入「中國古典詩歌的別離主題」下分述，並說：「這種種動人心弦的情感——鄉愁、旅思、離情、別思——都源於別離。空間上的阻隔，時間上的持續，帶來心理上的缺失、哀傷的情感。」〔註2〕別離在此時代下是常見的主題，南唐詩人有的因仕宦或避難而離鄉背井、有的因懷人而生出感慨，這些詩作往往傳達出一種哀愁無奈之感。但有的則表達對朋友的勸勉與祝願，友情的激勵慰勉盡在其中。

　　韓熙載在〈感懷〉詩中即言自己本是江北人，因故遷來江南，時日良久後，反而他鄉成了故鄉：

> 僕本江北人，今作江南客。再去江北遊，舉目無相識。
>
> 金風吹我寒，秋月爲誰白。不如歸去來，江南有人憶。
>
> 　　　　　　　　　　　　　（韓熙載〈感懷〉）〔註3〕

　　韓熙載因爲父親被後唐皇帝李嗣源（867～933）所殺而奔吳，南唐李昇任命他爲秘書郎，輔佐太子於東宮。李璟時遷他爲吏部員外郎，以及史館修撰兼太常博士，最後拜爲中書舍人。而後有機會回到江北時，早已因連年戰亂而舉目無親了。「不如歸去來，江南有人憶。」乍看是勸慰自己的話，但何嘗不是北方的家園早已不在的悲愴之語呢？左偃（生卒年不詳）的〈秋晚野望〉亦有：「倚笻聊一望，何處是秦川。」〔註4〕之嘆，王操（生卒年不詳）所寫的〈塞上〉說出了久守邊陲，無法回歸故鄉戰士的悽楚：

> 無定河邊路，風高雪灑春。沙平寬似海，鵰遠立如人。

〔註2〕陳向春，《中國古典詩歌主題研究》（北京：高等教育出版社，2008年6月），頁84。

〔註3〕〔清〕李調元編／何光清點校，《全五代詩》（成都：巴蜀書社，1992年），卷24，頁517。

〔註4〕〔清〕李調元編／何光清點校，《全五代詩》（成都：巴蜀書社，1992年），卷29，頁627。

絕域居中土，多年息虜塵。邊城吹暮角，久客自悲辛。

（王操〈塞上〉）〔註5〕

另外孟賓于（生卒年不詳）的〈懷連上舊居〉亦屬於懷鄉之作：

閑思連上景難齊，樹繞仙鄉路繞溪。明月夜舟漁父唱，春風平野
鷓鴣啼。

城邊寄信歸雲外，花下傾杯到日西。

更憶海陽垂釣侶，昔年相遇草萋萋。

（孟賓于〈懷連上舊居〉）〔註6〕

孟賓于是連州連上人，在南唐時授豐城簿，遷淦陽令。詩中「更
憶海陽垂釣侶，昔年相遇草萋萋。」寫出了對故鄉同伴的懷念，而
他在金陵城破時請求因老病而歸於連上，也看出他對故鄉的眷戀。
南唐僧人若虛（生卒年不詳）長期隱於廬山石室，亦曾有懷念廬山
之作：

九疊嵯峨倚著天，悔隨寒瀑下巖煙。

秋深猿鳥來心上，夜靜松杉到眼前。

書架想遭苔蘚裹，石窗應被薜蘿纏。

一枝筇竹游江北，不見爐峰三十年。

（若虛〈懷廬山舊隱〉）〔註7〕

因記載有限，我們並不知道若虛何故離開廬山三十年，從詩中可
知廬山的一草一木在他心中的份量不輕，以致出家人也有「秋深猿鳥
來心上」之嘆惜。而詩人江爲（生卒年不詳）本是宋州人，因避亂遷
徙至閩，所作的〈旅懷〉，將徬徨又留戀的感情表露無遺：

迢迢江漢路，秋色又堪驚。半夜聞鴻雁，多年別弟兄。

〔註5〕〔清〕李調元編／何光清點校，《全五代詩》（成都：巴蜀書社，1992
　　　年），卷36，頁759～760。

〔註6〕〔清〕李調元編／何光清點校，《全五代詩》（成都：巴蜀書社，1992
　　　年），卷29，頁625。

〔註7〕〔清〕李調元編／何光清點校，《全五代詩》（成都：巴蜀書社，1992
　　　年），卷39，頁816。

高風雲影斷，微雨菊花明。欲寄東歸信，裴回無限情。

（江為〈旅懷〉）〔註8〕

江為屢屢為有司所黜，官運不亨通因而怏怏不樂，登上潤州城不免感慨作客他鄉的迷茫之感，在〈登潤州城〉中他這麼寫：

天末江城晚，登臨客望迷。春潮平島嶼，殘雨隔虹霓。

鳥與孤帆遠，煙和獨樹低。鄉山何處是，目斷廣陵西。

（江為〈登潤州城〉）〔註9〕

江為時常把這種離鄉的孤獨及前途未卜的惆悵寄託於詩中，如〈江行〉中所言「孤舟幾夢歸」和〈岳陽樓〉中的「展轉念前途」充分地抒發自身的遺憾：

越信隔年稀，孤舟幾夢歸。月寒花露重，江晚水煙微。

峰直帆相望，沙空鳥自飛。何時洞庭上，春雨滿簑衣。

（江為〈江行〉）〔註10〕

倚樓高望極，展轉念前途。晚葉紅殘處，秋江碧入吳。

雲中來雁急，天末去帆孤。明月誰同我，悠悠上帝都。

（江為〈岳陽樓〉）〔註11〕

南唐詩人左偓的抒懷興嘆大抵與友人相關，如〈郊原晚望懷李秘書〉以及〈言懷別同志〉：

歸鳥入平野，寒雲在遠村。徒令睇望久，不復見王孫。

（左偓〈郊原晚望懷李秘書〉）〔註12〕

〔註8〕〔清〕李調元編／何光清點校，《全五代詩》（成都：巴蜀書社，1992年），卷39，頁808。

〔註9〕〔清〕李調元編／何光清點校，《全五代詩》（成都：巴蜀書社，1992年），卷39，頁808。

〔註10〕〔清〕李調元編／何光清點校，《全五代詩》（成都：巴蜀書社，1992年），卷39，頁808。

〔註11〕〔清〕李調元編／何光清點校，《全五代詩》（成都：巴蜀書社，1992年），卷39，頁808。

〔註12〕〔清〕李調元編／何光清點校，《全五代詩》（成都：巴蜀書社，1992年），卷29，頁627。

　　　　漸老將誰托，　勞生每自慚。　何當重攜手，風雨滿江
　　南。

（左偓〈言懷別同志〉）〔註13〕

　　鄭文寶（953～1013）的〈關題〉寫離恨別愁之嘆：

　　　　亭亭畫舸繫春潭，直到行人酒半酣。

　　　　不管煙波與風雨，載將離恨過江南。

（鄭文寶〈關題〉）〔註14〕

　　詩中將離恨具體化，言亭亭畫舸在行人酒醉半酣之際，連著離別
之憾恨一同裝載，悠悠地渡過江南。

　　鄭文寶在〈送曹緯劉鼎二秀才〉中表達了送別二位秀才的不捨：

　　　　旦夕春風老，離心共黯然。小舟聞笛夜，微雨養花天。

　　　　手筆人皆有，曹劉世所賢。郴侯重才子，從此看鶯遷。

（鄭文寶〈送曹緯劉鼎二秀才〉）〔註15〕

　　詩中指出鄭文寶與曹緯、劉鼎二位秀才相處時間短促，分離時心
緒更顯黯然。「小舟聞笛夜，微雨養花天。」二句表現出來的凝鍊自
然，李調元認為不輸王維、杜甫。鄭文寶於詩的後半讚賞曹劉二位的
手筆為世人所稱賢，重視才子的郴侯肯定能好好任用之，所以此去必
定能夠由困窮而亨達，故預賀二位秀才如鶯遷般加官升職。鄭文寶另
有〈送枝江秦長官罷秩〉詩：

　　　　眾論才名外，親人似故人。官嫌容易達，家愛等閒貧。

　　　　解印詩權在，移風澤國春。政聲誣不得，慚見數鄉民。

（鄭文寶〈送枝江秦長官罷秩〉）〔註16〕

〔註13〕〔清〕李調元編／何光清點校，《全五代詩》（成都：巴蜀書社，1992
　　　　年），卷29，頁628。
〔註14〕〔清〕李調元編／何光清點校，《全五代詩》（成都：巴蜀書社，1992
　　　　年），卷36，頁754。
〔註15〕〔清〕李調元編／何光清點校，《全五代詩》（成都：巴蜀書社，1992
　　　　年），卷36，頁754。
〔註16〕〔清〕李調元編／何光清點校，《全五代詩》（成都：巴蜀書社，1992

詩中送秦長官罷官回鄉，並讚揚他爲政政績良好，雖已然罷官，但作詩的才學仍在，可大可藉由詩文再達到移風化俗之功。詩人龔穎（生卒年不詳）則有〈次韻贈丁謂〉詩，顯示兩人友好的交情並加以祝福：

> 膽怯何由戴鐵冠，祇緣昭代獎孤寒。
>
> 曲肱未遂違前志，直指無聞是曠官。
>
> 三署每傳朝客說，五溪閒憑郡樓看。
>
> 祝君早得文場雋，況值天階正舞干。
>
> （龔穎〈次韻贈丁謂〉）〔註17〕

龔穎是邵武人，早先仕於南唐，歸宋後爲殿中侍御史，據《青箱雜記》記載：

> 穎自負文學，少許可，又談論多所折難。太宗朝，知朗州，士罕造其門，獨丁謂贄文求見，穎倒屣延迓，酬對終日，以至忘食，曰：「自唐韓、柳后，今得子矣。」異日，丁獻詩于穎，穎次韻和酬。〔註18〕

從這段記載可知龔穎和丁謂（966～1037）之間的交情特別深厚，已至倒屣相迎、酬對忘食的地步了！《尚書·大禹謨》中言：「帝乃誕敷文德，舞干羽於兩階。七旬，有苗格。」〔註19〕後來就以「舞干」指文德感化。因此龔穎在詩末說：「祝君早得文場雋，況值天階正舞干。」正是以《尚書》中的典故祝福丁謂在文場上順遂。另外舒雅（生卒年不詳）僅存的三首詩亦皆酬答之作，〈答錢少卿〉、〈答內翰學士〉和〈答劉學士〉分別寫下思念朋友的心情：

年），卷36，頁754。

〔註17〕 〔清〕李調元編／何光清點校，《全五代詩》（成都：巴蜀書社，1992年），卷36，頁763。

〔註18〕 〔宋〕吳處厚，《青箱雜記》（北京：中華書局，1997年），卷2，頁14。

〔註19〕 屈萬里，《尚書釋義·偽古文尚書·大禹謨》（臺北：中國文化大學出版部，1995年7月），頁232。

蓬萊閣下舊鄰居，偶別俄驚四載餘。

每見寒葭思倚玉，忽臨秋水得雙魚。

人間貴賤誰能及，物外優閒我自如。

聞說歸艎向春渚，深知不與道情疏。

（舒雅〈答錢少卿〉）

清貴無過近侍臣，多情猶憶舊交親。

金蓮燭下裁詩句，麟角峯前寄隱淪。

和氣忽飄燕谷暖，好風徐起謝庭春。

緘藏便是山家寶，留與兒孫世不貧。

（舒雅〈答內翰學士〉）

往歲別京畿，棲山與眾違。君心似松柏，雁足寄珠璣。

學道情難篤，燒丹力尚微。雲中雞犬在，祇候主人歸。

（舒雅〈答劉學士〉）〔註20〕

　　殷崇義（生卒年不詳）的〈早春寄華下同志〉寫在春天花好之際，憶起華下同志而展轉難眠：

正是花時節，思君寢復興。市沽終不醉，春夢亦無憑。

嶽面懸清雨，河心走獨冰。東門一條路，離恨正相仍。

（殷崇義〈早春寄華下同志〉）〔註21〕

　　思君致使買醉不成、春夢無憑，在飄著清雨的山中渡過冰面的河心，偏偏離別的憾恨相繼而來，愁緒終難排遣。

　　南唐詩人因身逢動亂之際，導致顛沛流離，聚散離合的境遇在所多有，因此對於詩人來說，友情是最好的慰藉，這也是在五代時期詩人們大量創作贈答酬唱作品的原因。故不論是送別或思念之作，一方面是反映自身的孤獨寂寞，一方面則是對於友情重視的表現，益顯在

〔註20〕　〔清〕李調元編／何光清點校，《全五代詩》（成都：巴蜀書社，1992年），卷36，頁758。

〔註21〕　〔清〕李調元編／何光清點校，《全五代詩》（成都：巴蜀書社，1992年），卷36，頁761。

亂世中友情的彌足珍貴。

第二節　宗教

　　與宗教相關的主題，在王立《中國古代文學十大主題》一書中有所謂「遊仙」主題，﹝註22﹞陳向春則在《中國古典詩歌主題研究》中的「生命」主題下討論遊仙。但所謂遊仙詩按陳向春所言是指：「以詩歌的體裁，表現詩人與仙人交往、幻游境界，描寫煉丹服食等精神風貌的。」﹝註23﹞南唐詩人極少在詩歌中傳達出要欲飛昇成仙的想法，最常見的是在現實的煩悶中稍稍移轉情境，暫作喘息。因此南唐詩人在宗教的主題方面主要表現在：將難排遣的心緒寄託於宗教、寺院廟宇題詩、與僧師道人往來造訪、藉物談佛理或以偈語方式傳達思想。

　　李煜幾首抒發病中心情或哀悼的詩，如〈病起題山舍壁〉、〈病中感懷〉、〈病中書事〉〈悼詩〉等，最終都將無法承受的現實之苦，求問於宗教，以達排遣之效，這在前文已然提及，此不贅述。宋齊邱寫給仰山的慧度禪師的贈詩中，即對慧度禪師表達景仰，有聞名不如見面之讚，詩中並刻畫禪師的形象，最後指出塵外之人德行的清高：

> 初聞如自解，及見勝初聞。兩鬢堆殘雪，一身披斷雲。
>
> 道應齊古佛，高不揖吾君。稽首清涼月，蕭然萬象分。
>
> 　　　　　　　　　　　　　　（宋齊邱〈贈仰山慧度禪師〉）﹝註24﹞

　　左偃寫給禪師的詩則偏向感情上的交流，他的存詩中有〈寄鑒上人〉和〈寄廬山上人〉二首詩與此主題相關：

> 一從攜手阻戈鋋，屈指如今已十年。

﹝註22﹞　參見王立，《中國古代文學十大主題》（臺北：文史哲出版社，1994年7月）。

﹝註23﹞　陳向春，《中國古典詩歌主題研究》（北京：高等教育出版社，2008年6月），頁47～48。

﹝註24﹞　〔清〕李調元編／何光清點校，《全五代詩》（成都：巴蜀書社，1992年），卷24，頁516。

長記二林同宿夜，竹齋聽雨共忘眠。

（左偓〈寄鑒上人〉）〔註25〕

潦倒門前客，閒眠歲又殘。連天數峰雪，終日與誰看？

萬丈高松古，千尋落水寒。仍聞有新作，懶寄入長安。

（左偓〈寄廬山上人〉）〔註26〕

〈寄鑒上人〉中憶起與鑒上人往昔的從遊過往，並追憶在竹齋聽雨之興致；〈寄廬山上人〉則告訴上人近來生活潦倒以致無心觀雪的低落心情。南唐撫州觀察使查文徽有寄給麻姑仙壇道士的詩：

別後相思鶴信稀，郡樓南望遠峰迷。

人歸仙洞雲連地，花落春秋水滿溪。

白髮只應悲鏡鑷，丹砂猶待寄刀圭。

方平車駕今何在？常苦塵中日易西。

（查文徽〈寄麻姑仙壇道士〉）〔註27〕

詩中道出與麻姑仙壇道士的交情及別後相思，詩末則悲白髮徒長以及在塵世中的歲月易逝。另外僧人本身也有詩讚嘆禪師，如文益的〈睹木平和尚〉：

木平山裏人，貌古年復少。相看陌路同，論心秋月皎。

懷衲線非蠶，助歌聲有鳥。城闕今日來，一謳曾已曉。

（文益〈睹木平和尚〉）〔註28〕

文益是餘杭魯氏之子，七歲時就依陸州和尚全偉落髮為僧。李璟延請他住在報恩寺，並賜號為「淨慧禪師」，坐化之後號為「法眼禪

〔註25〕〔清〕李調元編／何光清點校，《全五代詩》（成都：巴蜀書社，1992年），卷29，頁628。

〔註26〕〔清〕李調元編／何光清點校，《全五代詩》（成都：巴蜀書社，1992年），卷29，頁626。

〔註27〕〔清〕李調元編／何光清點校，《全五代詩》（成都：巴蜀書社，1992年），卷31，頁651。

〔註28〕〔清〕李調元編／何光清點校，《全五代詩》（成都：巴蜀書社，1992年），卷39，頁817。

師」。《全五代詩》言：「木平和尚知人禍福生死，掛木瓶於杖頭，能引瓶自蔽，元宗不能見也。」〔註29〕直至宋代也有詩人寫詩讚頌木平和尚，如黃庭堅的〈木平和尚眞贊〉，可見僧人名望之高。《十國春秋》有木平和尚的記載：

> 宏茂幼時，元宗使木平和尚視之，曰：「餘不足問，所不知者壽耳。」木平手書九十一以獻，及薨年一十九。
> 〔註30〕

另外，詩人鄭文寶的〈寒食訪僧〉寫下了在春暖花開的美景中，於寒食節攜酒拜訪僧友的情形：

> 客舍愁經百五春，雨餘溪寺綠無塵。
> 金花開處軼鼜鼓，粉頰誰家鬭草人。
> 水上碧桃流片段，梁間新燕語逡巡。
> 高僧不飲客攜酒，來勸先朝放逐臣。
>
> （鄭文寶〈寒食訪僧〉）〔註31〕

詩人亦喜愛在寺院廟宇題詩或描述觀宇的歷史變化，如孫咸（生卒年不詳）遊廬山後在九天使者廟留題詩句：

> 獨入玄宮禮至眞，焚香不爲賤貧人。
> 秦淮兩岸沙埋骨，溢浦千家血染塵。
> 廬岳煙霞誰是主？虎溪風月屬何人！
> 九江太守勤王事，好放天兵渡要津。
>
> （孫咸〈題九天使者廟〉）〔註32〕

〔註29〕〔清〕李調元編／何光清點校，《全五代詩》（成都：巴蜀書社，1992年），卷39，頁817。

〔註30〕〔清〕吳任臣，《十國春秋・南唐列傳》（臺北：國光書局，1962年），卷19，頁8。

〔註31〕〔清〕李調元編／何光清點校，《全五代詩》（成都：巴蜀書社，1992年），卷36，頁754。

〔註32〕〔清〕李調元編／何光清點校，《全五代詩》（成都：巴蜀書社，1992年），卷31，頁665。

據說孫咸擅長於預知災異，在九天使者廟留下這首詩的幾年後，金陵就發生戰爭動亂，應驗了詩中所言「秦淮兩岸沙埋骨，溢浦千家血染塵。」的場景。詩人許堅（生卒年不詳）亦喜愛遊題寺院觀宇，以下三首分別寫幽棲觀、溧陽霞泉寺及茅山觀：

> 仙翁上昇去，丹井寄晴壑。山色接天台，湖光照寥廓。
> 玉洞絕無人，老檜猶棲鶴。我欲掣青蛇，他時沖碧落。
> 　　　　　　　　　　　　　　（許堅〈題幽棲觀〉）

> 地枕吳溪與越峯，前朝恩錫靈泉額。
> 竹林晴見雁塔高，石室曾棲幾禪伯。
> 荒碑字沒秋苔深，古池香泛荷花白。
> 客有經年說別林，落日啼猿情脈脈。
> 　　　　　　　　　　　（許堅〈題溧陽霞泉寺限白字〉）

> 常恨清風千載鬱，洞天令得恣遊遨。
> 松揪古色玉壇靜，鸞鶴不來青漢高。
> 茅氏井寒丹已化，玄宗碑斷夢仍勞。
> 分明有個長生路，休向紅塵嘆二毛。
> 　　　　　　　　　　　　　（許堅〈題茅山觀〉）〔註33〕

許堅，字介石，廬江人。書中記載他「有異術，嘗往來廬阜茅山間。李璟時，以異人召不至，後不知所終。」〔註34〕許堅本身就是一個神秘的人物，據說他幾乎不開口，別人不知他究竟幾歲，而他的樣貌始終沒改變。許堅能寫詩又好談神仙之事，因此留下的詩句也與神先道術相關。南唐僧人若虛則有〈樂仙觀〉詩：

> 樂氏騎龍上碧天，東吳遺宅尚依然。
> 悟來大道無多事，真後丹元不值錢。

〔註33〕〔清〕李調元編／何光清點校，《全五代詩》（成都：巴蜀書社，1992年），卷39，頁813。

〔註34〕〔清〕李調元編／何光清點校，《全五代詩》（成都：巴蜀書社，1992年），卷39，頁812。

老樹夜風蟲咬葉，古垣春雨蘚生磚。

松傾鶴死桑田變，華表歸鄉未有年。

（若虛〈樂仙觀〉）〔註35〕

　　若虛隱居於廬山石室中，李主多次徵用他，他都不肯出仕。詩中的「樂仙觀」即「樂眞觀」。樂仙本名樂子長，是泰州人，傳說道術修成後於白日飛升至天，當時號爲「樂眞人」。蕭梁大同元年（535）昭明太子蕭統到海陵時，就以樂眞人的故宅爲觀宇，名爲「樂眞觀」。詩中的「東吳」就是現在的江浙地區，海陵地區是古代的吳地，所以稱樂氏故宅爲東吳遺宅。「華表歸鄉」則用了漢朝丁令威學成道術後，化爲白鶴停在故鄉城門華表柱上的神話典故。〔註36〕南唐人張紹（生卒年不詳）有長詩〈沖佑觀〉共96句，洋洋灑灑地讚頌此仙境靈地：

大始未形，混沌無際。上下開運，乾坤定位。日月麗天，山川鎮地。

萬彙猶屯，三才始備。肇有神化，初生蒸民。上惟立德，下無疏親。

皇風蕩蕩，黔首淳淳。天下有道，誰非聖人。開源嗜欲，澆漓俗盛。

賢者避世，眞人革命。八極神鄉，十州異境。翠阜丹邱，潛伏靈聖。

惟彼武夷，實曰洞天。峯巒黛染，岩岫霞蘚。金房玉室，羽蓋雲軿。

葬曰風雨，會有神仙。國步多艱，皇綱中絕。四海九州，瓜分幅裂。

〔註35〕〔清〕李調元編／何光清點校，《全五代詩》（成都：巴蜀書社，1992年），卷39，頁816。

〔註36〕參見〔晉〕陶淵明《搜神後記》（台北：木鐸出版社，1982年），卷1。

　　稔禍甌隅，阻兵甌越。寂寞蠻風，荒涼絳闕。赫赫烈
祖，再造丕基。

　　拱揖高讓，神人樂推。明明我后，允協昌基。功崇下
武，德茂重熙。

　　睿哲英斷，雄略神智。拓土開疆，經天緯地。五嶺來
庭，三湘清徹。

　　四海震威，群生懷惠。猶勞宵旰，猶混馬車。貪狼俟
靜，害焉方除。

　　淹留駿馭，想像鶉居。心懸真洞，夢到華胥。乃眷名
山，追惟聖跡。

　　內庫頒金，元侯奉職。三境求規，五靈取則。跨谷彌
岡，張霄架極。

　　珠宮寶殿，璿台玉堂。鳳翔高甍，龍轉迴廊。錯落金
碧，玲瓏璧璫。

　　雲生林楚，雷繞藩牆。七聖斯嚴，三君如在。八景靈
輿，九華神蓋。

　　清宵莫胥，明霜匪對。仿佛壺中，依稀物外。眾真之
宇，擬之無倫。

　　會仙之類，名之惟新。高峰為塹，區谷成峒。皇獻頌
聲，永絕淄磷。

（張紹〈冲佑觀〉）〔註37〕

　　樂史（930～1007）的〈鍾山寺〉詩將鍾山寺的幽靜縹緲之景顯
露無遺：

　　　　千峯夾一徑，一徑花枕泉。聽泉復看花，行到鍾山前。
　　　　古寺雲生屋，高僧月伴禪。自慚留一宿，匹馬又朝天。

（樂史〈鍾山寺〉）〔註38〕

〔註37〕〔清〕李調元編／何光清點校，《全五代詩》（成都：巴蜀書社，1992
　　年），卷29，頁630～631。

　　徐道暉（生卒年不詳）和李翱（生卒年不詳）都分別寫過〈金山寺〉：

> 兩寺今爲一，僧多外國人。流來天際水，截斷世間塵。
> 鴉宿昏林徑，龍歸繞塔輪。卻疑成片石，曾坐謝心身。
>
> 　　　　　　　　　　　　　　　　　（徐道暉〈金山寺〉）

> 萬古江心寺，金山名目新。天多剩得月，地少不生塵。
> 石室堪容膝，雲堂可憩身。我來登眺處，能有幾閒人？
>
> 　　　　　　　　　　　　　　　　（李翱〈金山寺〉）〔註39〕

　　從徐道暉的詩中可看出金山寺當年的特色，詩人認爲此處與世間塵世無涉，可澄淨身心；李翱詩中的金山寺雖不染塵土，但詩人卻問眞正能心處閑靜的又有幾人？南唐道士兼道教學者譚峭（生卒年不詳）唯一的存詩也呈現宗教主題：

> 線作長江扇作天，靸鞵拋向海東邊。
> 蓬萊信道無多路，只在譚生挂杖前。
>
> 　　　　　　　　　　　　　　　　（譚峭〈大言詩〉）〔註40〕

　　譚峭，字景升。他的父親譚洙擔任國子監司業，譚峭小傳中如此記載：「博涉經史，屬文清麗。洙訓以進士業，而峭酷好黃老書，辭父遠遊，師嵩山道士，得辟穀養氣之術。後入青城山，仙去。」〔註41〕譚峭的〈大言詩〉同樣充滿神仙色彩。謙光（生卒年不詳）的〈賞牡丹應教〉則是藉物談佛理：

> 擁衲對芳叢，由來事不同。鬢從今日白，花似去年紅。

〔註38〕　〔清〕李調元編／何光清點校，《全五代詩》（成都：巴蜀書社，1992年），卷36，頁762。

〔註39〕　〔清〕李調元編／何光清點校，《全五代詩》（成都：巴蜀書社，1992年），卷31，頁672。

〔註40〕　〔清〕李調元編／何光清點校，《全五代詩》（成都：巴蜀書社，1992年），卷39，頁814。

〔註41〕　〔清〕李調元編／何光清點校，《全五代詩》（成都：巴蜀書社，1992年），卷39，頁814。

　　　豔異隨朝露，馨香逐曉風。何須對零落，然後始知空。

　　　　　　　　　　　　　　　（謙光〈賞牡丹應教〉）〔註42〕

　　謙光是金陵人，法號為「法眼禪師」。為人有才辨，李後主十分禮遇他。後來宋主要問罪李後主時，後主因用謀臣之計對抗宋師，當時謙光正在大內觀賞牡丹，因作此詩。〔註43〕「何須對零落，然後始知空。」正是對李後主的敲警之語。以偈語方式傳達思想的還有行因大師（生卒年不詳）：

　　　前朝詔住棲賢寺，雪夜逃居巖石間。

　　　想見煮茶延客處，直緣生死不相關。

　　　　　　　　　　　　　　　　　　（行因〈偈〉）〔註44〕

　　行因大師本來住在廬山佛手巖，因李後主徵召而遷居棲賢寺，一日趁著大雪之際逃歸於昔日歸隱之處——廬山。他曾煮茶延請僧人，最後托巖扉立化。果如他偈語中所言「生死不相關」了！

　　南唐詩在宗教的主題上的表現比較不脫離於現實生活，相對於同樣在亂世中的六朝，則出現大量的遊仙詩，這或許是時代背景不同而反映出的差異。面對六朝朝不保夕、戰亂頻仍的現實環境，詩人更加畏懼生死和現實的壓力，急於找到一個人生的出口就成了重要的解脫和安慰。而南唐雖然處在五代時期，但政治上的相對穩定卻是南唐詩人的最大依靠，足夠給予他們一個安穩的生活。因此，表現在宗教主題上只是淺淺的排懷寄託、題詩於寺宇、造訪方外之士、藉物和以偈語談理。

第三節　娛樂

　　陳向春在敘述「中國古典詩歌的娛樂主題」下說：「日常生活裡

〔註42〕〔清〕李調元編／何光清點校，《全五代詩》（成都：巴蜀書社，1992年），卷39，頁818。
〔註43〕參見〔宋〕陶岳，《五代史補》，叢書集成續編（臺北：新文豐出版公司，1985年），卷5，頁14。
〔註44〕〔清〕李調元編／何光清點校，《全五代詩》（成都：巴蜀書社，1992年），卷39，頁818。

每一個『節目』，例如節慶、祝壽、飲酒、品茗、茶道、游覽、公宴、賞景、咏物、聯句、回文、打油、聯對等，都逐漸成了中國詩人表現『快樂』人生的詩料題材。」〔註45〕娛樂的主題在南唐詩中亦屬常見，從詩人遊賞湖光山景、亭閣野村以及飲酒觀棋、舞墨咏物等皆可從中見到南唐詩人平日消遣自娛的生活。

李璟遊後湖而賞蓮花，有〈遊後湖賞蓮花〉詩，詩云：

> 蓼花蘸水火不滅，水鳥驚魚銀梭投。
>
> 滿目荷花千萬頃，紅碧相雜敷清流。
>
> 孫武巳斬吳宮女，琉璃池上佳人頭。
>
> （李璟〈遊後湖賞蓮花〉）〔註46〕

李璟在遊賞蓮花後寫下的詩句想像奇特，他從滿湖蓮花的美景聯想到春秋時代的軍事名將孫武斬吳妃立威的事蹟，琉璃池上的蓮花在他眼中彷如美人的頭顱。莫怪《詩話總龜》轉引《摭遺》如此言之：「識者謂雖佳句，然宮中有佳人頭非吉語也。」〔註47〕而孟賓于的〈晚眺〉和〈湘江亭〉詩則有蕭瑟美感：

> 倚杖殘秋裏，吟中四顧頻。西風天際雁，落日渡頭人。
>
> 草色衰平野，山陰斂暮塵。卻尋苔徑去，明月照村鄰。
>
> （孟賓于〈晚眺〉）

> 獨宿大中年裏寺，樊籠得出事無心。
>
> 寒山夢覺一聲磬，霜葉滿林秋正深。
>
> （孟賓于〈湘江亭〉）〔註48〕

〔註45〕陳向春，《中國古典詩歌主題研究》（北京：高等教育出版社，2008年6月），頁225。

〔註46〕〔清〕李調元編／何光清點校，《全五代詩》（成都：巴蜀書社，1992年），卷24，頁505。

〔註47〕〔宋〕阮閱，《詩話總龜》（北京：人民文學出版社，1998年），前集卷33，頁329。

〔註48〕〔清〕李調元編／何光清點校，《全五代詩》（成都：巴蜀書社，1992年），卷29，頁625～626。

再看何昌齡（生卒年不詳）〈題楊克儉池館〉和許堅〈登遊齊山〉詩的寫景也顯其寂寥、落寞、孤冷：

> 經旬因雨不重來，門有蛛絲徑有苔。
> 再向白蓮臺上望，不知花木爲誰開。
>
> 　　　　　　　　（何昌齡〈題楊克儉池館〉）〔註49〕

> 星使南馳入楚重，此山偏得駐行蹤。
> 落花滿地月華冷，寂寞舊山三四峰。
>
> 　　　　　　　　（許堅〈登遊齊山〉）〔註50〕

以上遊賞的詩篇與盛唐詩人的寫景大相逕庭，如王維的〈漢江臨泛〉：「楚塞三湘接，荊門九派通。江流天地外，山色有無中。郡邑浮前浦，波瀾動遠空。襄陽好風日，留醉與山翁。」〔註51〕讚嘆漢水雄渾壯闊的景色及江勢的浩瀚遼闊，全詩充滿對景色的熱愛與樂觀的情緒。再如李白的〈望天門山〉詩：「天門中斷楚江開，碧水東流至此回。兩岸青山相對出，孤帆一片日邊來。」〔註52〕描繪江河受到奇險的山峰阻遏時出現的壯闊情景，並將天門山雄偉的景色突顯出來。同樣是遊賞的題材，南唐詩人表現出來的風格與盛唐詩人截然不同。詩人李徵古（生卒年不詳）僅有的一首存詩〈登祝融峯〉寫下他登祝融峯的過程：

> 欲上祝融峰，先登古石橋。鑿開巇嶮處，取路到丹霄。
>
> 　　　　　　　　（李徵古〈登祝融峯〉）〔註53〕

詩中寫出了取道古石橋再登上祝融峰的險峻之路，寥寥幾字顯示

〔註49〕〔清〕李調元編／何光清點校，《全五代詩》（成都：巴蜀書社，1992年），卷31，頁656。

〔註50〕〔清〕李調元編／何光清點校，《全五代詩》（成都：巴蜀書社，1992年），卷39，頁813。

〔註51〕〔清〕清聖祖御定，《全唐詩》（台北：文史哲出版社，1987年），卷126，頁1279。

〔註52〕〔清〕清聖祖御定，《全唐詩》（台北：文史哲出版社，1987年），卷180，頁1839。

〔註53〕〔清〕李調元編／何光清點校，《全五代詩》（成都：巴蜀書社，1992年），卷31，頁652。

開鑿崢嶸山徑的艱辛。詩人韓垂（生卒年不詳）則有〈題金山〉詩，是題詠金山詩中最爲得名的：

> 靈山一峰秀，岌然殊眾山。盤根大江底，插影浮雲間。
> 雷霆常間作，風雨時往還。象外懸清影，千載長躋攀。
>
> （韓垂〈題金山〉）〔註54〕

前兩句指出金山之特出，而後的「盤根大江底，插影浮雲間。」把金山插天入地的高聳形容得十分大器。李建勳在他的〈金山〉詩中還曾提及韓垂此詩：「不嗟白髮曾遊此，不歎征帆無了期。盡日憑闌誰會我，只悲不見韓垂詩。」〔註55〕南唐詩人的遊賞詩不乏有清新之作，如梁藻〈南山池〉和王操〈村家〉：

> 翡翠戲翻荷葉雨，鷺鷥飛破竹林煙。
> 時沽村酒臨軒酌，擬摘新茶靠石煎。
>
> （梁藻〈南山池〉）〔註56〕

> 野景村家好，柴籬夾樹身。牧童眠向日，山犬吠隨人。
> 地僻鄉音別，年豐酒味醇。風光吟有興，桑麥暖逢春。
>
> （王操〈村家〉）〔註57〕

梁藻（生卒年不詳）是南唐總殿前步軍梁暉之子，按理應該承襲父親的職位，但是他性情閒散、喜歡不拘束的生活，〈南山池〉正寫出他遊賞此處風景並喝酒煎茶的樂趣。王操的〈村家〉詩將地處荒僻偏遠的野村風光形容得溫暖而別有風情，頗合他南唐處士的身分。王操另一首〈喜故人至〉詩則充滿欣喜雀躍之情：

〔註54〕〔清〕李調元編／何光清點校，《全五代詩》（成都：巴蜀書社，1992年），卷31，頁657。

〔註55〕〔清〕清聖祖御定，《全唐詩》（台北：文史哲出版社，1987年），卷739，頁8436。

〔註56〕〔清〕李調元編／何光清點校，《全五代詩》（成都：巴蜀書社，1992年），卷31，頁657。

〔註57〕〔清〕李調元編／何光清點校，《全五代詩》（成都：巴蜀書社，1992年），卷36，頁759。

地僻無賓侶，柴門晝始開。谿山寒葉落，江國故人來。

話舊驚霜鬢，論詩滯酒杯。相留喜同宿，不寐曙光回。

（王操〈喜故人至〉）〔註58〕

王操言自己居處之地偏遠無相伴之人，柴門在白晝才開啓。在谿山寒葉飄落之際，有江國的故人來訪。話舊時驚訝於代表年歲已高的霜鬢，談論詩句以致於忘了舉杯喝酒。「相留喜同宿，不寐曙光回。」說明了兩人談興正濃，王操留下故人同宿，暢談至天明的歡快心情。李家明（生卒年不詳）的〈詠皖公山〉則意有所指：

龍舟輕颺錦帆風，正值宸游望遠空。

回首皖公山色翠，影斜不到壽杯中。

（李家明〈詠皖公山〉）〔註59〕

當元宗遷南都之際，已經失去江北十四郡，船舟行南岸至趙屯時，因困輟停杯而北望皖公山，元宗遂問李家明：「好青峭數峰，不知何名也？」李家明應聲回答而寫下此詩，「嗣主因慟，俛首而過。」〔註60〕詩中有嘆惋家國之情。詩人韓溉（生卒年不詳）則分別留下吟詠水、松、柳、竹、鵲、燈的詩篇，臚列如下：

方圓不定性空求，東注滄溟早晚休。

高截碧塘長耿耿，遠飛青嶂更悠悠。

瀟湘月浸千年色，夢澤煙含萬古愁。

別有嶺頭鳴煙處，爲君分作斷腸流。

（韓溉〈水〉）

倚空高檻冷無塵，往事閑征夢欲分。

翠色本宜霜後見，寒聲偏向月中聞。

〔註58〕〔清〕李調元編／何光清點校，《全五代詩》（成都：巴蜀書社，1992年），卷36，頁759。

〔註59〕〔清〕李調元編／何光清點校，《全五代詩》（成都：巴蜀書社，1992年），卷36，頁768。

〔註60〕事見〔宋〕胡仔纂輯，《苕溪漁隱叢話》（台北：長安出版社，1978年），卷24，頁165～166。

啼猿想帶蒼山雨，歸鶴應和紫府雲。
莫向東園競桃李，春光還是不容君。

（韓溉〈松〉）

雪盡青門弄影微，暖風遲日早鶯歸。
如憑細葉留春色，須把長條繫落暉。
彭澤有情還鬱鬱，隋堤無主自依依。
世間惹恨偏饒此，可是行人折贈稀。

（韓溉〈柳〉）

樹色連雲萬葉開，王孫不厭滿庭栽。
凌霜盡節無人見，終日虛心待鳳來。
誰許風流添興詠，自憐瀟灑出塵埃。
朱門處處多閒地，正好移陰覆翠苔。

（韓溉〈竹〉）

纔見離巢羽翼開，盡能輕颭出塵埃。
人間樹好紛紛占，天上橋成草草回。
幾度送風臨玉戶，一時傳喜到妝臺。
若教顏色如霜雪，應與清平作瑞來。

（韓溉〈鵲〉）

分影由來恨不同，綠窗孤館兩何窮。
熒煌短焰長疑暗，零落殘花旋委空。
幾處隔簾愁夜雨，誰家當戶怯秋風？
莫言明滅無多重，曾比人生一世中。

（韓溉〈燈〉）〔註61〕

　　這些詠物詩幾乎滿溢惆悵之感，明則詠物，實則暗含個人心境。
例如寫水，千年以來的明月都浸淌在江水中，偏偏「夢澤煙含萬古

〔註61〕〔清〕李調元編／何光清點校，《全五代詩》（成都：巴蜀書社，1992
年），卷31，頁670～671。

愁」，而此水還替人「分作斷腸流」，詩中的悠悠而過的不僅是流水、也是哀愁。寫松則以「莫向東園競桃李，春光還是不容君。」道出松在春光中的不合時宜，環境難以容納格格不入的高風亮節。〈竹〉詩中的：「凌霜盡節無人見，終日虛心待鳳來。」寫出王孫貴族家雖然栽種滿滿的竹樹，可惜卻沒有人識其凌霜雪之珍貴節操，竹樹只能自憐自愛，空自虛心地等待知音人。〈燈〉詩中所言：「熒煌短焰長疑暗，零落殘花旋委空。」更處處有殘敗零落之感，以此對比人的一生同樣是明滅無多重。李貞白（生卒年不詳）的〈詠蟹〉詩別有趣味：

> 蟬眼龜形腳似蛛，未曾正面向人趨。
>
> 如今釘在盤筵上，得似江湖亂走無。
>
> （李貞白〈詠蟹〉）〔註62〕

　　百勝軍節度使陳德誠（生卒年不詳）宴客時，李貞白在座，食蟹之際，陳德誠請貞白詠之，李貞白遂作此詩，眾人皆笑。詩中生動地描述蟹的形貌習性，也玩笑似地說此蟹如今已成盤中菜餚，再也無法橫行於江湖中，讀來令人莞爾！王感化（生卒年不詳）亦有詠物詩——〈咏白野鵲〉讚嘆白野鵲之高潔：

> 碧岩深洞恣遊遨，天與蘆花作羽毛。
>
> 要識此來棲宿處，上林瓊樹一枝高。
>
> （王感化〈咏白野鵲〉）〔註63〕

　　這是在金陵宴苑中，李璟見有一隻白野鵲，遂令王感化賦詩一首。詩中，詩人以「天與蘆花作羽毛」形容外貌之潔白，後以「上林瓊樹一枝高」吟詠白野鵲德行如美玉般超凡。無則僧人（生卒年不詳）則有〈鷺鷥〉詩及〈百舌鳥〉詩二首：

> 白蘋紅蓼碧江涯，日暖雙雙立睡時。

〔註62〕〔清〕李調元編／何光清點校，《全五代詩》（成都：巴蜀書社，1992年），卷29，頁632。

〔註63〕〔清〕李調元編／何光清點校，《全五代詩》（成都：巴蜀書社，1992年），卷36，頁768。

願揭金籠放歸去，卻隨沙鶴鬪輕絲。

（無則〈鷺鷥〉）

千愁萬恨過花時，似向春風怨別離。

若使眾禽俱解語，一生懷抱有誰知。

長截隣雞叫五更，數般名字百般聲。

饒伊搖舌先知曉，也待青天明即鳴。

（無則〈百舌鳥〉二首）〔註64〕

〈鷺鷥〉詩中寫希望能夠打開金籠放鷺鷥自由歸去、不問世事，偏偏鷺鷥鳥隨著沙鶴嬉戲、沾惹塵思。〈百舌鳥〉其一指出即使眾禽鳥都懂得百舌鳥的話語，但個人一生的懷抱仍然無人了解的，失落之情溢於言表。〈百舌鳥〉其二言就算百舌鳥靈巧先知，也得等到天亮時才能鳴叫，意指有了好的時機才能一展長才。若虛僧人的〈古鏡〉則寓有禪味：

軒后紅爐獨鑄成，蘚痕磨落月輪沉。

萬般物象皆能鑒，一個人心不可明。

匣內乍開鸞鳳活，臺前高掛鬼神驚。

百年肝膽堪將比，祗怕看頻素髮生。

（若虛〈古鏡〉）〔註65〕

詩言古鏡能照鑒萬物，卻不能照明人心。而盛唐有所謂「天馬鸞鳳鏡」是以兩天馬、兩鸞鳳作裝飾的對稱排列，在詩中指古鏡的鸞鳳雕飾鮮活靈動，掛在臺前高掛能有震懾鬼神的作用。詩末的「百年肝膽堪將比，祗怕看頻素髮生。」指出古鏡照鑒始終不變，只怕看盡了凡人的生老病死、盛衰消長。李從謙（生卒年不詳）則有〈觀棋〉詩：

〔註64〕〔清〕李調元編／何光清點校，《全五代詩》（成都：巴蜀書社，1992年），卷39，頁817～818。

〔註65〕〔清〕李調元編／何光清點校，《全五代詩》（成都：巴蜀書社，1992年），卷39，頁816。

　　竹林二君子，盡日竟沉吟。相對終無語，爭先各有心。

　　恃強知易失，守分固難侵。若算機籌處，滄滄海未深。

（李從謙〈觀棋〉）〔註66〕

　　李從謙是元宗的第九子、李後主的弟弟，喜歡做律詩。有一次李後主閒暇時，曾經和侍臣對弈，李從謙當時年齡還很小，侍立於側，後主命他賦〈觀棋〉詩。詩中刻畫出雙方對弈中沉吟無語、各自籌謀的意態。

　　魯述幾（生卒年不詳）的〈放猿〉詩將放猿出籠後的自由感受表現出來，展顯出山水任遨遊的一派輕鬆：

　　孤猿鎖檻歲年深，放出城南百丈林。

　　綠水任君連臂飲，青山不用斷腸吟。

（魯述幾〈放猿〉）〔註67〕

　　歷史上做墨的名家李延珪（生卒年不詳）有〈墨訣〉詩：

　　贈爾烏玉訣，清泉研須潔。

　　避暑懸葛囊，臨風度梅月。

（李延珪〈墨訣〉）〔註68〕

　　李廷珪是南唐易州（今河北易縣）人，唐末遷居歙州，因製墨絕佳，故深得後主李煜的賞識，任命他為墨務官，並賜予國姓。詩人贈送烏玉訣予友人，提醒他須以清泉水研磨之。墨的主要成分是煙和膠，膠受潮後便容易孳生黴菌，故防潮是保存墨的關鍵。因此詩中言若欲避暑熱可以葛製的袋囊懸掛之，臨著風度過四月之梅雨時節。

　　有些詩歌與女妓有關，南唐依然有狎妓之風，但真正賦之於詩的作品並不算多。例如宋齊邱有〈陪華林園試小妓羯鼓〉詩：

〔註66〕〔清〕李調元編／何光清點校，《全五代詩》（成都：巴蜀書社，1992年），卷24，頁514。

〔註67〕〔清〕李調元編／何光清點校，《全五代詩》（成都：巴蜀書社，1992年），卷29，頁629。

〔註68〕〔清〕李調元編／何光清點校，《全五代詩》（成都：巴蜀書社，1992年），卷36，頁769。

切斷牙床鏤紫金，最宜平穩玉槽深。

因逢淑景開佳宴，爲出花奴奏雅音。

掌底輕瑽孤鵲噪，枝頭幹快亂蟬吟。

開元天子曾如此，今日將軍好用心。

（宋齊邱〈陪華林園試小妓羯鼓〉） 〔註69〕

據說當時宋齊邱當僕射，李璟愛其才但卻知道他爲人不正直。有一日在宴華林，宋齊邱獻上此〈陪華林園試小妓羯鼓〉詩後，李璟更加看輕他。陳陶亦有〈西川座上聽金五雲唱歌〉詩：

蜀王殿上華筵開，五雲歌從天上來。

滿堂羅綺悄無語，喉音止駐雲徘徊。

管弦金石還依轉，不隨歌出靈和殿。

白雲飄颻席上聞，貫珠歷歷聲中見。

舊樣釵篦淺澹衣，元和梳洗青黛眉。

低叢小鬢膩鬆鬆，碧牙鏤掌山參差。

曲終暫起更衣過，還向南行座頭坐。

低眉欲語謝貴侯，檀臉雙雙淚穿破。

自言本是宮中嬪，武皇改號承新恩。

中丞御史不足比，水殿一聲愁殺人。

武皇鑄鼎登眞錄，嬪御蒙恩免幽辱。

茂陵弓劍不得親，嫁與卑官到西蜀。

卑官到官年未周，堂衡祿罷東西遊。

蜀江水急駐不得，復此萍蓬二十秋。

今朝得侍王侯宴，不覺途中妾身賤。

願持厄酒更唱歌，歌是伊州第三遍。

唱著右丞征戍詞，更聞歸月添相思。

如今聲韻尚如此，何況宮中年少時。

〔註69〕〔清〕李調元編／何光清點校，《全五代詩》（成都：巴蜀書社，1992年），卷24，頁516。

　　　　五雲處處可憐許，明朝道向褒中去。

　　　　須臾宴罷各東西，雨散雲飛莫知處。

　　　　　　　　　　　（陳陶〈西川座上聽金五雲唱歌〉）〔註70〕

　　此詩為長篇之敘事詩，以「喉音止駐雲徘徊」形容了金五雲歌聲之美，以「舊樣釵篦淺澹衣，元和梳洗青黛眉。低叢小鬢膩髻鬌，碧牙鏤掌山參差。」形容金五雲的美麗形象，詩中並敘述金五雲身世飄零之悲。陳陶（812～885）另有〈答蓮花妓〉詩：

　　　　近來詩思清於水，老大心情薄似雲。

　　　　已向昇天得門戶，錦衾深愧卓文君。

　　　　　　　　　　　　　　　（陳陶〈答蓮花妓〉）〔註71〕

　　《五代詩話》中記載：「嚴尚書宇鎮豫章，遣小妓號蓮花者往西山侍陶，陶殊不顧。」〔註72〕後來此蓮花妓寫了〈獻陳陶處士〉詩：「蓮花為號玉為腮，珍重尚書遣妾來。處士不生巫峽夢，虛勞神女下陽臺。」〔註73〕因此陳陶寫此詩回覆蓮花妓，委婉地表達自己在感情上心清如水，只能愧對美好女子的一片深情。

　　詩人縱情於遊賞美景或詩酒自娛中，有的則藉著遊賞而排懷、托物以詠志，道出含藏於詩人心中那份欲言未言的難言之隱。在亂世中己身的無力感化做一首首詩，唱著未能忘卻的無奈歌曲。因此所見景物有的成了當代詩人避世的寄託、有的則藉物發揮自抒懷抱，也許更多時候是對政治國事的冷漠反映，轉而選擇寄情美景之間的消極態度。

〔註70〕〔清〕李調元編／何光清點校，《全五代詩》（成都：巴蜀書社，1992年），卷37，頁783～784。

〔註71〕〔清〕李調元編／何光清點校，《全五代詩》（成都：巴蜀書社，1992年），卷38，頁800。

〔註72〕〔清〕王士禎原編／鄭方坤刪補／戴鴻森校點，《五代詩話》（北京：人民文學出版社，1998年2月），卷3，頁127。

〔註73〕〔清〕李調元編／何光清點校，《全五代詩》（成都：巴蜀書社，1992年），卷39，頁821。

第四節　其他

南唐詩的主題除了以上所言的別離、宗教、娛樂之外，還有一些較爲少數的主題取向，如懷古、詠史、憂患等。雖然這些類別的作品爲數不多，但仍然是南唐詩的某些面向的反映。

懷古類的作品在南唐詩中算是少見的，這類詩歌有的滿懷追思，有的則提出警句。如孟賓于的〈蟠溪懷古〉：

良哉呂尚父，深隱始歸周。釣石千年在，春風一水流。

松根盤蘚石，花影臥沙鷗。誰更懷韜術，追思古渡頭。

（孟賓于〈蟠溪懷古〉）〔註74〕

商末因紂王暴政致使民不聊生，呂尚辭官離開商都朝歌，便隱居在渭水邊之蟠溪垂釣。孟賓于在蟠溪即憶起謀士呂尚，「釣石千年在，春風一水流。」正說明此流風餘韻延續千年傳爲佳話，但也讓詩人提出嘆惋：如今更有誰能像當年的呂尚一樣懷著精湛的用兵計謀來解救蒼生？濃濃的懷古味溢於言表。陳貺（生卒年不詳）在景陽臺獻〈景陽臺懷古〉詩於元宗，元宗因而稱善：

景陽六朝地，運極自依依。一會皆同是，到頭誰論非。

酒濃沈遠慮，花好失前機。見此尤宜戒，正當家國肥。

（陳貺〈景陽臺懷古〉）〔註75〕

劉洞（生卒年不詳）則有〈石城懷古〉詩：

石城古岸頭，一望思悠悠。幾許六朝事，不禁江水流。

（劉洞〈石城懷古〉）〔註76〕

以上兩首詩雖然在不同地方懷古，但不約而同的都想起了六朝時期的事蹟。陳貺的〈景陽臺懷古〉是藉機向元宗提出諫言，在酒濃花

〔註74〕〔清〕李調元編／何光清點校，《全五代詩》（成都：巴蜀書社，1992年），卷29，頁625。

〔註75〕〔清〕李調元編／何光清點校，《全五代詩》（成都：巴蜀書社，1992年），卷39，頁806。

〔註76〕〔清〕李調元編／何光清點校，《全五代詩》（成都：巴蜀書社，1992年），卷39，頁812。

好之際更要以古爲誡，才不致重蹈覆轍；劉洞的〈石城懷古〉則興起思古之悠悠，隨著時光的消逝也帶走了六朝風風雨雨的一切過往。徐鉉雖然也有〈景陽臺懷古〉詩，寫的卻是離他較近的時代：「後主忘家不悔，江南異代長春。今日景陽臺上，閑人何用傷神。」〔註77〕何用傷神的勸慰正因傷神才如此，詩中隱隱有改朝換代的喟嘆。

　　詠史類的詩歌則呈現出回首往事的蕭瑟，或有檢討的意味，例如鄭文寶的〈讀江總傳〉：

> 行人愴過景陽宮，宮畔離離禾黍風。
> 庭玉有花空怨白，井蓮無步莫愁紅。
> 吟詩功業才雖大，亡國君臣道最同。
> 爭忍暮年歸故里，綸竿迴避釣魚翁。
>
> （鄭文寶〈讀江總傳〉）〔註78〕

　　江總（519～594），字總持，濟陽考城人，是南朝陳的大臣及詩人。從小具備文才，據說家傳的書籍有數千卷，他喜歡學習因而經常晝夜攻讀，手不釋卷。南朝梁時擔任武陵王府法曹參軍，遷尚書殿中郎、太子舍人兼太常卿。在陳後主時期，擔任尚書令，世人稱他爲「江令」。但他不理政務，時常與陳後主（553～604）遊樂於後庭，彼此作淫艷之詩，他的五、七言詩多爲情色之作，當時的人都稱他爲「狎客」。因此鄭文寶的詩中喟嘆江總雖具有吟詩的才華，卻甘心與陳後主沉迷玩樂，一句「亡國君臣道最同」充滿深沉的慨歎。昇州詩人刁衎（生卒年不詳）有〈漢武〉詩：

> 高宴柏梁詞可仰，橫汾簫鼓樂難窮。
> 已教丞相開東閣，猶使將軍誤北戎。
> 酒淚甘泉還有恨，祈年仙館惜成空。

〔註77〕　〔清〕李調元編／何光清點校，《全五代詩》（成都：巴蜀書社，1992年），卷28，頁609。

〔註78〕　〔清〕李調元編／何光清點校，《全五代詩》（成都：巴蜀書社，1992年），卷36，頁755。

誰知辛苦回中道，共盡千齡五柞宮。

（刁衎〈漢武〉）〔註79〕

「高宴柏梁詞可仰」一句是指相傳漢武帝在柏梁臺上和群臣共賦七言詩，每人各一句，句句皆用韻，後人就稱這種每句用韻的詩為「柏梁體」。「橫汾簫鼓樂難窮」則指漢武帝曾行幸河東時，十分欣喜的顧視帝京，到中流之際與群臣飲宴，武帝非常歡樂，就作了《秋風辭》，其辭曰：「秋風起兮白雲飛，草木黃落兮鴈南歸。蘭有秀兮菊有芳，攜佳人兮不能忘。泛樓舡兮濟汾河，橫中流兮揚素波。簫鼓鳴兮發棹歌，歡樂極兮哀情多。少壯幾時兮奈老何！」〔註80〕「已教丞相開東閣」是公孫弘的典故，公孫弘做丞相時修建賓館、開東閣，用來接待賢人賓客，而公孫弘始終得到漢武帝的賞識。「猶使將軍誤北戎」則指天漢二年（西元前99年），漢武帝派李廣利率三萬騎兵出酒泉與匈奴作戰，李陵也奉命率五千步兵與數萬匈奴戰於浚稽山，最後因寡不敵眾兵敗投降。刁衎這首詩的前四句各選出與漢武帝一生最為相關的事蹟，後四句則言儘管漢武帝本身雄才偉略，但仍留下不少的遺憾。

另外有「憂患」主題，《中國古典詩歌主題研究》中說：

> 目睹天災人禍，詩人們憂心忡忡，但是他們仍以天下
> 興亡為己任，力圖通過對統治者的怨刺、諷諫來力挽狂瀾，
> 改變局勢。其憂患意識強烈地指向國家、民族和社稷民生，
> 而拯救無力的痛苦，更加深了他們內心的憂患。這種憂患
> 主體始終不忘憂國憂民，始終以追求國泰民安、政通人和
> 為理想來確立個體尋找精神家園的意向，對中國古典詩歌
> 乃至文化產生了巨大的影響。〔註81〕

〔註79〕〔清〕李調元編／何光清點校，《全五代詩》（成都：巴蜀書社，1992年），卷36，頁765～766。

〔註80〕〔南朝梁〕蕭統編／〔唐〕李善注，《昭明文選‧對問設論辭序上‧秋風辭》（台北：華正書局，1994年），卷45，頁18。

〔註81〕陳向春，《中國古典詩歌主題研究》（北京：高等教育出版社，2008年6月），頁132。

由上引文看來，可見此憂患並非出於個人身世遭遇之憂，而是爲他人及家國的關懷。因此陳向春亦將「憑君莫話封侯事，一將功成萬骨枯」對戰爭的恐懼厭惡和「心憂炭賤願天寒」的厚生愛民之精神納入憂患主題。〔註82〕

南唐詩中形容戰爭的詩不多見，從鍾謨（生年不詳～960）的〈貽耀州將〉詩中我們看見當時的江南籠罩著濃濃的戰爭煙硝味：

> 翩翩歸盡塞垣鴻，隱隱驚開蟄戶蟲。
> 渭北離愁春色裏，江南家事戰塵中。
> 還同逐客紉蘭佩，誰聽縲囚奏士風。
> 多謝賢侯振吾道，免令搔首泣途窮。
>
> （鍾謨〈貽耀州將〉）〔註83〕

李羽（生卒年不詳）的〈獻江淮郡守盧公〉詩透露出反戰的思想，頗有「一將功成萬骨枯」的況味，體現出功業的成就須付出生靈塗炭的代價：

> 塞詔東來泚水濱，時情惟望秉陶鈞。
> 將軍一陣爲功業，忍見沙場百戰人。
>
> （李羽〈獻江淮郡守盧公〉）〔註84〕

也有詩歌是對權貴不體諒農民、任意踐踏辛苦成果而提出批判的，如孟賓于的〈公子行〉：

> 錦衣紅奪彩霞明，侵曉春遊向野庭。
> 不識農夫辛苦力，驕驄踏爛麥青青。
>
> （孟賓于〈公子行〉）〔註85〕

〔註82〕參見陳向春，《中國古典詩歌主題研究》（北京：高等教育出版社，2008年6月）中論及「中國古典詩歌的憂患主題」部分。

〔註83〕〔清〕李調元編／何光清點校，《全五代詩》（成都：巴蜀書社，1992年），卷31，頁655。

〔註84〕〔清〕李調元編／何光清點校，《全五代詩》（成都：巴蜀書社，1992年），卷31，頁656。

〔註85〕〔清〕李調元編／何光清點校，《全五代詩》（成都：巴蜀書社，1992

　　詩中從權貴公子的錦衣服飾紅亮燦明、可奪彩霞之美點出公子的富貴氣息。清晨春遊時到野外騎馬，卻不顧農民的辛苦耕耘，恣意地馳騁而踏爛了將要收成的青青麥禾。像這樣批判當時驕奢妄作的可恨行為之詩歌，可供「補察時政、洩導人情」關懷民生的作品實在少之又少。

　　另外南唐詩亦有「春恨」主題、「求仕」主題及「惜時」主題，但「春恨」主題大多見於李建勳的詩，「求仕」主題在李中的詩裡較常見，至於「惜時」主題則集中在李建勳和李中的詩歌中，前文已輪及，此不贅述。

　　時代的背景在一定的程度上是影響文學主題方向的，南唐詩大部分圍繞著別離、宗教、娛樂等主題在進行，歸根究柢還是與士人出處的現象有關。五代時期天下動盪，士人為求得一席之位而離鄉背井，思鄉抒懷、興嘆茫茫未知的前程；需要朋友的提攜舉薦或報國無門之下友情的慰藉，彼此酬唱贈答的作品相繼產生；心心念念的目標失落後遂以不同形式寄情於宗教；游離於政治之外，關注轉而至山水之間，遊歷賞玩吟詠風物的詩篇比比皆是。如南唐學識淵深的奧儒——周顗，偶不中第被席間座中的人取笑贈詩，周顗很無奈的和韻言「十年文場敢憚勞」，〔註86〕詩中盡顯多年來入考場卻不如人意之情。左偓在〈寄韓侍郎〉詩中說：「謀身謀隱兩無成，拙計深慚負耦耕。漸老可堪懷故國，多愁翻覺厭浮生。」〔註87〕表達了仕隱出處之間的進退兩難。如此看來，也許我們也可以理解為何這個時期的懷古詩為數不多的原因了！一般而言懷古詩通常隱含著對時代美好憧憬的希冀，南唐詩少有懷古之作，或許也象徵著大部分的詩人已經對政治前景不抱任何美好生活的想像了。

　　　　　　年），卷29，頁625。

〔註86〕〔清〕李調元編／何光清點校，《全五代詩》（成都：巴蜀書社，1992年），卷29，頁630。

〔註87〕〔清〕李調元編／何光清點校，《全五代詩》（成都：巴蜀書社，1992年），卷29，頁627。

第八章　南唐詩風及影響

　　林淑貞教授在《詩話論風格》中將詩歌風格構成的因素分爲內在與外在因素兩大類別：內在因素是從詩歌創作本身來看，包括詩歌的體裁、題材、修辭、語言形式、情感內容及本質之運用等所形成的獨特風格；外在因素是由詩歌作者而言，因著個人的才、氣、學、習，擴及時代氛圍及環境，而有不同的風格產生。﹝註1﹞本文所言之「南唐詩風」意指南唐時期詩人整體展現出來的詩歌創作傾向及風格。而此時期從南唐詩人們表現的作品中，可以看到詩壇上明顯地呈現三大詩風：即清麗詩風、淺俗詩風及苦吟詩風。下文則分別從這三種不同的詩風來探討，並論述這些詩風對宋初詩壇的影響。

第一節　清麗詩風

一、南唐的清麗詩風

　　「清麗」一詞在詩學上一般用來稱揚詩歌語言上的清新華美。《文心雕龍·定勢》中說：「賦頌歌詩，則羽儀乎清麗。」﹝註2﹞《文

﹝註 1﹞ 參見林淑貞，《詩話論風格·風格構成論》（臺北：文津出版社，1999
　　　　年），頁 65。
﹝註 2﹞ 〔南朝梁〕劉勰著／周振甫注，《文心雕龍·定勢》（台北：里仁出版

心雕龍‧明詩》亦言：「若夫四言正體，則雅潤爲本，五言流調，則清麗居宗。」〔註3〕由此看來，「清麗」大抵與詩歌上的美感有關。杜甫的〈戲爲六絕句〉之五言：「不薄今人愛古人，清詞麗句必爲鄰。」〔註4〕言不輕視今人的詩歌創作，也肯定前人的詩歌作品，只要是清麗的詩句都值得效法，正道出杜甫在詩歌上的文學見解。

　　自此之後「清詞麗句」就常被引用，並成爲晚唐五代的詩家致力追求的境界，如五代韋莊編選《又玄集》時提及選詩的標準：「但掇其清詞麗句，錄在西齋。」〔註5〕韋莊在唐昭宗光化三年十二月上奏〈乞追賜李賀、皇甫松等進士及第奏〉中亦言：

> 詞人才子，時有遺賢，不霑一命於聖明，沒作千年之恨骨。據臣所知，則有李賀、皇甫松、李群玉、陸龜蒙、趙光遠、溫庭筠、劉德仁、陸逵、傅錫、平曾、賈島、劉稚珪、羅鄴、方干，俱無顯遇，皆有奇才，麗句清詞，遍在詞人之口。〔註6〕

　　可見韋莊對詩歌的看法是有一致性的。蜀韋縠在編選《才調集》時亦云：「韻高而桂魄爭光，詞麗而春色鬭美。」〔註7〕此二句也己經概括他的審美觀，須含「韻高」和「詞麗」才符合他的選詩標準。陳伯海說此處的「韻高」和「詞麗」即「以語言華美、情韻優勝爲準。」〔註8〕韋縠所說其中的一個標準「詞麗」正是重視語言華美、注重辭

　　　社，1994年），頁493。

〔註3〕〔南朝梁〕劉勰著／周振甫注，《文心雕龍‧明詩》（台北：里仁出版社，1994年），頁69。

〔註4〕〔清〕清聖祖御定，《全唐詩》（台北：文史哲出版社，1987年），卷227，頁2453。

〔註5〕〔五代〕韋莊著／聶安福箋注，《韋莊集箋注》（上海：上海古籍出版社，2002年），頁456。

〔註6〕〔五代〕韋莊著／聶安福箋注，《韋莊集箋注》（上海：上海古籍出版社，2002年），頁462。

〔註7〕陳伯海主編，《歷代唐詩評論選》（保定：河北大學出版社，2003年6月），頁192。

〔註8〕陳伯海主編，《歷代唐詩評論選》（保定：河北大學出版社，2003年6

藻之意。南唐詩人孟賓于同樣追求清詞麗句，他在李中的《碧雲集序》中言：「緣情入妙，麗則可知，出示全編，備多奇句。」〔註9〕張洎在《項斯詩集序》中表現出對「詞清妙而句美麗奇絕」的讚賞；〔註10〕徐鉉在《成氏詩集序》：「若夫嘉言麗句，音韻天成，非徒積學所能，蓋有神助者也。」〔註11〕常夢錫雖然沒有存詩，但《十國春秋》如此描述之：「夢錫文章典雅，有承平之風，歌詩亦清麗，然絕不喜傳於人。」〔註12〕《江南野史》則說詩人江爲：「師事處士陳貺，酷於詩句，二十餘年，有風雅清麗之度，時已誦之。」〔註13〕

　　南唐詩人極力讚賞與追求清麗詩風，因此我們能從作品中看見屬於詞采清麗的一面。如李建勳的〈春水〉詩：

　　　　萬派爭流雨過時，晚來春靜更逶迤。

　　　　輕鷗散遶夫差國，遠樹微分夏禹祠。

　　　　青岸漸平濡柳帶，舊溪應暖負菷絲。

　　　　風鬟倚檝誰家子，愁看鴛鴦望所之。〔註14〕

　　伍喬的〈遊西禪〉詩：

　　　　遠岫當軒列翠光，高僧一衲萬緣忘。

　　　　碧松影裏地長潤，白藕花中水亦香。

　　　　雲自雨前生淨石，鶴于鐘後宿長廊。

　　　　月），頁192。

〔註9〕　〔南唐〕李中，《碧雲集》，《四部叢刊》本（台北市：臺灣商務印書
　　　　館，1965年），序，頁2。

〔註10〕陳伯海主編，《歷代唐詩評論選》（保定：河北大學出版社，2003年
　　　　6月），頁157。

〔註11〕〔清〕董誥等編，《全唐文‧成氏詩集序》（北京：中華書局，2001
　　　　年），卷882，頁1。

〔註12〕〔清〕吳任臣，《十國春秋‧常夢錫列傳》（臺北：國光書局，1962
　　　　年），卷23，頁4。

〔註13〕〔宋〕龍袞，《江南野史》，叢書集成續編（臺北：新文豐出版公司，
　　　　1985年），卷8，頁8。

〔註14〕〔清〕清聖祖御定，《全唐詩》（台北：文史哲出版社，1987年），卷
　　　　739，頁8431。

遊人戀此吟終日，盛暑樓臺早有涼。〔註15〕

成彥雄的〈中秋月〉詩：

王母妝成鏡未收，倚欄人在水精樓。

笙歌莫占清光盡，留與溪翁一釣舟。〔註16〕

李煜的〈病起題山舍壁〉詩：

山舍初成病乍輕，杖藜巾褐稱閒情。

爐開小火深回暖，溝引新流幾曲聲。

暫約彭涓安朽質，終期宗遠問無生。

誰能役役塵中累，貪合魚龍構強名。〔註17〕

徐鉉的〈晚歸〉詩：

暑服道情出，煙街薄暮還。

風清飄短袂，馬健弄連環。

水靜聞歸櫓，霞明見遠山。

過從本無事，從此涉旬間。〔註18〕

　　以上舉例的詩歌，大多屬於閒適遊賞之作，而閒適遊賞這個題材是在南唐詩中常見的。而這類的詩選擇的物象多以山水或動植物為主，如「輕鷗」、「遠樹」、「遠岫」、「鶴」、「風清」、「新流」、「遠山」等，表現出閒逸清淡之感；另外在整首詩的色澤上大多清淺，有時描述明麗的場景也能恰如其分地不過分張揚，只作適度的襯托，如「青岸」、「翠光」、「碧松」、「白藕」、「霞明」等。這些都能夠更加彰顯清新秀麗的風格，達到詩歌上唯美的特質。

〔註15〕〔清〕清聖祖御定，《全唐詩》（台北：文史哲出版社，1987年），卷744，頁8461。

〔註16〕〔清〕清聖祖御定，《全唐詩》（台北：文史哲出版社，1987年），卷759，頁8627。

〔註17〕〔清〕清聖祖御定，《全唐詩》（台北：文史哲出版社，1987年），卷8，頁72。

〔註18〕〔清〕清聖祖御定，《全唐詩》（台北：文史哲出版社，1987年），卷752，頁8556。

二、清麗詩風影響宋初詩壇

　　南唐清麗的詩風到了宋初年間仍然獲得詩人的青睞，例如在宋初詩壇上頗有地位的楊徽之，曾是後周顯德三年的（956）進士，釋褐秘書省校書郎，後來入宋后任著作佐郎等職。前文提及南唐詩人以廬山國學的陳貺為中心，其中劉洞、江為、夏寶松、楊徽之紛紛來此成為學子，楊徽之另外師事於江為，後來也與江為齊名；而楊徽之也與同學孟貫、伍喬往來唱和。如此看來楊徽之與南唐重要的詩人有相當緊密的關連，因此楊徽之的詩風是值得關注的。

　　江為的〈送客〉即有清麗之美感：「明月孤舟遠，吟髭鑷更華。天形圍澤國，秋色露人家。水館螢交影，霜洲橘委花。何當尋舊隱，泉石好生涯。」〔註19〕前文提及《江南野史》說詩人江為：「師事處士陳貺，酷於詩句，二十餘年，有風雅清麗之度，時已誦之。」〔註20〕又如孟貫的〈春江送人〉：「春江多去情，相去枕長汀。數雁別盈浦，片帆離洞庭。雨餘沙草綠，雲散岸峯青。誰共觀明月，漁歌夜好聽。」〔註21〕下雨過後沙洲上的芳草更顯碧綠，飛雲散去後江岸上的山峰益得青翠，送行就在春江長汀、明月漁歌的場景鋪陳下感受到良辰美景映襯下的依依離情。孟貫的存詩中有〈寄伍喬〉和〈送江為嶺南〉，〔註22〕可見他們之間時相往來和詩，而前文亦有引列伍喬清麗之風的詩歌。如此看來，這些圍繞著廬山國學的詩人是有某種程度的詩歌傾向的。

　　而楊徽之在宋初詩壇的地位，由宋太宗對他的重視即可見一斑。

〔註19〕〔清〕清聖祖御定，《全唐詩》（台北：文史哲出版社，1987年），卷741，頁8448。

〔註20〕〔宋〕龍袞，《江南野史》，叢書集成續編（臺北：新文豐出版公司，1985年），卷8，頁8。

〔註21〕〔清〕清聖祖御定，《全唐詩》（台北：文史哲出版社，1987年），卷758，頁8620～8621。

〔註22〕參見〔清〕清聖祖御定，《全唐詩》（台北：文史哲出版社，1987年），卷758。

太平興國元年（976 年），宋太宗趙光義繼位，就召楊徽之擔任左拾遺，不久又升右補闕。太宗本身喜好詩，特別仰慕楊徽之的詩名：「楊徽之侍讀，太宗聞其名，索所著數百篇奏御，獻詩云：『十年牢落今何幸，叨遇君王問姓名。』太宗選十聯書於御屏間。」〔註23〕後來太宗又特別選他的十聯警句，親自寫在御用的屏風上。之後楊徽之獻上〈雍熙詞〉十篇，太宗還為此和韻，每每有御制詩也會贈送楊徽之。而最值得重視的是楊徽之奉詔與李昉等彙編《文苑英華》，楊徽之就是負責編纂詩歌的部份。《唐音癸籤》言：

> 太平興國中學士李昉等奉詔撰，一千卷，內詩二百三十卷，六朝人居其一，唐人居其九。平南周氏謂：中晚唐如權德輿、李商隱、羅隱、顧雲等，有全卷收入者。楊文公以為出楊徽之之手。唐人詩得傳，實藉此書為多。〔註24〕

所以從楊徽之的詩風可以看到南唐詩過渡至宋初的詩的部份軌跡，《全唐詩》有他的存詩及其殘句，或許可以讓我們從中管窺之：「新霜染楓葉，皎月借蘆花。」（〈秋日〉詩）、「清和春尚在，歡醉日何長。谷鳥隨柯轉，庭花奪酒香。初晴巖翠滴，向晚樹陰涼。別有堪吟處，相留宿草堂。」（〈留宿廖融山齋〉詩）〔註25〕詩中具有清麗氣息。《全宋詩》中亦收錄了楊徽之的幾首詩：

> 嘉州山水地，二蜀最為美。翠嶺疊峨眉，長瀾湧錦水。
>
> （〈峨眉〉）〔註26〕

〔註23〕〔宋〕阮閱編，《詩話總龜》（北京：人民文學出版社，1998 年），前集卷 3，頁 29。

〔註24〕〔明〕胡震亨，《唐音癸籤》（台北：木鐸出版社，1982 年），卷 31，頁 323。

〔註25〕〔清〕清聖祖御定，《全唐詩》（台北：文史哲出版社，1987 年），卷 762，頁 8652。

〔註26〕北京大學古文獻研究所編，《全宋詩》（北京：北京大學，1995 年），卷 11，頁 158。

釣舟浮淺瀨，岡舍晚重林。雲放千峰出，花藏一徑深。

（〈翠光亭〉）〔註27〕

傍橋吟望漢陽城，山徧樓臺徹上層。

犬吠竹籬沽酒客，鶴隨苔岸洗衣僧。

疏鐘未徹聞寒漏，斜月初沈見遠燈。

夜靜鄰船問行計，曉帆相與向巴陵。

（〈漢陽晚泊〉）〔註28〕

杳杳烟蕪何處盡，搖搖風柳不勝垂。

（〈春晚〉殘句）〔註29〕

　　楊徽之的詩處處有清新的美感。而從南唐入宋的徐鉉，在前文中曾提及其詩歌特色本來就有清婉的一面，而他所寫的〈奉和武功學士舍人紀贈文懿大師淨公〉詩中言：「京華才子多文會，眾許清詞每擅場。」、「高情麗句誰偏重，聖代詞臣李謫仙。」〔註30〕字裡行間仍然是對清詞麗句的重視。時代稍後一些的歐陽脩在〈梅聖俞墓誌銘并序〉中說梅聖俞：「其初喜爲清麗閒肆平淡，久則涵演深遠，間亦琢刻以出怪巧，然氣完力餘，益老以勁。」〔註31〕亦言對於清麗閒肆平淡詩風的欣賞。

　　而在宋初年間的被認爲是白體詩人的李昉和王禹偁，或是被歸類於苦吟詩人的林逋、寇準和潘閬，他們的詩歌中也不乏清麗之作。

　　李昉的〈小園獨坐偶賦所懷寄秘閣侍郎〉詩表現出小園的幽靜及獨坐時的感懷，全詩在平淡的景物中感受到色澤的變化：

〔註27〕北京大學古文獻研究所編，《全宋詩》（北京：北京大學，1995年），卷11，頁159。

〔註28〕北京大學古文獻研究所編，《全宋詩》（北京：北京大學，1995年），卷11，頁159。

〔註29〕北京大學古文獻研究所編，《全宋詩》（北京：北京大學，1995年），卷11，頁160。

〔註30〕北京大學古文獻研究所編，《全宋詩》（北京：北京大學，1995年），卷9，頁131。

〔註31〕曾棗莊／劉琳主編，《全宋文》（上海：上海辭書出版社，2006年），卷755，頁361。

煙光澹澹思悠悠，朝退還家懶出遊。

靜坐最憐紅日永，新晴更助小園幽。

砌苔點點青錢小。窗竹森森綠玉稠。

賓友不來春又晚，眼看辜負一年休。

（李昉〈小園獨坐偶賦所懷寄秘閣侍郎〉）〔註32〕

王禹偁有〈赴長洲縣作〉詩五首，每首皆以「移任長洲縣」為開頭，亦有清麗之感，茲舉第三首觀之：

移任長洲縣，窮秋入水鄉。江涵千頃月，船載一篷霜。

竹密藏魚市，雲疏漏雁行。故園漸迢遞，烟浪自茫茫。

（王禹偁〈赴長洲縣作〉之四）〔註33〕

林逋的〈湖村晚興〉詩清新淡雅，兼具靜態與動態美：

滄洲白鳥飛，山影落晴暉；映竹犬初吠，弄舡人念歸。

水波隨月動，林翠帶煙微，寺近疏鐘起，翛然還掩扉。

（林逋〈湖村晚興〉）〔註34〕

寇準的〈雪霽池上〉詩點染出一幅雪霽天晴、冰融氣暖的優美畫面，表達出身閒心適的自在感：

雪霽池上亭，晴光照泉石。暖覺岸冰銷，靜聞簷溜滴。

務簡身暫閒，景幽心自適。極目望南山，圭峰露微碧。

（寇準〈雪霽池上〉）〔註35〕

潘閬的〈望湖樓上作〉詩描繪出湖光山色，靜謐中有聲聲蛙鳴點綴其間：

〔註32〕北京大學古文獻研究所編，《全宋詩》（北京：北京大學，1995年），卷12，頁172。

〔註33〕北京大學古文獻研究所編，《全宋詩》（北京：北京大學，1995年），卷63，頁689。

〔註34〕北京大學古文獻研究所編，《全宋詩》（北京：北京大學，1995年），卷105，頁1191。

〔註35〕北京大學古文獻研究所編，《全宋詩》（北京：北京大學，1995年），卷89，頁1000。

望湖樓上立，竟日懶思還。聽水分他浦，看雲過別山。

孤舟依岸靜，獨鳥向人閒。回首重門閉，蛙鳴夕照間。

（潘閬〈望湖樓上作〉）〔註36〕

潘閬在〈敘吟〉詩中言：「髮任莖莖白，詩須字字清。」〔註37〕道出他對清麗詩風的嚮往。紀昀在《四庫全書總目》中對潘閬的《逍遙集》如此評價：「閬在宋初，去五代餘風未遠。其詩如〈秋夕旅舍書懷〉一篇、〈喜臘雪〉一篇，閒有五代麤獷之習。而其他風格孤峭，亦尚有晚唐作者之遺。」〔註38〕

因此由上可知，從五代至宋初之間，清麗之風仍然是文人雅士所欲追求的境界。這也可以看出南唐詩過渡到宋朝初年的詩歌一脈相承的軌跡。

第二節　淺俗詩風

一、南唐的淺俗詩風

一般提及「淺俗」在詩歌上的概念，就會聯想唐代白居易以詩風平易淺俗著稱。賀中復在〈論五代十國的宗白詩風〉一文就認為宗白詩風可以代表此時期詩歌創作的基本傾向。他歸納五代後期宗白詩風的基本特徵有四：吟詠性情、次韻唱酬、率意而成以及清淡典雅。〔註39〕而南唐詩歌表現出來的「淺俗」特徵則是淺切、順暢、易熟這樣的概念，在造語上不刻意的講求奇特、在內容上也大多寫眼

〔註36〕北京大學古文獻研究所編，《全宋詩》（北京：北京大學，1995年），卷56，頁620。

〔註37〕北京大學古文獻研究所編，《全宋詩》（北京：北京大學，1995年），卷56，頁623。

〔註38〕〔清〕紀昀等編，《四庫全書總目・集部・別集類五》（台北：藝文印書館，1978年），卷152，頁4。

〔註39〕參見賀中復，〈論五代十國的宗白詩風〉，《中國社會科學》第5期（1996年），頁140～152。

前之事，情感的表現也比較直接。南唐詩的清麗詩風是詩家想致力追求的境界，但是不若淺俗詩風與苦吟詩風在當代的影響力，在南唐詩壇引領風騷的李建勳和徐鉉，他們的詩歌大多就是走向淺俗風格的，這在本文中「南唐淺俗詩人之詩作探析」之章節已有論述之。

從實際上的作品來看，淺俗風格處處可見，如南唐後主李煜的詩作雖不以淺俗著稱，但他的詩歌用語也有直接明白的一面，如他的〈病中感懷〉詩在直抒胸臆中有蕭條之傷感：

> 顦頓年來甚，蕭條益自傷。風威侵病骨，雨氣咽愁腸。
> 夜鼎唯煎藥，朝髭半染霜。前緣竟何似，誰與問空王。
>
> （李煜〈病中感懷〉）〔註40〕

詩歌以濃艷精巧為主的成彥雄，也有像〈村行〉那樣淺易的詩風：

> 曖曖村煙暮，牧童出深塢。騎牛不顧人，吹笛尋山去。
>
> （成彥雄〈村行〉）〔註41〕

而即便是以苦吟著稱的李中，也有不刻意造奇語、沒有精練語句的時候，如他的〈離家〉和〈柳絮〉詩：

> 送別人歸春日斜，獨鞭羸馬指天涯。
> 月生江上鄉心動，投宿匆忙近酒家。
>
> （李中〈離家〉）〔註42〕

> 年年二月暮，散亂雜飛花。
> 雨過微風起，狂飄千萬家。
>
> （李中〈柳絮〉）〔註43〕

〔註40〕〔清〕清聖祖御定，《全唐詩》（台北：文史哲出版社，1987年），卷8，頁74。

〔註41〕〔清〕李調元編／何光清點校，《全五代詩》（成都：巴蜀書社，1992年），卷31，頁666。

〔註42〕〔清〕清聖祖御定，《全唐詩》（台北：文史哲出版社，1987年），卷748，頁8522。

〔註43〕〔清〕清聖祖御定，《全唐詩》（台北：文史哲出版社，1987年），卷

　　詩風平易的李建勳，《十國春秋》如此記載：「建勳博覽經史，少時詩涉浮靡，晚年頗清淡平易，見稱于時。」〔註44〕其實他的詩歌中浮靡之作是少見的，清淡平易還是他的主要風格。以他的〈迎神〉詩為例，將迎神的音樂、用具、過程等如實地表現出來：

　　　　攂蠻鼉，吟塞笛，女巫結束分行立。

　　　　空中再拜神且來，滿奠椒漿齊獻揖。

　　　　陰風窣窣吹紙錢，妖巫瞑目傳神言。

　　　　與君降福為豐年，莫教賽祀虧常筵。

　　　　　　　　　　　　　　　（李建勳〈迎神〉）〔註45〕

　　另外徐鉉的詩風淺近平易，方回在《瀛奎律髓》說徐鉉：「在江東與韓熙載齊名，詩有白樂天之風。」〔註46〕《欽定四庫全書總目》亦如此評論：「故其詩流易有餘，而深警不足。」〔註47〕這可以從徐鉉大多數的作品看出：

　　　　獨聽空階雨，方知秋事悲。寂寥旬假日，蕭颯夜長時。

　　　　別念紛紛起，寒更故故遲。情人如不醉，定是兩相思。

　　　　　　　　　　　　（徐鉉〈九月三十夜雨寄故人〉）〔註48〕

　　　　茱萸房重雨霏微，去國逢秋此恨稀。

　　　　目極暫登臺上望，心遙長向夢中歸。

　　　　荃蓀路遠愁霜早，兄弟鄉遙羨雁飛。

　　　　750，頁8456。

〔註44〕〔清〕吳任臣，《十國春秋》（臺北：中華書局，1983年），卷21，頁5。

〔註45〕〔清〕清聖祖御定，《全唐詩》（台北：文史哲出版社，1987年），卷739，頁8434。

〔註46〕〔元〕方回，《瀛奎律髓》收於《四庫全書本》（臺北：臺灣商務印書館，1983年），卷16，頁42。

〔註47〕〔清〕紀昀，《欽定四庫全書總目》（臺北：藝文印書館，1997年），卷152，頁1。

〔註48〕〔清〕清聖祖御定，《全唐詩》（台北：文史哲出版社，1987年），卷752，頁8559。

唯有多情一枝菊，滿杯顏色自依依。

（徐鉉〈九日雨中〉）〔註49〕

海內兵方起，離筵淚易垂。憐君負米去，惜此落花時。
想憶看來信，相寬指後期。殷勤手中柳，此是向南枝。

（徐鉉〈送王四十五歸東都〉）〔註50〕

　　上述的詩不論是思念故人、還是去國懷鄉的依依離情，又或者是
送別的場景，皆在造語平淡中寄託深厚的情感。這一類的詩歌特色主
要是淺俗平暢、話語明白、讀之一目了然，並未有構思奇巧、精索得
句之苦，但同時也缺乏餘韻不絕的含蓄美。

二、淺俗詩風影響宋初詩壇

　　五代滅亡到進入到宋朝之後，關於淺俗詩風有幾則資料是值得注
意的。宋朝的《蔡寬夫詩話》卷下的「宋初詩風」條中說：「國初沿
襲五代之餘，士大夫皆宗白樂天詩。」〔註51〕宋初詩人田錫在〈覽韓
偓鄭穀詩因呈太素〉詩中言：「順熟合依元白體，清新堪擬鄭韓吟。」
〔註52〕吳處厚的《青箱雜記》中說：「昉詩務淺切，效白樂天體。」
〔註53〕司馬光的《溫公續詩話》說宋初詩人魏野的詩：「其詩效白樂
天體。」〔註54〕歐陽脩則說「白樂天體」一直延續到宋仁宗時期，《六
一詩話》如此記錄：「仁宗朝，有數達官，以詩知名。常慕「白樂天

〔註49〕〔清〕清聖祖御定，《全唐詩》（台北：文史哲出版社，1987 年），卷
　　　　753，頁 8568。
〔註50〕〔清〕清聖祖御定，《全唐詩》（台北：文史哲出版社，1987 年），卷
　　　　754，頁 8578。
〔註51〕收錄於郭紹虞，《宋詩話輯佚》（台北：華正書局，1981 年），卷下，
　　　　頁 398。
〔註52〕北京大學古文獻研究所編，《全宋詩》（北京：北京大學，1995 年），
　　　　卷 41，頁 457。
〔註53〕〔宋〕吳處厚，《青箱雜記》（北京：中華書局，1997 年 12 月），卷
　　　　1，頁 3。
〔註54〕收錄於〔清〕何文煥輯，《歷代詩話》（北京：中華書局，2001 年），
　　　　頁 276。

「體」，故其語多得於容易。」〔註55〕如此看來，淺俗詩風在宋初詩壇乃至仁宗朝並不減其風潮。

南唐詩人徐鉉在南唐滅亡後跟著李後主入宋，因此被視爲從南唐詩過渡到宋代初年重要的詩人，他的詩風也特別獲得關注。《五代詩話》引《宋詩鈔》云：

> 江南馮延巳曰：凡人爲文，皆事奇語，不爾則不足觀。
> 惟徐公率意而成，自造精微；詩冶衍遒麗，具元和風律，
> 而無洪忍纖阿之習。〔註56〕

宋初對文臣十分優待並提倡詩賦，因此館閣臣子互相酬唱的風氣盛行，徐鉉入宋之後也寫了許多與文臣之間互相唱和的詩歌，風格淺切。《全宋詩》的卷四至卷十收錄了徐鉉的詩歌，其中卷九和卷十幾乎是徐鉉送別文官之作、與朋友的和詩或是奉和的御製詩篇。而由五代入宋的陶穀，《宋史》說他：「強記嗜學，博通經史，諸子佛老，咸所總覽；多蓄法書名畫，善隸書。爲人儁辨宏博，然奔競務進。」〔註57〕且看他的〈題玉堂壁〉詩，說的是宋代當時的官風，他發牢騷地說當官的時風就是一切如法炮製，「依樣畫葫蘆」，眞切的反映了不思進取的實況。詩中用語淺白、不事雕琢：

> 官職有來須與做，才能用處不憂無。
> 堪笑翰林陶學士，一生依樣畫葫蘆。
>
> （陶穀〈題玉堂壁〉）〔註58〕

同樣由五代入宋的李昉，其作品也多是淺俗之風。《宋史》說他：

〔註55〕收錄於〔清〕何文煥輯，《歷代詩話》（北京：中華書局，2001年），頁264。
〔註56〕〔清〕王士禎原編／鄭方坤刪補／戴鴻森校點，《五代詩話》（北京：人民文學出版社，1998年2月），卷3，頁169。
〔註57〕楊家駱主編，《新校本宋史并附編三種十一・陶穀列傳》（台北：鼎文書局，1985年），卷269，頁9238。
〔註58〕北京大學古文獻研究所編，《全宋詩》（北京：北京大學，1995年），卷1，頁16。

「爲文章慕白居易，尤淺近易曉。」〔註59〕王禹偁在〈司空相公挽歌〉之二中言：「須知文集裏，全似白公詩。」〔註60〕例如他的〈對海紅花懷吏部侍郎〉以淺切的風格寫出面對的美景以及道出對吏部侍郎的思憶：

> 爛熳海紅花，花中信殊異。萬朵壓欄幹，一堆紅錦被。
>
> 顏色燒人眼，馨香撲人鼻。宜哉富豪家，長近歌鐘地。
>
> 對花花不語，憶君君不至。盡日惜穠芳，情懷有如醉。
>
> （李昉〈對海紅花懷吏部侍郎〉）〔註61〕

　　宋代初年的詩人王禹偁也被認爲是「白體詩人」之一。張興武在《五代作家的人格與詩格》中言及在通俗詩發展的階段中：「五代末至宋初，以陶穀、李昉、王禹偁爲代表。」〔註62〕《蔡寬夫詩話》中說：「國初沿襲五代之餘，士大夫皆宗白樂天詩，故王黃州主盟一時。」〔註63〕言下之意是王禹偁在宋朝初年爲宗白詩的盟主。詩人林逋於〈讀王黃州詩集〉中說：「放達有唐惟白傳，縱橫吾宋是黃州。」〔註64〕顯然是把王禹偁和白居易並列相比擬。他的詩作〈明月溪〉即有明白如話的特色：

> 漲溪者爲誰，人骨皆已朽。我來尋故跡，溪荒亂泉吼。
>
> 惜哉幽勝事，盡落唐賢手。唯餘舊時月，團團照山口。
>
> （王禹偁〈明月溪〉）〔註65〕

〔註59〕楊家駱主編，《新校本宋史并附編三種十一・李昉列傳》（台北：鼎文書局，1985年），卷265，頁9138。

〔註60〕北京大學古文獻研究所編，《全宋詩》（北京：北京大學，1995年），卷66，頁758。

〔註61〕北京大學古文獻研究所編，《全宋詩》（北京：北京大學，1995年），卷13，頁182。

〔註62〕張興武，《五代作家的人格與詩格》（北京：人民文學出版社，2000年），頁221。

〔註63〕收錄於郭紹虞，《宋詩話輯佚》（台北：華正書局，1981年），頁398。

〔註64〕北京大學古文獻研究所編，《全宋詩》（北京：北京大學，1995年），卷107，頁1230。

〔註65〕北京大學古文獻研究所編，《全宋詩》（北京：北京大學，1995年），

　　王禹偁的〈送馮尊師〉，雖是長詩，用字淺顯易懂，直抒胸臆。
詩中稱讚馮尊師出處得宜：

> 前日訪潘閬，下馬入窮巷。忽見雙笋石，臥向青苔上。
> 云是馮尊師，秋來留在茲。今說東南行，問我堅乞詩。
> 又見宋閣老，亦言師甚好。欲去天台山，即別長安道。
> 臺閣有群英，贈別瑰與瓊。琤然滿懷袖，此事殊爲榮。
> 安用徵吾句，吾道方齟齬。老爲八品官，有山未能去。
> 束髮號男兒，出處貴得宜。出則學皋夔，獨立稱帝師。
> 處則同喬松，決起如冥鴻。誰能似蚯蚓，蟠屈泥土中。
> 師行甚可羨，雲鶴無羈絆。爲我持此詩，題于桐柏觀。
>
> 　　　　　　　　　　　（王禹偁〈送馮尊師〉）〔註66〕

　　比王禹偁稍後的詩人魏野，後期的詩風仿效賈島的晚唐體，不過
他前期的詩歌亦有平易的特色，司馬光的《溫公續詩話》說魏野的詩：
「其詩效白樂天體。」〔註67〕例如他的〈閑居書事〉寫僻居山村中的
平凡事，表露淡泊的心態：

> 無才動聖君，養拙住山村。臨事知閑貴，澄心覺道尊。
> 成家書滿屋，添口鶴生孫。仍喜多時雨，經春免灌園。
>
> 　　　　　　　　　　　（魏野〈閑居書事〉）〔註68〕

　　除了以上介紹的詩人之外，宋代的帝王也對淺俗詩風多有偏好，
宋太宗的詩作正是趨向淺俗詩風的。《全宋詩》的卷22至卷39收錄
宋太宗的詩作五百多首，觀其詩題皆名爲〈逍遙詠〉、〈逍遙歌〉、〈緣
識〉，這些詩都與宗教的義理有關，他的存詩中只有少數幾首是贈與

　　　卷61，頁673。

〔註66〕北京大學古文獻研究所編，《全宋詩》（北京：北京大學，1995年），
　　　卷60，頁671。

〔註67〕收錄於〔清〕何文煥輯，《歷代詩話》（北京：中華書局，2001年），
　　　頁276。

〔註68〕北京大學古文獻研究所編，《全宋詩》（北京：北京大學，1995年），
　　　卷78，頁893。

臣子之作。

> 逍遙心自樂，清淨保長生。
>
> 至道歸玄理，真空造化成。
>
> 輝華揚日彩，偃仰順風聲。
>
> 裏外有何物，剛柔煉始精。
>
> （宋太宗〈逍遙詠〉）〔註69〕

> 曾向前朝出白雲，後來消息杳無聞。
>
> 如今若肯隨徵召，總把三峰乞與君。
>
> （宋太宗〈賜陳摶〉）〔註70〕

　　關於南唐的淺俗詩風一直影響至宋初詩壇的問題，賀中復的一段文字是值得深思的，他在〈論五代十國的宗白詩風〉這麼說：

> 宋初詩人推尊白居易，而直接師學的却是五代入宋的宗白大家徐鉉、李昉；田錫、張咏等還學韋莊、鄭谷、貫休爲詩。正因他們承傳五代人演變了的白氏詩風，故稱「白體」而不稱「元白體」是有其道理的。宋初王禹的宗白兼學杜甫，直接受到徐鉉高徒鄭文寶的啓示，實屬五代前期韋莊諸人宗白兼學杜甫的回歸與發展。五代不同詩風實力大小的對比，決定了在宋初詩壇占據主導地位的是宗白詩風，而不可能是追風溫、李的艷詩。〔註71〕

　　這大抵說明了五代十國的宗白詩風入宋之後的主要地位，同時也看出淺俗詩風的流行從南唐過渡到宋初並未稍減，反而隨著入宋的詩人被吸收而發展，在宋初的詩壇上締造一番光景。

〔註69〕北京大學古文獻研究所編，《全宋詩》（北京：北京大學，1995年），卷24，頁329。

〔註70〕北京大學古文獻研究所編，《全宋詩》（北京：北京大學，1995年），卷39，頁447。

〔註71〕參見賀中復，〈論五代十國的宗白詩風〉，《中國社會科學》第5期（1996年），頁152。

第三節　苦吟詩風

一、南唐的苦吟詩風

所謂「苦吟」，大抵指在詩歌創作上反復吟詠，苦心推敲而言。「苦」字更極力形容作詩的過程艱苦，要經過反覆的琢磨修改。李師建崑先生在〈中晚唐苦吟詩人探論〉中言：

> 就苦吟詩人成員來看，毫無疑問，以窮士爲多。作品總體風格呈現：視野縮小、情懷淡漠、刻意爲詩三個特徵。所謂視野縮小，指詩人精神觀照角度由外內斂，使詩歌境界縮小。情懷冷漠，指詩人經過長期貧病挫折，大多失去奮世之志、對生活失去熱情，呈現淡漠、清寂、峭刻、乃至幽冷。刻意爲詩，指詩人之詩思常常不是自然湧現，而是著意爲之。〔註72〕

除了上文所說苦吟詩人作品的三個特徵：視野縮小、情懷淡漠、刻意爲詩之外，一般來說苦吟詩人的做詩態度都非常認眞，將作詩視爲極其重要的一件事。在作品內容的呈現上，反映了自身生活的不得志，或期盼能夠得到機遇爲官。而在營造詩境和美感上十分講究，並富有新意。而在唐末五代，苦吟詩一時蔚爲風潮，模仿賈島成了大眾詩人的運動。李定廣甚至在《唐末五代亂世文學研究》中如此說：

> 苦吟之風發展到唐末五代出現了一種全新的現象——普遍苦吟現象。幾乎所有的詩人都苦吟，無論是刻意追隨賈島的，還是不追隨甚至批評過賈島詩的詩人，都有苦吟的表現和自白。〔註73〕

不妨再參考聞一多先生的看法，《唐詩雜論》中說：

〔註72〕參見李建崑，〈中晚唐苦吟詩人探論〉，《興大中文學報》第 13 期（2000年 12 月），頁 11～28。

〔註73〕李定廣，《唐末五代亂世文學研究》（北京：中國社會科學出版社，2006 年 7 月），頁 89。

　　由晚唐到五代，學賈島的詩人不是數字可以計算的，除極少數鮮明的例外，是向著詞的意境與詞藻移動的，其餘一般的詩人大眾，也就是大眾的詩人，則全屬於賈島。

　　從這觀點看，我們不妨稱晚唐五代爲賈島時代。〔註74〕

　　苦吟詩人創作過程的辛苦從賈島自言之：「二句三年得，一吟雙淚流。知音如不賞，歸臥故山秋。」（〈題詩後〉）〔註75〕就可見一斑。《唐子西語錄》刻畫得更生動：

　　　　詩，最難事也。吾於他文不致寒澀，惟作詩甚苦。悲吟累日，僅能成篇，初讀時未見可羞處，姑置之；明日取讀，瑕疵百出，輒復悲吟累日，反復改正，比之前時，稍稍有加焉；復數日取出讀之，疵病復出：凡如此數四，方敢示人，然終不能奇。李賀母責賀曰：是兒必欲嘔出心乃已！非過論也。〔註76〕

　　詩人如此嘔心瀝血、大費周章的投入苦吟，從唐末的李洞瘋狂的崇拜賈島來看，似乎在當代是司空見慣的事。李洞的事蹟在《唐才子傳》中如此記載：

　　　　（李洞）酷慕賈長江，遂銅寫島像，載之巾中。常持數珠念賈島佛，一日千遍。人有喜島者，洞必手錄島詩贈之，叮嚀再四曰：「此無異佛經，歸，焚香拜之。」其仰慕一何如此之切也。〔註77〕

　　賈島的苦吟風在南唐也有追隨者，例如陳貺。陸游《南唐書》中：「陳況，閩人，性夷澹，隱于廬山四十年，衣食乏絕，不以動心，苦

〔註74〕聞一多，《唐詩雜論》（上海：上海古籍出版社，1998年），頁36。

〔註75〕〔清〕清聖祖御定，《全唐詩》（台北：文史哲出版社，1987年），卷574，頁6692。

〔註76〕收錄於〔宋〕魏慶之，《詩人玉屑》（台北：九思出版社，1978年），卷8，頁172。

〔註77〕傅璇琮主編，《唐才子傳校箋》（北京：中華書局，1987年5月），卷9，頁213。

思于詩，得句未成章，已播遠近。」〔註78〕他的學生劉洞也是追隨苦吟之風的，馬令《南唐書》說：「陳貺嘗謂已詩埒賈島，洞亦自言有浪仙之體，恨不得與之同時言詩也。」〔註79〕陸游《南唐書》也說：「劉洞，廬陵人，隱居廬山二十年，能詩，長於五字唐律，自言得賈島法。」〔註80〕像陳貺、劉洞甚至其他圍繞在廬山國學的詩人，如江為、夏寶松等，對於苦吟都是崇尚的。馬令《南唐書》也寫孫晟：「好學有文辭，尤工於詩。少為道士，居廬山簡寂宮，嘗畫唐詩人賈島像，置于屋壁，晨夕事之。」〔註81〕另外南唐詩人孟賓于在李中的詩集《碧雲集序》中說：「今之人只傳方干處士、賈島長江。」〔註82〕

　　上述看到許多往苦吟的方向努力而不悔的詩人，也大抵得知南唐詩人致力苦吟的情況。就實際上的詩作而言，南唐的苦吟詩人以伍喬和李中留存下來的作品最多，也最能夠看出南唐的苦吟詩風。如伍喬的〈暮冬送何秀才毗陵〉：

> 匹馬嘶風去思長，素琴孤劍稱戎裝。
> 路塗多是過殘歲，杯酒無辭到醉鄉。
> 雲傍水村凝冷片，雪連山驛積寒光。
> 毗陵城下饒嘉景，回日新詩應滿堂。
>
> （伍喬〈暮冬送何秀才毗陵〉）〔註83〕

詩中刻意著寫暮冬之景，「雲傍水村凝冷片，雪連山驛積寒光。」

〔註78〕〔宋〕陸游，《南唐書・陳況列傳》，四部叢刊續編（臺北：臺灣商務印書館，1976年），卷4，頁8。

〔註79〕〔宋〕馬令，《南唐書・儒者傳》，四部叢刊續編（臺北：臺灣商務印書館，1976年），卷14，頁1。

〔註80〕〔宋〕陸游，《南唐書・劉洞列傳》，四部叢刊續編（臺北：臺灣商務印書館，1976年），卷12，頁3。

〔註81〕〔宋〕馬令，《南唐書・義死傳》，四部叢刊續編（臺北：臺灣商務印書館，1976年），卷16，頁4。

〔註82〕〔南唐〕李中，《碧雲集》，《四部叢刊》本（台北市：臺灣商務印書館，1965年），序頁3。

〔註83〕〔清〕清聖祖御定，《全唐詩》（台北：文史哲出版社，1987年），卷744，頁8463。

一聯很顯然是經過反覆吟詠苦思而成的詩句,將冬天寒冷的景象集中於凝結的雲片和反射的雪光上,用字創新、令人印象深刻。陸游的《南唐書》說伍喬:「力于學詩,調寒苦,每有瘦童羸馬之嘆。」﹝註84﹞這當然是因為伍喬力追賈島的苦吟風格而致。而伍喬自己也在〈龍潭張道者〉詩中言:「他年功就期飛去,應笑吾徒多苦吟。」﹝註85﹞道出他搜腸刮肚的苦吟之狀。

　　李中在苦吟中擅於以清冷殘破的物象經營一種唯美的氣氛,他的〈江行晚泊寄溢城知友〉即是如此:

　　　　孤舟相憶久,何處倍關情。野渡帆初落,秋風蟬一聲。

　　　　江浮殘照闊,雲散亂山橫。漸去溢城遠,那堪新月生。

　　　　　　　　　　　　　　(〈江行晚泊寄溢城知友〉)﹝註86﹞

　　李中在詩中以「孤舟」、「野渡」、「秋風」、「殘照」、「亂山」的殘破物象,也象徵著自己思念友人的孤寂心境。其中「江浮殘照闊,雲散亂山橫。」一聯也是苦吟下塑造的一種殘亂的藝術美感。李中在他的詩中提到自己喜愛吟詩和苦思搜句的癖好,如:「唯有搜吟遣懷抱,涼風時復上高臺。」(〈海上從事秋日書懷〉)、「故人不可見,倚杖役吟魂。」(〈春日野望懷故人〉)、「遠公遺跡在東林,往事名存動苦吟。」(〈題廬山東寺遠大師影堂〉)、「每病風騷路,荒涼人莫遊。惟君還似我,成癖未能休。」(〈寄左偓〉)、「千峯雪盡鳥聲春,日永孤吟野水濱。」(〈春日書懷〉)、「愛靜不嫌官況冷,苦吟從聽鬢毛蒼。」(〈贈永真杜翱少府〉)、「開戶只添搜句味,看山還阻上樓情。」(〈對雨寄胸山林番明府〉)﹝註87﹞諸如此類講述自己對苦吟喜愛至成魔,仿佛

﹝註84﹞ 〔宋〕陸游,《南唐書・伍喬列傳》,四部叢刊續編(臺北:臺灣商務印書館,1983年),卷12,頁4。

﹝註85﹞ 〔清〕清聖祖御定,《全唐詩》(台北:文史哲出版社,1987年),卷744,頁8463。

﹝註86﹞ 〔清〕清聖祖御定,《全唐詩》(台北:文史哲出版社,1987年),卷747,頁8506。

﹝註87﹞ 參見〔清〕清聖祖御定,《全唐詩》(台北:文史哲出版社,1987年),

只爲苦吟而生活的詩句還很多，便不再贅述了！

誠如李中寄給左偓的詩中說：「卷中新句誠堪喜，身外浮名不足忙。會約垂名繼前哲，任他玄髮盡如霜。」（〈秋夜吟寄左偓〉）可以得知這些苦吟詩人之所以如此苦吟搜句的原因之一，是因爲在搜吟的天地中可以讓人遣悶息愁。即使蕭瑟的景物是引發愁緒的原因，但關注在苦吟搜句之時卻也是將生活中寄託於此，享受著既快樂又痛苦的矛盾心情。

二、苦吟詩風影響宋初詩壇

苦吟詩風到了宋代，宋人稱之爲「晚唐體」。宋人俞豹在《吹劍錄》中說：

> 近世詩人好爲「晚唐體」，不知唐祚至此，氣脈浸微，士生斯時，無他事業，精神伎倆，悉見于詩。局促于一題，拘攣於律切，風容色澤清淺纖微，無復渾涵氣象，求如中葉之全盛，李杜元白之瑰奇，長章大篇之雄偉，或歌或行之豪放，則無此力量矣。故體成而唐祚亦盡，蓋文章之正氣竭矣。今不爲中唐全盛之體，而爲晚唐哀思之音，豈習矣而不察邪？〔註88〕

俞豹的這段話也恰恰點出那時候的詩人將精神放在作詩一事上，所謂「士生斯時，無他事業，精神伎倆，悉見於詩。」詩人全力的創作，志業全見於詩中。「局促於一題，拘攣於律切，風容色澤清淺纖微。」則指出晚唐體的特色所在。宋代胡仔纂集的《苕溪漁隱叢話》中「孟東野賈浪仙」條說：

> 張文潛云：「唐之晚年，詩人類多窮士，如孟東野、賈浪仙之徒，皆以刻琢窮苦之言爲工。或謂郊、島孰貧，曰：

卷 747～750。

〔註88〕〔宋〕俞文豹撰／〔清〕顧修輯刊／嚴一萍選輯，《吹劍錄》，《百部叢書集成》本（臺北：藝文印書館，1968 年），頁 43～44。

『島爲甚也。』曰：『何以知之？』『以其言知之。郊曰種
稻耕白水，負薪斫青山。島曰市中有樵客，客舍寒無煙，
井底有甘泉，釜中常苦乾。孟氏薪米自足，而島家俱無，
以是知之耳。』」〔註89〕

　　張文潛是宋代的詩人，上述引言道出宋代人對孟郊、賈島以琢磨
苦吟的見解，並認爲唐晚年的詩人大多屬於困窮寒酸之士。歐陽修在
《六一詩話》中也有對晚唐詩人雕琢用意爲詩的看法：

　　　唐之晚年，詩人無復李杜豪放之格，然亦務以精意相
高。如周樸者，構思尤艱，每有所得，必極其雕琢，故時
人稱樸詩「月鍛季煉，未及成篇，已播人口。」其名重當
時如此，而今不復傳矣。余少時猶見其集，其句有云：「風
暖鳥聲碎，日高花影重。」又云：「曉來山鳥鬧，雨過杏花
稀。」誠佳句也。〔註90〕

　　歐陽脩以詩人周樸爲例，「構思尤艱，每有所得，必極其雕琢。」
正是晚唐體詩人辛苦爲詩琢磨之狀，但歐陽脩也不吝地稱讚他們的詩
句「誠佳句也」。

　　至於宋初有幾位詩人在苦吟詩風上特別下苦功，較爲著名的有潘
閬、魏野、寇準、林逋等。潘閬在他的〈憶賈閬仙〉詩中說：「風雅道
何玄，高吟憶閬仙。人雖終百歲，君合壽千年。骨已西埋蜀，魂應北入
燕。不知天地內，誰爲續遺編。」〔註91〕詩中對賈島詩的嚮往不言而喻。
〈序吟〉詩曰：「高吟見太平，不恥老無成。髮任莖莖白，詩須字字清。
搜疑滄海竭，得恐鬼神驚。此外非關念，人間萬事輕。」〔註92〕將自己

〔註89〕〔宋〕胡仔纂輯，《苕溪漁隱叢話》（台北：長安出版社，1978年），
　　　　前集卷19，頁125。
〔註90〕收錄於〔清〕何文煥輯，《歷代詩話》（北京：中華書局，2001年），
　　　　頁267。
〔註91〕北京大學古文獻研究所編，《全宋詩》（北京：北京大學，1995年），
　　　　卷56，頁620。
〔註92〕北京大學古文獻研究所編，《全宋詩》（北京：北京大學，1995年），

著力於苦吟的理念寄託於詩中，而人間萬事除了搜句高吟之外，其餘則不值得關心。潘閬的〈孤山寺易從房留題〉則能看出苦吟之風：

> 寶塔孤峰頂，師居積翠中。四邊湖水繞，一逕郭門通。
>
> 香滴松梢雨，涼生竹簟風。閒吟與閒坐，此興與誰同。
>
> （潘閬〈孤山寺易從房留題〉）〔註93〕

劉克莊在《江西詩派小序》云：「國初詩人，如潘閬、魏野規規晚唐格調，寸步不敢走作。」〔註94〕同樣的，魏野也是「規規晚唐格調」的寸步不離者。《宋史》如此記載：「為詩精苦，有唐人風格，多警策句。」〔註95〕他的〈題鄠縣楊氏書樓〉詩則有明顯的苦吟風格：

> 竹多千畝餘，賣竹濟貧儒。門掩圭峰影，樓添鄠縣圖。
>
> 蝸涎緣棟有，鶴跡入泉無。終約重來此，相鄰卜養愚。
>
> （魏野〈題鄠縣楊氏書樓〉）〔註96〕

詩人觀察物體入微，連同蝸牛爬過的痕跡都能入詩，這正是苦吟詩人的特色之一。魏野除了和潘閬有詩作上的酬唱，如〈贈潘閬〉〔註97〕外，他和另一位晚唐體詩人寇準也時相唱和，從詩題〈和呈寇相公見贈〉、〈謝呈寇相公召宴〉、〈上知府寇相公〉、〈寇相公生辰〉、〈謝知府寇相公降訪〉、〈寇相公生辰因有寄獻〉等詩中看的出來。茲舉寇準的詩作〈水村即事〉為例：

卷56，頁623。

〔註93〕北京大學古文獻研究所編，《全宋詩》（北京：北京大學，1995年），卷56，頁621。

〔註94〕〔宋〕劉克莊撰／〔清〕顧修輯刊／嚴一萍選輯，《江西詩派小序》，《百部叢書集成》本（臺北：藝文印書館，1966年），頁1。

〔註95〕楊家駱主編，《新校本宋史并·魏野列傳》（台北：鼎文書局，1985年），卷457，頁13430。

〔註96〕北京大學古文獻研究所編，《全宋詩》（北京：北京大學，1995年），卷84，頁941。

〔註97〕參見北京大學古文獻研究所編，《全宋詩》（北京：北京大學，1995年），卷78，頁899。

虛齋臨遠水，吟釣度朝晴，葦岸秋聲合，莎亭鶴影孤。
片雲藏疊巘，野燒起寒蕪。獨步時吟望，離人隔五湖。

（寇準〈水村即事〉）〔註98〕

其中「葦岸秋聲合，莎亭鶴影孤。片雲藏疊巘，野燒起寒蕪。」
四句精雕細琢，精巧細膩。寇準說自己「孤吟終日對莎池」（〈夏日晚
涼〉）〔註99〕、「髮白猶搜句」（〈秦中感懷寄江外知己〉）〔註100〕，這
在在顯示寇準對作詩的認真態度。《瀛奎律髓》說：「萊公詩學晚唐『九
僧體』相似。」〔註101〕《湘山野錄》則記載寇準和九僧中的惠崇分
題賦詩之事：

寇萊公一日延詩僧惠崇於池亭，探鬮分題，丞相得「池
上柳」，「青」字韻；崇得「池上鷺」，「明」字韻。崇默遶
池徑，馳心於杳冥以搜之，自午及晡，忽以二指點空微笑
曰：「已得之，已得之。」〔註102〕

苦吟詩人作詩的謹慎態度及苦思冥想的搜句從上述引事可想而
知了。詩人林逋的詩亦有可觀：

水氣并山影，蒼茫已作秋。林深喜見寺，岸靜惜移舟。
疏葦先寒折，殘虹帶夕收。吾廬在何處，歸興起漁謳。

（林逋〈秋日西湖閒泛〉）〔註103〕

滄洲白鳥飛，山影落晴暉。映竹犬初吠，弄舡人合歸。

〔註98〕北京大學古文獻研究所編，《全宋詩》（北京：北京大學，1995 年），
卷 90，頁 1003。
〔註99〕北京大學古文獻研究所編，《全宋詩》（北京：北京大學，1995 年），
卷 90，頁 1029。
〔註100〕北京大學古文獻研究所編，《全宋詩》（北京：北京大學，1995 年），
卷 90，頁 1003。
〔註101〕〔元〕方回，《瀛奎律髓》收於《四庫全書本》（臺北：臺灣商務印
書館，1983 年），卷 10，頁 14。
〔註102〕〔宋〕文瑩，《湘山野錄》（北京：中華書局，1997 年 12 月），卷中，
頁 34～35。
〔註103〕北京大學古文獻研究所編，《全宋詩》（北京：北京大學，1995 年），
卷 105，頁 1191。

　　　　水波隨月動，林翠帶烟微。寺近疏鐘起，蕭然還掩扉。

　　　　　　　　　　　　　　　　　（林逋〈湖村晚興〉）〔註104〕

　　南宋劉克莊在《後村詩話》中云：「林和靖一生苦吟。」〔註105〕
不過看林逋大部分的詩作，大抵如上列的詩作刻意雕琢的較爲少見，
反而有繁華落盡見眞淳的天然語感。

　　苦吟詩人將目光從國家大事、民生疾苦轉移至身邊瑣事，有時爲
人所詬病。但他們認眞爲詩、在狹小的格局中描述清新小巧的自然景
象，也開創了另一番氣象。從南唐詩到宋詩皆有濃厚的苦吟氣息，可
說這期間都籠罩在苦吟詩風之下。

　　最後關於南唐詩及影響宋初詩的部分，有兩條資料做爲補充。《紫
桃軒雜綴》說：南唐詩人江爲的詩句：「竹影橫斜水清淺，桂香浮動
月黃昏。」後來林逋改爲：「疏影橫斜水清淺，暗香浮動月黃昏。」
〔註106〕而成爲名句。另外南唐詩人李詢的〈贈織人〉詩：「箚箚機聲
曉復晡，眼穿力盡竟何如。美人一曲成千賜，心裏猶嫌花樣疏。」也
影響了寇準的妾——名爲倩桃的〈贈歌者〉詩。《翰府名談》如此記
載：

　　　　寇萊公有妾曰茜桃，公因會，贈歌者以束綾，茜桃作

　　　　二詩呈公曰：「一曲清歌一束綾，美人猶自意嫌輕。不知織

　　　　女螢窗下，幾度拋梭織得成。」〔註107〕

　　宋代寇準妾蒨桃的〈贈歌者〉詩，應該是本於南唐詩人李詢的〈贈
織人〉而作的。上引的兩則資料說明了宋代人對於南唐文學是有所關

〔註104〕　北京大學古文獻研究所編，《全宋詩》（北京：北京大學，1995年），
　　　　　卷105，頁1191。
〔註105〕　〔宋〕劉克莊，《後村詩話》（台北：廣文書局，1971年），後集卷
　　　　　1，頁10。
〔註106〕　事見〔清〕李調元編／何光清點校，《全五代詩》（成都：巴蜀書社，
　　　　　1992年），卷39，頁807。
〔註107〕　收錄於〔宋〕阮閱，《詩話總龜》（北京：人民文學出版社，1998年），
　　　　　前集卷22，頁237。

注的。做爲五代十國中文學成績最爲斐然的南唐詩歌，影響力自然不容忽視。《蔡寬夫詩話》中說：

> 國初沿襲五代之餘，士大夫皆宗白樂天詩，故王黃州主盟一時。祥符天禧之間，楊文公劉中山錢思公專喜李義山，故崑體之作，翕然一變，而文公尤酷嗜唐彥謙詩，至親書以自隨。景佑慶曆後，天下知尚古文，於是李太白韋蘇州諸人，始雜見於世。杜子美最爲晚出，三十年來學詩者，非子美不道，雖武夫女子皆知尊異之。李太白而下殆莫與抗。文章隱顯，固自有時哉。〔註108〕

這段文字正是五代詩影響宋代詩壇的大致狀況。而宋初詩壇繼承了南唐的清麗詩風、淺俗詩風及苦吟詩風，在新的朝代和背景下又有不同的風格融合，進而展開詩歌史上新的扉頁。

〔註108〕收錄於郭紹虞，《宋詩話輯佚》（台北：華正書局，1981年），卷下，頁398～399。

第九章　結　論

　　本論文分成九大章，主要是對南唐詩的相關問題做研究。緒論中說明研究的動機、對象、概況及方法。筆者認爲五代十國詩有其自身獨特的地位，不應該是唐詩或宋詩的附屬，而草草地略帶一筆。五代詩除了有其時代的背景及詩歌發展的因素和情感之外，介於唐詩、宋詩之間的五代詩歌有著承先啓後、繼往開來的地位，所以將五代文學視爲獨立的一環，研究其文學上的規律是有其必要性的。而其中的南唐在五代十國中的文學成就最爲斐然、詩歌地位亦最爲重要，但是南唐詩的研究在國內稍嫌不足，是故以南唐詩爲切入點，梳理此時期的詩歌主題及風格，最能探究核心。

　　第二章則論述南唐詩發展的背景。南唐詩之所以在五代十國中能夠充分發展，其背景主要有四點：南唐政治環境的相對平穩、南唐經濟發展的繁榮昌盛、南唐尚文好士的蔚然風氣、南唐君主自身的文化涵養。五代在五十幾年中頻頻地改朝換代，在紛亂的時代，文學是難以安心發展的。但與五代同時期並存的南唐因地利之故，因而能遠離戰火的蹂躪踐踏，加上南唐的開國君主力圖振作，讓百姓安居樂業、維繫穩定的政局，故能夠在良好的環境下有顯著的文學成績。南唐詩歌的高度發展也奠基於繁榮的經濟，這期間經過了楊吳時期到南唐三主的致力經營，君主注重休養生息、積極改革賦稅制度、加強農業生

產力，造就良好的經濟基礎。南唐詩興盛的重要因素還在於南唐尙文好士的風氣，這種風氣可以從南唐重視儒學、興辦學校、科舉取才、蒐集圖書、禮賢下士等方面看出端倪。由於南唐在位者重用士人、重視儒學，故而文學風氣鼎盛一時。再者，南唐詩的興盛還在於君主自身的涵養與提倡之功。南唐三位君主本身都愛好文藝，也分別都有詩詞之創作。「上有所好，下必甚焉。」讓南唐詩臻於五代詩歌之高峰。

　　第三章談南唐詩人的交游關係，分別從君臣、朋黨、師生、同窗及朋友關係去聯繫之間的交游脈絡。南唐的君臣之間形成了一個創作群體，除了平時上朝議政之外，宴會上的唱和交際是這些朝臣展現才華的最佳場合。尤其在君王的重視下，臣子無不趁機以詩歌方式，或連繫感情、或歌功頌德、或取景獻賦。南唐君臣頻繁的唱和活動，無形中也形成了一種特殊的群體關係。雖然這種應酬式的詩歌多爲歌功頌德之作，但由君主主導的聚會唱和，亦增加他們彼此間的交遊切磋的機會。另外以黨派劃分而產生的關係，一般南唐詩人在政治上佔有一席之地，相同立場的詩人彼此互相依存，關係自然更爲緊密。不過這部分呈現在詩歌上相對來說並不明確，同一個朋黨內的詩人之間不大會藉由詩歌來表述自己的政治思想。但是釐清南唐詩人的黨派情形，也能從賦詩中可以看到詩人欲報國明志的決心、思想層面及不同政治立場的核心詩人。而因師生和同學而形成的關係主要是圍繞著廬山國學，廬山國學的興辦帶起了講學、求學的風氣。以南唐詩人陳貺爲中心，劉洞、江爲、夏寶松、楊徽之紛紛來此成爲學子，一時之間文人薈萃。這些圍繞著廬山國學的師生之間形成了緊密的交遊群體，而他們更以學習詩藝的關係互爲影響，對南唐詩產生貢獻。廬山詩人們不論是師生關係還是由同窗關係組成，他們之間的詩風多少互爲影響。南唐詩中屬於寄贈予朋友、並與之酬唱往來及思念朋友的詩篇佔了很大的比例，從篇名中可大致了解他們彼此的交情及交遊圈。而南唐詩人中以李建勳、徐鉉、李中留存的詩歌相對爲多，因此比較可以從他們的詩篇中得知互贈往來的大致情形。

　　第四章到第六章是探析南唐詩人的詩作，將南唐詩人中詩作量較多的六位詩人分別提出來探討，並將風格較為相近的詩人置入同一章。李煜和成彥雄詩風較為清麗，李建勳和徐鉉呈現明顯的淺俗詩風，伍喬和李中則都是苦吟詩人。此部分的每一章節皆討論詩人與存詩問題、詩歌題材、詩歌特色與小結語。李煜詩題材分為苦病、悼亡、抒懷、題贈四類，其詩作特色有寄託佛門、律絕皆擅、詩句清麗。成彥雄詩歌的題材分為詠物、時序、閒適、懷人四類，特色有詩歌靈動成趣、擅長絕句以及穠麗精巧。李建勳的詩歌題材有悲愁、酬寄、宴游、閒適、詠物和其他類，他的詩歌特色呈現出及時行樂的思想、既定模式的創作和清淡平易的風格。徐鉉詩的題材則有羈旅、戰亂、侍宴、思舊、哀挽、閒適及其他類，他的詩作特色以用典表達心志、設問突顯詩意以及詩句平易清婉。伍喬詩的題材只有酬寄和遊賞兩類，特色是重視頷聯頸聯以及善用殘敗灰黯的取景。李中詩歌題材有離思、興嘆、投獻、閒適、寫景及其他類，他的詩歌特色有淒涼感傷的基調、清冷殘破的物象、豐富多變的體制以及對苦吟搜句的癖好。

　　第七章綜合討論南唐詩之主題，主題大致分為別離、宗教、娛樂及其他。別離在此時代下是常見的主題，南唐詩人有的因仕宦或避難而離鄉背井、有的因懷人而生出感慨，這些詩作往往傳達出一種哀愁無奈之感；而詩人因身逢動亂之際，導致顛沛流離，聚散離合的境遇在所多有，因此對於詩人來說，友情是最好的慰藉，這也是在五代時期詩人們大量創作贈答酬唱作品的原因。故不論是送別、思念或訪友之作，一方面是反映自身的孤獨寂寞，一方面則是對於友情重視的表現，益顯在亂世中友情的彌足珍貴。南唐詩人在宗教的主題主要表現在寄託於宗教、寺院廟宇題詩、與僧師道人往來造訪、藉物談佛理或以偈語方式傳達思想。娛樂的主題在南唐詩中亦屬常見，因為遊賞排懷、托物詠志，正含藏詩人心中那份欲言未言的難言之隱，在亂世中己身的無力感化做一首首詩，唱著未能忘卻的無奈歌曲。因此所見景物有的成了當代詩人避世的寄託、有的則藉物發揮自抒懷抱，從另一

角度來看，這些也許是對政治國事的冷漠反映，轉而選擇寄情美景之間的消極態度。除此之外，還有一些較爲少數的主題取向：懷古類的作品表現出追思或提出警句；詠史類的詩歌則呈現出回首往事的蕭瑟，或有檢討的意味；憂患類的主題中讓我們看見當時的江南籠罩著濃濃的戰爭煙硝味、和「一將功成萬骨枯」的反戰意識以及批判權貴不體諒農民、任意踐踏其辛苦成果。雖然這些類別的作品爲數不多，但仍然是南唐詩的某些面向的反映。另外「春恨」、「求仕」、「惜時」等主題比較集中在李建勳和李中的詩歌中。時代的背景在一定的程度上是影響文學主題方向的，南唐詩大部分圍繞著別離、宗教、娛樂等主題在進行，歸根究柢還是與士人出處的現象有關。五代時期天下動盪，士人爲求得一席之位而離鄉背井，思鄉抒懷、興嘆茫茫未知的前程；需要朋友的提攜舉薦或報國無門之下友情的慰藉，彼此酬唱贈答的作品相繼產生；心心念念的目標失落後遂以不同形式寄情於宗教；游離於政治之外，關注轉而至山水之間，遊歷賞玩吟詠風物的詩篇比比皆是。

第八章論述南唐詩風及影響，將南唐詩分成清麗詩風、淺俗詩風及苦吟詩風，並探討這些詩風在宋初詩壇的影響。南唐詩人如孟賓于、張洎、徐鉉等都極力讚賞與追求清麗詩風，因此我們能從作品中看見屬於詞采清麗的一面。李建勳、伍喬、成彥雄、徐鉉的清麗之作大多屬於閒適遊賞之作，這樣主題的展現大多選擇的物象是以山水或動植物爲主，能夠表現出閒逸清淡之感。在整首詩的色澤上大多清淺，有時描述明麗的場景也能恰如其分地不過分張揚，只作適度的襯托，這些都能夠更加彰顯清新秀麗的風格，達到詩歌上唯美的特質。南唐清麗的詩風到了宋初年間仍然獲得詩人的青睞，例如在宋初詩壇上頗有地位的楊徽之，在南唐時期師事陳貺，並與前來廬山國學學習南唐詩人們互相往來唱和，因此從楊徽之的詩風可以看到南唐詩過渡至宋初詩的部份軌跡，而在宋初年間的被認爲是白體詩人的李昉和王禹偁，或是被歸類於苦吟詩人的林逋、寇準和潘閬，他們的詩歌中也

不乏清麗之作。

　　南唐詩歌表現出來的「淺俗」特徵是淺切、順暢、易熟這樣的概念，在造語上不刻意的講求奇特、在內容上也大多寫眼前之事，情感的表現也比較直接。南唐詩的清麗詩風是詩家想致力追求的境界，但是不若淺俗詩風與苦吟詩風在當代的影響力，在南唐詩壇引領風騷的李建勳和徐鉉，他們的詩歌大多就是走向淺俗風格的；南唐後主李煜的詩作和詩歌以濃艷精巧為主的成彥雄，以及以苦吟著稱的李中，雖然他們的詩歌不以淺俗著稱，但他們的詩歌用語也有直接明白、不刻意造奇語、沒有精練語句的時候。詩風平易的李建勳和詩風淺近的徐鉉更是南唐白體詩人的代表。他們大多數的作品特色是淺俗平暢、話語明白、讀之一目了然，並未有構思奇巧、精索得句之苦。而南唐詩人徐鉉在南唐滅亡後跟著李後主入宋，因此被視為從南唐詩過渡到宋代初年重要的詩人，他的詩風也特別獲得關注。宋初對文臣十分優待並提倡詩賦，因此館閣臣子互相酬唱的風氣盛行，徐鉉入宋之後也寫了許多與文臣之間互相唱和的詩歌，風格淺切。同樣由五代入宋的陶穀和李昉，其作品詩中用語淺白、不事雕琢。宋代初年的詩人王禹偁也被認為是「白體詩人」之一，在宋朝初年更是宗白詩的盟主。另外宋代的帝王也對淺俗詩風多有偏好，宋太宗的詩作正是趨向淺俗詩風的。因此淺俗詩風的流行從南唐過渡到宋初並未稍減，反而隨著入宋的詩人被吸收而發展，在宋初的詩壇上締造一番光景。

　　所謂「苦吟」，大抵指在詩歌創作上反覆吟詠，苦心推敲而言。一般來說苦吟詩人的做詩態度都非常認真，將作詩視為極其重要的一件事。在作品內容的呈現上，反映了自身生活的不得志，或期盼能夠得到機遇為官。而在營造詩境和美感上十分講究，並富有新意。而在唐末五代，苦吟詩一時蔚為風潮，模仿賈島成了大眾詩人的運動。賈島的苦吟風在南唐的追隨者，如陳貺之苦思于詩、如劉洞恨不得與賈島同時言詩，還有其他圍繞在廬山國學的詩人，如江為、夏寶松等，對於苦吟都是崇尚的。南唐詩人孫晟曾畫賈島之像於屋壁，早晚侍奉

之。就實際上的詩作而言，南唐的苦吟詩人以伍喬和李中留存下來的作品最多，也最能夠看出南唐的苦吟詩風。伍喬力于學詩而調寒苦，是因其力追賈島的苦吟風格而致。李中則在苦吟中擅於以清冷殘破的物象經營一種唯美的氣氛，塑造的一種殘亂的藝術美感。苦吟詩風到了宋代，宋人稱之爲「晚唐體」，宋初較爲著名的苦吟詩人有潘閬、魏野、寇準、林逋等。潘閬在〈憶賈閬仙〉詩中對賈島詩的嚮往不已，也將自己著力於苦吟的理念寄託於詩中；魏野也是「規規晚唐格調」的寸步不離者，他爲詩精苦，觀察物體精細入微，這正是苦吟詩人的特色之一；另外南宋劉克莊說林逋一生苦吟，但林逋大部分的詩作較少見刻意雕琢的痕跡，反而有繁華落盡見眞淳的自然。苦吟詩人將目光從國家大事、民生疾苦轉移至身邊瑣事，有時爲人所詬病。但他們認眞爲詩、在狹小的格局中描述清新小巧的自然景象，也開創了另一番氣象。

作爲五代詩歌中的最爲璀璨的南唐詩，在動盪不安的時代中展現自身的獨特性。透過南唐詩，時代下人們的及時行樂的處世思想、淒涼感傷的嘆息，從研究南唐詩中可以去發掘詩中潛藏的深刻意涵，讓我們更了解詩歌與時代緊密相連的關係，也更能夠認識唐詩與宋詩之間的這道橋梁的特質和重要性。

參考文獻

傳統文獻

1. 舊題〔周〕詩曠撰／〔晉〕張華注,《禽經》,景印文淵閣四庫全書本,臺北:臺灣商務印書館,1983 年。

2. 林尹註譯／王雲五主編《周禮今註今譯》,臺北:台灣商務印書館,1987 年 9 月。

3. 屈萬里,《詩經註釋》,臺北:聯經出版事業有限公司,2009 年。

4. 〔戰國〕莊周／〔晉〕郭象註,《莊子》,臺北:藝文印書館,1990 年。

5. 熊禮匯,《新譯淮南子》,臺北:三民書局,2001 年。

6. 傅錫壬註譯,《新譯楚辭讀本》,臺北:三民書局,1995 年。

7. 屈萬里,《尚書釋義》,臺北:中國文化大學出版部,1995 年 7 月。

8. 〔漢〕劉向,《戰國策》,台北:里仁出版社,1980 年。

9. 〔日〕瀧川龜太郎,《史記會注考證》,臺北:萬卷樓圖書有限公司,1993 年 8 月。

10. 〔晉〕陶淵明,《搜神後記》,台北:木鐸出版社,1982 年。

11. 楊家駱主編,《新校本晉書》,台北:鼎文書局,1985 年。

12. 〔晉〕張華／唐久寵導讀,《博物志》,臺北:金楓出版有限公司,1987 年。

13. 楊家駱主編,《新校本南齊書》,台北:鼎文書局,1985 年。

14. 楊家駱主編,《新校本梁書》,台北:鼎文書局,1985 年。

15. 〔南朝梁〕劉勰著／周振甫注,《文心雕龍》,台北:里仁出版社,

1994 年。

16. 〔南朝梁〕蕭統編／〔唐〕李善注,《昭明文選》,台北:華正書局,
1994 年。

17. 〔南朝宋〕劉義慶撰／楊勇校箋,《世說新語校箋》,北京:中華書
局,2007 年。

18. 〔南唐〕徐鉉,《徐公文集》,四部叢刊本,台北:臺灣商務,1965
年。

19. 〔南唐〕李中,《碧雲集》,四部叢刊本,台北:臺灣商務印書館,
1965 年。

20. 〔南唐〕李建勳《李丞相詩集》,四部叢刊本,台北:臺灣商務印書
館,1981 年。

21. 〔南唐〕陳彭年／〔清〕曹溶輯／〔清〕陶越增訂,《江南別錄》,
百部叢書集成,臺北:藝文印書館,1967 年。

22. 〔南唐〕劉崇遠,《金華子雜編》,台北:宏業書局,1970 年。

23. 〔南唐〕釣磯閒客,《釣磯立談》,筆記小說大觀,臺北:新興書局,
1988 年。

24. 〔南唐〕李璟／李煜撰／王仲聞校訂,《南唐二主詞校訂》,北京:
中華書局,2008 年。

25. 〔後蜀〕趙崇祚編／華鍾彥校注,《花間集》,河南:河南大學出版
社,2008 年。

26. 〔五代〕韋莊著／聶安福箋注,《韋莊集箋注》,上海:上海古籍出
版社,2002 年。

27. 顧櫰三,《補五代史藝文志》收錄於《二十五史補編》,臺北:臺灣
開明書社,1959 年。

28. 〔宋〕佚名,《宣和畫譜》,臺北:世界書局,1962 年。

29. 〔宋〕鄭文寶撰／〔明〕陳繼儒輯刊／嚴一萍選輯,《南唐近事》,
百部叢書集成本,臺北:藝文印書館,1965 年。

30. 〔宋〕陳巖肖著／〔宋〕左圭輯刊,《庚溪詩話》,百部叢書集成本,
臺北:藝文印書館,1965 年。

31. 〔宋〕鄭文寶,《江南餘載》,四庫全書本,臺北:臺灣商務,1983
年。

32. 〔宋〕鄭文寶撰／〔清〕曹溶輯／〔清〕陶越增訂,《江表志》,百
部叢書集成本,臺北:藝文印書館,1967 年。

33. 〔宋〕路振撰,／〔清〕錢熙祚校刊,《九國志》,百部叢書集成本,

臺北：藝文印書館，1967 年。

34. 〔宋〕劉克莊撰／〔清〕顧修輯刊／嚴一萍選輯，《江西詩派小序》，百部叢書集成本，臺北：藝文印書館，1966 年。

35. 〔宋〕周必大撰／〔明〕毛晉校刊，《二老堂詩話》，百部叢書集成本，臺北：藝文印書館，1966 年。

36. 〔宋〕嚴羽撰／〔明〕毛晉校刊，《滄浪詩話》，百部叢書集成本，臺北：藝文印書館，1966 年。

37. 〔宋〕洪邁撰／〔清〕曹溶輯／〔清〕陶越增訂，《容齋詩話》，百部叢書集成本，臺北：藝文印書館，1967 年。

38. 〔宋〕葛立方撰／〔清〕曹溶輯／〔清〕陶越增訂，《韻語陽秋》，百部叢書集成本，臺北：藝文印書館，1967 年。

39. 〔宋〕吳聿撰／〔清〕錢熙祚校刊，《觀林詩話》，百部叢書集成本，臺北：藝文印書館，1967 年。

40. 〔宋〕俞文豹撰／〔清〕顧修輯刊，《吹劍錄》，百部叢書集成本，臺北：藝文印書館，1968 年。

41. 〔宋〕劉克莊，《後村詩話》，台北：廣文書局，1971 年。

42. 〔宋〕馬令，《南唐書》，四部叢刊續編，臺北：臺灣商務印書館，1976 年。

43. 〔宋〕胡仔纂輯，《苕溪漁隱叢話》，台北：長安出版社，1978 年。

44. 〔宋〕馬令，《南唐書》，四庫全書本，臺北：臺灣商務印書館，1983 年。

45. 〔宋〕陸游，《南唐書》，四部叢刊續編，臺北：臺灣商務印書館，1976 年。

46. 〔宋〕魏慶之，《詩人玉屑》，台北：九思出版社，1978 年。

47. 〔宋〕司馬光撰／（宋）胡三省注，《資治通鑑》，臺北：西南書局，1982 年。

48. 〔宋〕邵博，《邵氏聞見後錄》，北京：中華書局，1983 年。

49. 〔宋〕歐陽脩，《六一詩話》，四庫全書本，臺北：臺灣商務印書館，1983 年。

50. 〔宋〕陶岳，《五代史補》，叢書集成續編，臺北：新文豐出版公司，1985 年。

51. 楊家駱主編，《新校本舊五代史》，台北：鼎文書局，1985 年。

52. 楊家駱主編，《新校本新五代史》，台北：鼎文書局，1985 年。

53. 楊家駱主編，《新校本宋史》，台北：鼎文書局，1985 年。

54. 〔宋〕龍袞《江南野史》，筆記小說大觀，臺北：新興書局，1984年。

55. 〔宋〕龍袞《江南野史》，叢書集成續編，臺北：新文豐出版公司，1985年。

56. 〔宋〕吳處厚《青箱雜記》，北京：中華書局，1997年。

57. 〔宋〕陸遊撰／李劍雄／劉德權點校，《老學庵筆記》，北京：中華書局，1997年。

58. 〔宋〕文瑩撰／鄭世剛、楊立揚點校，《玉壺清話》，北京：中華書局，1997年。

59. 〔宋〕文瑩《湘山野錄》，北京：中華書局，1997年。

60. 〔宋〕魏泰《東軒筆錄》，北京：中華書局，1997年。

61. 〔宋〕羅大經《鶴林玉露》北京：中華書局，1997年。

62. 〔宋〕司馬光《涑水記聞》北京：中華書局，1997年。

63. 〔宋〕蘇東坡《東坡志林》北京：中華書局，1997年。

64. 〔宋〕陳師道《後山詩話》，四庫全書本，臺北：臺灣商務印書館，1983年。

65. 〔宋〕周紫芝《竹坡詩話》，四庫全書本，臺北：臺灣商務印書館，1983年。

66. 〔宋〕楊萬里《誠齋詩話》，四庫全書本，臺北：臺灣商務印書館，1983年。

67. 〔宋〕阮閱，《詩話總龜》，北京：人民文學出版社，1998年。

68. 〔宋〕孫光憲《北夢瑣言》北京：中華出版社2002年。

69. 郭紹虞，《宋詩話輯佚》，台北：華正書局，1981年。

70. 北京大學古文獻研究所編，《全宋詩》，北京：北京大學，1995年。

71. 曾棗莊／劉琳主編，《全宋文》，上海：上海辭書出版社，2006年。

72. 池洁等編撰，《唐詩彙評》，杭州市：浙江教育出版，1996年。

73. 〔元〕辛文房撰／日本）天瀑山人輯刊／嚴一萍選輯，《唐才子傳》，百部叢書集成本，臺北：藝文印書館，1965年。

74. 傅璇琮主編，《唐才子傳校箋》，北京：中華書局，1987年5月。

75. 〔元〕方回，《瀛奎律髓》，四庫全書珍本，台北：臺灣商務，未註明年代。

76. 〔元〕方回，《瀛奎律髓》，四庫全書本，臺北：臺灣商務印書館，1983年。

77. 〔明〕胡震亨,《唐音癸籤》,台北:木鐸出版社,1982 年。

78. 〔明〕許學夷／杜維沫校點,《詩源辨體》,北京:人民文學出版社,
1998 年。

79. 〔清〕戴名世,《戴南山文鈔》,台北:新興書局,1956 年。

80. 〔清〕吳任臣,《十國春秋》,臺北:國光書局,1962 年。

81. 〔清〕王士禎,《帶經堂詩話》,北京:人民文學出版社,1963 年。

82. 〔清〕盧文弨,《抱經堂文集》,四部叢刊初編本,台北:臺灣商務
印書館,1965 年。

83. 〔清〕清聖祖御定,《全唐詩》,台北:文史哲出版社,1987 年。

84. 陳尚君輯校《全唐詩補編》,北京:中華書局 1992 年。

85. 〔清〕李調元編／何光清點校,《全五代詩》,成都:巴蜀書社,1992
年。

86. 吳在慶《唐五代文史叢考》,江西:江西人民出版社,1995 年。

87. 〔清〕紀昀,《欽定四庫全書總目》,臺北:藝文印書館,1997 年。

88. 〔清〕王士禎,《池北偶談》,北京:中華書局,1997 年。

89. 〔清〕王士禎原編／鄭方坤刪補／戴鴻森校點,《五代詩話》,北京:
人民文學出版社,1998 年 2 月。

90. 〔清〕王國維,《人間詞話》,台南:大夏出版社,1998 年 12 月。

91. 〔清〕嚴可均輯,《全上古三代秦漢三國六朝文》,北京:中華書局,
1999 年。

92. 〔清〕何文煥輯,《歷代詩話》,北京:中華書局,2001 年。

93. 〔清〕董誥等編,《全唐文》,北京:中華書局,2001 年。

94. 〔清〕撰人不詳／嚴一萍選輯／,(清)鮑廷博校刊,《五國故事》,
臺北:藝文印書館,1966 年。

近人論著

1. 楊蔭深,《五代文學》收錄於《民國叢書》,上海:上海商務印書館,
1935 年。

2. 譚其驤主編,《中國歷史地圖集》,上海:中國地圖出版社,1989 年。

3. 王立《中國古代文學十大主題》,臺北:文史哲出版社,1994 年 7
月。

4. 吳在慶《唐五代文史叢考》江西:江西人民出版社 1995 年。

5. 楊蔭深,《五代文學》,上海:上海出版社,1996 年。

6. 徐娟主編,《中國歷代書畫藝術論著叢編》,北京:中國大百科全書,1997 年。

7. 何金蘭《五代詩人及其詩》,密西根大學,1997 年。

8. 聞一多,《唐詩雜論》,上海:上海古籍出版社,1998 年。

9. 王國維,《人間詞話》,台南:大夏出版社,1998 年 12 月。

10. 林淑貞,《詩話論風格》,臺北:文津出版社,1999 年。

11. 木齋,《宋詩流變》,北京:京華出版社,1999 年。

12. 張興武,《五代作家的人格與詩格》,北京:人民文學出版社,2000 年。

13. 劉寧《唐末五代詩歌研究》,北京:北京大學博士論文,2000 年。

14. 吳庚舜/董乃斌,《唐代文學史》,北京:人民文學出版社,2000 年。

15. 吳程舜《李煜研究》,南京:南京大學碩士論文 2000 年。

16. 張興武,《五代十國文學編年》,北京:人民文學出版社,2001 年 10 月。

17. 陳伯海主編,《歷代唐詩評論選》,保定:河北大學出版社,2002 年 12 月。

18. 張興武,《五代藝文考》,成都:巴蜀書社,2003 年。

19. 羅宗強,《隋唐五代文學思想史》,北京:中華書局,2003 年。

20. 任爽,《十國典制考》,北京:中華書局,2004 年。

21. 鄒勁風,《南唐國史》,南京:南京大學出版社,2000 年 6 月。

22. 胡啓文《唐五代僧詩初探》,桂林:廣西師範大學碩士論文,2002 年。

23. 張伯偉《全唐五代詩格彙考》,南京:鳳凰出版社,2005 年 1 月。

24. 房銳《晚唐五代巴蜀文學論稿》,成都:巴蜀書社,2005 年 5 月。

25. 李定廣,《唐末五代亂世文學研究》,北京:中國社會科學出版社,2006 年 7 月。

26. 郭倩《南唐詩歌研究》,福州:福建師範大學碩士論文,2006 年 8 月。

27. 彭萬隆,《唐五代詩考論》,杭州:浙江大學出版社,2006 年。

28. 鍾祥,《論南唐詩》,蘭州:西北師範大學博士論文,2006 年。

29. 高羽中驊《詩學背景下詞體特徵的確立——中晚唐五代詩歌和同時期文人詞關係研究》,上海:華東師範大學,2006 年 4 月。

30. 房銳《唐五代文化論稿》,成都:巴蜀書社,2006 年 8 月。

31. 江勝兵，《南唐詩歌研究》，南京：南京師範大學碩士論文，2007 年。

32. 段雙喜《唐末五代江皋兩湖湘贛詩歌研究》，上海：復旦大學博士論文，2007 年。

33. 任爽《五代典制考》，北京：中華書局，2007 年 3 月。

34. 孫昌武《隋唐五代文化史》，上海：東方出版中心，2007 年 5 月。

35. 尚永亮，《唐五代逐臣與貶謫文學研究》，武漢：武漢大學出版社，2007 年 9 月。

36. 陳向春《中國古典詩歌主題研究》，北京：高等教育出版社，2008 年 1 月。

37. 李芬芬《南唐詩歌研究》，揚州：揚州大學碩士論文，2008 年 6 月。

38. 查明昊《轉型中的唐五代詩僧群體》，上海：華東師範大學出版社，2008 年 10 月。

39. 郭格婷《徐鉉詩歌研究》，成都：西南交通大學，2008 年 11 月。

40. 羅婉薇，《逍遙一卷輕：五代詩人與詩風》，廣州：暨南大學出版社，2009 年。

41. 彭飛《南唐詩歌研究》，濟南：山東大學碩士論文，2009 年 5 月。

42. 王小蘭《晚唐五代江浙隱逸詩人研究》，北京：人民文學出版社，2009 年 5 月。

期刊

1. 彭萬隆〈引商刻羽風流未泯——五代詩歌的思想意義〉，《安徽師範大學學報》，第 2 期，1993 年。

2. 張興武〈論五代詩在中國詩歌發展史上的位置〉，《西北師大學報》（社會科學版），第 3 期，1995 年。

3. 賀中復，〈論五代十國的宗白詩風〉，《中國社會科學》，第 5 期，1996 年。

4. 賀中復〈五代十國詩壇概說〉，《北京社會科學》，1996 年 4 月。

5. 張興武，〈南唐詩人李中和他的《碧雲集》〉，《福建漳州師院學報》，第 2 期，1998 年。

6. 簡宗梧〈六朝世變與貴遊賦的衍變〉，發表於中央研究院舉辦「第三屆國際漢學會議」論文，2000 年。

7. 王秀林的〈試論李煜詩詞中的佛教文化意蘊〉，《湖北大學學報》（哲學社會科學版），第 2 期，2000 年 5 月。

8. 李建崑，〈中晚唐苦吟詩人探論〉，《興大中文學報》，第 13 期，2000

年 12 月。

9. 朱玉龍，〈南唐張原泌、張泌、張佖實爲一人考〉，《安徽安徽史學》第 1 期，2001 年。

10. 周臘生，〈南唐貢舉考略〉，《湖北孝感職業技術學院學報》，第 2 期，2001 年。

11. 顧吉辰，〈南唐張原泌、張泌、張佖實爲一人考補〉，《安徽安徽史學》第 4 期，2004 年。

12. 楊娟娟〈試論徐鉉入宋前的詩歌創作〉，《漳州師範學院學報》（哲學社會科學版）第 3 期 2004 年。

13. 金傳道〈論徐鉉的文學觀〉，《江蘇廣播電視大學學報》，第 15 卷第 1 期，2004 年 2 月。

14. 黎孟德〈試論晚唐詩風對宋詩的影響〉，《四川師範大學學報》（社會科學版），第 31 卷第 6 期，2004 年 11 月。

15. 鍾祥〈南唐詩研究述評〉，《周口師範學院學報》，第 6 期，2005 年。

16. 鍾祥〈南唐詩人的崇道與宗賈之風〉，《西南民族大學學報》（人文社科版），第 26 卷第 4 期，2005 年。

17. 鍾祥〈南唐詩人心態及詩風〉，《河南大學學報》（社會科學版），第 45 卷第 2 期 2005 年 3 月。

18. 胡可先〈《全宋詩》誤收唐詩考〉，《中國典籍與文化》，2005 年 3 月。

19. 方孝玲〈南唐安徽盧江詩人伍喬其人其詩〉，《古籍整理研究學刊》，第 3 期，2005 年 5 月。

20. 江秀麗／劉萍，〈隋唐五代詩歌在體制上的發展衍變〉，《大慶師範學院學報》，第 26 卷第 3 期，2006 年 6 月。

21. 楊希玲〈淺論徐鉉前期詩歌的清雅之風〉，《江西金融職工大學學報》第 19 卷，2006 年 6 月。

22. 高峰〈徐鉉詩文的精神世界〉，《南陽師範學院學報》（社會科學版），第 5 卷第 7 期，2006 年 7 月。

23. 江勝兵〈南唐詩的閒逸與淡泊傾向〉，《樂山師範學院學報》，第 21 卷第 9 期，2006 年 9 月。

24. 王靜〈論李昉之詩〉，《中國古代文學研究》，2006 年 10 月。

25. 王曉楓，〈論李煜詩〉，《山西太原師範學院學報》，第 5 卷第 6 期，2006 年 11 月。

26. 高穎〈論徐鉉送別詩中的歸鄉意象〉，《桂林師範高等專科學校學報》第 20 卷第 4 期，2006 年 12 月。

27. 趙榮蔚〈唐末五代十家詩文別集提要〉,《圖書館論壇》,第 25 卷第 6 期,2006 年 12 月。

28. 李艷婷〈略論南唐唱和與宋初詩風〉,《許昌學院學報》,第 26 卷第 3 期,2007 年。

29. 徐志華〈佛教意識對李煜詩詞的影響〉,《內蒙古電大學刊》,第 5 期, 2007 年。

30. 高穎〈論徐鉉送別詩中的思鄉情懷〉,《遼寧行政學院學報》,第 9 卷 第 2 期,2007 年。

31. 金傳道,〈徐鉉三次貶官考〉,《上海重慶郵電大學學報》第 19 卷第 3 期,2007 年 5 月。

32. 陳毓文〈略論李建勛的仕宦心態及其詩歌〉,《閩江學院學報》,第 28 卷第 3 期,2007 年 6 月。

33. 張家君〈李煜詩詞風格比較研究〉,《綜合天地》,2007 年 7 月。

34. 鍾祥〈南唐詩在五代十國詩壇的地位〉,《古代文學》,2007 年 9 月。

35. 孫江南的〈試論李煜悼亡詩的藝術特色〉,《安徽文學》,第 5 期,2008 年。

36. 曾艷紅〈論南唐詩歌中的「閑情」及其意義〉,《遼寧師範大學學報》 (社會科學版),第 31 卷第 5 期,2008 年 9 月。

37. 陸平《《全宋詩》徐鉉詩補校八則〉,《文教資料》,上旬刊,2008 年 10 月。

38. 鍾祥〈南唐詩的儒家文化意蘊〉,《甘肅理論學刊》,第 6 期,2008 年 11 月。

39. 鍾祥〈南唐的文化政策對其詩歌發展的影響〉,《甘肅廣播電視大學 學報》,第 18 卷第 4 期,2008 年 12 月。

40. 高銘銘〈淺論五代西蜀詩歌中的特殊意象群〉,《文學研究》,2009 年。

41. 高銘銘〈淺議唐五代西蜀的浮艷詩風〉,《陝西教育》,2009 年 11 月。

42. 李江峰〈七十年晚唐五代詩格研究的回顧與展望〉,《渭南師範學院 學報》,第 24 卷第 1 期,2009 年 1 月。

43. 田曉膺〈試析唐及五代道教山水悟道詩的清虛意趣〉,《中國道教》, 2009 年 2 月。

44. 周萌〈唐五代僧人詩格選詩的統計分析〉,《許昌學院學報》,第 28 卷第 3 期,2009 年 3 月。

45. 王迎吉〈試論南唐詩的重要地位〉,《古代文學》,2009 年 9 月。

46. 鍾祥〈南唐詩對宋初詩壇的影響〉,《古代文學》,2009 年 11 月。

47. 何嬋娟〈南唐詩歌初探〉,《廣西教育學院學報》,第 1 期 2010 年。